FISCHER

KRISTINA PFISTER

EIN UNENDLICH KURZER SOMMER

ROMAN

FISCHER

Aus Verantwortung für die Umwelt hat sich der S. Fischer Verlag zu einer nachhaltigen Buchproduktion verpflichtet. Der bewusste Umgang mit unseren Ressourcen, der Schutz unseres Klimas und der Natur gehören zu unseren obersten Unternehmenszielen.

Gemeinsam mit unseren Partnern und Lieferanten setzen wir uns für eine klimaneutrale Buchproduktion ein, die den Erwerb von Klimazertifikaten zur Kompensation des CO_2-Ausstoßes einschließt.

Weitere Informationen finden Sie unter: www.klimaneutralerverlag.de

MIX
Papier aus verantwortungsvollen Quellen
FSC® C083411
FSC www.fsc.org

Originalausgabe
Erschienen bei FISCHER Taschenbuch
Frankfurt am Main, Juni 2022

Redaktion: Volker Jarck
Satz: Pinkuin Satz und Datentechnik, Berlin
Druck und Bindung: CPI books GmbH, Leck
Printed in Germany
ISBN 978-3-596-70620-4

PROLOG

WIR WAREN UNENDLICH, du und ich und der Sommer.

Das Floß schwankte unter deinem Gewicht, wackelte. So erinnere ich mich an dich: ausgebreitete Arme, breitbeinig, hin und her wippend auf diesem Floß. Deine langen, weißen Beine in zu kurzen, roten Shorts. Deine gebräunten Arme. Dein vom Sommer ausgeblichenes Haar. Die kleinen, hellen Fältchen neben deinen Augen. Und das grünbraune Wasser des Sees unter uns. Ich lag auf dem Floß, kreischte auf den schaukelnden Planken und hielt mir einen Arm vors Gesicht, wenn du mit einem Platschen ins Wasser sprangst.

»Du bist widerlich«, sagte ich, als du zum hundertsten Mal prustend aufgetaucht bist und mich angespuckt hast, ein ganzer Schwall von diesem grünen Seewasser direkt in mein Gesicht.

Zu viele Algen, sagten alle im Dorf, ein viel zu warmer Sommer.

Genau richtig für mich, sagte ich. Es kann gar nicht warm genug sein.

Genau richtig für uns, sagtest du.

Und die Algen waren uns völlig egal.

Ich öffnete eine Flasche Limonade, die an einer Schnur im Wasser unter uns trieb, trank, und als du dich zurück auf das Floß schobst, wurde ich pitschnass. Ich hatte das Gefühl, wir würden dampfen. Du hast dich auf die Seite gerollt, einen Arm aufgestützt und hast mich angesehen.

»Wusstest du, dass hier mal eine Hexe gehaust haben soll? Da im Wald…«

Du hast hinübergedeutet zu dem Wäldchen, in dem wir uns das erste Mal geküsst hatten.

»Uh, ernsthaft?«

Wir sprachen Französisch, das konntest du besser als ich Deutsch.

»Ja, und nachts, wenn der Nebel vom See heraufzieht…«, du hast ein unheilvolles Gesicht aufgesetzt, »… verwandelt sie sich in einen Hasen und fliegt zum Mond.«

Ich lachte.

»Aha. Und, hast du sie jemals gesehen?«

»Nein. Ich schätze, sie hat dieses öde Kaff verlassen«, hast du gesagt, bist auf- und zurück ins Wasser gesprungen. Eine weitere Arschbombe, ein weiterer Schauer von kaltem Seewasser auf meinem aufgeheizten Körper. Als du wieder hochkamst, rollte ich auf die Seite und sah dich an, wie du mich wenige Minuten zuvor angesehen hattest.

»Ich verstehe nicht, warum sie wegwollte«, habe ich gesagt. »Ich würde am liebsten für immer in diesem öden Kaff bleiben.«

»Hier? Hier gibt's nichts, nicht mal Faxgeräte. Und der Zug fährt nur alle drei Stunden. Und eine erfundene Waldhexe ist das Abenteuerlichste hier.«

»Du bist das Abenteuerlichste hier…«

»Ach ja?«

Kichernde Küsse, nass vom Seewasser. Deine Finger, die glitschige Pflanzen aus meiner Haarspange zupfen. *Du und dein Algenkescher.* Ich drehte mich auf den Rücken und sah in den Himmel. Wolken zogen auf, Gewitterwolken, schwarz und geballt, was für ein Omen.

Der Wind frischte auf, es wurde dunkler und kühler, und als ein erster Blitz zuckte, schwammen wir zum Steg, zogen uns aus dem Wasser und rannten in den Hexenwald. Regen prasselte schlagartig auf uns herab. Der Wind, der Regen um unsere Gesichter. Und dein Lächeln.

»Ernsthaft«, hast du gesagt. »Lass uns weggehen. Nur du und ich und mein alter VW.«

Ich betrachtete die Finger meiner Hand, die hellere Stelle an meinem Ringfinger, die noch immer nicht weg war, trotz dreißig Tagen Sonne.

»Ich kann nicht«, sagte ich. »Das weißt du.«

»Du willst nicht.« Deine Stimme klang auf einmal anders. »Das ist ein Unterschied.«

Ich legte eine Hand auf deinen Arm. »Ich muss dir was sagen.«

EINS

SCHWARZE Sturmwellen hoben und senkten die kleine Segeljolle, und Christophe fühlte sich, als müsste er sterben. Er hatte den Großteil seines Lebens auf einer Insel verbracht, keiner besonders großen Insel, aber dafür mit besonders viel Meer außenrum. Er war bei flachem Seegang mit seinem Opa ein Stück bis hinaus zu den Muschelbänken gerudert, war vom Boot ins Wasser gesprungen, hatte tauchen und schwimmen gelernt. Er liebte das Meer. Aber sobald der Wind auffrischte und die Wellen wogten, wurde ihm übel.

Das Boot roch irgendwie leicht fischig, obwohl Chidi Stunden darauf verwendete, es zu schrubben, wenn er beim Angeln gewesen war. Fischgeruch war hartnäckig. Christophe schluckte. In weiter Ferne, viel zu weit weg, sah er die felsigen Klippen der Insel, Berge zwischen den Wolken. Dann schwappte eine weitere Welle über seine Füße, und er strauchelte.

»Schau auf den Horizont«, rief Chidi über den Wind, Christophes Skipper und bester Freund, der völlig unbeeindruckt von Wind und Wellen mit einem Arm an der Ruderpinne hing und verdammt cool aussah. Sie hatten die Segel eingeholt, viel zu viel Wind, viel zu viel Seegang, fuhren mit dem tuckernden kleinen Motor und zogen grauen Rauch hinter sich her.

Nicht nach hinten sehen. Auf den Horizont schauen. Das war leichter gesagt als getan, denn der Horizont verschwand und tauchte wieder auf und war überhaupt sehr unzuverlässig. Christophe beugte sich über Bord und reiherte einen Schwall Spucke, Galle und

Wasser in den aufgewühlten Ozean, mehr war nicht mehr übrig von seinem Frühstück. Er umklammerte die Urne. Das Schlimmste, was passieren konnte, war, dass seine Mutter, die das Meer noch mehr geliebt hatte als ihr einziger Sohn, in einer dunkelbraunen Tonbüchse eingeschlossen auf den Meeresgrund sinken würde, statt mit den Wellen dahinzutreiben. In ferne Länder, die sie nie gesehen hatte. In andere Gewässer als die rings um Réunion.

»Ein Pech, dass heute so beschissenes Wetter ist«, sagte Chidi.

Nachdem man sich übergeben hatte, war alles für einen winzigen Moment besser. Ein kurzer Moment, in dem man klar denken konnte. Sein durchweichtes T-Shirt zurechtzupfen, sich den Mund wischen, noch einmal ins Wasser spucken, im besten Fall einen Schluck aus der Thermosflasche nehmen. Chris fröstelte im Regen. Er hätte seinen Parka anziehen sollen. Aber irgendwie hatte er – trotz Regenzeit – geglaubt, sie würden das einfach schnell hinter sich bringen. In den Sonnenaufgang schippern, malerisch die Asche in einen azurblauen, morgenstillen Ozean werfen, und um halb neun zu einem zweiten Frühstück wieder zurück sein. Chidi allerdings war der Meinung gewesen, dass sie ein gutes Stück weiter rausfahren mussten, wenn Paulettes Asche wirklich davongetrieben und nicht als trauriger Matsch wieder an den Sandstrand unterhalb ihres eigenen Hauses angeschwemmt werden sollte.

Christophe zwinkerte Salzwasser aus seinen Augen.

»Weißt du ein Gebet?«, fragte er. »Bei Beerdigungen betet man, oder?«

Chidi überlegte kurz, bekreuzigte sich dann und fing an, das Ave Maria zu beten. Eine gute Wahl, recht traditionell und so einprägsam, dass sogar Christophe mitsprechen konnte, der sich immer geweigert hatte, mit in die Kirche zu gehen.

»Maria voll der Gnade, du bist gebenedeit unter den Frauen, und gebenedeit ist die Frucht deines Leibes Jesu.«

Was auch immer das heißen mochte. Vielleicht hätte ihr etwas Freies, Persönlicheres besser gefallen. Aber Christophe sah sich außerstande, jetzt kreativ zu sein. Er war froh, wenn er das Ave Maria herausbekam. Das Boot schaukelte über eine weitere Welle, hob sich, krachte wieder hinunter. Er umklammerte mit feuchten Händen die Urne. Kalter Schweiß auf Christophes Stirn. Seine Finger zitterten. Als das Gebet gerade mal zur Hälfte vorbei war, fühlte er sich schon wieder hundeelend. Er klemmte sich die Urne zwischen die Knie und klammerte sich an der Reling fest, während Chidi das Gebet beendete.

Jetzt pladderte der Regen so dicht auf sie nieder, dass es sich anfühlte wie eine Dusche. Chris konnte kaum noch etwas erkennen, nicht mal Chidi, der irgendwo zwischen den Wassermassen von unten und oben das Boot lenkte. Nur seine Stimme drang fest und ruhig durch den Regen, wie in einer besonders rauen Moby-Dick-Verfilmung.

»Möge sie in Frieden ruhen«, schloss Chidi feierlich, während eine Welle das Boot hochhob, der Horizont sich zum tausendsten Mal an diesem Tag verschob und sie auf der anderen Seite der Gischt krachend wieder hinabstürzten.

»Amen«, sagte Christophe, der kein bisschen gläubig war, öffnete die Urne und kippte den Inhalt in den Wind, bevor er sich über die Reling beugte und hinterherkotzte.

Später, als sie endlich wieder festen Boden unter den Füßen hatten, tranken sie Ananassaft aus kleinen Packungen vor einer winzigen Bar am Hafen. Angeblich half das gegen Übelkeit. Sie saßen unter einer Markise mit dem Aufdruck einer Bierwerbung, die gefährlich durchhing. Ab und zu kam der Barkeeper heraus und stach mit einem Besenstiel in den ausgebeulten Stoff, und ein Schwall Wasser ergoss sich auf den dampfenden Gehsteig. Er hatte ihnen auch ein

Handtuch gebracht, aber Christophes T-Shirt klebte dennoch an ihm, und seine Haare tropften kleine Pfützen auf den Tisch. Trotz der Schwüle fröstelte er. Der Regen strömte ohne Pause vom Himmel. Im Sommer war es hier heiß und feucht. Aufgeweichte Straßenränder, matschige Wege, Sturmböen, Zyklone, eine Luftfeuchtigkeit wie in einem Dampfbad. Im Hafenbecken schaukelten die festgemachten Boote, und die Wellen schlugen gegen die Kaimauer. Gischt spritzte. Ein paar Leute eilten in Regenmänteln vorbei, einer, sicherlich ein Tourist, kämpfte mit einem Regenschirm. In der Bar dudelte Popmusik aus einem rauschenden Radio. Der Barkeeper putzte von innen das Fenster, vor dem sie saßen. Ein rosa Lappen fuhr ständig hinter Chidi hin und her, wie eine große, labbrige Zunge. Ansonsten war nicht viel los. Es war eben noch sehr früh.

Christophe nuckelte an seinem Saft. Er fühlte sich, als hätte jemand sein Mittelohr herausgenommen, geschüttelt und falsch herum wieder eingesetzt. Die leere Urne, die er neben sich auf den Boden gestellt hatte, wurde von einem Windstoß erfasst und fiel klappernd um. Er zuckte zusammen, stellte sie wieder auf, klemmte sie zwischen seine Füße. Sie fühlte sich seltsam leicht an. Er rieb sich über sein nasses Gesicht.

Chidi hob seine Saftpackung.

»Auf Paulette!«, sagte er. »Auf ein Leben voller Liebe, Großherzigkeit, Güte und After Eight.«

Christophe stieß sein Ananaspäckchen gegen Chidis und murmelte: »Auf meine Maman. Die beste, die es gab…« Er saugte einen Schluck Saft aus dem Strohhalm.

Viel zu jung gestorben, hatten alle gesagt. Viel zu jung. Er hatte das schon einmal gehört, damals, als sein Vater gestorben war, einfach eines Tages umgekippt, als er draußen auf der Terrasse saß und eine rauchte, zack, weg, so schnell konnte es gehen. Ein Aneurysma der Aorta, hatten sie gesagt.

»Und jetzt?«, fragte Chidi, während Christophe mit dem Strohhalm spielte.

Das war eine gute Frage, eine, die er kein bisschen beantworten konnte. Er hatte keine Lust, nach Hause zu gehen, in dieses große, leere Haus, das ohne sie so viel größer und leerer wirkte. So still war und so voll von ihr. Ein Zettel mit Besorgungen, die sie machen wollte, vor Jahren hingekritzelt. Der Geruch nach Minze und Lavendel. Eine Packung ihres Lieblingskakaos. Überall stolperte er über sie, wenn er meinte, sich gerade gefangen zu haben. Wenn er kurz davor war, zu glauben, er könnte damit umgehen wie ein Erwachsener. Wie der Erwachsene, der er sein sollte. Aber wenn deine Maman stirbt, dachte Christophe wütend, ist niemand erwachsen. Da war es egal, ob man achtunddreißig Jahre alt war oder fünf.

Er merkte, wie sich seine Augen mit Tränen füllten, und schaute schnell wieder auf seinen Saft. Chidi tätschelte seinen Arm, Christophe wischte sich über die Nase. »Aufräumen«, sagte er. »Und ausmisten. Das ist das Erste, was ich tun werde. Hat ja keinen Zweck, es rauszuzögern.« Ordnung war immer etwas, was ihm Energie gab. Ruhe und Ordnung. Und im Haus seiner Mutter gab es viel aufzuräumen. Sehr viel.

***

Das Erste, was Lale auffiel, als sie am Bahnhof ausstieg, war das mit roter Farbe besprühte Wartehäuschen. Rot auf Plexiglas: *World's End.* Der letzte Halt des erstbesten Regionalexpresses, Gleis 12 ab 8 Uhr 34. Der letzte Halt ihrer erstbesten Idee: einfach raus, einfach weg, egal wohin.

Der Zug fuhr wieder zurück, und die Türen schlossen sich piepsend hinter ihr. Sie schulterte ihren Rucksack, hob ihre Reisetasche an und ging ein paar Schritte den Bahnsteig entlang, durch die Unterführung in Richtung »Stadtmitte«, wo auch immer diese Stadt sein sollte. Es nieselte leicht, und ein paar mürrische Teenager wurden auf dem Parkplatz vor dem Bahnhof von ihren Eltern abgeholt. Dann war sie allein. Es gab ein Museum für »Regionale Gebrauchsgegenstände im Laufe der Zeit« und eine Gaststätte. Ein Aufsteller mit Werbung für diverse Eissorten. Mittagstisch: Sauerbraten mit Blaukraut.

Ihr Magen knurrte. Sie ging einmal quer durchs Dorf und folgte dann der Straße in Richtung eines Supermarktschildes. Drückte im Aldi auf den Knopf für Kaisersemmeln und kaufte sich einen Kräuterfrischkäse dazu. Dann saß sie neben den Einkaufswagen auf einem unbequemen Fahrradständer und wusste nicht, wo sie hier eine Mitte finden sollte oder auch nur einen Platz zum Schlafen. Es war einfach gewesen, sich ein Ticket zu kaufen, sich in den Zug zu setzen, loszufahren.

Sie hatte sich selbst nicht geglaubt, als sie ihre Tasche packte, wahllos Klamotten hineinschmiss, eine Latzhose, ein paar T-Shirts, ein paar Sommerkleider, ihre Sandalen. Nur das Nötigste. Sah sich selbst zu, wie von außen, als sie, kaum dass Matthias aus der Tür war, auf ein Post-it schrieb: *Ich muss mal raus. Such mich nicht. Ich komme wieder, wenn ich komme.*

Als sei sie tatsächlich jemand, die so etwas tat. Wie eine misshandelte Ehefrau aus einer dramatischen Vorabendserie, die ihre Sachen packt und geht. Dabei war Matthias der wohl beste Ehemann der Welt, das sagten ihre Freundinnen, das sagten ihre Kollegen, das sagten alle (außer ihr Bruder). Er sah gut aus, er kochte, er putzte, er verstand ihre Launen, und sogar ihre Weinanfälle hatte er lange Zeit ertragen, die Panik, die sie überkam, wenn nur die S-Bahn in die Berge oder ein Krankenwagen vorbeifuhr. Und dann, dieser eine Streit, der einer zu viel war. Diese eine Hand auf ihrem Oberarm, der Griff, der ein bisschen zu fest war. »Ich mache mir Sorgen, du kannst nicht …«

Und sie hatte sich losgerissen und geschrien: »Ich kann, Mats, du hast ja keine Ahnung, wie ich kann.«

Und am nächsten Morgen war sie gegangen, einfach so.

Lale zerknüllte ihre Brötchentüte. Sie brauchte eine Übernachtungsmöglichkeit. Ein Hotel, eine Ferienwohnung, irgendwas.

»Hey! Hallo?«, rief sie einem älteren Mann zu, der gerade mit einem Wagen voller Klopapier und Konservendosen aus dem Supermarkt rollte. Ohne nachzudenken, eine weitere Übersprunghandlung. Sie war gut darin, anscheinend.

Er wirkte erstaunt und kniff die Augen zusammen. »Ja?«

Lale stand auf. »Gibt es hier ein Hotel in der Nähe?«

Der Mann musterte sie einen Moment lang, und dann sagte er: »Ich hab einen Campingplatz. Falls Sie so was mögen. Campen, meine ich. Ich kann Ihnen einen guten Preis machen, wenn Sie ein bisschen mit anpacken.«

Das war unerwartet und … ein bisschen seltsam, dachte Lale, und ihr fielen alle Dokumentationen ein, die sie jemals gesehen hatte, über Frauen, die mit nett wirkenden Männern ins Auto stiegen und nie wieder heimkamen.

»Und ich weiß, das klingt nach Aktenzeichen XY«, sagte der Mann, als hätte er ihre Gedanken gelesen. »Aber ich könnte wirklich ein bisschen Hilfe gebrauchen. Und ich bin echt harmlos.«

Genau das würde ein Serienmörder sagen, dachte Lale. Aber er war alt und sehr dünn und wirkte, als könnte sie ihn zur Not leicht überwältigen.

Außerdem war sie bis ans Ende der Welt gefahren, und sie hatte keine Ahnung, was sie sonst tun könnte, und er sah nett aus, auf eine Norweger-Pulli-tragende Art ungefährlich, mit seiner Hornbrille und seinen knochigen Händen und dem Wagen voller Klopapier und Bierschinken und gezuckerten Aprikosen in Scheiben.

»Okay«, sagte Lale.

Sie fuhren drei Dörfer weiter, über den Rand der Welt, dachte sie, während sie auf die Felder und die Bäume und die immer kurviger werdende Straße schaute, die Schläfe gegen die Scheibe gelehnt, plötzlich erschöpft. Der Mann stellte sich als Gustav vor, und als sie schließlich anhielten, vor einem flachen Häuschen und einem Zaun mit im Wind knatternden Flaggen und einem Wohnhaus gleich daneben, mit abblätternder Farbe, einem Riss im Mauerwerk, alles ein bisschen angegraut und düster, half sie ihm, das ganze Klopapier und alle Konservendosen und Fertigpizzas und Spülmittel ins Haus zu tragen. Seine Vordertür war direkt neben dem Eingang zum Campingplatz, aber nach hinten raus gab es einen weitläufigen Hof. Zwei Stockwerke, ein spitzes Dach.

»Danke«, sagte Gustav, als sie alle Taschen abgeladen hatte, nahm einen Schlüssel von einem Regal im Flur und drückte ihn ihr in die Hand. Es wirkte, als wollte er sie aus der Wohnung haben, als sei es ihm peinlich, dass alles ein bisschen schmuddelig war und nach altem Mann, Kölnisch Wasser und Kaninchen roch. Sie hoffte zumindest, dass er es auch roch. Und dass er wirklich so harmlos wie wortkarg war.

»Du kannst den Wohnwagen haben«, sagte Gustav und ging voran. »Es ist kaum jemand da, bloß ein paar Angler.« Sie merkte, dass er vor dem »Du« kurz zögerte, aber es gefiel ihr, dass er umgeschwenkt hatte. Sie mochte außerdem, dass er so wenig sprach. Nur das Nötigste.

Gustav führte sie herum, deutete auf das flache Gebäude am Eingang, eine ganzjährig geöffnete Kneipe, weil es im Ort sonst nichts gab, ein winziger Kiosk, der nur in der Saison geöffnet hatte, die

Rezeption, alles in einem. Ein paar an der Wand aufgestapelte Plastikstühle und Sonnenschirme warteten auf die Sommerferien.

Gleich neben einem rostigen Maschendrahtzaun, an dem Löwenzahn entlangwucherte, stand ihr Wohnwagen. Felder dahinter, ein Stückchen weiter weg ein Wald, und in der anderen Richtung konnte man glitzerndes Wasser sehen.

Der Wohnwagen war ein angegrautes, hässliches Ungetüm mit zerkratzten Fenstern und Moos auf dem Dach. Es gab zwei davon, und wem auch immer sie gehört hatten, er hatte sie wohl einfach stehen lassen, für später, für irgendwann oder irgendwen.

Dieser Campingplatz war kein Ort für Wohnwagen oder Wohnmobile, dachte sie, hierher kamen wahrscheinlich Leute mit winzigen Kuppelzelten und selbstaufblasbaren Isomatten, Radfahrer mit Anhängern voller Kinderspielzeug, Familien mit Schüsseln voll Stockbrotteig im Gepäck, Angler. Wochenendausflügler, die ihrem Alltag kurz entfliehen wollten. Es gab keine Parzellen, keine Stellplätze, keine Platznummern, nur eine große, sanft hügelige Wiese, in der man sich nasse Füße holte, wenn man am Morgen zu den Toiletten stiefelte.

Alles hier war alt, der Weg ausgefranst, das Toilettenhäuschen marode, und man musste eindeutig die Türen neu streichen. Aber das Gras war von Klee durchsetzt und saftig, der Boden weich. Gänseblümchen blitzten weiß zwischen den Grashalmen hervor. Der Zaun rings um den Platz war zur Straße hin mit dicken, hohen Hecken begrünt. Das Birkenwäldchen, das das Kassenhäuschen und die Kneipe überschattete, war licht und hell, und in den Feuerstellen war frischer Kies aufgeschüttet. Schwalben segelten über das Feld, und ein Türchen in der Umzäunung ging direkt hinaus zum Trampelpfad am Rand des Feldes, der an einer Streuobstwiese vorbei in Richtung See führte.

Alles in allem der perfekte Ort, um sich zu verkriechen. Ein Zettel auf dem Küchentisch, eine Whatsapp-Nachricht, ein Schlussstrich oder eine Pause.

Ich komme wieder, wenn ich komme.

***

Christophe fand keine Zeit zum Aufräumen. Den ganzen Tag klopften Paulettes Freundinnen an die Tür, strichen ihm mit knorrigen Fingern über die Wange, drückten ihn an ihre weichen Omaherzen, bis ihm die Luft wegblieb. Weinten und prusteten in blütenweiße Taschentücher. Und die gesamte Nachbarschaft hatte für ihn gekocht, alle aus der Straße. Sie drückten ihm Boxen und Dosen und Schachteln und Tüten mit Auflauf, Eintopf, Kuchen in die Hand. Er würde ungefähr die nächsten dreieinhalb Jahre nicht mehr kochen, geschweige denn einkaufen müssen.

Der ganze Tisch war voll, die Anrichte, der Herd. Paulettes Wohnküche, das Herzstück des Hauses, voll und belebt. Die älteren Damen, Chidis Mutter voran, wuselten in die Speisekammer, verstauten das Essen neben den eingemachten Litschis und Mangos seiner Mutter, riefen: »Ach, ihre Guavenmarmelade!« Stapelten die Blechdosen, in denen sie ihre Kuchen gelagert hatte: Bananenkuchen, Süßkartoffelkuchen, Maniokkuchen. Es wurde viel über Paulettes violette Lavendelmacarons gesprochen, Chris zeigte ihnen den zerfledderten Ordner, in den sie erst vor ein paar Tagen noch, in einem lichten Moment, das Rezept eingetragen hatte, mit zittrigen Fingern, aber ordentlicher Schrift, als ob sie gewusst hätte, was kam. Er verschenkte zwei Flaschen Rum und fast ihren ganzen Vorrat After Eight. Zu jeder Tages- und Nachtzeit hatte seine Mutter After Eight gegessen.

Die ganze Zeit umklammerte er die viel zu leichte Urne und stellte sie am Abend, als endlich die letzte der Freundinnen gegangen war, in die Speisekammer, denn falls noch irgendetwas, irgendein *Spirit* von Paulette da war, hätte sie sicher die Speisekammer als liebsten Ort zum Herumgeistern gewollt.

Die uralte Energiesparlampe funzelte ein klägliches Licht auf den Holztisch in der Mitte des Raumes und ließ alles andere im Finstern. Christophe aß eine Scheibe Bananenbrot aus einer mit Frischhaltefolie umwickelten Form, dann löffelte er ein bisschen Suppe aus einem orangefarbenen Topf, tunkte ein Stück frisch gebackenes Brot hinein. Er grub die nackten Zehen in den Perserteppich unter dem Tisch und starrte ins Zimmer, auf all den Kram seiner Mutter. Alles im Haus war bunt und voll.

Der einzige Raum im Haus, der nicht völlig vollgestellt war, war Christophes Zimmer. Sein Kinderzimmer, in dem er die ersten neunzehn Jahre seines Lebens und dann wieder die letzten fünf verbracht hatte, nachdem seine Mutter krank geworden war. Ein schlichtes Holzbett, das Chidi gebaut hatte, ein Schrank, ein weiß gerahmtes Foto von einem in der Sonne glitzernden See, das seine Mutter ihm geschenkt hatte.

Christophe, der einen Hang zum Minimalismus hatte, hatte jahrelang versucht, mit ihr auszumisten, aber Paulette hing an all ihrem Zeug. Ihr riesiger Palmfarn in der Ecke, den seit Jahren niemand umgetopft hatte und der wuchs und wuchs, ihre Holzschnitzereien: kopflose Körper, die sie selbst gemacht hatte, ihre Kissen und Schaffelle. Ihr Bücherregal voll mit Fotoalben und Hüten. Sie hatte nie einen davon getragen, aber fand sie alle so schön, dass sie sie einfach im Regal gesammelt hatte.

Er würde morgen damit anfangen, auszumisten.

Er räumte die restlichen Dosen und Töpfe mit Essen in die Speisekammer, nahm die letzte Schachtel After Eight aus dem Regal und setzte sich auf die Veranda in ihren alten, knarrenden Schaukelstuhl, legte ihre Decke über seine Knie und öffnete die Packung. Es roch nach ihr. So, wie sie in den letzten Monaten gerochen hatte, steril und alt zugleich, nach beißendem Desinfektionsmittel und sich selbst: Pfefferminzatem und viel zu süßes Veilchenparfüm. Er klopfte ihre Decke auf, die eine ganze Wolke von diesem Geruch freiließ, die ihn einhüllte. Dann zog er die Knie an, aß ein After Eight und schaute in die Dunkelheit. Ein Traumfänger-Mobile schwang an einem Balken der Veranda hin und her. Es hatte aufgehört zu regnen, aber es war noch immer ein stürmischer Tag. Der Wind wirbelte Blätter um die Veranda.

Die Beete gehörten neu angelegt, Unkraut musste gejätet werden, die Bäume zurückgeschnitten. Und dann musste er Dinge verschenken, verkaufen, zur Wohlfahrt geben, musste Stapel machen mit Sachen, die er behalten wollte.

Neben ihm das Tischchen seiner Mutter, auf dem sie ihre Kreuzworträtsel und Romane mit den schnulzigen Covern abgelegt hatte. Er aß noch ein After Eight.

Irgendwo im Haus klapperte ein Fenster. Ein Vogel kreischte. Der Schaukelstuhl knarrte.

Als Christophe aufwachte, fühlte sich sein Mund pelzig und trocken an, und sein Nacken schmerzte. Er lag noch immer auf der Veranda, verrenkt auf dem Schaukelstuhl, und blinzelte in den Garten, in das milchige Frühmorgenlicht. Drehte den Nacken hin und her, bis es knackte und er sich besser fühlte. Die Luft war dampfig und warm und so feucht, dass er fast das Gefühl hatte, in einem Nebel zu sitzen. Eine Nebeldusche. Die musste für heute Morgen reichen. Christophe stand auf, aß ein paar Löffel der süßeren Gerichte aus der Speisekammer und schaute die Nachrichten, bevor er sich den dritten *Indiana Jones* einschaltete.

Er mochte es, wenn der Fernseher lief: Es war, als wäre jemand bei ihm. Vertraute Gesichter, die man an- und ausschalten konnte, vertraute Dialoge, die er mitsprechen konnte, vertraute Geschichten, die er hundertmal gesehen hatte. Geschichten aus anderen Ländern. Nach seiner Ausbildung hatte er einen Job in Kanada angetreten, stolz und voller Vorfreude, hatte es geliebt, rauszukommen, weg zu sein von zu Hause. Hatte sogar das kühle Wetter gemocht, die rotverfärbten Blätter, den Herbst.

Dann vergaß seine Mutter mehr und mehr. Ein verlegter Schlüsselbund, ein Kartoffelschäler im Kühlschrank, unvollständige Sätze, wenn sie mit ihm telefonierte. Autofahren wurde zu einer Herausforderung. Irgendwann nahm Chidis Mutter ihr die Schlüssel weg. Paulette brauchte Hilfe, wenn sie zum Einkaufen gehen wollte, weil sie nicht mehr zurückfand. Chidis Mutter beglich ihre Rechnungen, weil sie nicht mehr wusste, wie man das machte.

»Chris, du musst heimkommen«, hatte sie gesagt. Er zögerte, zögerte lange. Fast ein halbes Jahr lang rief er oft an, erkundigte sich, kam schließlich zurück. Nach Hause. Die Insel, von der er nicht loskam. Wunderschön, ja, mit ihrem Geruch nach Vanille und Ananas, mit ihren felsigen Bergen, der Lava, den Stränden. Aber klein. Und mit einer kranken Mutter noch kleiner.

Es war langsam gegangen, aber grausam stetig abwärts. Sie vergaß Rezepte, konnte nicht mehr kochen, wurde wütend darüber, wurde ein anderer Mensch. Nicht mehr die lebensfrohe, fröhliche, herzliche Paulette. Sie erinnerte sich irgendwann nicht mehr an seinen Vater. Bekam Angst, wenn Chidis Mutter vorbeischaute. Sah nachts Gespenster ums Haus schleichen. Und er war da, er war immer da. Pflegte ihren Garten, damit sie es schön hatte, wenn sie auf dem Schaukelstuhl auf der Veranda saß. Kochte, machte den Haushalt. Räumte auf.

Er fand Besteck in den Ritzen des Sofas, bis oben hin hineingestopft. Sie zerfledderte Bücher, weil sie sie nicht mehr verstand. Ein einziges, unübersehbares und trauriges Mal pinkelte sie in den Papierkorb im Arbeitszimmer.

Der junge Indiana Jones fiel in einen Zirkuswaggon voller Schlangen, und Christophe beschloss, mit dem Bücherregal anzufangen.

Die Schmöker seiner Mutter wollte er sowieso nicht behalten, die konnte er einfach in eine Kiste packen und den alten Damen aus der Nachbarschaft überlassen, sie würden sich freuen.

Er nahm die Bände stapelweise aus dem Regal und legte sie vor sich auf den Couchtisch. Staubflusen wirbelten ihm entgegen, er nieste.

Chidi kam, als der Abspann lief, seine jüngste Tochter in einer Babytrage um den Bauch gebunden. Sogar mit einem drei Monate alten Baby und kaum Schlaf sah dieser Mann entspannt aus. Er nickte in Richtung Tür.

»Ich hab Umzugskartons dabei.«

»Danke«, sagte Chris.

Chidi angelte nach der Fernbedienung. »Es ist halb neun Uhr morgens. Du Filmjunkie.«

Chris legte die Romane vorsichtig auf einen Stapel, der immer höher wurde, während Chidi draußen die Kartons zusammenbaute. Er wackelte ziemlich und war furchtbar schief. Wie Jenga. Nur nicht zittern. Christophe legte noch drei obendrauf. Der Stapel krachte in sich zusammen, und die Bücher polterten auf den Teppich.

Sein Blick fiel auf ein Exemplar, das aufgeklappt mit dem Rücken nach oben gelandet war. Darunter sah er ein vergilbtes Papier, eindeutig beschrieben. In einer ordentlichen, schönen Schrift. Er beugte sich vor, angelte nach dem Blatt und zog es unter dem Buch hervor. Ein Umschlag. Eine Adresse. Die Schrift seiner Mutter. Hübsche Buchstaben, sehr rund. Keine Briefmarke, nicht zugeklebt, die Lasche steckte nur lose im Kuvert. Christophe zog das Papier heraus und faltete es auseinander. Er fuhr mit dem Daumen über die Datumsangabe auf der rechten Seite, runzelte die Stirn und las.

Was?

Er kaute an seinem Daumennagel, aber er merkte es kaum. *Nur nicht zittern.*

ZWEI

GUSTAV BEOBACHTETE die junge Frau, die über seinen Campingplatz strich, als sei sie nach vierzehn Tagen bereits hier zu Hause. Sie hatte so eine Art, Dinge zu erledigen, selbstverständlich und schnell. Sie war nicht so zerbrechlich, wie sie aussah, aber sie ging immer ein bisschen gebückt, als würde sie ein Gewicht mit sich herumschleppen.

Er hatte keine Ahnung, was ihn geritten hatte, sie einfach einzusammeln. Mitleid? Ein neu entwickelter Retterkomplex für Frauen mit traurigen Augen und blassem Teint? Mit anpacken, hatte er gesagt, dabei hatte er bei sich gedacht, dass sie nicht aussah wie jemand, die anpacken konnte. Ein Schneewittchen mit bemalten Armen, die Ärmel über die Hände gezogen. Aber was wusste er schon?

Tatsächlich packte sie mit an. Von Anfang an. Stand um halb sieben beim Toilettenhäuschen und hatte nichts dagegen, den ganzen Tag schweigend Fliesen zu schrubben und Spinnweben wegzusaugen. Schweigend, das fand er gut.

Aber trotzdem war sie da. Fragte, ob sie seine Küche benutzen dürfte. Briet Eier, von denen er eines abbekam. Nach Wochen, in denen er sich manchmal nur von Müsli mit Wasser ernährt hatte, weil nicht mal Milch im Haus war, geschweige denn irgendetwas anderes. Das war nett, aber seltsam, und er hatte es sich selbst eingebrockt.

Er fing an, sich an sie zu gewöhnen. Daran, dass sie mit in die

Stadt fuhr, um einzukaufen, und dann irgendwie seinen Kühlschrank füllte, anstatt nur Reiswaffeln und löslichen Kaffee für sich selbst zu kaufen.

Auf einmal war sein Klo geputzt, und eine Duftkerze (eine Duftkerze!) brannte neben seinem Waschbecken. Auf einmal stand ein Strauß Blumen auf seinem Couchtisch. Und überall lagen Süßigkeiten herum, Gummischlangen, von anno 1993, die sie angeblich vergaß. Dem Haltbarkeitsdatum zufolge waren sie sicherlich aus der Kneipe, Reste, die nicht mal Gabriele, die Kneipenpächterin, noch essen mochte, aber Lale unermüdlich in sich hineinschob.

Und dann, eines Abends, sagte sie: »Gustav, ich lad dich heute mal zum Essen ein. Wegen … du weißt schon. Wegen allem. Dass ich hier sein darf, und so.«

Und er war überrumpelt, so wie sie ihn ständig überrumpelte (Duftkerzen und Gummischlangen), und er murmelte etwas von wegen: »Keine Ursache«, und sagte nicht nein. Und wieder war es nett, ungewöhnlich, aber nett. Sie brachte einen fetttriefenden Nachtisch mit, eine sahnige Mischung aus Tiramisu und Bananenpudding mit Löffelbiskuit und Kakao. Er würgte mühsam den Berg, den sie ihm davon auflud, hinunter und fror die Reste ein.

»Morgen wieder?«, fragte sie, als sie ging, und er nickte nur und fragte sich, ob sie nicht allein sein wollte oder er.

Sobald sie gegangen war, zog er den Kostenvoranschlag für die Sanierung der Toiletten hervor, aus dem letzten Jahr und viel zu teuer. Vielleicht konnte er es jetzt mit Lales Hilfe selbst machen: Ein paar Türen streichen, ein paar Klodeckel anschrauben, das sollten sie doch schaffen. Aber … lohnte sich das überhaupt noch?

Gustav merkte, wie seine Hände zitterten. Er rief Monika an, vielleicht nur, um seine Hände zu beschäftigen. Zeit für seine tägliche Dosis Immunabwehr. Oder den üblichen Anschiss, warum er immer noch hier war.

Warum, warum.

Morgen wieder, dachte er.

***

Seit zwanzig Minuten suchte Lale ihre SIM-Karte.

Ihr Handy war jetzt ein Wecker, mehr nicht, sechs Uhr dreißig vom ersten Tag an. Gustav trödelte nicht, und er arbeitete viel, das hatte sie gemerkt. Sie musste dann sofort raus in den taufrischen Morgen. Barfuß in Badelatschen über den feuchten Gehweg hinüber zum Toilettenhäuschen joggen, sich das Gesicht mit eisigem Wasser bespritzen, ihre Lieblingstoilette ganz hinten benutzen (die am wenigsten schäbig aussah, die sie eigenhändig mit Desinfektionsspray besprüht hatte und an deren Tür sie ein Poster von van Gogh aus Gustavs Haus gehängt hatte, weil es schöner war, beim Pinkeln auf Sonnenblumen zu schauen als auf eine beschmierte Klowand), Zähne putzen, ausspucken, zurückspurten, in ihre Latzhose springen, und los zu Gustav, zur Arbeit.

Aber jetzt war es sechs Uhr vierundfünfzig, und sie hatte doch nur kurz nachsehen wollen, schnell die Karte zurückstecken, und die immer gleichen zwölf neuen Anrufe abhören und dreiunddreißig Nachrichten auf verschiedensten Kanälen lesen. *Du bist doch sonst nicht so. Ich weiß, du hast eine schwere Zeit, aber bitte komm nach Hause. Ich mache mir Sorgen!*

Eine drahtlose Verbindung zu ihrem alten Leben, auch wenn Lale nur knapp antwortete. Oder gar nicht.

Trotzdem, die verdammte SIM-Karte war nicht im Rucksack und nicht in der Reisetasche und auch nicht in einem der Schränkchen im Wohnwagen. Sie fluchte, viel zu laut an diesem Morgen, wo nur Vögel zwitscherten und Nebel vom See heraufzog, wühlte in ihren Laken, tastete in einem Spalt unter der Bettkoje. Nichts.

»Scheiße«, sagte Lale, und dann noch einmal, lauter: »Scheiße!« Sie ballte die Fäuste.

Sie musste sich beruhigen, einen Kaffee trinken, oder wenigstens irgendetwas Warmes.

Noch vor zwei Wochen hatte sie gar keinen Kaffee gemocht. Hier brauchte sie das Zeug, um einigermaßen wach zu werden. Es war einfach viel zu früh. Noch bis vor zwei Wochen war sie auch nie um diese Uhrzeit aufgestanden, schon gar nicht am Wochenende. Nicht mal unter der Woche, wenn sie um acht im Büro sein musste. Bis kurz vor knapp schlafen, eine Tasse grünen Tee und in der U-Bahn eine Scheibe Toast. Am Schreibtisch viel gegähnt und sich hinter ihrer Bildschirmbrille versteckt, bis sie gegen halb elf einigermaßen wach war.

Sie goss sich eine widerliche Instantbrühe mit lauwarmem Wasser aus dem Wasserkocher in ihrem Wohnwagen auf. Das Licht über dem Feld war milchig und grau, die Sonne würde heute nicht wirklich hinter der dicken Wolkendecke hervorkommen, aber die Luft war frisch und feucht und schmeckte nach Sommer. Es war noch kühl, ihre Hände heiß an ihrer Kaffeetasse. Sie nahm einen tiefen Atemzug, spürte, wie sich die Rippen dehnten.

Eigentlich mochte sie es hier. Sie mochte diesen wirklich hübschen Fleck am Arsch der Welt, so wunderbar und abgelegen, dass sie tatsächlich geblieben war. Sie mochte die Abendessen mit Gustav, mochte es, Nachtische für ihn zu machen, die sie dann meistens selbst aß: Panna Cotta, Käsekuchen aus Keksen und Quark, Crème brûlée, Schokopudding mit Sahne. Sie hatte herausgefunden, dass sie es sogar mochte, früh wach zu sein (auch wenn sie den Kaffee wirklich nötig hatte). Sie mochte die Ruhe. Sie mochte, dass sie irgendwie genau hier gelandet war.

Weiter weg hörte man das Knattern eines Traktors.

Und dann fiel es ihr ein, sie schob eine Hand in die Hosentasche ihrer Latzhose, und da war sie, die SIM-Karte, winzig zwischen ihren Fingern. Sie hatte sie neulich eingesetzt und dann rausgenommen und vergessen. Lales Hände zitterten. Vierzehn neue Nachrichten, ein paar Anrufe auf der Mailbox. Sie sollte ihn anrufen, ihm sagen, wo sie war, was sie machte.

Du würdest es hier hassen. Die schäbigen Klos, die milchigen Spiegel, die absolute Abwesenheit von hippen Menschen. Du und deine blöden weißen Turnschuhe zu Anzughosen und Bomberjacken, deinem akkuraten Haarschnitt und der albernen Schiebermütze mit Fischgratmuster.

Sie tippte Matthias' Nummer in ihr Telefon, es klingelte. Na, du?, würde sie sagen, ganz locker, als rufe sie nur mal eben an, wie man eben so anruft.

Es war kurz nach sieben, natürlich schlief er noch. Sie legte auf, stopfte das Telefon in ihre Hosentasche, setzte sich auf die Stufen in der geöffneten Tür des Wohnwagens und zerrupfte Löwenzahn, den sie gestern mit Gustav ausgestochen hatte. Am Feldrand gleich hinter dem Zaun saß ein Kaninchen. Es mümmelte sie furchtlos an.

»Na, du?«, sagte sie. Es sah nicht aus, als gehörte es hierher, es war viel zu auffällig, viel zu hübsch und viel zu flauschig. Weiß-braun gescheckt, mit einem dunklen Fleck zwischen den braunen Augen. Als sie klein war, hatte sie so eines gehabt. Ihr Bruder hatte es *Vlad, der Pfähler* genannt, wegen eines Vorfalls mit Lales Unterlippe (die Narbe hatte sie immer noch).

»Killerkaninchen …«, murmelte Lale und hielt ein paar Löwenzahnblätter in seine Richtung.

Das Kaninchen spitzte die Ohren, blickte sich um und verschwand im Feld. Sie hätte am liebsten dasselbe getan. Verschwinden. Als hätte sie damit nicht genug Erfahrung in letzter Zeit.

Lale nippte an ihrem Kaffee, holte ihr Handy raus, schrieb: *Es geht mir gut, bitte gib mir Zeit.*

Dabei wusste sie nicht mal, ob es das war, was sie brauchte. Zeit. Und ob *gut* der Wahrheit nahekam.

Sie schaltete das Telefon aus und verstaute es im Wohnwagen.

Die Zeit hatte nichts geheilt, gar nichts. Deshalb war sie gegangen. Und hier angekommen, wo alles anders war und sie arbeitete, körperlich arbeitete, um nicht nachdenken zu müssen. Weder über Matthias, der selten alles verstand, noch über … das, was sie selbst kaum begreifen konnte, immer noch nicht, und das sich nicht ausreißen ließ wie Unkraut.

Nicht denken, nicht fühlen, nur ihre Hände, die Schwielen bekommen hatten in diesen zwei Wochen, und Arbeitshandschuhe und Gummistiefel.

Gustav hatte ein Faible für irische Volksmusik, so dass auf den Toiletten ständig Fideln und Flöten um die Wette dudelten und man meinte, gleich würde die gesamte Truppe von *Lord of the Dance* aus einer der Kabinen brechen und zwischen den siffigen Waschbecken herumhopsen. Selbst um sieben Uhr morgens. Und obwohl außer diesen paar Anglern, die am See saßen und stundenlang aufs Wasser starrten, Gustav und ihr niemand auf dem Campingplatz war.

Lale fidelte »Star of the County Down« entgegen, als sie die grüne Schwingtür aufstieß wie ein Cowboy im Saloon.

Ein verlassenes Schwalbennest in einer Ecke unter dem Dach. Spinnwebenflusen. Mückenleichen in den grellen Neonröhrenlampen. Braune Fliesen mit Rissen, abblätternde Wandfarbe. Rote Toilettentüren, schwarze Toilettensitze. Angegraute Waschbecken und zerkratzte Spiegel.

Und jeden Tag: Reparaturen mit Gustav. Verstopfte Rohre, vom Winter aufgefrorene Leitungen, tropfende Wasserhähne. Heute: Dichtungen.

Gustav war bereits da und inspizierte eine weiße Silikonspritze, die in einem Eimer neben den Waschbecken stand. Er hob sie an, als er Lale sah. Sie tat, als würde er ein unsichtbares Monster über ihrem Kopf abschießen.

»Who you're gonna call?!«, rief sie.

Gustav schenkte ihr eines seiner seltenen Lächeln. Ein kurzes Nach-oben-Kräuseln der Mundwinkel, mehr nicht.

Er sah aus, als hätte er zwei linke Hände. Ein schlaksiger Mann mit einer hohen Stirn und tiefen Geheimratsecken in seinem grau-blonden, dünnen Haar, das er nach hinten kämmte wie ein pensionierter Geschichtsprofessor. Cordjacketts und ausgebeulte Stoffhosen und Norwegerpullover, dieser Mann besaß nichts als Norwegerpullover. Tatsächlich hatte Gustav unterrichtet, Französisch und Deutsch, und das überall auf der Welt, soweit sie das aus ihm herausbekommen hatte. Nur kein Beamter sein, nur nicht fest angestellt. Nur kein langweiliges, bürgerliches Leben, auch wenn seine Outfits genau danach aussahen.

Und jetzt war er hier in diesem 300-Seelen-Kaff. Vielleicht war ja ein geerbtes Haus inklusive Campingplatz Welt genug.

Sie arbeiteten schweigend. Lale summte eine der irischen Melodien mit, während sie in den spröden Dichtungen stocherte. Mit Gustav – das wusste sie, obwohl sie erst seit zwei Wochen hier war – konnte man sich sehr gut unterhalten, wenn er Lust dazu hatte. Wenn sie beide Lust dazu hatten. Das war das Schöne an Gustav: Man musste nichts. Man konnte auch einfach schweigend und summend nebeneinander herarbeiten und den ganzen Vormittag kein Wort wechseln. Und wenn man wollte, sprach man über schlechte Filme, über die er sich dann furchtbar aufregte, über das Wetter infolge des Klimawandels, über das er sich dann furchtbar aufregte, über die Ansichten des Ortsvorstands, über die er sich dann furchtbar aufregte.

Gustav war gut im Aufregen. Lale war gut darin, ihn zu besänftigen.

»Oh, darling dear, you look so queer…«, sang sie, während sie mit einer Hand altes, graues Silikon aus den Fugen kratzte.

»Scheiße, ich kann es nicht mehr hören«, grummelte Gustav.

»Nicht? Ich dachte, bei dir ist jeder Tag ein Tag für irische Volksmusik.« Lale grinste.

Gustav brummte. Von weitem hörte man Traktoren dröhnen und aufgeregtes Rufen.

»Die verlegen heute das WLAN«, sagte Gustav.

»Hä?«

»Breitband-WLAN für das ganze Dorf. Ganz wichtig. Rainer wollte direkt durch meinen Platz. Aber wenn die auch nur einen Kratzer in meinen Campingplatz pflügen, können die mich kennenlernen.«

Lale wusste nicht, ob sie sich davon abschrecken lassen würden, aber Gustav konnte schon recht einschüchternd sein. Er hatte diese Art brummelige Strenge, wie sie vielleicht nur Lehrer im Ruhestand ausstrahlten.

Ihr Messer schabte über die Fugen. Die Geigen fidelten. Rufe von draußen, nicht für sie bestimmt.

»Niemand hier braucht Breitband-WLAN«, sagte Gustav. »Gäste kommen nicht her, um im Internet zu surfen.«

»Glaubst du«, sagte Lale. »Jeder will doch Anschluss an die weite Welt und so.«

Man konnte zum Beispiel seinem sehr verständnisvollen Chef eine Mail schreiben, dass man vier Wochen unbezahlten Urlaub nahm, aus persönlichen Gründen. Man konnte Freunden Bescheid geben, dass man eine Weile »offline« war und ihre besorgten Nachrichten ignorieren.

Gib mir Zeit, such mich nicht.

»Ha, hier ist auch mit Breitband ungefähr so viel weite Welt wie…« Gustav schien kein Vergleich einzufallen. »Äh … wie in einer Handtasche. Und nicht mal einer großen.«

Lale zerrte an einem besonders hartnäckigen Stück Dichtung und stocherte mit einem Messer nach. »Oh, ich habe manchmal richtig viel Welt in meiner Handtasche«, sagte sie. »Die sammelt sich da drin an, Eintrittskarten, Taschentücher von einer Erkältung letzten Winter, ein halbes Kit Kat von 2015, Kassenzettel …«

Eine geteilte Rechnung von IKEA über ein Sofa und diese hässlichen Regale, die Matthias unbedingt haben wollte, Sand aus einem Marokkourlaub, ein Handy mit fünfzehn unbeantworteten Anrufen, ein Bahnticket. Ein Bild von Matthias und ihr, ein schlecht ausgeleuchtetes Selfie, das sie mit der Polaroidkamera ihres Bruders gemacht hatte. Ihr vorgeschobener Schmollmund, sein breites Grinsen, sein dämlicher Undercut und seine fast grünen Augen. Der blöde Schnauzer, den er damals gehabt hatte. »Du Hipster«, hatte sie ihn genannt und ihn auf die Wange geküsst für ein zweites Polaroid, das er bekommen hatte.

Lale schluckte und vertrieb die Erinnerung aus ihrem Gedächtnis, indem sie sich auf ein besonders hartnäckiges Stück Silikon konzentrierte.

»Wack fall the daddy-o, wack fall the daddy-o, there's whiskey in the jar«, sang die Band, und Lale sagte: »Was in aller Welt soll das eigentlich heißen?«

»Ich habe keinen blassen Schimmer«, sagte Gustav.

***

In der Mittagspause saß Gustav auf einem Stuhl vor den Toiletten und fühlte sich kaputt. Mürbe Knochen, dachte er. Die Sonne war durch die Wolken gekommen, und das grelle Licht machte ihm Kopfschmerzen. Etwas tat ihm immer weh, so sehr er auch versuchte, es zu ignorieren. Er war alt, wieso musste man ihn ständig daran erinnern? Er wusste es doch auch so.

Er beobachtete das rege Treiben unten am Feld. Das halbe Dorf war da. Sogar Bauer Gehrich. Und die ganze Nachbarsfamilie: Rainer, Monika und Florian. Flo half seiner Mutter, Thermoskannen auf einen Klapptisch zu stellen, und Tupperdosen voller Schnittchen für alle. Monika mit ihrem wippenden Pferdeschwanz und ihren pinken Laufschuhen und ihrem überschwänglichen Versorgungsdrang. Rainer, der Ortsvorstand, mit rotem Gesicht und oranger Warnweste, tat wichtig. Alle standen um einen Bulldog mit Pfluganhänger herum und schienen zu diskutieren.

»Sie sind zu nah am Platz«, murmelte Gustav Lale zu. »Viel zu nah.«

Lale, die den Pulli sonst immer weit über die Finger gezogen hatte, schob ihren Ärmel zurück. Diese Arme, vom Handgelenk bis zur Schulter über und über voll mit einem Getümmel aus kleinen schwarzen Tieren. Ein Delfin, eine Katze, die einen Vogel fing, ein Elefant in zarten Linien, ein Gepard, der nur aus einem einzigen Strich gezeichnet zu sein schien. Außerdem gab es welche, die mehr nach Trollen oder Fabelwesen aussahen als nach echten Tieren.

Gustav verstand nicht, wieso eine junge Frau Anfang dreißig ihre Zeit damit verbrachte, auf einem Campingplatz im Nirgendwo kaputte Silikondichtungen zu reparieren. Sie schwieg beharrlich dazu, und er hatte den Eindruck, irgendwann hatten sie eine stillschweigende Übereinkunft getroffen, dass das ein Thema war, über das sie nicht sprachen. Wahrscheinlich, dachte er, wird ihr Wohnwagen eines Morgens leer sein, einfach so.

»Oh«, machte sie und deutete zu der Menschenmenge am Feldrand.

Der Traktor sprang ratternd wieder an, und Gustav sagte: »Was in aller …?«, und dann machte das Ding auch schon einen Satz und rumpelte direkt durch den Zaun. Gustavs Zaun. Mitten in den Campingplatz hinein. Es knirschte, Monika kreischte, jemand brüllte etwas.

»Halt!«, schrie Gustav, stand von seinem Plastikstuhl auf und hastete, so schnell er konnte, hinunter zum Traktor. Heiliger Strohsack. Sein Zaun. Gustav versuchte, schneller zu gehen, aber sein Rücken machte nicht wirklich mit.

»Hey!«, brüllte er. »Hey!«

Rainer brüllte auch. Der Traktor rumpelte noch ein Stück nach vorne und blieb dann stehen. Eine ganze Mannschaft von Dorfbewohnern tummelte sich direkt an dem kleinen Tor im Zaun, das jetzt nicht mehr nötig war, weil der restliche Zaun rechts davon, bis zum nächsten Pfeiler, völlig eingedrückt war. Der Traktor stand schon im Campingplatz. Hintendran hatte der Pflug eine Schneise bis fast an den Zaun heran gegraben. Nur noch Dreckklumpen dort, wo der Feldweg gewesen war.

»Um Himmels willen!«, rief Gustav und fand, dass dieser Ausruf kein bisschen ausdrückte, was er empfand. »Himmelarsch«, fügte er deshalb noch hinzu.

»Ups«, sagte Flo, der aus unerfindlichen Gründen den Traktor fuhr, und kletterte mühsam vom Fahrersitz.

»Ups?«, polterte Gustav. »Ups?! Du hast noch nicht mal einen Führerschein!«

»Gustav…«, setzte Rainer an, aber Gustav spürte, wie sein Kiefer sich verspannte. Er fühlte sich wie ein Comicmännchen, dem gleich Dampf aus den Ohren blasen würde.

»Ihr verschwindet jetzt augenblicklich von meinem Grundstück, und zwar alle miteinander!«

Seine Hände zitterten. Das schnelle Laufen über den Platz hatte ihn angestrengt, seine Lunge schmerzte. Er fühlte seine Wut wie eine

Welle über sich rauschen, eine Welle, die verebbte und ihn schwach zurückließ.

»Ach, dieses Malheur kann ja auch zu was gut sein …«, sagte Rainer und legte seinen feisten roten Kopf schief, als würde ein Hundeblick bei Gustav irgendetwas nützen. Aus den Augenwinkeln sah er Lale vom Klohäuschen herunterrennen, wehendes, fast schwarzes Haar und weißer Schutzanzug.

»Der Tempomat war eingestellt, und ich hab nur das Fahrpedal … also, ich hab's kaum berührt, aber … das ging einfach zack, durch den Zaun«, sagte Flo.

Gustav versuchte wirklich, nicht allzu sichtbar mit den Zähnen zu knirschen. Er mochte den Jungen ja, er mochte auch Monika, Flos Mutter, die jetzt herbeigeeilt kam und ihren Sohn an sich drückte, als müsste sie ihn vor ihm beschützen.

»Er hat es ja nicht mit Absicht gemacht, Gustav«, sagte Monika und strich Flo übers Haar, der zu seinem Vater schielte und zu den Leuten, die an den kläglichen Resten des Zauns standen, und sich unbehaglich aus den Armen seiner Mutter wand.

»Ach nein?«

Gustav musterte Rainer, der so tat, als wäre er furchtbar zerknirscht, aber so wirkte, als würde er sich jeden Moment die Hände reiben. Wie ein Rumpelstilzchen, dessen Plan aufgegangen war. Sofort flackerte die Wut in Gustav wieder auf. Er zwinkerte ein paarmal, um neblige Schlieren, die vor seinen Augen aufgetaucht waren, zu vertreiben. Verdammter Kreislauf.

Rainer räusperte sich und sagte: »Aber jetzt, wo der Zaun schon kaputt ist, könnten wir doch …«

»Gar nichts könnt ihr!«, brüllte Gustav. »Ihr könnt abhauen, das könnt ihr. Und den Zaun bezahlt ihr mir auch!«

Rainer kletterte auf den Traktorsitz, murmelte was von einer neuen Kabelrolle, die sie nun besorgen mussten, und Gustav sagte:

»Nicht mein Problem.« Ihm wurde wieder leicht schwindelig. Er spürte eine kühle Hand auf seinem Unterarm. Lale. Er funkelte sie an. Er wollte jetzt nicht bemitleidet werden. »Hört auf, hier Kurven zu fahren, ihr Idioten! Ihr macht den ganzen Platz platt!« Er wedelte mit ausgebreiteten Armen vor dem Traktor herum. »Nicht dahin! Nicht an mir vorbei!« Er sah, dass Lales Mundwinkel zuckten und schnauzte: »Was?«

»Kennst du die Szene aus Herr der Ringe, wo Gandalf den Balrog …«

»Nein!«, rief Gustav, der sich mittlerweile über alle ärgerte, über jeden hier, und auch über Lale, die von nichts eine Ahnung hatte und ihn nicht ernst nahm.

»Jetzt hau ab da«, rief Rainer vom Trecker herunter, »wir fahren dich noch um!«

»Haut ihr ab!«, brüllte Gustav.

Zu viele Leute, viel zu viele Leute. Gustav wollte nichts als seine Ruhe. Er drehte sich um und ging, ging einfach weg. Sollten sie machen, was sie wollen, sollten sie den Platz zerstören, sollten sie alles niedertrampeln, es war egal. Er würde so oder so nicht mehr viel davon mitkriegen.

Am Abend saß er auf der Terrasse hinter dem Haus und spielte Solitär. Er hatte nach der Aufregung am Vormittag zwei Schmerztabletten genommen, die ihn müde machten, müde und benebelt.

»Wie viele Schmerztabletten kann man nehmen, bevor es gefährlich wird?«, hatte er den Arzt gefragt, der sie ihm verschrieben hatte.

Die Antwort war: drei. Drei Stück. Das war gar nichts. Meistens brachte eine so wenig, dass er nach spätestens einer halben Stunde die zweite einwarf und die dritte schon gegen Mittag. Das hieß, er musste den gesamten Nachmittag und Abend damit auskommen. Dieses Mal hatte er am Mittag zwei genommen, also insgesamt vier, und hatte den Nachmittag damit verbracht, auf dem weichen, grünen Samtsofa seiner Tante vor sich hinzudösen. Er schlief nachts schlecht und quälte sich auf der weichen Matratze, hörte das Haus knarzen und seinen Körper gleich mit. Aufwachen war besonders schwer. Es war, als hätte sein Körper gar keine Lust mehr, wach zu sein. Alles tat weh, alles knackte und klapperte und rasselte. Seine Knochen, seine Lunge, alles ein einziges altes Chaos. Ein langsamer Verfall. Im Grunde war er baufällig und marode.

Er legte eine weitere Karte ab und schaute hinüber zu den Kaninchenställen. Jemand hatte im Lauf des Nachmittags Salatblätter und Karotten hineingelegt, und das Wasser sah auch frisch aus. Florian vermutlich. Bevor er beschlossen hatte, den Zaun kaputtzufahren. Aber der Zaun war nur ein weiterer Schaden, den es zu beheben galt, etwas, das Gustav einen Sinn im Leben gab, wenn er ehrlich war. Das war jetzt sein Lebensinhalt: nicht nachdenken und Dinge reparieren. Und davon gab es einige. Sobald der Campingplatz einigermaßen auf Vordermann gebracht war, würde er sich dem Haus widmen. Vielleicht konnte er auch Lale darauf ansetzen. Sie hatte mehrmals betont, dass das Haus schön war. Oder: schön sein könnte. Die alten Tapeten rausreißen, die Wände neu streichen, schlicht, weiß. Den Schimmel in den Griff bekommen. Die morsche Stufe auf der Treppe ersetzen. Die alten Möbel raus, die Dielen abschleifen. Der Teppichboden auf der Treppe nach oben und im ersten Stock: weg. Vielleicht neue Fenster und ein paar Wände durchbrechen, größere Zimmer. Sie hatte ihm einen Plan auf ein altes Stück Zeitung gemalt, hingekritzelt mit Kuli.

»Ich habe einen Blick für so was«, hatte sie ungewohnt selbstbewusst verkündet, und er hatte sie daran erinnert, dass es erst mal nicht um Schönheitsmakel ging, sondern um ganz profunde, grundlegende Dinge: ein tropfender Wasserhahn hier, eine pochende Heizung, die entlüftet werden musste, dort. Undichte Rohre. Im Keller war es feucht, und ein ekelhafter, gelblicher Schimmelpilz kroch vom Boden herauf auf alles, was dort stand.

Aber kein Wunder, dass sie das Haus verschönern wollte. Sie hatte so etwas an sich. Etwas, das nach Veränderung schrie. Niemand passte weniger an diesen Ort als Lale. Allein dieser Name, Lale.

»Es ist türkisch oder persisch oder so«, hatte sie achselzuckend gesagt, als er sie danach gefragt hatte, als hätte sie keine Lust auf Erklärungen.

Man wusste doch, was sein Name bedeutete, oder? Gustav war ein schwedischer Vorname und bedeutete der Gote oder der Stab. Ziemlich prosaisch. Und trotzdem wusste er das. Er hatte ihren Namen gegoogelt, viel poetischer: Tulpe.

Er hörte Schritte. Es klopfte an der Terrassentür, und er blickte auf. Lale lächelte, einen Schüssel in der Hand. Das war noch so etwas: Sie aßen zusammen. Nicht immer, aber immer öfter, und er merkte, dass er sich darauf freute. Er konnte es Lale nicht verübeln, dass sie versuchte, ihn zu füttern (denn das machte sie, oder?), er war schrecklich dünn geworden. Am Morgen trank er Tee und aß ein Stück Knäckebrot, mehr brachte er so früh nicht herunter. Mehr brachte er überhaupt nicht herunter. Er merkte es an seinen Klamotten: Den Gürtel musste er enger machen, seine Hemden schlackerten an den Armen, und selbst seine Pullis hingen an ihm wie weite, wollene Säcke. In ein paar Wochen würde er aussehen wie ein Skelett mit ein bisschen fahler Haut außen herum.

Früher hatte er es geliebt zu kochen, früher, als er noch Appetit hatte. In jedem Land, in dem er gewesen war, hatte er dazugelernt. Sämige Currys und Dal aus Indien, Pad Thai mit viel Öl kurz in einem Wok geschwenkt in Thailand, eine echte Puttanesca aus Apulien, eine Lamm-Tajine mit Datteln aus Marokko. Jetzt kochte er manchmal für Lale, oder mit Lale, aber meistens war sie es, die sich den Bauch vollschlug, er stocherte nur im Essen und sah ihr dabei zu.

Jetzt stand Gustav mühsam auf und sagte: »Ich dachte, du kommst morgen.«

»Ein außerplanmäßiges Essen«, sagte sie. »Ich dachte, nach dem Chaos heute Morgen kannst du was Gescheites vertragen.« Sie hob die Schüssel und zeigte ihm den Inhalt: Hefeteig.

»Pizza?«, fragte er.

Sie nickte.

»Der Ofen geht doch nicht richtig«, sagte er und schob sich ins Haus. Es war ein trüber Tag, und die Lampe im Wohnzimmer machte kaum hell.

»Wird schon«, sagte sie und kam hinter ihm her.

Sie sprachen nicht viel, jedenfalls nicht heute. Manchmal über die Arbeiten auf dem Campingplatz, die getan werden mussten. Oder über das Haus. Manchmal fragte sie nach seinen Reisen, nach den Fotos an der Wand, die er über den Fernseher geklebt hatte: Kambodscha, Nigeria, Neuseeland, all die Länder, all die Bilder von Landschaften, nur Landschaften, keine Leute, niemand war lange genug geblieben, um es wert zu sein, ihn an eine Wand zu hängen. Manchmal legte sie eine seiner Platten auf, blies den Staub von den Hüllen und setzte vorsichtig die Nadel auf die Scheibe, lauschte mit geschlossenen Augen dem Kratzen und Rauschen, bis das Lied losging.

Einmal sahen sie zusammen einen Film, den sie aus seiner DVD-Sammlung gezogen hatte, *The Big Lebowski*, »damit kann man nichts falsch machen«. Er spielte dabei Solitär und warf vom Tisch aus ab und zu einen Blick auf den Fernseher und die hübsche, junge Frau, die da in ihrer Latzhose auf seinem Sofa saß und lachte und trotzdem so traurig aussah.

Sie erzählte ihm nichts aus ihrem Leben, und er fragte nicht.

Die Pizza war gerade fertig, als Florian an der Terrassentür klopfte.

»Was will der denn hier?« Gustav runzelte die Stirn.

»Hallo«, sagte Flo. »Meine Mama schickt Kekse, als Entschuldigung.«

»Deine Mama muss sich nicht bei mir entschuldigen«, sagte Gustav, während Lale Flo die Tupperdose abnahm, öffnete und »hmm« machte.

»Trotzdem nett«, sagte sie und lächelte dem Jungen zu.

Gustav war müde. Er hatte keine Lust, gegen irgendetwas anzukämpfen. »Gut. Dann nehme ich die Entschuldigung an, und du kannst dich wieder vom Acker machen, Kleiner.« Er wedelte auffordernd in Richtung Tür. »Du weißt ja, wo's rausgeht.«

»Warte mal«, sagte Lale, als Flo sich umdrehte.

»Ja?«

»Du vermisst nicht zufällig ein Kaninchen?«

»Nö«, sagte Flo.

»Da ist eins im Feld«, sagte sie. »Es sieht aus wie ein weggelaufenes.«

»Nicht von mir.« Der Junge schielte auf das dampfende Pizzablech, das Lale hereintrug.

»Die Frage ist ja, wovor es weggelaufen ist«, sagte Gustav, während er beobachtete, wie Lale die Pizza in Stücke schnitt. »Also, warum es nicht mehr im Rudel sein wollte.«

Sie warf ihm einen unergründlichen Blick zu.

»Vielleicht musste es einfach mal weg«, sagte sie.

Gustavs Mundwinkel zuckten. »Ja, ja, so ein Rudel kann ziemlich anstrengend sein.«

»Der Fachausdruck ist Kolonie«, sagte Flo.

»Schön«, sagte Gustav. »Da haben wir doch alle was gelernt. Und du gehst jetzt.«

»Tut mir wirklich leid wegen …«

»Sollte es auch! Ich bin wirklich stinkig, Kleiner.«

Gustav sah, dass die beiden einen Blick tauschten, den er nicht richtig deuten konnte. Mitleidig, vielleicht. Belustigt. Das war aus ihm geworden. Eine Witzfigur, um die man sich bestenfalls noch Sorgen machen konnte. Er seufzte.

»Er könnte ja helfen, die Klos zu schrubben«, sagte Lale mit einer furchtbar fröhlichen Stimme, die Gustav in den Ohren schmerzte. »Als Wiedergutmachung, mein ich. Und ich wette, du hast noch hundert andere Aufgaben, bei denen er helfen kann.«

»Ich brauche keine Hilfe«, sagte Gustav zu seiner Pizza.

»Die Rezeption müsste mal auf Vordermann gebracht werden«, sagte sie. »Das alte Zettelkastensystem. Ausmisten. So was.«

»Mach ich gern«, sagte Flo.

Lale lächelte ihm zu. Aufmunternd. Gustav kannte diesen Blick. Ein Kümmerer, das war sie. Nur, warum? Weil er ein alter, kranker Mann war? Weil er ihr Vater hätte sein können? Weil er erbärmlich kümmernswert wirkte?

Hier ging es doch um irgendetwas anderes, was er nicht wirklich kapierte. Leistet dem einsamen Alten Gesellschaft, oder so was. Darauf konnte er verzichten.

»Hier geht's doch nicht um den Platz, oder?«, sagte Gustav.

»Doch«, behauptete Lale ein wenig zu schnell. »Natürlich. Je mehr Helfer, desto besser.«

Er warf ihr einen düsteren Blick zu.

»Flo, willst du mitessen?«, fragte sie.

Diese Lale war in sein Leben gewirbelt, okay, schön und gut, er mochte sie, aber der Junge war immer vollends zufrieden gewesen, ihm von seinen Ställen aus zuzuwinken. Und so würde das auch schön bleiben.

»Will er nicht«, sagte Gustav. »Und wisst ihr was, mir ist auch der Appetit vergangen. Ich gehe hoch. Ihr wisst ja, wie's rausgeht.«

Und damit ließ er sie sitzen, schlurfte zur Treppe und stieg langsam die Stufen nach oben. Er plumpste auf das viel zu weiche Bett und angelte nach der Packung Schmerztabletten. Drückte eine Tablette heraus, spülte sie mit dem Rest des abgestandenen Wassers neben seinem Bett hinunter. Seine Hände zitterten, sein Atem ging stoßweiße. Er brauchte Ruhe, er brauchte niemanden, der ihm Pizza und Kekse brachte. Er brauchte keinen kaputten Zaun und keine Hausrenovierung und auch kein Abendessen mit fremden, schönen, sehr jungen Frauen. Er wollte einfach nur seine letzten paar Monate – Wochen, womöglich! – in Frieden verbringen, nicht nachdenken, über nichts, vor allem nicht über die Vergangenheit.

Und dann, im Herbst vielleicht, wenn er ein letztes Mal im dunkelgrünen Seewasser geschwommen war, ein letztes Mal den Sonnenuntergang über den Feldern betrachtet, ein letztes Mal den Duft von gemähten Wiesen gerochen hatte und barfuß hinüber zum Wald gegangen war, dann wollte er einfach in Frieden sterben. Allein.

DREI

DER BRIEF war jahrelang kaum angerührt worden, hatte völlig unversehrt Jahre in diesem Buch überstanden, als hätte sie ihn gestern erst geschrieben. Aber seit Chris ihn herausgeholt, aufgefaltet, flachgedrückt und gelesen hatte, war das Papier von seinen schweißnassen Fingern gewellt, in seiner Tasche zerdrückt und von Kaffee benetzt worden. Er hatte ihn überall dabei, hatte ihn dutzende Male gelesen, mit einem Gefühl im Magen, das er nicht benennen konnte, das aber seiner Seekrankheit ziemlich nahekam.

Er verbrachte die nächsten vier Tage damit, das Leben seiner Mutter in Kisten zu packen. Ordentlich beschriftete Kisten: Verschenken, Wegschmeißen, Spenden, Behalten. Die »Behalten«-Box war die kleinste, ein jämmerlicher Haufen von einzelnen, vergilbten Fotos, ihrer Lieblingstasse, einer Brosche, ein paar von ihren selbstgetöpferten Kunstwerken.

Er schlief schlecht, er ging den ganzen Tag wie durch Watte. Ein leichter Schwindel, der ihn nie losließ. Ein Leben in Kisten. Vier Tage Ausräumen, Ausmisten und Wegwerfen. Vier Tage voll mit schlechtem Gewissen. Das Erdgeschoss war das reinste Chaos. Umzugskartons hier, Stapel von Geschirr dort, eine Ecke voll mit ihren Hüten. Er erschrak fast zu Tode, als er einmal müde die Treppe herunterkam, das Fenster offen stand und ihre rote Schürze an der Speisekammertür im Wind flatterte. Sie hatte an die Seelen Verstorbener geglaubt, die herumgeisterten, weil sie noch irgendetwas brauchten. Gruselgeschichten aus seiner Kindheit: Die Frau mit dem starren

Blick, die Paulette als Kind bei einem verlassenen Haus gesehen haben wollte. Ein Mann mit Kleidern wie aus dem 18. Jahrhundert, der seinen Onkel angeblich mal um ein bisschen Wasser gebeten hatte. Das Gesicht seiner Großmutter in einem milchigen Spiegel im Bad. Vier Wochen lang traute er sich damals nicht aufs Klo (er war immer zu Chidi rübergegangen). Für Paulette waren solche Geister aber nichts Widernatürliches oder gar etwas, vor dem man Angst haben musste. Sie gehörten einfach zum Lauf der Dinge. Er hätte sich also nicht gewundert, wenn sie jetzt selbst irgendwo herumspuken würde. Er ließ den Fernseher laufen, beruhigendes Gebrabbel gegen kalte Schauer über den Rücken, gegen geisterhafte Schürzen an Speisekammertüren.

Und immer war da dieser Brief.

»Brauchst du einen Schnaps? Ich brauche einen Schnaps!«

Chidi brachte zwei Gläser mit einem braunen, fast goldglänzenden Rum und knallte sie vor ihn auf den Tisch.

»Trinken«, sagte er und stieß sein Gläschen gegen Christophes, das wackelte. Etwas Rum schwappte über den Rand. Er nahm es und nippte daran, stellte es aber dann gleich wieder ab.

»Sie hat ihn einfach nicht abgeschickt?« Chidi drehte das Briefpapier um, als könnte auf der Rückseite noch eine Erklärung stehen. Regen prasselte gegen die Fensterscheiben. Der runde Lichtfleck auf dem Küchentisch schwankte mit der Lampe über ihnen, und die Geister verschwanden in den finsteren Zimmerecken. Der Brief lag, zerfleddert, mit schmuddeligen, eingerissenen Ecken auf dem Tisch neben den Schnapsgläsern, und sie hatten bereits eine Zeitlang darauf gestarrt.

Chidi klopfte mit einem Zeigefinger auf das Datum an der oberen rechten Ecke des Briefes. »Sie hat das zwei Tage nach deiner Geburt geschrieben«, stellte er fest.

»Jup.« Christophe hatte so oft mit dem Daumen über diese Datumsangabe gestrichen, dass das Papier dort ganz dünn war, die Schrift aufgeweicht. Er steckte sich einen der ungefähr zwanzig verschiedenen Kuchen aus seiner Speisekammer in den Mund, zog den Umschlag aus seiner Hosentasche und wedelte damit vor Chidi herum. »Sie hat nicht mal eine Briefmarke draufgeklebt«, sagte er.

»Hm«, machte Chidi, der das sehr gut konnte: wenig sagen und damit viel ausdrücken. Er griff nach dem Umschlag. »Adressiert, aber dann nicht abgeschickt?«

Christophe nickte langsam.

Chidi trank den zweiten Schnaps aus. »Und?«

»Was und?«

»Na …« Chidi blickte von seinem Rum auf. »Wirst du hinfahren?«

Christophe hatte sich diese Frage selbst so oft gestellt, dass allein der Klang dieser Worte sich jetzt für ihn komisch anhörte. Wie, wenn man zu oft »Baumkrone« sagte und das Wort seine Bedeutung völlig verlor, bis nur noch eine seltsame Aneinanderreihung von Lauten übrig blieb. Er hatte sie in seinem Kopf hin und her gewälzt, hatte den Brief auf- und wieder zugefaltet, hatte auf die Adresse gestarrt, sie in Google Maps eingegeben und dann auf das kleine Satellitenbildchen geglotzt, die grüne Fläche, die kleine Ansammlung von Häusern, ein rotes Dach, hatte versucht, das Männchen daneben auf die Straße zu setzen, damit er näher ranzoomen konnte, aber anscheinend gab es von dort keine genaueren Daten. Da war ein dunkelblauer See und eine einzelne Straße und etwas, das aussah wie Bahngleise und außenherum sehr viele eckige Felder und sehr viel Wald.

»Ich kann da doch nicht einfach hinfahren«, sagte er.

»Wieso nicht?«

»Weil ich so was nicht mache. Ich fahre nicht einfach auf gut Glück los.«

»Dann googel ihn halt vorher mal.«

»Hab ich schon.«

»Und?«

Christophe griff in seine Hosentasche und zog sein Handy hervor. Er zeigte Chidi den offenen Browser, kein Bild, nur ein grüner Fleck auf Google Maps. Chidi grinste.

»Ein Campingplatz?! Da hast du ja gleich ein neues Projekt.«

»Ha«, machte Chris.

»Und Deutsch kannst du ja auch schon«, sagte Chidi. »Woah, meinst du, dein Vater, ich meine… Frank wusste das?«

»Tja, zumindest waren sie damals schon verheiratet.«

Chidi blies Luft in seine Backen. »Das ist jetzt auf jeden Fall sehr praktisch für die Verständigung«, sagte er.

Christophe nickte. »Ich hab nicht mal einen Akzent.«

»Und wenn, dann einen sehr charmanten.« Chidi wuschelte ihm durch die dunklen Locken. »Ich werde dich vermissen, Alter.«

»Das heißt nicht, dass ich fahre!«, rief Chris.

»Bist du nicht neugierig?«, fragte Chidi und schenkte ihnen noch einen Schnaps ein. »Und außerdem: Was hält dich denn hier?«

Chris schob die Unterlippe vor und nippte an seinem Rum. Das stimmte schon. Die letzten Jahre hatte er damit verbracht, sich um seine Mutter zu kümmern. Paulette hatte ihm dankbar die Hände gedrückt. Was es wert war. Sie war immerhin seine Mutter.

Aber jetzt? Er wollte immer weg, vielleicht zurück nach Kanada, aber nach fünf Jahren, die er auf der Couch seiner Mutter mit Fernsehen verbracht hatte, erschien ihm das auf einmal anstrengend. Er könnte einfach bleiben, das Haus endlich nach seinen eigenen Vorstellungen einrichten, klare, einfache Möbel, weiße Wände, helle Bilder. Den Auftrag von diesem Typ annehmen, der sich diese protzige Villa drüben an der Westküste baute, gute Bewertungen bekommen, mehr Aufträge annehmen. Viel arbeiten, wenig nachdenken. Am Abend ein paar Filme schauen, ab und an mit Chidi einen trinken gehen. Chidis Mädchen aufwachsen sehen. Das Meer genießen. Schwimmen. Vielleicht ein Boot kaufen, ein kleines. Zu den Muschelbänken hinausrudern, wie früher, mit seinem Opa. Ein einfaches Leben, ein stilles Leben. Er schaute in die goldbraune Flüssigkeit in seinem Glas.

Chidi schenkte noch einmal nach. »Ich glaube, sie wollte, dass du ihn findest. Den Brief und den Typ.«

Der Rum brummte in Christophes Kopf. Das Prasseln des Regens schien plötzlich fünfmal so laut zu sein.

»Und ich glaube, sie hat ihn vergessen. So wie alles«, sagte er düster. »Auch wenn der Kerl anscheinend ihre große Liebe war.«

»Na ja, sie kannst du nicht mehr fragen. Ihn schon …«

»Und was soll ich sagen? Ich hab da so einen Brief gefunden, Überraschung …?«

Chidi leckte sich Rum von den Fingern. »Also doch hinfahren!«

Sie stießen mit einem weiteren Glas Schnaps an. Der Rum schmeckte süß. Und dann, vielleicht war es der Schnaps oder die Tatsache, dass das wirklich absurd war, dieser Brief in einem Buch, vergessen und verlegt, merkte Christophe, dass er lachen musste. Er lachte so lange, bis ihm die Tränen kamen, die liefen und liefen, auch, als er längst nicht mehr lachte und Chidi seine Schulter drückte.

Er brauchte eine Woche, bis das Haus leer war. Zumindest so leer, dass es nicht mehr nach ihrem Zuhause aussah, sondern nach einer gemütlichen, wenn auch etwas staubigen Ferienunterkunft, die man vermieten konnte.

Chidis Frau Maria schenkte er Paulettes Hüte und ein bisschen was von ihrem Schmuck. Er fuhr dreimal mit Chidis voll beladenem Jeep zum Gebrauchtwarenladen. Er ließ die Frauen aus der Nachbarschaft durchs Haus gehen und sich Lieblingsstücke von ihr aussuchen. Erinnerungen, etwas, was sie schon immer gerne gehabt hätten, Haushaltsgeräte, ein paar ihrer Topfpflanzen, Bücher. Er wusch die Bettwäsche, die Vorhänge, klopfte die Teppiche aus, schmiss ein paar davon weg. Er strich das Wohnzimmer neu in einem dezenten Eierschalen-Weiß. Er mähte den Rasen, er schnitt die Hecke, er zupfte Unkraut, bekam wieder Schwielen an den Händen und schmutzige Knie. Er reparierte die quietschende Haustür und eine morsche Planke in der Veranda.

Er packte die paar Klamotten, die er hatte, in eine Reisetasche, die ganz unten in seinem Schrank gelegen hatte, seit er damals aus Kanada zurückgekehrt war. Stopfte Hemden und T-Shirts und Hosen und Shorts hinein, seine Turnschuhe und ein paar schickere Schuhe und einen Kulturbeutel mit einer Zahnbürste und seinem Lieblingsduschgel darin.

Er brauchte zehn Minuten, um sich auf AirBnB anzumelden und noch mal zwanzig, um ein paar ansehnliche Bilder zu machen und online zu stellen.

Er brauchte fast zwei Tage, um den Flug zu buchen. Nur so, weil er es einfach nicht schaffte, auf »Buchen« zu klicken.

VIER

Es war ziemlich erstaunlich, wie viel mehr Zeit man ohne Internet hatte. Am Anfang hatte sie das völlig irritiert, keine Serie am Abend, keine Zeitungsartikel online lesen, keine Youtube-Videos zum Musikhören, nur die alten Lieder, die sie seit Jahren auf ihrem Telefon gespeichert hatte.

Keine Anrufe von Matthias, kein vorwurfsvoller Unterton, keine Nachrichten von Freundinnen, die sie nicht sehen wollte. Keine Bilder auf Instagram, keine fröhlichen, ordentlichen Lebensläufe, keine Pinterest-Pinnwände mit gesunden Rezepten. Keine Mails vom Chef, der sie fragte, wann sie zurückkäme. Keine Werbung für ETF-Geldanlagen und Wertpapiere. Keine grausamen Nachrichten aus aller Welt. Sie wusste auch so, dass die Welt ein schlechter Ort war, dass man mit 34 erwachsen zu sein hatte, dass man brav auf die Arbeit gehen sollte und dass man Geld, das einfach auf der Bank lag, genauso gut unter seine Matratze stecken könnte. Sie wusste, dass Minimalismus hip war und *clean eating* und dass man jetzt *nice* sagte, wenn man etwas gut fand, und *bowls* zum *lunch* aß. Sie wusste, dass man das, was sie gerade machte, als *ghosting* bezeichnete und dass es ziemlich scheiße war, sich nie wieder bei seinen langjährigen Freunden zu melden.

Sie wusste das alles. Sie brauchte kein Smartphone, um sich täglich daran zu erinnern. Es war aufwendig, die SIM-Karte wieder einzusetzen, sie tat es immer seltener.

Ihr Telefon war nur noch ein Gerät, mit dem man alte Musik hören oder etwas ausrechnen oder sich Notizen machen oder mit dem man notfalls etwas beschweren konnte, was nicht vom Wind davongeweht werden sollte.

Lales Finger schwebte über dem Icon für ihre Foto-Galerie, aber bevor sie darauf klicken konnte, wurde das Display dunkel, und ein kleines Stecker-Symbol erschien. Kein Akku. Besser so. Sie stöpselte das Handy ans Ladekabel, legte es weg, öffnete die Tür und setzte sich hinaus auf die Stufen vor dem Wohnwagen.

Abends war es am schlimmsten. Den Tag über konnte sie sich ablenken, hatte das Klo zu putzen oder Silikondichtungen aus Wänden zu kratzen. Konnte mit Gustav quatschen. Am Abend war sie allein mit ihren Gedanken, die wanderten, die das enge Gefühl um ihre Brust immer enger schnürten, wie ein Korsett, an dem jemand zog. Noch enger, und etwas würde kaputtgehen, wenn es nicht schon längst kaputt war. Ein Knacken, und das war's. Sie würde an sich selbst ersticken.

Gleichzeitig war dieses Korsett vielleicht das Einzige, was sie noch zusammenhielt.

Sie blickte hinüber ins Feld, wo der Traktor noch immer wie ein riesiges Schattenmonster mit einem kurzen Hals und einem eckigen Kopf dastand und zu ihr herübersah. Als Kinder hatten sie sich vor solchen Schattenmonstern gefürchtet. Hatten sie überall gesehen, hatten sich gegenseitig darauf aufmerksam gemacht, bis sie wirklich erschienen waren, bis sie da gewesen waren: der Vorhang, der zum wogenden Geist am Fenster wurde. Die Stehlampe zum alten Mann mit Hut, der in der Ecke lauerte. Der Palmfarn auf dem Fensterbrett: eine Krake mit ausgestreckten Tentakeln. Man konnte nicht gegen sie kämpfen, denn egal, was man tat, welche Kräfte man auch hatte – sie vereisen, verbrennen, mit dem Schwert zerschlagen –, sie kamen immer wieder. Man konnte nichts weiter tun, als sich gemeinsam unter die Bettdecke verkriechen, die Taschenlampen auf den

Knien, und darauf zu hoffen, dass sie nicht kommen würden, weil man zu zweit war. Zu zweit sein. Das war ihre beste Waffe gewesen.

Lale versuchte zu atmen, aber es funktionierte nicht richtig. Sie legte eine Hand auf ihre Brust und drückte, als würde das helfen. Die Luft war kühl, und Gänsehaut bildete sich auf ihren Armen. Sie strich über den winzigen Bären auf ihrem Handgelenk und lehnte den Kopf gegen den Türrahmen. Sie fragte sich, wo das Kaninchen jetzt war. Sie fragte sich, was Matthias gerade machte. Sie fragte sich, was sie hier eigentlich tat. Die allabendliche Frage. *Was zur Hölle tust du hier eigentlich?*

Lale seufzte, stand auf und ging hinüber zu den Toilettenhäuschen. Sobald sie durch die grüne Schwingtür trat, flackerte das Licht an. Die irische Musik fidelte durch den kahlen Raum. Sie ging aufs Klo, betrachtete die Sonnenblumen auf ihrem Poster und dann beim Händewaschen ihr Gesicht in einem der Spiegel. Sie rümpfte die Nase, ihr bleiches Gegenüber tat es ihr gleich. Klar, das Neonröhrenlicht war unvorteilhaft, aber es änderte nichts daran, dass sie ihrem Bruder furchtbar ähnlich sah. Minus der schönen Locken. Sie hatte nervig glatte Haare, schwarz wie die Nacht, aber die gleiche lange Nase. Matthias hatte mal gesagt, sie sähe aus wie Professor Snape. Als er ihren Gesichtsausdruck gesehen hatte, war er freundlicherweise zurückgerudert und hatte gesagt: »Wie seine wunderschöne Schwester, natürlich. Severina Snape!«

Als sie das ihrem Bruder erzählt hatte, hatte er sich bei seinem nächsten Besuch sein dunkles, kinnlanges Haar geglättet, sich einen schwarzen Umhang angezogen und Matthias mit einem geschwungenen kleinen Stecken und »Sectumsempra!« begrüßt.

Der Mond schaute hinter einer Wolke hervor, als sie zurück zum Wohnwagen kam. Milchiges Licht über dem Feld. Nebel zog vom See herauf wie auf einem romantischen Gemälde. Caspar David Friedrich reloaded. Sie schloss die Augen. Sie konnte sich nicht wieder auf die Stufen setzen. Sie konnte nicht ins Bett gehen. Sie musste sich bewegen. Musste dieses Korsett abstreifen, musste raus aus ihren Gedanken und rein in ihren Körper. Ihr Bruder hatte Liegestützen gemacht, hundert Stück, *irgendwo muss die Energie ja hin,* und er hatte einen Boxsack, in den man reinschlagen konnte, bis einem die Knöchel weh taten. Lale hatte ein anderes Mittel entdeckt.

Sie angelte nach ihrem Telefon, das jetzt schon wieder bei fünfzehn Prozent war, stöpselte ihren Kopfhörer hinein und startete ihre Playlist. Sie schüttelte ihre Beine aus, ihre Arme. Ein schnelles Lied, mit viel Bass, mit einem schnarrenden Schlagzeug, mit wütenden Gitarren. Sie stopfte das Handy in die Fronttasche ihrer Latzhose, um die Hände frei zu haben, hopste ein bisschen auf der Stelle, wie ein Sportler vor einem Wettkampf, und fing an zu tanzen.

Der Nebel, das Feld, der Mond. Der Bass, die Gitarren, das Schlagzeug. Ihre Muskeln spannten sich. Sie tanzte nicht nett, nicht, wie man tanzt, wenn jemand zusieht. Hier war niemand. Sie war hinter dem letzten Wohnwagen auf einem leeren Campingplatz, am Rand eines Feldes am Arsch der Welt, und nur ein schlafendes Schattenmonster mit Traktorrädern schaute ihr zu.

Hüpfen, springen, Windmühlenarme. Den Kopf schütteln, die Haare fliegen lassen. In die Luft boxen, auf imaginäre Monster einschlagen, die einem die Luft nahmen. Den Kopf kreisen lassen, Stimmen vertreiben. Matthias, der es albern fand, wenn sie so tanzte. Zu viel Alkohol auf seiner Firmenfeier. Peinlich. Den Nacken nach hinten biegen, den Rücken, fast hinfallen, mit den Armen rudern, um wieder ins Gleichgewicht zu kommen. In die Hocke gehen, mit dem Hintern wackeln. Schweiß trat auf ihre Stirn. Ihr Körper wollte sich bewegen, wollte sich befreien. Sie war jetzt fast am Feld, fast im Feld, tänzelte über den aufgerissenen Boden, mit matschigen Schuhen und Erdklumpen, die kleben blieben. Hielt sich am Traktor fest und ließ sich daran herumschwingen. Hopste zurück zum Gras, tanzte sich mit fließenden Bewegungen die Schuhe sauber, schloss die Augen, drehte sich so lange, bis sie nichts mehr wahrnahm außer dem eigenen Atem und einem wunderbaren Kribbeln, das sich durch den ganzen Körper ausbreitete.

Das Lied war zu Ende. Ein neues begann, ein ruhiges, leises, eine sanfte Gitarre. Ein Lieblingslied ihres Bruders. Sie schwankte, fummelte nach dem Handy in ihrer Brusttasche, wollte den Song wegdrücken, wollte ihn nicht hören, blöde Shuffle-Einstellung. Sie öffnete die Augen, die Welt fuhr an ihr vorbei, und da stand jemand, jemand stand bei ihrem Wohnwagen und sah zu ihr herüber, eine dunkle, schemenhafte Gestalt, ein Schatten mit weißem Gesicht, ein Geist im Nebel.

Lukas, dachte sie, strauchelte, hielt sich an einem der Pfeiler fest, der noch stand. Sie stolperte über den halb plattgefahrenen, halb hoch stehenden Zaun, ihre Hand rutschte ab, und sie landete mit beiden Knien im Matsch. Ihre linke Hand bohrte sich in etwas Scharfes, und sie stieß einen spitzen Schrei aus, als der Geist direkt auf sie zukam.

»Ich bin's nur!«, rief jemand, den sie nicht identifizieren konnte.

»Wer, ich?« Ihre Stimme zitterte. Sie räusperte sich. Ihr Puls beruhigte sich nur langsam. Blödsinnige Gedanken an Kindermonster. Albern.

»Ich! Flo!«

Der Junge. Der Junge, der aussah wie einer der *Hanson*-Brüder mit seinem breiten Mund und seinen langen, blonden Haaren. Kein bisschen wie Lukas. Lale rappelte sich hoch. Ein pochender Schmerz fuhr durch ihre linke Hand.

Verdammt. Sie schaute auf den Schnitt, der sich durch ihre Handfläche zog, und sog die Luft ein.

»S…sorry! Ich wollte dich nicht erschrecken«, rief der Junge. Er kam näher, und sie sah, dass er eine Rolle Draht hinter sich herschleifte. »Hast du dich verletzt?«

Lale betrachtete ihre Handfläche. Aus dem Schnitt quoll Blut, nicht viel, aber so viel, dass ihr leicht schwummrig wurde.

»Ich hab mich an irgendwas geschnitten«, sagte sie und sah sich um, was es gewesen war. Eine zerbrochene Bierflasche?

Nein. Eine Tonscherbe. Es sah aus wie ein Stück eines braunen Tellers. Sie hob das Teil mit ihrer gesunden Hand auf und rubbelte die Erdklumpen, die daran klebten, an ihrer Latzhose ab. Der Junge ließ die Rolle Draht fallen.

»Wolltest du etwa den Zaun reparieren?«, fragte sie.

Er pustete seine langen Haare aus der Stirn. »Ich dachte, wenn ich es bis morgen hinkriege, ist die Sache gegessen.«

Sie lächelte. »Ah ja. Ambitioniert.«

Im fahlen Mondlicht war die Ähnlichkeit zu Lukas verschwunden: die blasse Haut, die weiche Stupsnase, der breite Mund. Er sah kein bisschen aus wie ihr Bruder mit seinen dunklen Haaren und seiner langen Nase. Und er hinkte leicht, und irgendetwas war mit seiner rechten Hand nicht in Ordnung. Aber die Art, wie er die buschigen Augenbrauen zusammenzog, und dieser Wirbel seiner Haare über der Stirn, genau wie bei Lukas … Sie musste sich davon abhalten, die Hand auszustrecken und ihm durchs Haar zu fahren.

»Alles okay?«, fragte er.

Sie merkte, dass sie ihn angestarrt hatte.

»Hast du Pflaster? Oder brauchst du was Größeres? Einen Verband?« Er wirkte nervös.

Sie lächelte ihn an. »Ich schätze, ich hab irgendwo einen Erste-Hilfe-Kasten. Danke dir.«

Er zögerte und sah aus, als wollte er ihr folgen, wüsste aber nicht genau, wie.

»Wie lang bist du schon da?«, fragte sie und hoffte, dass er ihren peinlichen Angry Dance nicht gesehen hatte.

Er murmelte etwas Unverständliches, was eindeutig bedeutete, dass er sie gesehen hatte. Mist. Sie hielt ihre Hand und schob sich in den Wohnwagen. Er blieb in der Tür stehen. Im kalten Licht der Lampe aus dem Wagen wirkte er noch blasser als sonst, hatte Augenringe, und als er seine Haare zurechtschob, fielen sie glatt in einem ordentlichen Mittelscheitel um seine Wangen. Nein, gar nicht wie Lukas.

»Jetzt musst du Gustav wohl doch helfen«, sagte sie. »Wo ich handgeschädigt bin.«

Ein Lächeln schob sich in das runde Gesicht des Jungen.

Lale kramte nach dem Verbandskasten, den sie irgendwo gesehen hatte, und fand ihn schließlich in einem kleinen Schrank über ihrer Bettkoje. Flo stand noch immer in der Tür.

Sie wusch ihre Hand an der kleinen Spüle aus und setzte sich dann auf ihr Bett. Ein Schnitt, der gar nicht so harmlos war. Sie fand ein paar Klammerpflaster und einen Mullverband; beides wirkte wie aus dem Jahr 1989.

»Kannst du mir mal das Desinfektionsspray da draufmachen?«

Flo sprühte ihr ein bisschen davon auf die Wunde. Sie verarztete sich selbst und winkte dann wie eine königliche Mumie mit ihrem Verband vor Flo herum. Er grinste.

»So und jetzt zeig mir mal dieses Monstrum, an dem ich mich geschnitten habe«, sagte sie und deutete auf die Scherbe, die noch immer neben der Tür lag. »Oder, vorher, magst du einen Tee? Ich hab eine großartige Auswahl: Pfefferminz oder Kamille. Frisch aus der Kneipe oben.«

Lale schaltete den Wasserkocher an, in dem noch Wasser vom Morgen war, und schob Flo eine Tasse zu. Sie hängte jeweils einen Teebeutel in ihre und seine Tasse.

»Ich hab mich geirrt. Kamille ist aus«, sagte sie.

Schweigend lauschten sie dem Wasserkocher, bis es blubberte. Lale schenkte ein und angelte nach der Scherbe am Boden. Sie setzten sich nebeneinander auf Stufen vor dem Wohnwagen.

»Sieht alt aus«, stellte Lale fest. Sie kratzte ein wenig Erde ab.

»Voll alt«, sagte Flo.

»Vielleicht ist es ein Teil von was echt Wertvollem«, sagte Lale, »so wie die Himmelsscheibe von Nebra oder so.«

»Die was?«

»So ein Ding aus der Bronzezeit, das mal gefunden wurde.«

»Hm«, machte Flo. »Das sieht eher aus wie eine alte Müslischale.«

»Vielleicht eine steinzeitliche Müslischale.« Lale grinste.

»Flori!«, rief eine Stimme über den Platz. Ortsvorstand Rainer, der schnaufend und winkend auf sie zukam. Flo rollte die Augen.

»Deine Mutter macht sich Sorgen«, sagte Rainer zu Flo und hob dann die Augenbrauen. »Was haben Sie denn mit Ihrer Hand gemacht?«, fragte er und nickte in Richtung von Lales mumienhaft eingepackter Handfläche.

»Ich hab mich an der Himmelsscheibe von Nebra geschnitten«, sagte Lale.

»Was?«

»Wir haben was im Feld gefunden.« Flo klang wie ein eifriger Einser-Schüler, der seinem Lieblingslehrer beweisen wollte, wie klug er war. Ihr fiel auf, dass er eine besondere Art zu sprechen hatte, ein klein wenig schleppend. »Etwas Altes.«

»Etwas Altes?«, wiederholte Rainer. »Siebziger Jahre alt oder alt-alt?«

»Keine Ahnung«, sagte Lale, zog die Scherbe hervor und reichte sie ihm. »Es ist ein … ein Stück von einem Teller oder so was.

»Also alter Schrott.« Rainer begutachtete die Scherbe.

Lale betrachtete die beiden. Sie sahen sich kein bisschen ähnlich, sie waren eher das genaue Gegenteil voneinander: Dort, wo Rainer groß und breit war, war Flo klein und zart. Außerdem unterschieden sie sich in der Hautfarbe: Flo war blass, Rainer sah immer aus, als würde er sich wirklich übel aufregen: ein knallroter Kopf, jederzeit. Nur die matschig dunkelblonden Haare schien sein Sohn von ihm geerbt zu haben.

»Vielleicht auch nicht«, sagte Rainer, lief mit der Scherbe in der Hand hinüber zum Feld und wühlte im Matsch. »Da ist noch mehr von dem Zeug. Das sieht alles so alt aus. Hier, du meine Güte, kleine Figuren!« Er kniete sich hin und buddelte mit beiden Händen im Dreck. »Und ein Ring!« Er hielt einen winzigen Ring in die Höhe, dick und rund und glänzend. Rainers Gesicht schien noch röter zu werden, als es sowieso schon war.

»Das könnte was ganz Großes sein!«

Am nächsten Morgen wachte Lale auf, weil Gustav brüllte. Sie verfluchte die dünnen Wohnwagenwände.

»Seid ihr jetzt von allen guten Geistern verlassen?«, hörte sie Gustavs Stimme poltern und schob sich verschlafen aus dem Wohnwagen. »Was soll dieses Loch hier?«

»Das ist kein Loch, das ist eine Ausgrabungsstätte«, sagte Flos Stimme.

»Die haben hier ernsthaft ein Loch gegraben«, sagte Gustav anstelle einer Begrüßung. Flo winkte ihr zu.

Rainer stand bis zur Brust in einer Grube. Wenn er sich bückte, verschwand er. Flo hockte am Rand der Grube und schaute hinunter. Rainers Kopf tauchte wieder auf, er schwenkte mit einer Art triumphierender Geste eine Schaufel. Gustav warf ihm einen entsetzten Blick zu.

»Riesig! Zwei auf zwei Meter! Warum? Warum??«, schrie Gustav.

»Wir haben eine antike Grabstätte gefunden«, sagte Flo ernst. Rainer nahm wieder den Spaten, und ein paar Erdklumpen flogen nach oben zwischen Lale und Gustav, die einen Schritt zurück machten.

»Ihr habt was?«

»Hier!«, rief Rainer. »Das sieht aus wie ein Ohrring! Ein Ohrring!« Er gab Flo einen schmutzigen Gegenstand und zog dann weiter irgendwelche komischen Sachen aus der Erde. Etwas, das aussah wie ein Haarkamm zum Stecken. Noch mehr Scherben. Flo sammelte sie und legte sie ordentlich am Rand der Grube hin.

Gustav fuhr sich über den Kopf. »Ihr befindet euch auf meinem Grund und Boden«, sagte er.

»Nein!«, sagte Rainers Kopf, der hochrot aus der Grube auftauchte. »Der Zaun ist da … wenn auch platt. Wir sind ungefähr dreißig Zentimeter außerhalb deines Grundstücks.« Es klang, als hätte er es ausgemessen.

Der Traktor und der Kabelverlege-Pflug standen noch immer ein Stück weiter. Der gesamte Weg zum See war eine aufgepflügte Matschwiese. Und jetzt hatten sie auch noch direkt vor seinem Ausgang zum See ein riesiges Loch gegraben. Lale konnte Gustavs Wut fast brodeln sehen.

»Ihr baut mir den Zaun wieder auf«, sagte Gustav. »Ihr fahrt den Bulldog weg. Und ihr macht diese Grube hier wieder zu.«

»Das sind Kultgegenstände, jede Wette!«, rief Rainer aus dem Loch heraus und jauchzte. »Das sieht aus wie ein Zauberstab!« Er wischte einen länglichen Gegenstand an seiner Hose ab.

Gustav runzelte die Stirn.

»Das ist doch nur Müll«, sagte er.

»Da waren auch Knochen«, sagte Flo. »Deshalb glauben wir, es ist ein Grab.«

»Ja!«, rief Rainer und warf einen länglichen Schädelknochen nach oben. Lale, die an den Rand der Grube getreten war, um hinunterzuschauen, quiekte erschrocken und sprang zurück.

»Vorsicht«, sagte Gustav. »Du kannst doch nicht einfach mit Leichenteilen um dich werfen.«

Flo hob den Schädel auf. »Kaninchen«, stellte er fest. »Eindeutig.«

»Das ist eine wahre Fundgrube für den Tourismus im Dorf! Verstehst du: Fund-Grube?! Ha! Wahnsinn. Du wirst mir noch dankbar sein, Gustav!« Rainer verschwand wieder.

»Ihr wisst aber schon, dass Archäologen mit so winzigen Pinseln kleinste Partikel abtragen?«, fragte Lale.

»Da muss doch erst mal die Lehmschicht weg!«, sagte Rainer, und weitere Erdklumpen flogen aus dem Loch.

»Was ist denn mit deiner Hand passiert?«, fragte Gustav, der anscheinend resigniert hatte.

»Ich bin ausgerutscht und auf eine Scherbe gefallen«, sagte Lale und hob ihre eingebundene Hand. »War wohl eine alte Scherbe.«

»Na, sauber«, sagte Gustav.

FÜNF

CHRISTOPHE HATTE VERGESSEN, wie anstrengend es war, zu reisen. Er hatte das nie gemocht, von A nach B zu kommen. In B sein, wunderbar. Fremde Länder, andere Sprachen, ein anderes Klima, eine andere Kultur, er liebte das. Aber das Hinkommen? Furchtbar.

Elf eingequetschte Stunden verbrachte er in einem wackeligen Flieger, der ihn nach Paris brachte. Wenn ihm schon auf Chidis Segelboot schlecht wurde, dann war ein Langstreckenflug durch ein tropisches Sturmtief nicht gerade das Angenehmste, was er tun konnte. Er kaute ununterbrochen Reisekaugummis, die seine Zunge und seinen Gaumen pelzig und trocken werden ließen und rein gar nichts brachten. Er erbrach sein ekelhaftes Mittagessen auf der Toilette und krallte sich dann kreidebleich an seinen Sitz, bis er irgendwann eine Schlaftablette zusammen mit einem Becher Rum-Cola nahm und schließlich völlig verschwitzt und gerädert in Paris aufwachte.

Er sammelte sein Handgepäck ein, verbrachte weitere dreizehn Stunden auf einer unbequemen Bank an seinem Gate und verfluchte sich, nicht die zweihundert Euro mehr für eine bessere Verbindung gezahlt zu haben. Er trank Wasser aus einem Wasserspender, das nach Chlor schmeckte, baute sich ein Kissen aus seinem Handgepäck und schlief einen unruhigen Schlaf, der immer wieder durch Ansagen und Aufrufe verspäteter Personen, Flüge oder Gepäckstücke unterbrochen wurde. Er vermisste sein Bett, sein ruhiges Zimmer und die feuchte Luft in seiner Heimat. Er putzte seine Zähne in einer miefenden Flughafentoilette. Er hatte die Zahnpasta vergessen, also schrubbte er nur mit ein wenig gechlortem Wasser auf seinen Zähnen herum und hatte danach noch immer den gleichen ekelhaften Geschmack im Mund wie vorher. Er schickte Chidi eine wirre Sprachnachricht über die Beschaffenheit von Flugzeugessen, rechnete mit seinem verschlafenen Hirn minutenlang die Zeitverschiebung aus und kam nicht dahinter. (Er war wirklich sehr müde.) Er kaufte sich ein belegtes Baguette bei einer Boulangeriekette, das labberig war und nach nichts schmeckte. Er vermisste seine Küche und die Mengen an eingefrorenem Traueressen. Ihm war kalt. Er wickelte sich den Schal um den Hals und zog seine Socken über seine Knöchel, steckte seine Hose hinein. Er sah aus wie ein Penner. Ein Clochard. Er blickte durch die riesigen Fenster nach draußen in den trüben Nachmittag, beobachtete, wie Flugzeuge landeten und starteten, fragte sich, wie lang es dauern würde, kurz in die Innenstadt zu fahren, wurde dann aber nervös, weil er seinen Anschlussflug nicht verpassen wollte.

Als er endlich im Flugzeug nach Frankfurt saß, fühlte er sich, als sei er ein Jahr lang wach gewesen. Der Flug war kurz und ruhig, und er schaute sich einen Film an, in dem New York verwüstet wurde und vielleicht auch die ganze Welt, aber der Bildschirm vor ihm ging aus, bevor alle gerettet wurden. Landeanflug.

Es war dunkel, es war spät, Lichter leuchteten ihm entgegen.

Sein Zug würde erst am nächsten Morgen gehen, er hatte ein Hotel am Flughafen gebucht. Es dauerte ewig, bis er sein Gepäck über das Band rattern sah. Fast alle anderen waren schon weg, hatten die Ankunftshalle verlassen, waren von freudigen Familienangehörigen mit Schildern und Blumen in der Hand abgeholt worden. Chris schlurfte aus der Halle, in einer Hand seine Reisetasche, den kleinen Rucksack auf dem Rücken, einen Rollkoffer hinter sich herziehend. Was machte er hier überhaupt? Wer war auf diese Schnapsidee gekommen, hierherzufliegen? Er zeigte einem müden Beamten seinen Pass, und dann war er draußen.

Es nieselte leicht. Christophe fröstelte in seinen dünnen Halbschuhen und seiner noch dünneren Hose. Er hatte in weiser Voraussicht einen Pulli mitgenommen, den er jetzt überzog, aber es war kaum wärmer. Er würde sich eine Jacke kaufen müssen. Eine richtige, warme, deutsche Jacke.

Er checkte in dem Hotel ein, bekam seine Zimmerkarte und fuhr mit einem lautlosen Aufzug nach oben in den fünften Stock. Ein Flur mit Teppichboden, jede Tür sah gleich aus, wie ein Filmset aus Spiegeln. Er stellte sich vor, wie er selbst plötzlich ein paar Meter vor sich um die Ecke bog, mit schlaffen Schultern und einem müden Gesicht. Christophe fand sein Zimmer, die Tür piepte, und ein kleines Licht wurde grün, als er die Karte davorhielt. Wie in einem futuristischen Gefängnis.

Er warf seine Sachen auf ein Tischchen neben der Tür und sich dann aufs Bett. Es war weich. Im Nebenzimmer stritten Leute. Er schälte sich aus seinem Pullover, stand wieder auf, drehte an der Heizung herum, die knackte und ziemlich schnell warm wurde, und sah dann aus dem Fenster. Bevor er weiter darüber nachdenken konnte, was für ein Vollidiot er war und was ihn geritten hatte, etwas so Dummes zu tun, rief er Chidi an.

Das Bild war völlig verpixelt. »Chid?«

»Chris!« Seine Stimme klang blechern, überhaupt nicht wie er.

»Hey. Du hast gesagt, ich soll mich melden, wenn ich gut angekommen bin.«

»Und?«

»Ich bin angekommen.«

»Wie ist es?« Chidis Gesicht tauchte auf, etwas klarer jetzt, aber ganz dunkel, schwarz auf schwarz, nur seine Augäpfel leuchteten weiß.

»Ja, hm. Keine Ahnung. Sehr deutsch.« Die Zeitverschiebung waren drei Stunden. Die Uhr in Christophes Zimmer zeigte 21:34 Uhr. »Kalt.«

»Aha.«

»Wieso bist du noch wach?«

»Ich hab ein drei Monate altes Baby, vergessen?« Er hob etwas noch Dunkleres ein Stück in die Kamera, und Christophe sah das friedlich schlafende Gesicht von Chidis jüngster Tochter Mathilde. »Der kleine Schreihals schläft nur, wenn man sie herumträgt. Eine echte Prinzessin.« Er schunkelte die Kleine ein bisschen auf und ab. Christophe lächelte.

»Wo bist du?«, fragte Chidi.

»In einem Hotel am Flughafen.«

Von seinem Fenster aus konnte er die Flugzeuge landen und starten sehen. Leute auf den Gängen ratterten die ganze Zeit mit ihren Rollkoffern über den Teppichboden, ließen Türen knallen und hasteten trampelnd nach unten, um ihren Flieger zu erwischen. Dünne Wände. Das streitende Pärchen im Zimmer neben ihm schien jetzt (sehr lauten) Versöhnungssex zu haben.

Er wollte in der gemütlichen Küche seiner Mutter sitzen und Tee für sie kochen und ihr eine warme Decke bringen, während sie draußen auf der Veranda in ihrem Schaukelstuhl hin- und herwippte und sich über das Regenwetter beklagte, das ihr in den Knochen weh tat. Feuchtes Wetter, schmerzende Gelenke. Sie fehlte ihm. Sie fehlte ihm so sehr. Er fühlte das rhythmische Rumsen gegen die Wand hinter ihm. Irgendwie ein komisches Gefühl, nur durch Sperrholz von diesem vögelnden Paar getrennt zu sein. Er stand auf und setzte sich an das kleine Tischchen am Fenster.

»War das eine blöde Idee, hierherzufliegen?«

»Find ich nicht. Jetzt kannst du mal jemand anderes sein als der sich aufopfernde Sohn deiner Mutter. Du kannst sogar mal jemand anderes sein als der langweilige Gartendesigner und Serienjunkie, der du bist. Geh runter in die Hotelbar und reiß dir ’ne hübsche Stewardess auf oder so. Sag ihr, du bist ein indischer Bauunternehmer oder so was. Mach denen da im Nachbarzimmer Konkurrenz.«

»Das kannst du hören?«

Chidi nickte. »Ich könnte das sogar ohne Skype-Verbindung hören, Alter.«

»Den indischen Bauunternehmer würde mir keiner abkaufen.«

»Vielleicht den südamerikanischen Bauunternehmer?«

»Ich hab keine Ahnung von Immobilien.«

Chidi grinste. »Nee … Du bist einfach ein hoffnungsloser Romantiker.«

»Ha-ha.«

Eine Weile nur das rhythmische Rammeln gegen die Wand. Lichter wanderten über den Zimmerboden, die Wand, die Decke.

Chidi mit seiner Highschoolliebe wie aus einem schmalzigen, amerikanischen Film. Chidi mit seinen drei bezaubernden Töchtern und einer hinreißenden Frau und einer Hochzeit in Weiß auf einer Klippe über dem Strand. Mit seinem selbstgebauten Haus mit einer Schaukel im Garten und seinem Feierabendbier wie aus den letzten Szenen eines noch schmalzigeren Films. Und er war der hoffnungslose Romantiker. Genau.

»Sieht so aus, als hätte dieser Ort nicht mal einen Bahnhof«, sagte Chris nach einer Weile, in der sie nur dem Grunzen aus dem Raum nebenan gelauscht hatten. Der Typ hatte ganz schönes Durchhaltevermögen, das musste man ihm lassen.

»Ich dachte, auf Google Maps waren Bahngleise?«

»Anscheinend stillgelegt. Ich werde einfach in die Nähe fahren müssen und mir dann einen Mietwagen holen.«

»Ja, tu das.« Das Baby in Chidis Armen quengelte, er schaukelte es schneller, blickte hinunter. »Gut, Alter, du kriegst das schon hin.

Die Kleine hat Hunger, ich bring sie mal eben ihrer Mama … Wir sehen uns, ja?«

Und damit war er weg, und Christophe klappte den Laptop zu, stopfte sich Ohropax in die Ohren und rollte sich auf seiner viel zu weichen Matratze zusammen.

Er würde ihn finden. Er würde ihn finden, Hallo sagen, und dann konnte er zurück nach Hause. Vielleicht fand er ja eine hübsche, blonde Stewardess mit schwedischer Stupsnase, die, wenn schon nicht einen indischen Bauunternehmer, dann doch wenigstens einen französischen Gartendesigner mit ehrbaren Couchpotato-Hobbys und deutschen Wurzeln haben wollte. Ein schöner Gedanke.

Er aß den Keks von seinem Kopfkissen und dachte an After Eight. Er wälzte sich hin und her, und als er endlich einschlief, träumte er von hübschen Stewardessen mit Stupsnäschen und Schnitzel mit Pommes.

Am Bahnhof checkte er seinen Reiseplan. Er musste ungefähr tausendmal umsteigen. Vier Stunden in wackelnden Regionalexpressen. Er kaufte sich einen Kaffee, an dem er seine Hände wärmen konnte, saß im Zug und betrachtete die Landschaft, die an ihm vorbeizog. Hochhäuser, Straßen, Städte, Vorstädte. Und dann: mehr Grün. Wiesen, kleine Dörfer. Eckige braune und gelbe Felder. Er stieg an großen und dann immer kleineren, bis hin zu wirklich winzigen Bahnhöfen um, hatte zweimal Verspätung, verpasste einmal, obwohl er rannte, seinen Anschlusszug knapp, weshalb er zwei Stunden in einem mickrigen McDonald's verbrachte und drei McFlurrys aß, was er im nächsten schaukelnden Zug sofort bereute.

Als er endlich ankam, war das Dorf kaum mehr als ein zerkratztes Plexiglashüttchen am Bahnhof und ein gelbes Ortsschild. Eine Wirtschaft hatte geschlossen, und das Einzige, was sonst noch irgendwie offizieller aussah, war ein Museum. Autoverleih, von wegen.

Er schob vorsichtig die Tür zum Museum auf. Es war offen, aber niemand saß an der Kasse. Er räusperte sich.

»Hallo?«, rief er und schulterte seine Reisetasche. Ging durch den kleinen, dunklen Raum, der sich großspurig »Museum für regionale Gebrauchsgegenstände im Laufe der Zeit« nannte, und betrachtete die Ausstellungsstücke hinter sauber geputzten Glasscheiben. Anscheinend hatte man in der Gegend nicht genügend Interessantes zu einem einzelnen Thema gefunden, weshalb es so spannende Sachen gab wie alte Bürstenköpfe, Pinsel, Bottiche, winzige, undefinierbare Gegenstände aus Bronze und Zeug, das einfach wie Steine aussah, aber wohl irgendetwas Wertvolles war. Destillierkolben. Etwas, das Einhornpulver hieß. Vergilbte Fotos von ernst dreinblickenden Leuten. Urkunden. Und eine Sammlung von Hämmern.

Christophe zuckte zusammen, als ein Junge um die Ecke bog, der lustigerweise aussah wie eine mädchenhafte Version des jungen Indiana Jones. Er pustete sogar seine Ponyfransen aus der Stirn wie er.

»Hi«, sagte der Junge.

»Hallo«, sagte Chris.

»Langweiligstes Museum der Welt, oder?«, sagte der Junge und deutete auf ein paar Stricknadeln, die neben einem alt aussehenden Garn Wolle ausgestellt waren. Beim Gehen zog er sein rechtes Bein ein wenig nach.

»Ich suche einen Autoverleih«, sagte Chris.

»Guter Witz«, sagte der Junge, betrachtete etwas, das aussah wie Haargummis in einer Vitrine, und schaute dann auf. »Meinen Sie das ernst? Sind Sie ein Tourist?!«

Chris nickte. Er folgte dem Jungen in einen zweiten, noch dunkleren Raum, in dem ein paar alte Gewänder hinter noch dickeren Glasscheiben ausgestellt waren. Man konnte Stimmen hören.

»Ein Tourist!«, rief der Junge, und der Kopf eines alten, faltigen Mannes erschien in einem Türrahmen.

»Ein Besucher, wie schön!«, sagte er. »8,50 inklusive einem Kaltgetränk Ihrer Wahl im Schmiedbräu gegenüber.«

Chris starrte ihn an. »Wie bitte?«

Der Kopf verschwand, und der Junge und er folgten dem Mann in den nächsten Raum. Der faltige Typ, der irgendwie aussah wie einer dieser Hunde mit hängenden Lefzen, beugte sich über eine rosa Plastiktüte und allerlei Gegenstände. Neben ihm stand ein rotgesichtiger, dicker Mann, der Christophe zulächelte.

»Der erste Tourist des Jahres!«, sagte er. »Wo kommen Sie her, mein Freund?«

Chris starrte ihn an. »Äh … Villingen-Schwenningen«, sagte er, bevor er sich selbst davon abhalten konnte, weil das der Ort war, aus dem Frank gekommen war. Es war also nicht ganz falsch, immerhin war Frank so etwas wie sein Vater gewesen, jedenfalls hatte er das jahrelang geglaubt.

»Ach nein, Schwabe? Hört man gar nicht.« Der dicke Mann lachte.

»Liegt das nicht in Baden?«, fragte der ältere Herr mit dem Hängegesicht.

Christophe, der keine Ahnung hatte, machte ein möglichst ausdrucksloses Gesicht.

»Echt?«, sagte der Junge. »Da war ich mal. Ödeste Klassenfahrt ever.«

»Florian!«, sagte der rotgesichtige Mann scharf.

Florian schüttelte sich seinen Pony aus dem Gesicht. »Stimmt aber. Ich dachte, nur Langweiler kommen aus diesem Kaff. Nicht dass Sie aussehen wie einer, aber …«

»Scht jetzt«, sagte der rote Mann.

Chris wusste nicht, ob er lachen oder beleidigt sein sollte.

»Ich glaube, ihr habt da wirklich was gefunden, Rainer«, sagte der faltige alte Herr, der sich wieder über die Plastiktüte gebeugt hatte.

»Ich muss mir das gleich mal anschauen. Könnten Sie auch später wiederkommen?«, fragte er an Chris gewandt.

»Was?«, sagte Chris, der irgendwie mit der Situation überfordert war.

»Er sucht einen Autoverleih«, sagte der River-Phoenix-mäßige Junge. »Er will gar nicht ins Museum.«

»Ja«, sagte Chris. »Oder ein Hotel? Einen Fahrradverleih, zur Not. E-Bikes?«

»Ha!«, lachte der Rotgesichtige. »Hier?«

»Wo müssen Sie denn hin?«, fragte der Junge.

SECHS

CHRISTOPHE KRALLTE DIE FINGER in den Sitz unter ihm. Er musste wirklich dringend was gegen die Reiseübelkeit tun. Das war ja nicht mehr normal. Er hatte es in den letzten Jahren nur vergessen, weil er so selten verreiste. Mal auf die andere Seite der Insel an einen besonders schönen Strand oder eine Wanderung auf den *Piton*. Der Schiffsausflug mit Chidi für seine verstorbene Mutter war das erste Mal seit langem gewesen, dass ihm wieder richtig schlecht geworden war. Seitdem schien ihm jede Woche übel zu sein, vielleicht aus Gewohnheit oder aus Nervosität. Selbst jetzt fühlte sich sein Magen flau an. Er saß hinten neben dem Jungen mit der bleichen Haut, der ständig seine langen Haare aus dem Gesicht pustete und mit einem Paar Krücken herumspielte, die zwischen ihnen auf dem Sitz lagen. Chris lächelte ihm zu und konzentrierte sich auf den Horizont. Der Mann mit den roten Wangen, der sich als Rainer vorgestellt hatte, fuhr halsbrecherisch. Der ältere Herr mit dem hängenden Gesicht, ein Herr Stockinger, redete seit zehn Minuten über keltische Hügelgräber.

»Die Keramikgefäße, die ihr gefunden habt, könnten Grabbeigaben sein«, sagte er eben, während er sich am Griff über dem Beifahrerfenster festklammerte. Rainer nickte langsam und ernst, als wäre das eine sehr bedeutsame, lebensverändernde Aussage.

»Man hat den Toten damals Gefäße mit Essen und Getränken für ein Festmahl mit den verstorbenen Ahnen ins Grab gelegt«, fuhr der Alte fort.

»Haben Sie nicht was von Wünschelruten gesagt?«, fragte der Junge neben ihm.

»Ja!« Stockinger wedelte mit etwas, das aussah wie ein vergammeltes Essstäbchen vom Asiaten. »Wenn ich damit recht habe, könnten wir sogar das Grab eines Heilers entdeckt haben. Ihr hättet das Zeug übrigens nicht in einer Plastiktüte herbringen sollen. Habt ihr noch nie was von Korrosionsprozessen gehört?«

»Ein Heiler?!« Der Junge beugte sich vor. Er schien völlig unbeeindruckt von den dynamischen Fahrkünsten seines Vaters.

»Ein Druide!« Stockinger drehte sich um und sah sie beide mit leuchtenden Augen an.

»Da war auch ein Keramik-Ring«, sagte der Junge. »Sah aus wie so Zeug, was sich Leute mit Dreadlocks in die Haare flechten. Vielleicht war es ja eine Heilerin.«

Stockinger klatschte in die Hände. »Noch besser!«

»Ich seh schon volle Ferienwohnungen …«, sagte Rainer, »… und erst noch mit unserem WLAN jetzt! Die Leute werden nur so zu uns strömen!« Er fuhr schwungvoll um eine weitere der vielen Kurven.

Christophe hatte immer gedacht, in Deutschland wären alle Straßen riesig und gerade. Diese hier war alt, kurvig und voller Schlaglöcher, und obwohl das Auto vermutlich die härteren Schläge dezent abfederte, wurden sie doch ziemlich durchgeschüttelt. Er musste an Chidis Segelschiff denken und merkte, wie sein Magen sich gegen diese Fahrt sträubte. Das Auto war wirklich ausgesprochen sauber und riesig, und man saß sehr hoch. Christophe versuchte, nicht daran zu denken, wie er jemals wieder aus diesem Ort wegkommen sollte. Er würde einfach laufen. Ein kleiner Marsch durch die Felder.

Wieder eine Kurve. Schweiß trat auf seine Stirn. Auf den Horizont schauen, dachte er und starrte geradeaus durch die Windschutzscheibe, wo irgendwo weiter hinten der Horizont herumkurvte.

»Und was machen Sie so?«, wandte sich Rainer an ihn. »Beruflich, mein ich?«

»Gärten«, sagte Christophe, ohne zu überlegen.

»Sie machen Gärten?«

»Ja.«

»Baumpflege? Gartenbau? Gestaltung?«

»Gestaltung.«

»Oho. Auch Campingplätze, oder machen Sie Urlaub beim alten Gustav?«

Da war er. Gustav. Das hieß, er wohnte tatsächlich noch an dieser Adresse. Seine Mutter hatte *Agathe Hofmann c/o Gustav Hofmann* auf den Brief geschrieben.

»Äh, ja«, sagte Christophe. »Urlaub.«

Er schaute auf seine Hände, als könnte man ihm ansehen, weshalb er wirklich hier war, als würde der Brief, der zusammengefaltet in seiner hinteren Hosentasche steckte, rot glühend blinken.

»Ist schön da«, sagte Florian mit einem Lächeln. »Ich hab meine Kaninchen bei ihm im Hof.«

»Aha«, sagte Chris.

»Wir wohnen gleich nebenan, ich kann Sie hinbringen, ich muss eh hin. Ferkel geht es nicht so gut. I-Ah hat ihn gebissen, und die Wunde hat sich entzündet.«

Christophe lächelte. »Winnie Puh, hm?«

»Ja, haha«, antwortete Rainer. »Als wäre der da hinten fünf und nicht siebzehn.«

»Siebzehn, wow«, sagte Christophe, der den Jungen viel jünger geschätzt hatte.

»Bald achtzehn«, sagte der Junge. »Und meine neueren Würfe heißen nicht mehr nach Kinderbüchern.«

»Ich liebe Winnie Puh«, sagte Christophe. »Vor allem Ferkel. Ferkel ist sehr weise. Florian, oder?«

»Flo.«

»Hi. Ich bin Christophe. Also, Chris.«

Sie schüttelten sich die Hand. »Und die Kaninchen sind bei … bei Gustav?«, fragte er.

»Gustav lässt mich seinen Hof benutzen«, sagte der Junge. »Ich züchte die dort mehr oder weniger.«

»Das ist … nett von ihm«, sagte Christophe, dessen Magen sich komisch anfühlte. Vielleicht wegen der rasanten Fahrt. Vielleicht.

»Bisher hatten wir nur Angler aus der Region«, sagte Rainer. »Sie haben Glück, dass Sie so früh dran sind. Mit dem archäologischen Fund wird's hier voll, diesen Sommer, das sag ich Ihnen!«

Der Junge warf Chris ein Augenrollen zu. Der unterdrückte ein Grinsen.

»Genießen Sie es, die Landluft, den See, die Ruhe, das Vogelschutzgebiet. Wir sind Golddorf bei ›Unser Dorf hat Zukunft‹, und jeden Tag kommt ein Bäcker!«

»Oh!«, machte Christophe und hoffte, er klang angemessen beeindruckt.

»Ja. Aber lassen Sie sich bloß vom alten Gustav nicht abschrecken. Er ist ein bisschen … kauzig.«

»Okay«, sagte Christophe und fragte sich, was »kauzig« bedeutete.

»Das ist nur, weil wir Nachbarn sind«, flüsterte Flo. »Papa konnte unsere Nachbarn noch nie leiden. Die alte Agathe war ihm auch immer zu …«

»Das ist nicht wahr«, sagte sein Vater vorne und flog um eine weitere Kurve. »Ich bin ein äußerst nachbarfreundlicher Mensch, aber du musst zugeben, dass Gustav sich wirklich ein wenig mehr in die Dorfgemeinschaft einbringen könnte …«

Flo wirkte, als sei ihm das herzlich egal. Christophe schluckte.

Obwohl das Dorf so winzig war, hatte er nicht gedacht, dass er gleich mit den Nachbarn direkt vor die Haustür fahren würde. Christophe sah aus dem Fenster. Hier waren sie, die eckigen Felder von Google Maps, gelb und verschiedenste Brauntöne: von matschig-nussbraun über rostrot bis kackbeige, wie die Jacke seines Vaters, nein, die Jacke von Frank, der zu früh gestorben war und es nie erfahren hatte. Was hätte sie gemacht, wenn Christophe nicht ihr, sondern diesem Gustav ähnlich gesehen hätte? Frank hatte braune Augen gehabt und brünettes Haar. Chris hätte genauso gut die seegrünen Augen erben können, die seine Mutter in ihrem Brief beschrieb, und eine hellere Haut und meinetwegen … blonde Haare, und dann hätte Frank gesagt: »Zur Hölle, dieses Kind ist niemals mein Sohn«, aber Christophe sah aus wie seine Mutter, das hatten ihm ständig alle gesagt, ein dunkles Kind mit weichen Gesichtszügen, die man schlecht zuordnen konnte.

Ein paar erste Häuser tauchten auf, und in der Ferne lag grau und trüb der See. Ihm war schlecht, er schwitzte, und er fühlte sich insgesamt irgendwie ungesund. Er warf dem Jungen neben ihm einen Blick zu, hatte das Gefühl, der müsste das merken. Aber Flo blickte nur aus dem Fenster und schaukelte zu den abstrusen Fahrkünsten seines Vaters hin und her.

Schließlich bremste der scharf, und Flo schnallte sich ab.

»Here we are«, sagte er und sah Christophe auffordernd an.

Christophe schluckte. Er hatte sich nichts überlegt, dachte er panisch, dabei war er sonst immer perfekt organisiert. Er machte sogar To-do-Listen, wenn er frei hatte: Angeln, Check, bei Chidi vorbeischauen, Check, die vierte Staffel *Sherlock* zu Ende schauen, Check.

Jetzt hatte er nichts vorbereitet. Was sollte er auch sagen? »Hi, Sie kennen mich nicht, aber ich hab da so einen Brief von meiner Mutter gefunden … Sie hat ihn nie abgeschickt, aber na ja, ich schätze, Sie sind mein Vater. Überraschung!«

Das Auto parkte direkt vor einer breiten Einfahrt. Ein Schild über einem Zaun und ein paar Fahnen deuteten an, dass es sich hier um den Campingplatz handelte. Eine Deutschlandflagge, eine Europaflagge. *We welcome our international guests. Hunde verboten. Zugang zum See.* Sorgfältig geharkte Wege. Zwei Wohnwagen am unteren Ende. Eine grüne, hügelige Wiese, schönes, saftiges Gras. Ein kleines, flaches Häuschen rechts, der Blick ging über Felder und den See. Links ein verlassen wirkendes Haus mit spitzem Dach. Weiter hinten ein Wald.

Er fragte sich, was seine Mutter gedacht haben mochte, als sie hier angekommen war. Ob sie es idyllisch gefunden hatte. Oder zu ruhig. Zu spießig, vielleicht.

Flo kletterte flink mitsamt den Krücken aus dem Auto.

»Gustav?«, rief Rainer. »Wir haben dir einen Gast mitgebracht!«

Chris fühlte das dringende Bedürfnis wegzulaufen. Er zwang seine Beine, stehen zu bleiben.

»Gustav!«, brüllte Rainer wieder und klopfte gegen die grüne, abblätternde Eingangstür.

Die Tür öffnete sich, und im Rahmen erschien ein großer, dünner Mann mit schütterem, blond-grauem Haar und … ja, seegrünen Augen. Braungrün. Drei sehr gerade Furchen auf der Stirn, ein gemusterter Pullover. Christophe starrte auf die Ohren, die ein wenig abstanden. Er hatte die verdammt gleiche Ohrenform wie dieser Mann, den er noch nie zuvor gesehen hatte. Er wünschte sich eine Mütze und fummelte an seinem linken Ohrläppchen herum. Es war offensichtlich. So völlig offensichtlich. Die Übelkeit wurde schlimmer.

»Wir haben geschlossen«, sagte der Mann zu ihm. Gustav. Sein Vater. »Wir öffnen wieder morgen um acht.«

»Aber …«, sagte Flo, und Christophe zuckte ein wenig zusammen, weil er den ganz vergessen hatte.

»Kein Aber.« Gustav war drauf und dran, die Tür wieder zu schließen.

»Gustav …«, sagte der rotgesichtige Rainer mit milder Stimme. »Dieser Mann ist den ganzen Weg aus Villingen-Schwenningen hierhergefahren und ist der allererste Tourist in diesem Jahr, es sollte dir eine Ehre …«

»Du bist gleich mal ganz still, du Bastard!«, knurrte der Alte. »Erst der Zaun, und jetzt noch diese verschissene Grube, die sich eindeutig auf meinem Gelände …«

»Sie ist genau 34 Zentimeter neben deiner Grundstücksgrenze«, sagte Rainer.

»… auf *meinem* Gelände befindet. Die Rezeption hat geschlossen. Basta.«

»Es ist alles zu deinem Besten!«, rief Rainer. »Wenn du das einmal einsehen würdest, du alter Grantler …«

»Himmel, Arsch und Zwirn!«, fauchte Gustav. »Ich weiß ja wohl selbst, was zu meinem Besten ist, Rainer, herzlichen Dank. Wenn ihr euch jetzt freundlicherweise alle verziehen könntet.«

Gustav drehte sich um, ließ sie stehen und knallte die Tür hinter sich zu. Christophe starrte auf die grüne Farbe. Er schluckte Spucke hinunter, die sich in seinem Mund sammelte, und ballte die Hände in seinen Taschen zu Fäusten. Okay, dachte er, okay.

»Du hast ja eh kein Zelt«, sagte Flo. »Du kannst bei mir schlafen. Oder, Papa?« Als sei Chris ein neues Spielzeug, das er mit nach Hause nehmen wollte.

Also ließ Christophe sein Gepäck stehen und folgte dem Jungen, vorbei an der grünen, abblätternden Haustür über den ramschigen Hof des Alten zu seinen Kaninchenställen. Rainer und der faltige Herr Stockinger verschwanden, um das keltische Grab zu begutachten. Flo manövrierte geschickt mit den Krücken durch das Gerümpel.

Der Vorgarten sah schlimm aus, von dornigen Büschen und Unkraut überwucherte Kübel mit vertrockneten Pflanzen darin, etwas, das wohl mal ein Kiesweg gewesen war. Ein Bettgestell, eine kaputte Matratze mit rostigen Sprungfedern, zerbrochene hellblaue Küchenschränke, Töpfe, eine Nähmaschine. Ein beiges Sofa, aus dem die Füllung herausquoll. Die Fenster des Hauses wirkten düster und mussten dringend geputzt werden. Die Fassade hatte Risse. Alles in allem sah es nicht so aus, als wäre das Haus bewohnt. Es strahlte etwas Abweisendes, Kaltes aus, etwas Geisterhaus-mäßiges. Christophe erschrak, als er hinter einem Fenster den Alten vorbeilaufen sah. Kein Geisterhaus. Das Haus seines Vaters. Eines Menschen mit der exakt gleichen Ohrenform, wie er sie hatte.

Mit ein paar Schritten holte er zu Flo auf, der schon bei den Ställen angekommen war, die recht freundlich und einladend am Rand des Hofes standen. Eine Wiese grenzte daran an, von der ein Teil mit Ausläufen für die Kaninchen abgezäunt war. Flo öffnete einen der Ställe, zog ein fettes, graues Häschen mit wirklich enormen Schlappohren heraus und drückte es Christophe in den Arm.

»Das ist I-Ah. Mein Bester!«, sagte er.

Und dann wurde jedes Kaninchen einzeln vorgestellt. Sie hatten alle eine seltsame Mischung aus popkulturellen Namen: Neben I-Ah gab es Ferkel (»Der kann ein ganz schöner Arsch sein!«), Robin und Marianne (»Sehr produktiv, die beiden, sie wirft bald«), Robb Stark (»Lord des Winterfells?«, sagte Chris und schämte sich ein bisschen für seinen dummen Witz).

Hier hinten gab es eine Terrasse und Stauden, die die Blätter hängen ließen, in riesigen Kübeln. Daneben ein Sack Blumenerde. Die gehören umgetopft, dachte Chris.

Flo sagte: »Ich hole mal die Salbe für Ferkels Ohr, die ist drinnen …«

Christophe räusperte sich. »Er war doch … so sauer?«

»Gustav ist eigentlich immer so«, sagte Flo ungerührt.

»Oh.«

Chris stand auf und setzte das warme und seltsam schwere Kaninchen zurück in den Stall. Ihm war wieder übel. Herzlich willkommen, verlorener Sohn, dachte er. Herzlich willkommen.

SIEBEN

EIN BISSCHEN GRUSELIG war das Haus ja schon. Die Dielen knarrten bei jedem Schritt, und ständig klopften die Heizungsrohre in den Wänden. Die Wandfarbe musste dringend erneuert werden, Stockflecken und notdürftig weggeschrubbter Schimmel wucherten in den Ecken wie schwarze Wolken.

Diesmal roch es nach Kölnisch Wasser und Kohlsuppe. Gustav kochte.

Abendessen bei Gustav, fast schon eine Tradition, nach nur neunzehn Tagen. Drei Schritte vom Campingplatz entfernt. Ihr Radius hatte sich extrem beschränkt, seit sie hier war. Sowohl lokal als auch personell. Gustav, ihr einziger Freund. Lale überlegte, was ihre alten Freunde dazu gesagt hätten: zu dem durchgesessenen, viel zu weichen und viel zu grünen Sofa, in dem sie gerade versank, zu den hässlichen Tellern mit blauem Rand und der Zeichnung einer Burg in der Mitte, die sie eben zum Tisch getragen hatte. Die wackelnden Stühle. Die Schrankwand in Eiche rustikal. Vitrinen mit nie benutztem Geschirr. Mid-Century-Schick war doch wieder in; ihre Freunde aus einem anderen Leben hätten es für gut befunden. Mit ihren Pinterest-Pinnwänden voller 60er-Jahre-Möbel und minimalistischen Ein-Strich-Zeichnungen und großflächig gemusterten, hellen Teppichen und Do-it-yourself-Lampen aus Ästen. Ein Fundstück. Ein bisschen renovieren, Fenster putzen, und na ja, die Schrankwand musste weg, auf jeden Fall, aber ansonsten ... Knarrende Dielen! Der Couchtisch ein Traum! Ein paar Wände rausreißen, den

Teppichboden auf der Treppe in den ersten Stock entfernen, und schon hätten sie sich wohlgefühlt, oder?

Das Sofa würde sich gut im Eingangsbereich des neuen Studios machen, dachte sie und ignorierte den Gedanken sofort.

Lale blickte lange auf einen Schimmelfleck über der Küchentür, dann schob sie sich vom Sofa und stöberte in der beachtlichen DVD-Sammlung auf dem Boden neben dem Fernseher. Hollywood-Blockbuster, in denen die Erde auf diverse Arten zerstört wurde: Kometen, Eis und Schnee, Laserstrahlen aus UFOs. Tatkräftige Männer, die das zu verhindern suchen. Schöne Frauen und nervige Kinder, die gerettet werden müssen. Männer, die sich für sie und die gesamte Menschheit, die nur wartet und Panik schiebt, opfern. Gustav schien es zu mögen, wenn die Welt unterging. Oder zumindest New York.

»In fünf Minuten können wir essen!«, rief er aus der Küche.

Lale nickte. Genug Zeit für ihre Runde. Sie öffnete die Terrassentür und ließ einen Schwall frischer Luft herein, der durch die Zimmer wirbelte und schlechte Gerüche mitnahm, wie in einer Werbung für Raumerfrischungsspray. Eine blinkende Welle aus Duft. Als Nächstes warf sie im Bad eine Toilettenreinigungstablette in die Schüssel. Bei ihrem ersten Besuch hatte Gustav sich für das Chaos entschuldigt: »Ich bin ein alter Mann in einem noch älteren Haus.«

Lale hatte gelächelt und ihm bei ihrem zweiten Besuch ätherisches Zitronenöl mitgebracht. In Gustavs Bad roch es immer ein bisschen nach Urinstein und Desinfektionsmittel und irgendwie nach Arzt, obwohl sie nie sagen konnte, woher das kam. Auf dem Rand der Badewanne lag ein angebrochener Streifen Tabletten, am Waschbecken noch mehr davon. Wozu brauchte dieser Mann so viele Medikamente? Packungen waren keine da, und auf den aufgerissenen Streifen konnte sie die Namen nicht erkennen, sonst hätte sie ihre SIM-Karte eingesetzt und sie gegoogelt, mit zwei schwachen

Balken Netz. »Es ist gut, dass Sie da sind«, hatte die Nachbarin mit den pinken Laufschuhen und dem strengen Blick ganz am Anfang zu ihr gesagt, als sei Lale eine Pflegekraft, oder so. Aber das war sie nicht, dachte sie, und räumte die Streifen in einen nicht benutzten Zahnputzbecher. *Es geht mich nichts an.* Dann träufelte sie das Öl in einen kleinen Teller auf der Heizung, den sie zur Duftschale umfunktioniert hatte. Sie hatte immer den Eindruck, er hätte nicht die Kraft, es sich gemütlich zu machen. Vom Flur trug sie seine Einkäufe, Tüten voller Obst, Gemüse, Dosentomaten und Klopapier, die wie immer noch direkt hinter der Haustür standen, in die dunkle Kammer neben der Küche und stapelte sie in die Regale.

»Ich mach das schon«, grummelte Gustav aus der Küche, auch wie immer.

Sie lächelte und klopfte sich die Hände an ihrer Latzhose ab. »Schon erledigt«, sagte sie und setzte sich an den Tisch.

Gustav kam mit einem dampfenden Topf herein und stellte ihn auf den Tisch.

»Mit Ingwer«, sagte er. »Schmeckt besser, als es aussieht.«

Er schöpfte ihr einen dampfenden Teller Suppe auf. Es war mehr ein Eintopf, stellte sie jetzt fest, und der schmeckte wunderbar.

Jemand klopfte an den Rahmen der Terrassentür. Flo.

Natürlich. Er war bei seinen Kaninchen gewesen. Eines davon hielt er im Arm. Lale öffnete die Tür.

»Hallo«, sagte er.

»Bringst du uns eine Fleischbeilage?«, fragte Gustav, und Flo starrte ihn entsetzt an.

Ein schlechter Witz.

»I-Ahs Salbe ist bei dir im Kühlschrank«, sagte Flo.

»Dann hol sie und zisch ab«, brummte Gustav. »Ich hatte heute schon genug von dir und deinem Vater.«

Lale sah, wie Flo die Augen verdrehte. Er holte eine Tube aus dem

Kühlschrank. Dann sagte er: »Du hättest den Gast echt annehmen können. Nur weil du sauer auf meinen Vater bist, muss er jetzt bei mir schlafen.«

»Ich bin auch sauer auf dich, Freundchen. Von wegen unabsichtlich …«

»Welchen Gast?«, fragte Lale.

»Den ersten richtigen Touristen des Jahres!« Flo strahlte und sah gleich noch mal ein paar Jahre jünger aus. Sie musste wieder an Lukas denken, an seinen schiefen Schneidezahn, an seine widerspenstigen Locken in der Stirn. Ein Wirbel direkt über seinem linken Auge, genau wie bei Flo, wenn er seine Haare nicht gerade ordentlich in die Mitte gescheitelt kämmte. Sie schüttelte den Gedanken ab.

»Ach was!?«, sagte sie. »Und du schickst ihn weg, Gustav?«

»Wir hatten schon zu.«

»Ist doch egal«, sagte sie. »Er kann doch schnell sein Zelt aufbauen.«

Gustav brummelte etwas.

»Er hat keins«, sagte Flo. »Aber alles geregelt. Er schläft bei mir.« Er schmierte dem Kaninchen eine bräunliche Salbe aufs Ohr. Es zuckte nicht mal. Lale hätte es gerne auf ihren Arm genommen. Seinen kleinen, warmen Körper gegen ihren gedrückt.

»Auf der Luftmatratze, oder was?«

»Genau.«

»Mich hast du doch auch aufgenommen«, sagte Lale zu Gustav.

»Du bist eine Ausnahme«, sagten Gustav und Flo gleichzeitig. Sie sah beide an und hob die Augenbrauen.

»Willst du mitessen?«, fragte sie Flo.

»Will er nicht«, sagte Gustav.

Flo warf einen Blick auf den Eintopf und sah aus, als wollte er das wirklich nicht.

»Nein, danke«, sagte er höflich. »Ich muss mich um meinen Gast kümmern.«

»Tu das«, sagte Gustav. »Tschüss.«

»Er ist nett«, sagte Lale zu Gustav, als Flo gegangen war. Der knurrte nur.

Eine Weile schwiegen sie. Lale löffelte ihren Eintopf. Die Schimmelflecken, dieser einsilbige Typ. Und sie, in ihrer Latzhose, ihre Uniform der letzten Wochen. Sie musste an ihr altes Leben denken. Ein *Like* auf Instagram. Ein veganer Nachtisch. Ein Konzertbesuch auf hohen Schuhen. Sie blinzelte die Erinnerungen weg.

»Wieso bin ich die Ausnahme?«, fragte sie.

Gustav blickte nicht auf. »Iss deinen Eintopf«, sagte er.

Später, als es draußen schon dunkel wurde und Lale und Gustav ihren Schokoladenpudding mit gefrorenen Himbeeren ausgelöffelt hatten, fummelte Gustav an der Stereoanlage herum. Er pfriemelte eine Platte aus ihrer Hülle. Lale, die sich ihren vollen Bauch hielt, schob sich vom Stuhl, ging ans Regal und begutachtete die beträchtliche Spielesammlung.

»Das lustige Leiterchenspiel?«, sagte sie und grinste. »Meine Oma hatte das auch.«

»Die sind alle von meiner Tante«, sagte Gustav. »Sie war eine große Spielerin.«

Lale zog einen kleinen Karton aus dem Regal. *»Munchkin«*, sagte sie leise.

»Das ist von mir«, sagte Gustav. »Ganz nett. Man baut sich seinen Charakter und bekämpft Monster und so.«

»Ich weiß«, sagte Lale. Ein vergessenes Lieblingsspiel. Die winzige Küche in der WG ihres Bruders. Der Geruch nach angebranntem Popcorn. Der Tisch über und über voll mit Karten. *Ich hab die Strumpfhose der Riesenstärke! Du kannst mich nicht besiegen!*

Sie legte die Schachtel zurück und nahm ein paar stinknormale Spielkarten heraus.

»Möchtest du Mau-Mau spielen?«

»Ich spiele nur alleine«, sagte Gustav.

»Ich weiß«, sagte Lale. »Aber … jetzt sind wir ja zu zweit.«

»Und?«

»Da könntest du auch mal was anderes als Solitär spielen.«

»Ich mag Solitär.«

Sie zuckte die Achseln. »Okay.«

»Warum in aller Welt funktioniert das nicht …«, brummte Gustav und rüttelte am Plattenspieler. Und dann fing die Platte an, sich zu drehen, und die ersten Takte schwappten in den Raum, und etwas riss an Lales Korsett. Ihr wurde schwindelig, etwas rauschte in ihren Ohren.

Ein Radio, eine Holzhütte auf tausendsechshundert Meter, eine Stunde vom nächsten Dorf entfernt. Regen, der an die Fensterscheibe peitschte. Sie in einer Leggins, kaum wach, ein warmer Becher Tee. *Wisst ihr, was jetzt echt toll wäre, fürs Frühstück? So ein richtig schönes Glas O-Saft.* Ihr Bruder, der lauthals dieses Lied grölte. *Wach auf, wach auf, wach auf. Nur 'ne kurze Tour vorm Frühstück, komm schon, du Faulpelz!* Sein Lächeln, als er sie anstieß.

Luft. Sie bekam keine Luft mehr. Sie stand auf, eine Hand auf ihre Brust gedrückt, und schüttelte immer wieder den Kopf, als könnte sie damit die Bilder vertreiben.

Der dumme kleine Voodoo-Puppen-Anhänger, der an seinem Rucksack baumelte. *Jetzt lass doch den Langweiler mal sitzen und komm einfach mit.* Matthias' Antwort: ein ausgestreckter Mittelfinger.

Watte um sie herum. Alles war gedämpft und zu weich. Sie sah Gustav, der auf sie zutrat und ihren Arm nahm, aber sie spürte ihn nicht, sie hörte ihn nicht, sie hörte nur Rauschen und diese Musik, dieses Lied, dieses unsägliche Lied. Die Frühstücksbrötchen, eine karierte Tischdecke, hartgekochte Eier, ein Strauß Blumen, den sie am Nachmittag vorher gepflückt hatten. Alles hatte so hübsch ausgesehen, wie immer in ihrem alten Leben.

Sie taumelte rückwärts, registrierte nur halb, dass der Stuhl umfiel, presste eine eiskalte und schwitzige Hand gegen ihre Brust, riss an ihrem Kragen, als könnte sie das Korsett damit lösen. Luft. Luft holen. Es ging nicht. Ihr Herz krampfte sich zusammen, vielleicht hatte es einen Moment lang aufgehört zu schlagen und holte jetzt alles auf einmal nach. Wummern. Sie merkte kaum, wie sie nach draußen wankte, aber dann war da die kühle Nachtluft, und die Musik war aus, und Gustav stand an der Tür, sagte irgendetwas.

Sie hob nur schwach eine Hand und flüsterte: »Ich muss gehen«, und dann fing sie stolpernd an zu laufen, fingen ihre Beine von selbst an zu rennen, und sie hörte dumpf ihre Schritte auf dem Pflaster und das Keuchen ihrer Lunge, also atmete sie, sie musste atmen, auch wenn keine Luft bei ihr ankam, sie rannte und rannte und blieb erst stehen, als sie das Feld erreicht hatte. Ihre Füße bremsten direkt vor der Grube.

Ein Schäufelchen Erde, krümelig und trocken. Matthias' schwarze Schuhe neben ihren glänzenden Lackpumps. Ein Kleid aus schwarzem Samt, Spitze. *Lukas hätte mehr Farbe gewollt, und er hätte es gehasst, wie traurig und still wir alle sind.*

Sie blickte hinab in das tiefe Loch, dann kletterte sie hinunter, legte sich auf den matschigen, kalten Boden und schaute nach oben in den sternklaren Himmel, bis das Rauschen aufhörte und das Zittern nachließ und sie wieder atmen konnte.

ACHT

ES ROCH LEICHT MUFFIG nach Teenager in dem kleinen Dachgeschossraum, und die Luftmatratze, auf der er lag, wabbelte unter seinem Gewicht hin und her, sobald er auch nur seinen kleinen Finger bewegte. Er knuffte in sein Kopfkissen und zog die alte Spiderman-Bettdecke ein wenig höher. Es war wirklich kalt in diesem blöden Land. Sollte hier nicht Sommer sein? Kein Wunder, dass sein Vater, … dass Frank nicht hatte hierbleiben wollen. Flo schnarchte leise in dem Bett neben ihm. Sein Arm hing über den Rand des Bettes. Christophe stand auf und zog sich an.

Draußen war es finster, bis auf das Licht einer Straßenlaterne, die ein kegelförmiges Stück Helligkeit auf die Straße malte. Er schlenderte einen Feldweg entlang, fand irgendwie den Weg zum See, trotz Dunkelheit. Der See lag im kaum vorhandenen Mondlicht glatt und glänzend da. Es war auf äußerst kitschige Art ziemlich idyllisch. Und außerdem … »Incroyable, Maman«, sagte Christophe laut. Der Wald, der Steg, das schimmernde Wasser. Das war eindeutig der See von dem Foto, das sie ihm geschenkt hatte. Das seit Jahren in seinem Zimmer hing.

Er stand eine Weile da und dachte an seine Mutter. An den Sommer, den sie hier verbracht hatte. Wie verliebt sie gewesen sein musste. Er fühlte etwas Stechendes in seiner Brust. Wenn Einsamkeit ein Monster war, hatte es Scherenhände. Scharf und spitz.

Alles in allem eine Scheißidee, dachte er und warf einen Kieselstein ins Wasser, der mit einem befriedigenden Platschen unterging. Er warf gleich noch einen hinterher.

Vielleicht hatte seine närrische Mutter schon einen Grund gehabt, ihm nie von diesem Mann zu erzählen. Und überhaupt, Chris hatte Frank geliebt, Frank war sein wahrer Vater, er brauchte keinen neuen. Vielleicht sollte er nach Villingen-Schwenningen fahren und schauen, warum Frank da unbedingt weggewollt hatte. Oder nach Berlin, wo er schon mal da war. Barcelona vielleicht oder Prag, Prag hatte ihn immer interessiert. Er warf noch ein paar Steine ins Wasser und tippte dann eine schnelle Nachricht an Chidi: *Mein Erzeuger scheint ein Arsch zu sein, war bescheuert, herzukommen. Ich buche jetzt ein Hotel in Berlin.* Und das tat er, obwohl das Internet hier wirklich beschissen war, und danach fühlte er sich besser.

Auf dem Weg zurück tauchten die Silhouetten von zwei Wohnwagen auf. Daneben ein Traktor, der in einer Wiese stand. Und dann war da ein Kaninchen, ein sehr kleines und helles Kaninchen, das am Zaun saß, direkt am Aus- und Eingang zum Campingplatz, wie er jetzt bemerkte.

»Hallo«, sagte er und bückte sich. »Wer bist du denn?«

War dem Jungen eines weggelaufen? Chris kroch auf allen vieren näher an das kleine Tier heran. Es erstarrte und hüpfte davon, als er sich eine Weile nicht gerührt hatte. Christophe folgte ihm, es hoppelte direkt zu dem eingedrückten Zaun am Rand der Grube. Dort saß es eine Weile und verschwand dann im Feld. Chris schaute hinunter in das Loch und stieß einen Schrei aus.

Dort lag jemand. Blass und bleich, dunkle, glatte Haare fielen ihr ins Gesicht. Sie sah aus wie eine Leiche auf einem präraffaelitischen Gemälde. Ophelia in Latzhosen.

Wenn er angeblich der erste Tourist des Jahres war, wer war dann diese Frau?

Christophe beugte sich vor. »Äh …« Er räusperte sich. »Alles okay?«

Ophelia setzte sich auf, kämmte mit einer einbandagierten Hand die Haare aus dem Gesicht, die sofort wieder nach vorne rutschten.

»Ja«, sagte sie, und ihre Stimme klang schwach.

Er kam noch ein wenig näher. Ziemlich hübsch war sie mit ihrem gestreiften Pulli und ihrer schmutzigen Latzhose und ihrer blassen Ophelia-Haut.

»Wirklich?«

Sie wirkte ruhig, wenn auch etwas angespannt. »Wirklich. Kannst du mich in Ruhe lassen?«

»Es ist doch viel zu kalt, um …«

»Geh einfach.« Ihre Stimme klang rau. Abweisend. Ängstlich. Er konnte es nicht ausmachen.

»Ich lasse dich doch nicht da unten liegen. Am Ende passiert dir noch was.«

»Was soll mir denn hier passieren?« Unwirsch jetzt, bockig. Sie legte sich wieder auf den Rücken und schloss die Augen. Er blieb, wo er war.

Dieser Tonfall, das Abweisende, genau wie Gustav. Vielleicht hatte sie auch einen Brief gefunden, zufällig, beim Ausmisten, vielleicht hatte der Alte noch mehr Frauen geschwängert. Er räusperte sich.

»Hier war ein Kaninchen«, sagte er und schaute sich um, aber von dem Tier war keine Spur mehr zu entdecken.

»Ja und?« Sie hob den Kopf.

»Es war klein und weiß und flauschig«, sagte Christophe und deutete mit den Händen eine wollige Kaninchenform an.

»Aha.«

Wie Gustav war sie groß und dünn, aber – er kniff die Augen zusammen – ihre Ohren standen kein bisschen ab. Höchstens das linke ein kleines bisschen. Wahrscheinlich sah sie einfach aus wie ihre Mutter, dachte Christophe, so wie er auch, Gustav war schließlich blond, und ihre Haare waren fast schwarz.

»Soweit ich weiß, liegst du in einer Ausgrabungsstätte«, sagte er.

Sie öffnete die Augen wieder und setzte sich ruckartig auf. »Du bist der Tourist, oder?«

»Was?«

»Der erste Tourist.«

»Äh, ja, vermutlich.«

»Und wo wohnst du? Gustav wollte dich ja nicht.«

Das fühlte sich komisch an, dieser Satz, wie sie das so sagte. Aber dich, oder was?, dachte er ein bisschen kindisch.

»Ich schlafe bei Flo auf der Luftmatratze«, sagte er und bemühte sich, würdevoll zu klingen. Sie legte sich wieder hin, schloss wieder die Augen.

Warum lag sie überhaupt in diesem bescheuerten Loch, ganz durchgeweicht und bleich und leichenhaft?

»Kommst du jetzt da raus?«

»Holst du sonst Rainer, weil ich unerlaubterweise in seinem archäologischen Fundort liege?«

Er war sich nicht sicher, aber vielleicht lächelte sie. Er wollte, dass sie lächelte.

»Vielleicht.« Schweigen. »Vielleicht mache ich dir aber auch einen Tee.« Eine kurz aufblitzende, sehr schöne Vorstellung: Sie beide, in den Dampf über ihren Teetassen pustend, wie sie über Dinge sprachen, die sie eventuell gemeinsam hatten. Wie verschollene Väter oder unterschwellige Traurigkeit.

»Nein.«

»Nein, kein Tee, oder nein, du kommst nicht hoch?«

»Ich komme nicht hoch.«

Christophe legte eine Hand in seinen Nacken. Sei jemand anderes, hatte Chidi gesagt.

»Dann komm ich runter.«

»Nein.«

»Doch.« Er fing an, den Hang hinunterzukraxeln. Seine Schuhe waren viel zu dünn. Keine Sohle, keinerlei Profil. Die Arbeitsschuhe hatte er natürlich zu Hause gelassen. Niemals wäre er auf die Idee gekommen, dass er hier in eine archäologische Grube hinabsteigen müsste, um seine sehr schöne, aber störrische Halbschwester aus einem Loch zu holen.

»Es geht schon wieder.« Sie beobachtete, wie er in die Grube hinunterschlitterte. Christophes nutzlose Sohlen glitten an dem matschigen Hang weg, und er rutschte aus, strauchelte und landete auf seinem Hintern, die Hände im Dreck.

»Putain«, sagte er. Sie setzte sich auf. Sie saßen jetzt nebeneinander, er war nur ein winziges Stück von ihr weg. Eine Armlänge. Sie roch nach Zitrone und Lavendel.

Er wahrscheinlich nach muffigem Teenagerzimmer.

»Du hättest nicht runterkommen müssen.« Sie strich sich eine Haarsträhne aus dem Gesicht, die sofort wieder zurück an ihren Platz fiel. Ihre Hände waren ganz schmutzig, genau wie seine, an einer trug sie einen matschnassen Verband. Er putzte sie an seiner ehemals beigen Hose ab und versuchte ein Grinsen. »Ich bin dein Ritter in schimmernder Rüstung!«, sagte er mit einer ritterlichen Handbewegung.

Sie lächelte tatsächlich. Sehr kurz zwar, aber sie lächelte.

»Wenn du nicht hochkommst, bleibe ich eben hier«, sagte er, legte sich neben sie in den Morast und schloss die Augen.

Er spürte, dass sie ihn betrachtete. Vielleicht konnte er doch jemand anderes sein, wenn er wollte.

»Es ist ziemlich kalt«, sagte er.

Ihr kurzes Auflachen, gleich wieder vorbei, löste einen komischen Hüpfer in seinem Herzen aus. Er öffnete die Augen wieder und sah ihr Gesicht über sich, hell im fahlen Mondschein, halb verdeckt von ihren Haaren, einen spöttischen Ausdruck um die Lippen.

»In Ordnung«, sagte sie und legte sich neben ihn. »Wenn du unbedingt mit mir im Dreck liegen willst, deine Sache, mir egal.«

Also lagen sie da. Matschwasser sickerte durch seine Hosenbeine. Er wollte irgendetwas sagen, aber er wusste nicht, was, und außerdem wollte sie anscheinend allein sein, aber jetzt war er hier und konnte nicht zurück. Obwohl es kalt war und sie schon einige Zeit hier am Boden liegen musste, war sie seltsam warm neben ihm. Und sie roch gut. Ein kleiner Flummiball sprang in seiner Brust auf und ab.

Er wollte gerade irgendeine unverfängliche Bemerkung über das schlechte Wetter machen oder irgendwie unauffällig auf Gustav zu sprechen kommen, als ihr Körper neben ihm leicht bebte, als würde sie lautlos weinen. Als hätte sie sich die ganze Zeit nur zusammengerissen. Chris wandte den Kopf. Sie war so nah, dass er die Tränenspuren auf ihren Wangen sehen konnte. Er hätte am liebsten die Hand danach ausgestreckt. Er wollte irgendetwas tun, irgendwie helfen, wollte diese blöden Tränen aus ihrem Gesicht wischen. Stattdessen drehte er den Kopf und starrte wieder in den dunklen Himmel über ihnen.

Er wusste nicht genau, wie es passierte, aber auf einmal hielt sie seine Hand, oder er ihre, die sich irgendwie zerbrechlich anfühlte, wie etwas, das leicht kaputtging. Er hielt sie fest und ignorierte sein hämmerndes Herz und die Tatsache, dass er auf einmal alle Nerven seiner Hand gleichzeitig spürte.

Halbschwester, dachte er. Sie hat Gustavs linkes Ohr.

Schließlich zog sie ihre Hand aus seiner und rückte etwas von ihm ab.

»Danke«, sagte sie leise und setzte sich auf.

»Geht's besser?«, fragte er, schob sich ebenfalls hoch, drückte seine jetzt sehr leere Hand gegen den kalten Boden.

Sie nickte.

»Du bist nicht verletzt oder so?«

Sie schüttelte den Kopf.

»Gehirnerschütterung, Knochenbrüche, sonstige Leiden?« Er hörte sich an wie ein Volltrottel.

Wieder schüttelte sie den Kopf. Der Matsch sickerte kalt in seine Schuhe, und er spürte, wie seine Hose am Hintern durchweichte.

Eine Weile war alles still. Sie schniefte. Irgendwo schuhute ein Käuzchen, oder was auch immer.

»Und was führt dich in dieses beschauliche Nest?«, fragte sie schließlich, als führten sie eine gepflegte Konversation in einer Hotelbar und säßen nicht gerade beide mit dem Arsch im Matsch.

»Urlaub«, sagte er und wurde rot, was man Gott sei Dank nicht sehen konnte. »Und dich?«

»Ja, auch«, sagte sie abwesend.

Urlaub?, dachte er. Urlaub bei Papa? Sie schob den Ärmel zurück. Ihr Arm war über und über voll mit Tätowierungen. Schwarze Striche, ein ganzes Gemälde. Er konnte nicht genau erkennen, was es war, aber er war hingerissen.

Er streckte die Hand aus. »Ich bin Chris«, sagte er.

Sie nahm sie, mit der linken Hand, die nicht bandagiert war. Kalt und dreckig.

»Lale«, sagte sie.

»Lale«, wiederholte er.

Sie bohrte ihre Fingernägel in den Dreck, nahm einen Erdklumpen und ließ ihn wieder fallen. Sie schaute wieder nach oben in den Himmel, strich mit ihren schmutzigen Händen die Haare hinters Ohr, die direkt wieder nach vorne fielen. Ein brauner Erdstreifen blieb auf ihrem Gesicht zurück. Wieder hatte er das Bedürfnis, sich nach vorne zu lehnen und ihn wegzureiben. Ihr Gesicht zu berühren. Er biss sich auf die Zunge.

»Vermutlich sitzen wir hier gerade auf zweitausend Jahre alten Gebeinen«, sagte sie. »Wusstest du, dass hier im Wald mal eine Hexe gelebt haben soll? Das ist so eine Dorflegende. Vermutlich sitzen wir gerade auf einem Hexengrab. Das bringt bestimmt Unglück.« Wieder grub sie ein bisschen in der Erde und zog etwas heraus, das wie ein Knochen aussah. Sie ließ es schnell fallen und putzte sich die Hand an ihrer Latzhose ab. »Böses Omen«, sagte sie. Ihre Mundwinkel zuckten.

Er hätte die ganze Nacht hier sitzen und sie nur ansehen können. Mit matschiger Hose, in der Kälte. Ihre schlanken Arme. Die ganzen Tattoos. Er wollte jedes einzelne kennenlernen.

Gott, dachte Christophe. Ich bin vielleicht mit ihr verwandt.

Er sollte sie fragen. So schnell wie möglich.

Der Mond kam hinter einem Wolkenberg hervor, und ihr Gesicht schien im fahlen Licht zu leuchten. Am liebsten hätte er sich vorgebeugt und sie geküsst. Eine völlig Fremde, die vielleicht auch Gustavs Kind war.

»Na ja, die Toten können einem nichts mehr antun«, sagte er, hob den Knochen auf und betrachtete ihn. »Sie sind ja tot.« Er dachte an Asche, die im Indischen Ozean trieb, und den Speisekammergeist neben dem Fenster in Paulettes Küche. Irgendwo schrie wieder das Käuzchen.

»Hm«, machte sie. »Ich weiß nicht, ob das stimmt.« Sie räusperte sich. »Was hast du vor, jetzt, wo du hier bist?«

Chris dachte an den Brief in seiner hinteren Hosentasche, der jetzt bestimmt unleserlich durchweicht war.

»Ich widme mich der Vergangenheit. Und der Zukunft«, sagte er.

Sie lachte leise. »Oh, sehr kryptisch.«

»So bin ich.«

»Ich kann morgen Gustav überreden, dir den zweiten Wohnwagen zu vermieten«, sagte sie. »Ich sag ihm, du bist okay.«

Sie lächelte, er lächelte.

»Ist er immer so, dein Vater? Er klang nicht sehr begeistert, Gäste zu haben.«

»Du bist ja nur ein Gast«, sagte sie. »Singular. Und Gustav ist gar nicht so übel. Man sollte ihn nur nicht in seinem Feierabend stören.«

»Ach so.«

»Und er ist nicht mein Vater, übrigens. Ich helfe nur aus«, sagte sie. »Ich kenne ihn genau … neunzehn Tage. Ich bin sein Mädchen für alles.« Sie legte den Kopf in den Nacken und blickte wieder hinauf in den Himmel. Christophe spürte eine Woge der Erleichterung über sich schwappen, in ihn sickern wie die Kälte und Nässe an seinem Hintern.

Sie sah nicht aus wie jemand, die auf einem Campingplatz aushalf. Andererseits, vielleicht wollte sie auch mal jemand anderes sein. Wer weiß, dachte er, vielleicht war sie vorher Stewardess.

Er spürte, dass sie sich bewegte, und öffnete die Augen. Sie stand auf, klopfte die Hände an ihrer Hose ab. »Der zweite Wohnwagen stinkt nach Katze«, sagte sie. »Ich kann dir Zitronenöl leihen.«

Sie krabbelte aus der Grube, blickte von oben auf ihn herunter.

»Kommst du nicht hoch?«

»Ich glaube, ich bleibe noch kurz hier liegen«, sagte Christophe, und die Berliner Hotelreservierung fiel ihm ein. *Wir freuen uns auf Ihren Besuch.*

»Na, dann«, sagte sie. »Ich geh mal ins Bett.«

Er nickte und legte sich zurück in den Matsch. »Bis morgen.«

»Bis morgen.« Und damit war sie weg.

Christophe schaute in den sternenlosen Himmel und versuchte, sein Herz daran zu erinnern, weshalb er hier war.

NEUN

LALE WACHTE FRÜH AUF, noch vor ihrem Wecker. Sonnenstrahlen, die durch das Fenster des Wohnwagens fielen, schnitten ihren Arm in Streifen. Sie hatte ungewöhnlich gut geschlafen, war schmutzig, wie sie war, ins Bett gefallen, hatte sich nur kurz aus ihren nassen Klamotten geschält. Hatte sich völlig fertig und ausgelaugt gefühlt, als hätte sie einen Marathon hinter sich. Aber die Panik, die Trauer, die Tränen, alles war weg, seit sie in der Grube geweint hatte. Sie dachte an diesen Mann, der einfach am Rand der Grube aufgetaucht war, wie eine Erscheinung in Leinenhose und blauem Pulli.

Schöne Männer und ihr Timing, sagte Karina immer. Man begegnet ihnen nur im unpassendsten Moment.

Lale gähnte. Ein bisschen Sabber klebte an ihrer Wange. Sie stand auf, nahm sich ihren Kulturbeutel und ein Handtuch und marschierte hinüber zu den Duschen. Es war noch kalt, und sie fröstelte ein bisschen in ihrer Unterwäsche und dem Handtuch, das sie sich umgeschlungen hatte, aber als sie in der Duschkabine stand, war das Wasser fast sofort heiß. Gustav musste da was repariert haben, normalerweise dauerte es ewig, bis sie auch nur einen Zeh unter den Strahl halten konnte. Das heiße Wasser prasselte auf sie herunter, und sie wusch alles ab: den Dreck, den Schlaf, den letzten Rest Panik. Dampf stieg in der Kabine auf.

Sie hatte einfach seine Hand gehalten, ohne zu wissen, wie er überhaupt hieß. Er hätte sonst wer sein können, ein Perverser oder Frauenmörder oder so. Aber seine Hand fühlte sich gut an in ihrer.

Das Wasser wurde kalt, sie hatte zu lange geduscht. Sie stellte es aus, trocknete sich ab, wischte über den beschlagenen Spiegel und betrachtete ihr Gesicht. Kämmte ihre Haare zurück, flocht sie zu einem Zopf, der lang über ihren Rücken fiel. Die Erinnerungen kehrten leise klopfend zurück. Das Abendessen, das Lied. Gustav, der sie mit großen Augen anstarrt. Sie drückte nochmals Wasser aus ihrem Zopf und verstaute jegliches Bild in einer kleinen Kiste in ihrem Kopf, die sie fest abschloss und in einem imaginären See versenkte. So machte man das doch mit unerwünschten Erinnerungen, oder? Man tat so, als gäbe es sie gar nicht. Man floh an einen Ort am Arsch der Welt, an dem es nicht mal richtiges WLAN gab, man kappte alle Verbindungen nach außen, man freundete sich mit einem wortkargen 70-Jährigen an, und dann knipste man mit körperlicher Arbeit den Kopf aus. Wartete darauf, dass die Erinnerungen einen als Schattenmonster überfielen und man sich stundenlang in eine Erdgrube legen musste, bis ein Typ mit wirklich schönen, braunen Augen kam, um einen zu retten.

Sie seufzte. Das war nur der … na ja, der Panikanfall gewesen, oder? Ein Panikanfall, der sie weichgemacht hatte und anfällig für warme Arme. Jetzt war alles wieder okay und alle flutenden Gedanken hübsch verdrängt. Das Letzte, was sie brauchte, war es, gerettet zu werden. Sie schlüpfte in Jeans und T-Shirt (ihre Latzhose war noch immer feucht und schmutzig von der Grube), kehrte zurück zu dem Klohäuschen und fing an, einen besonders großen Schimmelfleck im Toilettenhäuschen mit Chlor einzuweichen. Gustav kam herein, brummelte ein »Morgen«. Es roch nach Schwimmbad im Sommer. Ihre Hand tat weh. Sie hatte den Verband gewechselt und die Wunde neu desinfiziert, aber unter den Gummihandschuhen pochte es noch heftig. Gustav stand auf einer Trittleiter und entfernte Spinnweben unter der Decke mit einem Mopp. Er sah blass aus.

»Alles okay?«, fragte Lale, und er brummte: »Und bei dir?«

»Alles in Ordnung.« Und das war das. Kiste verschlossen und versenkt. Sie spritzte ein bisschen Chlor auf einen weiteren Fleck in der Ecke. Gustav schwankte.

»Soll ich dir einen Kaffee machen?«, fragte Lale. »Diese Dämpfe sind wirklich heftig …«

Ein paar Schweißperlen glitzerten auf Gustavs Stirn. Er grummelte etwas, winkte ab.

»Machen wir eine Pause«, sagte Lale in ihrem besten Befehlston. Ihren *El-comandante*-Tonfall nannte Matthias das. Seltsamerweise gehorchte Gustav sofort.

Sie hakte ihn unter und überspielte ihre Erschrockenheit, als er sich schwer gegen sie lehnte.

Es ist gut, dass Sie da sind.

Oben an der Rezeption neben dem Kiosk-Schrägstrich-Kneipe setzte sie ihn auf einen Plastikstuhl. »Warte hier.«

Gabriele machte Inventur, das hieß, sie zählte die Dosen Ravioli, die noch da waren. Nebenher lief eine leiernde Kassette, die Lale als die »Drei Fragezeichen« identifizierte. Sofort dachte sie an ihren Bruder.

»Die sind gut zum Einschlafen«, sagte sie und deutete in die Luft, wo das Hörspiel durch den Raum schallte.

»Ja, das Fräulein Schubert!«, rief Gabriele und klemmte ihre Zigarette in den Mundwinkel, um mit beiden Händen eingedoste Pfirsiche ins Regal zu schichten. »Wie kann ich helfen?«

Lale nahm eine Apfelschorle für sich und eine Zitronenlimo für Gustav aus dem Kühlschrank.

»Hast du irgendwas zu essen, Gabi? Gustav sieht nicht so gut aus.«

»Dieser Mann hat noch nie gut ausgesehen«, sagte Gabriele und lachte dreckig. Am Anfang hielt Lale sie für Gustavs Schwester, was sie nicht war.

Sie warf Lale ein paar eingepackte Törtchen zu. »Hier, bitte schön. Mehr gibt's heute nicht.« Lale fing sie auf, die Flaschen klirrten aneinander.

»Danke«, sagte sie.

»Sag mal, hast du schon den Touristen gesehen?«, fragte Gabriele. »Der bei Rainer wohnt? Das ist ein ganz Hübscher.«

»Hm«, machte Lale vage, drehte sich um und ging, türglockenbimmelnd, aus der Kneipe.

Sie stieß direkt mit ihm zusammen. Die Törtchen fielen ihr aus der Hand, und eine Flasche, die andere konnte sie gerade noch festhalten, die zweite rollte über den gepflasterten Hof davon. Gabriele hinter ihr hüstelte ihr knorriges Raucherlachen: »Da ist er ja!«

Chris rannte der Flasche hinterher, hob sie wieder auf, gab sie ihr zurück, lächelte dabei, und sein rechter Eckzahn blitzte aus seinen Lippen hervor, als wäre er ein Vampir in geheimer Mission. Seine dunklen Haare waren zerzaust, seine Augen verquollen, und er trug wieder viel zu dünne Hosen und eine hässliche Windjacke, die aussah wie aus den 90ern und um die Schultern etwas spannte. Weiße, türkisfarbene und pinke Dreiecke.

»Hallo«, sagte sie und dachte an seine Hand in ihrer, als sie mit nassem Hintern in der Grube saßen. Sie räusperte sich.

Flo kam strahlend über den Hof und sagte: »Lale! Kennst du schon Chris?«

Bevor sie antworten konnte, rollten zwei blaue Transporter, der eine mit irgendwelchem Gedöns auf dem Dach, auf den Hof. Lale stockte. Sie konnte Gustav auf seinem Plastikstuhl sehen, der die Busse anstarrte.

»Oh, die sind aber früh!«, rief Flo. »Das wollte ich noch sagen. Das Fernsehen kommt heute, Papa kennt so einen Kameramann vom Regionalfernsehen, die fanden das interessant, wegen der Grube …«

»Oh nein …«, sagte Lale, ließ die beiden stehen und folgte Gustav, der aufgestanden war und hinüber zu den Bussen humpelte.

»Rainer!«, brüllte er. »Rainer!«

Rainer und Monika kamen über die Straße geeilt; sie sahen ungewöhnlich schick aus: Rainer in einem grauen Anzug, Monika mal nicht mit ihren pinken Laufschuhen, sondern in Sandalen und einem Sommerkleid. Sie sah aus, als wäre ihr kalt.

»Ach herrje«, sagte Lale und schob ihre Hand um Gustavs Ellenbogen, während der zeterte und Rainer was von »große Chance für das Dorf« murmelnd über den Platz davonstapfte. »Iss erst mal was. Hier, das besteht eigentlich nur aus Zucker, das brauchst du jetzt.«

»Behandle mich nicht wie ein Kind!«, polterte Gustav.

Lale fand, dass sie ihn mehr behandelte wie einen alten Mann, der echt nicht gut aussah, sagte aber nichts und drückte ihm das Törtchen in die Hand.

»Alles ein bisschen viel, hm, Gustav?«, sagte Monika. »Wie geht's deinem Blutzucker?«

»Danke, gut«, brummte Gustav. »Aber mein Blutdruck ist zu hoch, und weißt du warum? Weil mir dein Trottel von einem Ehemann ständig durch den Platz stapft und Leute anschleppt, die hier rein gar nichts zu suchen haben!«

Gustav zermatschte ein paar Gänseblümchen mit seinem Stiefel und aß sein Törtchen. Monika hakte sich an Gustavs anderem Arm unter. Er sah aus, als wäre er sie beide am liebsten losgeworden, wehrte sich aber nicht.

»Kennt ihr schon den Touristen?«, raunte Monika und winkte Chris zu. »Huch, sieht der gut aus!«

»Er hat einen komischen Modegeschmack«, sagte Gustav.

»Ich hab ihm eine alte Jacke von mir geliehen, weil er nur so dünnes Zeug dabeihat. Anscheinend hat er sich nichts Warmes eingepackt, oder er kommt woher, wo es wärmer ist.«

»Was, in Villingen-Schwenningen?«, fragte Flo, der wieder zurückgerannt kam.

»Villingen-Schwenningen, hm?«, sagte Lale lauter zu Chris, der jetzt aufgeholt hatte. »Ist das schön da?«

Chris nickte. Sie schlenderten hinter den Fernsehleuten her in Richtung Grube.

Gustav sagte: »Himmel, Arsch ...«, und Lale wusste, warum. Das ganze Dorf stand um das matschige Erdloch herum, trampelte über seinen kaputten Zaun und in den Campingplatz hinein.

Ein Mann mit einem traurigen Gesicht krabbelte in der Grube herum und legte allerlei Gegenstände an den Rand: Scherben, Knochen, kleine Figuren. Hinter dem Fernsehteam kamen noch mehr Leute am Traktor vorbeigestapft. Jede noch so alte Oma hatte sich in ihr Sonntagskleid geworfen, die Dauerwelle aufgefrischt und ihren Lieblingskuchen gebacken, wie es aussah. Sie trugen Tupperdosen und Körbe und lächelten alle dem Fernsehteam zu. Eine winzige, sehr jung aussehende Frau mit einem puscheligen Mikro folgte Rainer zur Grube, der Mann mit der Kamera hinterher.

»Wir gehen davon aus, dass es sich um ein keltisches Hügelgrab handelt«, sagte Rainer mit einer ungewöhnlich sauberen Sprechweise, »unser Spezialist vom Museum ist schon vor Ort.«

»Wir filmen noch gar nicht«, sagte der Kameramann.

Das ganze Dorf mit all dem Essen stellte sich neben der Grube auf. Jemand schleppte einen Campingtisch heran, und die Frauen fingen an, ihre Kuchen darauf aufzubauen.

Es wurde lautstark darüber diskutiert, wer wo zu stehen hatte und warum es absolut notwendig war, dass der Mann mit dem traurigen Gesicht etwas für das Fernsehen sagte. Es fielen Wörter wie »essenziell«, »Expertenmeinung« und »Ansehen«.

»Ich will aber nicht ins Fernsehen«, sagte er aus der Grube heraus.

»Du musst, Walter! Du vertrittst das Museum. Ohne dich stehen wir da wie Amateure.«

»Wir sind doch Amateure«, sagte Walter. »Und ich will nicht.« Er klang wie ein Kind, das keine Lust hat, sein Gemüse zu essen.

Christophe half Rainer, ein paar der Gegenstände aus der Grube zu fischen. »Hm«, machte er und hielt eine kleine Tonfigur hoch, die aussah wie eine kartoffelige, kopflose Frau oder eine frauenförmige Kartoffel. Flo und seine Mutter richteten belegte Brötchen auf einem Teller an. Lale fiel auf, wie ähnlich sich die beiden sahen. Die gleiche schmale Nase, die gleiche fahle Haut, die gleiche zierliche Statur. Sie musste wieder an Lukas denken und fragte schnell, ob sie helfen könne, nur, um etwas zu tun zu haben.

»Gern«, sagte Monika und gab ihr eine Dose mit Broten, musterte dabei aber Lales Arme, als könnten die Tattoos bei Berührung auf sie überkriechen.

»Ich dachte, Flo könnte sich ein bisschen nützlich machen, wo er doch den Zaun …«, fing Lale an.

»Ich brauche keine Hilfe«, sagte Gustav und funkelte sie an.

Rainers Stimme: »Ha! Das wird ein historisches Naturdenkmal, wenn wir erst mal Schilder haben und …«

»Ja, find ich gut«, sagte Monika, und Flo schaute sie erstaunt an.

»Echt?«

Sie nickte. »Dann kommst du mal unter Leute … Du bist doch gut im Wegebauen, du könntest den Weg hier wieder mit anlegen.« Es hörte sich an, als sei er ein kleiner Junge, der es geschafft hatte, die Schienen seiner Modelleisenbahn zu einem geschlossenen Kreis zusammenzustecken. Lale grinste. Christophe grinste auch.

Wieder dieser Zahn. Und diese Leinenhose und diese dünnen, verdreckten Stoffschuhe, die er gestern angehabt hatte, als er zu ihr in die Grube geschlittert war. Lale umklammerte ihre Flaschen, die rutschig wurden, weil das Wasser kondensierte.

Monika schenkte Lale unaufgefordert einen Pappbecher voll Kaffee ein. »Sie sehen etwas blass aus.«

»Ich bin immer so blass«, sagte Lale. Sie hatte die Apfelsaftflasche unter einen Arm geklemmt, Gustavs Arm unter dem anderen, hielt den Pappbecher mit Kaffee und kam sich sehr beladen vor.

»Ich hatte für Flori so Vitamin-D-Tabletten über den Winter, die haben wahre Wunder gewirkt. Ich kann Ihnen den Namen aufschreiben, wenn Sie wollen, aber ist halt ein Privatrezept ...«

»Nicht nötig.«

»Christophe, bleiben Sie mal im Bild!«, rief Rainer, als Chris versuchte, unauffällig ein paar Schritte rückwärts zu gehen, um nicht vor der Kamera zu landen. »Mach mal was da unten, Walter! Klopf mal an irgendwas rum! Du, Chris, das wäre super, wenn Sie was sagen würden. Gerade Sie, von wegen Diversität.«

»Gott, das hat er jetzt nicht gesagt«, murmelte Gustav.

»Hat er«, sagte Lale.

»Komm, Chris, sag einfach: ›Eine Jahrhundertentdeckung, die die Dorfbewohner hier gemacht haben. Ich bin froh, Teil dieses außergewöhnlichen Funds zu sein‹«, sagte Rainer.

»Er ist doch kein Teil des Funds!«, rief Gustav. »Oder hast du ihn auch aus dem Acker gezogen?«

»Nein«, sagte Christophe, und es klang, als sei es die Antwort auf Gustavs Frage.

»Ihr könnt nicht alle nichts sagen«, sagte Rainer. »Das ist eine Chance hier, Leute. Für das ganze Dorf.«

Der Kameramann und die Frau mit dem Mikro bauten sich neben Rainer auf, der an seiner Krawatte herumnestelte. »Monika! Monika! Hilf mir mal eben!«

Flo eilte zu ihm und zog den Krawattenknoten gerade.

»Es könnte natürlich auch ein Vitamin-B12-Mangel sein«, sagte Monika zu Lale.

»Ja, ja, wir sind alle blass und müde«, sagte Gustav. »Gehen wir wieder hoch?«

Lale stellte ihren leeren Pappbecher zurück auf den Tisch, wo ihn gleich eine der Frauen wegräumte.

»Oder, Walter: ›Ich freue mich darauf, den Fund zahlreichen Besucherinnen und Besuchern zeigen zu können‹«, sagte Rainer unbeirrt. »Hier, filmen Sie kurz ihn!« Er meinte Christophe.

Der guckte ein wenig verschreckt in die Kamera, die Mikrofrau kniete sich an den Rand der Grube und hielt ihm das puschelige Ding unter die Nase. »Sprechen Sie einfach da rein«, sagte sie. »Was war es für ein Gefühl, als Sie das entdeckt haben? Und nehmen Sie was davon in die Hand, das da hinten vielleicht, das aussieht wie ein Essstäbchen vom Asiaten!«

»Ich hab das ja gar nicht entdeckt«, sagte Christophe, aber er nahm das zauberstabähnliche Ding und hielt es mit zwei Fingern in die Kamera.

»Expecto Patronum!«, rief Lale von oben und verschluckte sich an ihrer Apfelschorle. Kohlensäure sprudelte aus ihrer Nase, genau als Christophe den Blick hob und sie ansah. Ihr innerer Teenager wollte im Boden versinken, aber sie musste immer noch lachen, wie er da unten stand mit dem Zauberstab und dem Puschel vor dem Gesicht. Er grinste. Dann wandte er sich etwas unbehaglich wieder dem Mikro zu. »Äh …«, sagte er.

»Es gibt eine Legende, dass hier mal eine Hexe gehaust hat«, sagte Gustav. Lale drückte seinen Arm. Gustav war vielleicht brummelig, aber er hatte ein großes Herz. »Sag das, Kleiner. Vielleicht ist es ein Hexengrab, das wir hier haben. Dann würde auch der … der Zauberstab passen.«

»Oh«, sagte der Kameramann und schwenkte zu Gustav. »Der Dorfälteste erzählt eine Legende aus der Gegend! Das ist gut!«

»Ich geb euch gleich, Dorfältester!«

Lale unterdrückte ein Kichern. »Na los, erzähl uns die Legende«, sagte sie.

»Von wegen!« Gustav zog an Lales Arm. »Abmarsch.«

Christophe wirkte froh, dass er nicht mehr im Bild war, Rainer stellte sich vor die Grube hin und sagte: »Meine Güte, muss ich das wieder machen.«

Er leuchtete rot und glücklich.

***

Der Beitrag wurde noch am selben Abend im Regionalfernsehen ausgestrahlt. Chris saß mit Lale (Gustav hatte keinen Kabelanschluss) und Flo vor dem riesigen Fernseher bei Flos Familie und schaute Rainer zu, der stark gekürzt und sehr rot etwas über Hügelgräber erzählte. Christophes Handy summste eine Erinnerung an seine Berlin-Reservierung.

»Da bin ich!«, sagte Flo und zeigte auf sich im Hintergrund, eine blasse Gestalt, die zappelig neben Lale stand. Dann kam ein Schnitt, und Chris war zu sehen, auf der anderen Seite der Grube. Er sah völlig bescheuert aus in dieser 90er-Jahre-Windjacke, dachte er, während der Moderator etwas über das neue WLAN im Dorf erzählte und der Kabelpflug ins Bild kam.

Im Kopf ging Chris die Sätze durch, die er Gustav später sagen wollte, unter vier Augen und direkt bevor er aufbrechen würde. Wer er war und warum er hier war. Nämlich nicht, um Keltengräber auszuschaufeln und in Kameras zu lächeln.

Erinnerst du dich an jemanden namens Paulette? Sie war vor achtunddreißig Jahren mal eine deiner Sprachschülerinnen …

Rainer starrte wie gebannt auf den Fernseher und sagte: »Die kommen, die Touristen, ihr werdet sehen. Die kommen.«

Alle nickten, mehr oder weniger höflich. Chris tauschte einen

Blick mit Lale, die ein Grinsen unterdrückte, wie es schien. Ihre Nase kräuselte sich, es war zum Anbeißen. Er schluckte und schaute weg.

Sie wollte zum See, und er kam mit. Sie schlenderten die Straße entlang, wo die restlichen Dorfbewohner denselben Optimismus an den Tag legten wie Rainer: Einige waren dabei, Fassaden zu schrubben, andere erneuerten die Blumen in ihren Blumenkästen oder fegten die Gehsteige vor ihren Haustüren. Ein fleißiger Mann wienerte die Plakette mit der Auszeichnung »Golddorf im Wettbewerb: Unser Dorf hat Zukunft.«

»Ganz schön was los hier, hm?«, sagte Chris, als sie auf den Feldweg Richtung See abbogen.

»So viel Aufregung gab's hier wahrscheinlich seit Jahren nicht«, sagte Lale.

Jemand war dabei, endlich den Pflug wegzufahren, Rufe hallten zu ihnen herüber, Motorengeräusche, es wurde rangiert.

»Ich hoffe, es kommen nicht wirklich Touristen.« Lale sammelte einen Kieselstein vom Weg auf und warf ihn in die Luft, fing ihn wieder auf. »Ich finde es ganz schön hier, wenn rein gar nichts passiert.«

»Hast du nicht dieses Grab entdeckt?«

Sie schleuderte den Kiesel in das Feld neben ihnen und hob einen neuen auf. »Ah, mea culpa. Ich hätte einfach nichts sagen sollen.«

Der See vor ihnen war um diese Uhrzeit mückenumschwirrt. Eine Fledermaus segelte über sie hinweg. Sie gingen auf den Steg hinaus, und Chris sagte: »Ich find's gut, dass es die Grube gibt, sonst hätte ich dich nicht … ähm …«

Zu viel, vielleicht.

»Ich hätte irgendwo anders gelegen«, sagte sie und warf ihren Stein ins Wasser. »Das hätte rein gar nichts geändert.«

»Ich meine, ich bin froh, dass wir uns …«

»Ja«, sagte sie. »Hab ich schon kapiert. Ich muss da lang.« Sie deutete zurück zum Campingplatz, als wüsste er das nicht. Er nickte und blickte ihr nach, als sie ging.

Also Berlin, dachte er.

Er steuerte recht zielstrebig das Haus an, die zurechtgelegten Sätze vor sich hinmurmelnd, *das Floß, ein heißer Sommer, die Algen in ihren Dreadlocks*, lieber nicht zu ausführlich, der Brief war ein bisschen gefühlig, typisch seine Mutter, und wenn sich Gustav erinnerte, und natürlich würde er das, würde Chris sagen: »Ich bin dein Sohn«, und es würde nicht peinlich werden, kein bisschen.

Zu sagen: »Du bist mein Vater«, klang falsch, weil: Erzeuger, ja, vielleicht, aber zu »Vater« gehörten doch ein paar andere Dinge, die dieser Mensch nicht erfüllte, rein gar nicht.

Christophe bremste sich selbst ungefähr auf Höhe der Kaninchenställe und wischte die verschwitzten Hände an seiner Hose ab. *So viel Aufregung wie seit Jahren nicht.*

Flos immer sehr agil wirkende Mutter war bei Gustav, aus welchem Grund auch immer, er konnte sie durchs Fenster sehen, sie gestikulierte viel und klappte ein kleines Täschchen zu. Am Morgen hatte sie Chris ein Müsli mit Hafermilch und Chia-Samen gemacht, und obwohl sie nicht viel älter sein konnte als er selbst, fühlte er sich ihrem Sohn viel näher. Ihre Stimme war laut, selbst noch hier draußen, bei den Kaninchen.

»… gar nicht mehr hier sein«, sagte Monika gerade, und Gustav machte eine wegwerfende Handbewegung, die aussah wie: »Hör mir auf damit …«

»Und wenn jetzt erst die Touristen kommen …«, sagte Monika, und Gustav unterbrach: »Welche Touristen denn bitte? Wer will ein paar Knochen und Tonfiguren sehen?«

»Steinzeitliche Tonfiguren!«, sagte Monika. »Und es wird zu viel für dich. Flo kann dir helfen, wo er schon deinen Zaun…«

»Da macht er mir nur noch mehr kaputt.«

»Das war doch keine Absicht.«

»Bist du sicher?«

Chris sah, wie sie abwinkte. »Du kannst die Hilfe gebrauchen. An allen Ecken und Enden. Und nimm endlich diesen Touristen auf, damit er nicht mehr auf unserer Luftmatratze schlafen muss.«

Chris duckte sich ein wenig hinter die Kaninchenställe.

»Ich brauche weder Hilfe noch …«

»Dann mach es für Flo«, sagte sie. »Wenigstens über Pfingsten. Du weißt, er traut sich keinen anderen Ferienjob zu, und sein einziger Freund fährt ohne ihn in den Urlaub, und er ist echt allein.«

»Nicht mein Problem.«

Gustav hustete, und Monika schaute ihn besorgt an.

»Brauchst du noch was gegen die Schmerzen?«

»Ich bin versorgt.«

Schmerzen? Er musste an seine Mutter denken, alt und krank und schwach auf ihrem Schaukelstuhl. Der er tagtäglich ihre Tabletten aus der weißen Plastikdose mit den Wochentagen darauf gepult hatte. Die jeden Tag drei Mal Besuch bekommen hatte, After Eight, Eintöpfe, Blumensträuße. Dieser Mann hier hatte niemanden, außer einer strengen Nachbarin und einer schweigsamen Assistentin in Latzhose.

Und einen Sohn vor dem Fenster, von dem er nichts ahnte.

Monika nickte. »Ich schick dir Flo morgen rüber«, sagte sie. »Gib ihm eine Chance. Er ist ein lieber Junge, und er kann arbeiten, wenn man ihn ein bisschen antreibt. Hör auf, dich dagegen zu sträuben.« Sie machte ein so strenges Gesicht, dass selbst Christophe hinter den Ställen gehorchen wollte.

Gustav brummte etwas, was Chris nicht verstand. Dann ging Monika, und Gustav blieb am Tisch sitzen und schaute in die Lampe über dem Küchentisch und sah sehr, sehr alt aus. Eingefallene Schultern, knochige Hände. Chris schluckte.

Vielleicht sollte er Berlin verschieben. Er musste es ihm sagen, dafür war er schließlich um die halbe Welt geflogen, aber – vielleicht noch nicht jetzt. Wenn Gustav gerade Schmerzen hatte, Rheuma oder was mit dem Magen womöglich, immerhin ging er langsam und aß wenig, sollte Chris dann besser warten, bis … sein Vater wieder gesund war? Vielleicht könnte er ihn etwas besser kennenlernen, bevor er es ihm sagte. Er hatte auch gar keine Lust, diesem alten Mann zu verkünden, dass Paulette gestorben war. Und all die Fragen erst: Wie ist es ihr ergangen, wie hat sie denn so gelebt, war sie sehr krank, warst du bei ihr, als …? Das würde er nicht schaffen, noch nicht.

»Ach, Maman«, sagte Chris laut (aber trotzdem noch sehr leise) zu den Kaninchen. Sie hatte ihm nie die Chance gegeben, Gustav kennenzulernen. Weder Christophe noch Gustav hatte sie diese Chance gegeben. Und das war schon ziemlich fies für jemanden, von dem alle behaupteten, die netteste Person der Welt zu sein.

Also tippte Chris auf seinem Handy herum, stornierte Berlin und blieb. Schlief drei Tage lang auf der Luftmatratze in Flos Zimmer, wurde morgens um sieben geweckt, »Zeit fürs Frühstück, Zeit für die Schule«, und als die Touristen kamen und Gustav doch die von Monika prophezeite Hilfe benötigte, half er eben. Zuerst waren es nicht viele Gäste, ein paar Familien mit Kindern, die an den Händen ihrer Eltern am Rand der Grube standen und hineinschauten, aber dann schien es sich herumzusprechen, vor allem der Teil mit der Hexe. Und plötzlich wimmelte es im Dorf von Esoterikern mit Wünschelruten und Halbedelsteinen, die eine tiefgreifende Energie wahrnehmen wollten und Monikas Nusskuchen kauften.

Und alle wollten campen.

Gustav verlangte fünfzehn Euro ohne Strom, nur der Stellplatz und zwei Personen, was viel war, wenn man rein gar nichts dafür tun musste. Und das musste Gustav nicht, denn er setzte schließlich Flo an die Rezeption, sobald der aus der Schule kam, und ließ ihn Kontaktdaten aufnehmen, während er selbst hinten auf der Terrasse saß und Solitär spielte.

Chris jätete mit Lale Unkraut, sperrte das verstopfte Klo ab und stellte Ameisenköder bei den Waschmaschinen auf; ab und an fand er sich auch unter Rainers Fittichen wieder, half mit, das Kabel am Campingplatz vorbeizuverlegen und den Zaun wieder aufzubauen. Er säte mit Flo ein paar Sommerblumen für Bienenweiden in den Gräben zwischen Weg und Wiese an und schüttete mit Rainer einen Kiesweg um die Grube herum auf, die jetzt breit ausgehoben und gesichert war. Bauer Gehrich, den niemand je zu sehen bekam, dessen Name aber allseits bekannt war, zäunte in der Nähe des Sees ein Stück Acker als Parkplatz ein und verlangte einen Euro fünfzig für eine Stunde und drei Euro Tagesgebühr.

Rainer ließ – erstaunlich schnell – T-Shirts mit den beeindruckendsten Gegenständen aus dem Grab drucken: Die kleine Frauenfigur, der dicke Ring, die Tonscherben und die Zauberstäbe, und überredete Gabi, sie im Kiosk zu verkaufen.

Weil niemand ihn fragte, wie lange er bleiben wolle, half Chris, wo er konnte, und Lale hatte wohl tatsächlich ein gutes Wort bei Gustav für ihn eingelegt, denn als der Angler seinen verlängerten Wochenendausflug beendet hatte, kam sie mit einem Schlüsselbund herübergeschlendert und lächelte Chris zu.

»Der zweite Wohnwagen«, sagte sie. »Bitte schön.«

Sie waren jetzt also Nachbarn, dachte Chris, während er, ein Wassereis lutschend, neben Lale in der plötzlich heißen Ende-Mai-Sonne vor der Kneipe saß und den Neuankömmlingen zusah, die mit prallen Fahrradtaschen, in Bussen oder winzigen, vollgestopften Autos herbeiströmten.

Arbeitskollegen und Nachbarn.

Der Wohnwagen stank zwar nach einer unguten Mischung aus Katzenpisse und Fisch, aber er war erstaunlich geräumig und besser als eine wabbelnde Luftmatratze neben Flos Bett.

Der Campingplatz füllte sich. Kuppelzelte ragten wie bunte Hügel aus dem Boden, überall wurden Heringe ins Gras gehämmert. Leute, die Geburtstagslieder sangen, und Kerzen, die ausgepustet wurden. Klirrende Weingläser am Abend, herumgereichte Wodkaflaschen, johlende Jugendgruppen, der Geruch nach gebratenen Würstchen oder gegrilltem Fisch, Rauch von den Feuerstellen. Yogamatten, Babydecken, Klappstühle, Tische mit Frühstückseiern und Brötchen und Kinder, die Geocaching-Schätze suchten. Volle Mülleimer, Eispapier in der Wiese und Kränze aus Gänseblümchen, die an den Griffen der Toilettentüren hingen, vergessene Kuscheltiere und Babystrampler auf Wäscheleinen zwischen den Bäumen. Die Pfingstferien waren in vollem Gange.

Tagsüber schien sich Gustav vor dem Besucheransturm zu verstecken; abends sah man ihn vor der Rezeption, wo er Geldscheine zählte wie ein Gangsterboss.

Chris und Lale schlurften am Morgen meistens zur gleichen Uhrzeit hinüber zu den Waschhäuschen und standen nur durch eine Wand getrennt an den alten Becken. Während er Zähne putzte, starrte Chris auf diese Mauer zwischen ihnen, und wenn Lale in ihrer Latzhose über den Campingplatz marschierte, einen Hammer in der Hand oder einen Werkzeugkasten oder Flaschen mit Apfelsaft, rief er: »Huhu, Nachbarin!«, und dachte dann den ganzen restlichen Tag über die Blödsinnigkeit dieses Kommentars nach.

Seine T-Shirts leierten aus, weil er ständig nervös am Bund herumknibbelte, und abends saß er lange auf den Stufen vor seinem Wohnwagen und schaute in den nachtschwarzen Himmel.

Die ersten Junitage vergingen in einer Mischung aus stechender Hitze, strahlender Sonne und verwirrenden Gefühlen. Der Graben zwischen Feld und Weg verwandelte sich in ein flauschiges Meer aus Pusteblumen, die kurze Zeit später in den babyblauen Himmel flogen. Gras wurde trockener in der Hitze, seine angesäten Blumen brauchten Unmengen an Gießwasser; es war eigentlich viel zu spät, um zu säen.

Die kühle Morgenluft wärmte sich schnell auf, und er machte morgens barfuß Spaziergänge hinunter zum See, wo die Liegewiese auf Besucher wartete. Es war sumpfiger hier unten, feuchter, und die Wiese weich und dick wie ein Teppich unter seinen Füßen. Die Dielen des alten Holzstegs am See erinnerten ihn an zu Hause, und da saß er dann, während es langsam heller wurde, schwarz zu grau zu blau, und blickte auf das Wasser. Wenn er zurückkam, schlüpfte er in seine Birkenstock und half Lale, wo er konnte. Er war sich nicht sicher, ob sie wollte, dass er ihr half, er tat es einfach. Als Tourist war er eine Witzfigur, aber er war ja auch kein Tourist, er war gekommen, um seinen Erzeuger kennenzulernen. Während er das Gespräch vor sich herschob, verbrachte er zu viel Zeit damit, darüber nachzudenken, wie Lales Haar in der Sonne glänzte oder wie das gesamte Waschhäuschen am Morgen, nachdem sie geduscht hatte, nach Zitrone duftete, oder an diesen dummen kleinen Leberfleck direkt unterhalb ihres Schlüsselbeins, den er entdeckt hatte, als ihr T-Shirt verrutscht war und der ihm seitdem nicht mehr aus dem Kopf ging.

»Du bist ja immer noch da«, sagte sie, während sie Farbeimer zu den Toiletten schleppten. Ein schiefes Grinsen, das er wirklich mochte.

Aber Lale war nicht mehr die Person aus der Grube, die seine Hand gehalten hatte, sie war höflich und nett, aber kühl, und sie schien nie mit ihm allein sein zu wollen; immer wenn sie nur zu zweit waren und nicht arbeiteten, fand sie irgendeinen Vorwand, um zu verschwinden oder Flo zu rufen oder Gustav.

»Doch nicht etwa wegen mir?«

Und dann so was, mit diesem Lächeln und diesem Blick. Er stellte den Eimer ab und rupfte im Vorbeigehen schnell ein bisschen Löwenzahn aus dem Kiesweg.

»Wie lange bleibst du?«, fragte sie, als er keine schlagfertige Antwort bereit hatte.

Er sollte es ihr sagen. Er warf das Unkraut weg, nahm den Eimer und wuchtete ihn zu den Toiletten. »Ich …«

»Du bist ja immer noch da«, sagte eine brummende Stimme.

Gustav kam aus der Saloon-artigen Schwingtür und stützte die Hände in die Hüften.

Chris blies die Backen auf und beschloss, erst mal einfach weiterzuarbeiten.

»Kleiner«, rief Gustav ihm hinterher. »Vergiss die Pinsel nicht!«

Gustav, der nicht gerade ein Zuckerstück war. Anscheinend konnte niemand hier ihn wirklich leiden. Niemand außer Lale. Chris fragte sich, wie seine herzliche, offene, liebevolle Mutter sich in so einen Typ hatte verlieben können. Ein Mann wie ein Holzstab: groß und dünn und hart. Jemand, der lieber gar nichts sagte, als ein bisschen höflichen Smalltalk zu machen. Jemand, der manchmal so tat, als hätte er einen nicht gesehen, statt »Guten Morgen« über den Platz zu rufen. Der so sehr nuschelte, dass man ihn kaum verstand, und das lag nicht etwa an schlecht sitzenden dritten Zähnen oder so, sondern einfach daran, dass er nicht richtig den Mund aufmachte.

Das waren super Eigenschaften zum Vererben, dachte Chris, während er Farbe gegen die Wände klatschte. Wahrscheinlich werde ich auch mal so, wenn ich alt bin. Einsam, unbeliebt und schroff. Und spiele Solitär.

ZEHN

AM NÄCHSTEN MORGEN sprang Chris in den See, das Wasser war kühl, es war klar, es war genau das, was er brauchte. Es verscheuchte Lale und Gustav aus seinen Gedanken.

Wie lange bleibst du?

Er kraulte hinaus, bis die Bäume am Ufer verschwommene Gestalten waren, grüne Flecken. Er ließ sich eine Weile auf dem Rücken treiben und blickte in den hellblauen Himmel, in den fast-noch Sonnenaufgang. Die Wolken über dem Wald sahen aus wie langgezogene Ufos, orange angestrahlt. Christophe schwamm noch ein Stück weiter bis zu einer Insel, einem winzigen Hügel mit ein paar Bäumen darauf, schon fast in der Mitte des Sees, und zog sich ans Ufer. Eine einsame Insel, ein einsamer Mann. Er setzte sich auf den Strand, es war tatsächlich ein kurzer Sandstrand, mit Kieselsteinen, zwischen ein paar Wurzeln von Bäumchen, die sich auf den winzigen Hügel duckten.

Christophe fuhr mit den Fingern durch den nassen Sand. Der Lieblingsstrand seiner Mutter war eine versteckte Bucht auf Réunion, an der höchstens mal ein paar Fischerboote festmachten. Weit reingegangen war sie nie, und als er klein war, hielt sie ihn an seinen Schwimmflügeln fest, damit er nur im seichten Wasser planschte, das ihm als Dreikäsehoch kaum bis zum Bauchnabel reichte. Er konnte ihre Stimme fast hören: *die Haie, die Haie!*

Christophe lehnte sich zurück und betrachtete die Ufo-Wolken. Was würde sie jetzt sagen, seine Maman? Hatte sie auch auf dieser

Miniinsel die Wolken betrachtet und Liebeskummer gehabt, so wie er? Oder Heimweh? Oder hatte sie hier bleiben wollen wegen … dieses Mannes?

Er legte sich auf den Rücken, spürte den Sand unter sich.

Warst du unglücklich, als du zurückgekehrt bist, Maman? Warum bist du nicht hiergeblieben?

Vielleicht aus demselben Grund, warum er immer wieder zurückkehrte, auf diese Insel im Indischen Ozean: Er war dort zu Hause. In gewisser Weise war er sogar nach Kanada froh gewesen, wieder daheim zu sein.

Er sollte Gustav sagen, wer er war, oder ihm einfach eine Kopie von Paulettes Brief in den Kasten werfen und dann heimfliegen. Das Haus zu einer kleinen Frühstückspension umbauen, neue Gärten gestalten, auf Chidis Kinder aufpassen. Die Insel, die Freundschaft. Mehr wollte er doch gar nicht.

Nur dass ihm zu Hause jetzt fremd erschien, als hätte Paulette durch ihren Brief – und ihre Lüge, meine Güte, sie hatte ihn jahrelang angelogen – alles verändert.

Und er war sich zwar nicht sicher, ob das, was er von Gustav in den letzten Tagen kennengelernt hatte, reichte, um mit ihm warm werden zu können, und Lale war sowieso ein Mysterium und eher abweisend als irgendetwas anderes. Aber er hatte keine Lust, nach Hause zurückzukehren, jetzt noch nicht. Sein Zuhause hatte ihn immer wieder mit offenen Armen empfangen, aber das waren vor allem die Arme seiner Mutter, und die war nicht mehr da.

Und außerdem viel zu gut darin gewesen, Geheimnisse vor ihm zu bewahren.

Ein Frösteln. Christophe fuhr hoch und drehte sich um, aber da war nichts als das Rascheln des Windes zwischen den Zweigen. Er stand auf, watete ins Wasser und machte einen Köpfer hinein. Als er am Steg angekommen war, war er ziemlich außer Atem. Der Uferbereich war leer, bis auf ein im Schneidersitz meditierendes Pärchen. Von oben hörte man das übliche Stimmengewirr des Platzes. Er ging zurück zu seinem Wagen, schob sich an einer Gruppe blasser Menschen in weiten Gewändern vorbei, die in verrenkten Yogastellungen auf der Wiese vor seinem Wohnwagen kauerten, und klappte drinnen seinen Laptop auf. Es war unglaublich heiß in diesen Waggons, und das schon früh am Morgen. Kein Wunder, immerhin war es schon Juni. Am Eingang zur Toilette klebte eine Einladung zur Sonnwendfeier Ende des Monats, ein selbstgezeichnetes Plakat mit vielen Ausrufezeichen und einem Baum darauf, um den farbenfrohe Männchen mit Kränzen in den Haaren tanzten. Johannisfeuer inklusive.

Chidi ging sofort ran; sie hatten ein Skype-Date vereinbart, ein gemeinsames Frühstück, das bei Chris aus einer Tasse Tee und einem Brötchen vom Vortag bestand.

»Wow, du bist kein bisschen verpixelt«, sagte Chidi.

»Breitband-WLAN«, sagte Christophe. »Mittlerweile funktioniert das hier einwandfrei.«

»Ah.«

Von draußen hörte er die früh aufstehenden Yogis »ooom« singen. Er kaute an dem harten Brötchen, das nicht schmeckte. Es war essbar, und Appetit hatte er sowieso keinen. Er vergaß sogar manchmal zu essen in letzter Zeit, hatte überhaupt nie Hunger und musste sich ab und an, wenn sein Magen sich beschwerte, zwingen, ein paar Happen hinunterzuwürgen. Was immer ein schlechtes Zeichen war.

»Also, was macht dein Erzeuger?«, fragte Chidi und hob Astrid auf seinen Schoß, die Chris kurz betrachtete wie eine sehr langweilige Fernsehsendung und dann wieder verschwand.

»Er ist unausstehlich«, sagte Chris. »Frag mich was anderes.«

Chidi lachte. »Was ist mit der Frau in der sexy Latzhose?«

Chris stöhnte. »Hör auf zu grinsen«, sagte er.

»Du bist jetzt wie lange da? Ein, zwei Wochen? Und schon hast du dich mal wieder verliebt, und den wahren Grund für deine Reise hast du einfach vergessen.«

»Ich hab es nicht vergessen. Es war einfach nie der richtige Zeitpunkt.«

»Du zögerst es doch bloß raus, wegen dieser Lale.«

Doch nicht etwa wegen mir?

»Scht«, machte Christophe und sah sich um, als könnte Lale plötzlich aus einer der dunkleren Ecken in seinem Wohnwagen hervorspringen wie ein Gespenst aus den Schatten seines Kinderzimmers. Er wusste nicht mal, ob sie Französisch verstand.

Chidi prostete ihm mit seiner Kaffeetasse zu, die aussah wie selbstgetöpfert. »Ach, Chris. Alter Romantiker. Ich meine, versteh mich bitte nicht falsch, aber du hast keine Ahnung …«

Er drehte sich um, als aus dem Hintergrund eine unverständliche, aber unmissverständlich wütende Stimme etwas sagte. Ein Küchenhandtuch kam angeflogen und traf ihn am Kopf. Er fing es und deutete damit auf Chris.

»Das! Von so was hast du keine Ahnung, mein schnell-verliebter und schnell-entliebter Freund.«

Chris hätte sich gern mit jemandem über den Abwasch gestritten. Chidi und Maria waren ein wundervolles Paar, selbst ihre Kabbeleien waren herzerwärmend.

»Ich bin nie schnell entliebt. Und sie ist ja auch nicht irgendeine schöne Frau. Sie ist … Lale.«

Chidi warf das Handtuch hinter sich.

»Und Maman hat es hier auch gefallen, du hast den Brief gelesen, der See und … Weißt du, ich dachte, ich lerne ihn mal kennen. Den Ort … und Gustav. Irgendwie … irgendwie muss ich wissen, wer er ist. Und warum sie nie was gesagt hat.«

»Ja, wer hätte das Paulette zugetraut, hm? Ich nicht.«

»Stets wankelmütig und launenhaft, oder wie ging das?«

»Haha, ja. Also, genieß deinen Undercovereinsatz, Alter. Und hör auf zu schuften. Immer, wenn ich mit dir rede, arbeitest du gerade irgendwas.«

»Ich helfe nur aus. Er ist wirklich alt. Er wirkt fast ein bisschen ...«

»Tattrig?«

Chris nickte. »Ernsthaft, der Garten oben am Haus ist eine Katastrophe.«

Trotz Gustavs augenscheinlicher Gangsterboss-Mentalität bezahlte Chris kaum Miete für den Wohnwagen, was er vielleicht Lale zu verdanken hatte. Er sollte hier wirklich mit anpacken, solange er gebraucht wurde. Und er hatte auch noch die Einnahmen von seinem AirBnB zu Hause, das überraschend gut lief. Chidi hatte eine Putzfrau beauftragt, nach jedem Gast sauber zu machen, und ein kleines Kästchen neben der Haustür angebracht, das mit einem Zahlenschloss versehen war und in dem der Schlüssel lag.

Jetzt nahm Chidi einen Schluck aus seiner Tasse. »Du bist einfach nur verliebt, Mann. Ich kenne das Muster.«

Astrid kam wieder ins Bild, Chidi machte Hoppe-hoppe-Reiter. Christophe blies die Backen auf und schielte ein bisschen. Sie lachte.

Er schaute aus dem Fenster zu den sich verbiegenden Yogis. Von wegen Muster, dachte er ein wenig verärgert. Chidi hatte ja gar keine Ahnung. Nicht dieses Mal, das war anders.

***

Chris fand Flo an der Rezeption, der mit seiner Mutter über das Tragen von Polohemden debattierte und liebend gern mit ihm Pause machen wollte.

»Deine Krücken!«, rief Monika Flo hinterher und schwenkte eine davon aus dem Rezeptionsfenster.

»Brauch ich nicht!«, schrie er zurück.

»Ich hasse Polohemden auch«, sagte Chris, während sie nach oben zu den Kaninchen gingen.

»Mama findet, ich sehe mit dem Scheißkragen aus wie eine Respektsperson«, sagte Flo und band seine Haare hoch. »Dabei hat es in diesem Kabuff ungefähr tausend Grad.«

»Es ist völlig egal, wie du hier aussiehst«, sagte Chris.

»Eben«, sagte Flo und kratzte an seinem schon sehr roten Hals herum, während sie über den Draht ins Gehege stiegen. »Marianne hat geworfen.«

Chris schaute in den Stall. Es waren sechs kleine, wuselige Fellknäuel, die ganz glatt und winzig waren und die Augen noch geschlossen hatten. Sie lagen bei ihrer Mutter, kaum zu sehen unter Heu und Fellbüscheln. Nur eines …

»Oh nein«, flüsterte Chris.

Ein besonders kleines lag reglos etwas außerhalb des Nests. Flo hockte vor dem Stall und starrte auf das winzige tote Ding.

»Naturgesetz«, sagte Flo rau. »Die Schwachen sterben.«

Chris drückte seinen Arm. »Jetzt komm …«

»Ja, ja, ich weiß«, sagte Flo und rollte die Augen. »Schlechter Tag.« Er räusperte sich und versuchte offenbar, stark auszusehen. »Schmeißen wir es weg.«

»Was? Nein. Wir begraben ihn. Gib ihm einen Namen.«

Flo sah Chris an und schluckte ein paarmal.

»Ich habe im Vorgarten Blumenbeete freigelegt«, sagte Chris. »Unter dem ganzen Gestrüpp. Da ist Platz für ein Grab.«

»Hier ist ’ne Schachtel«, hörten sie Lales Stimme, und Chris drehte sich um. Sie trug ein gestreiftes T-Shirt und ihre Latzhose und hielt einen Schuhkarton hoch. »Ich hab es eben schon gefunden.«

Flos Unterlippe zitterte. »Mein Vater sagt, das ist albern.«

»Ist es nicht«, sagte Lale streng. »Du kannst es nicht einfach wegschmeißen, als hätte es nie existiert.«

Sie entschieden sich für einen Platz unter ein paar hellrosa Pfingstrosen neben der Terrasse.

Sie legten das Kaninchen in die Schachtel, Chris hob eine Grube aus, Flo stellte die Box in das Grab, sie schütteten es zu. Chris legte ein paar Steine um das Grab.

»Möchtest du etwas sagen?«

Flo schüttelte den Kopf. Sie schwiegen. Die Mittagssonne brannte auf ihre Nacken. Flos Haare im Polohemdkragen waren schon ganz feucht.

»Meine Mutter ist vor kurzem gestorben.« Chris' Stimme war leise, er hörte sich selbst kaum. Er bemerkte, dass Lale ihn kurz ansah und dann wieder auf ihre Füße blickte.

»Oh«, sagte Flo. »War sie alt?«

»Nicht besonders«, sagte Chris, immer noch mit dieser leisen Stimme.

»Sie konnte die besten Gutenachtgeschichten erzählen. Und die besten Witze. Sie war so albern, sie hat sich über den größten Blödsinn kaputtlachen können. Manchmal hat sie richtige Lachanfälle bekommen und konnte nicht mehr aufhören. Sie hat gern Chips gegessen. Am liebsten die, die nach gebratenem Hühnchen schmecken. Und sie mochte After Eight.«

Er starrte auf die Hauswand.

»Wenn ich krank war, hat sie mir mit ihrem Geheimrezept Hustensaft gekocht. Ich hab sie nie danach gefragt. Was da eigentlich drin war, meine ich. Jetzt kann ich sie nicht mehr fragen«, flüsterte er. »Gar nichts mehr.«

Flo räusperte sich. »Vielleicht weiß es dein Dad«, sagte er.

Chris blinzelte – kurz, ganz kurz nur hatte er vergessen, dass Flo da war.

»Was ist denn hier los?«, fragte Gustav, der über den Hof geschlendert kam. Chris starrte ihn an.

»Ihr seht aus, als wär jemand gestorben.«

Lale machte ein ersticktes Geräusch, und Chris merkte erschrocken, dass sie weinte. Nicht wirklich laut, ihr lief eine einzelne Träne die Wange hinunter. Sie wischte sie schnell weg.

»Kaninchen-Trauerfeier«, sagte sie und räusperte sich.

»In meinem Blumenbeet?« Gustav rümpfte die Nase. »Deine Mutter sucht dich«, sagte er dann zu Flo. »Im Übrigen hat nicht sie den Zaun umgefahren, Kleiner.«

Flo zog eine Schnute.

»Löwenzahn-Pesto, anyone?«, fragte eine tiefe Stimme, die über den Hof hallte. Alle schauten auf. Durch das Gerümpel kam ein rotbärtiger Mann gestiefelt, der eine weite, violette Pluderhose trug und einen grauen Pulli mit Kapuze. Er war barfuß und schwenkte ein Einmachglas, in dem eine glibberige, grüne Soße schwappte.

»Hier hinten ist für Gäste geschlossen«, sagte Gustav. »Das ist Privatgrund hier.«

»Hast du irgendwo Löffel?«, sagte der Mann. »Normalerweise esse ich mit den Händen, wegen der Energie und so, aber bei Pesto ist das echt schwierig. Und was macht ihr grade?«

»Zweite Schublade von oben, neben dem Kühlschrank«, sagte Gustav, und Chris schaute zwischen den beiden hin und her.

»Wir begraben Kurt Cobain«, erklärte Flo.

Chris unterdrückte ein Grinsen. Ein guter Name.

»Ah.« Der Mann nickte, als sei das völlig normal und als wüsste er, wen oder was sie da gerade verbuddelt haben. Dann wandte er sich an Lale.

»Mensch, Kleine. Nicht weinen. Jeder muss mal sterben!«

Chris sah, dass Lale jetzt dicke, schwere Tränen die Wangen hinunterliefen und sie sich nicht darum kümmerte, sie wegzuwischen.

Gustav runzelte die Stirn. »Wegen des Karnickels jetzt?«, fragte er und wirkte verwirrt.

Der Mann in der violetten Hose trat vor und umarmte Lale, sehr lange und, wie es aussah, sehr fest. Sie stand einfach da und rührte sich nicht.

»Eine Herzumarmung«, sagte der Typ. »Ich spüre, dass du eine brauchen kannst. Hier, mit der linken Seite zur linken Seite … Herz auf Herz … Von mir zu dir.« Er drückte fester. »Mindestens für zwanzig Sekunden halten«, sagte er und hielt immer weiter. Als er endlich losließ, hob er die Augenbrauen. »Besser?«

»Ja«, sagte Lale erstaunlicherweise und rieb sich über die Nase.

»Gut«, sagte der Mann. »Auf zu den Löffeln. Ich hab Hunger.« Er stiefelte davon.

Alle starrten Gustav an, der sich über die Stirn fuhr.

»Das ist James«, sagte er in Richtung Terrassentür. Von drinnen hörten sie James ein Liedchen pfeifen.

»Aha?«, sagte Lale. »Und wer ist James?«

»Wir waren mal Kollegen, vor gefühlt hundert Jahren. Deine Mutter hat ihn aufgetrieben.« Er nickte Flo zu.

»Was?! Warum?«

»Sie fand es wohl lustig, einen meiner alten Freunde einzuladen.«

Flo zog eine Grimasse. »Gott, meine Mutter. Mischt sich überall ein.«

»Ganz genau«, sagte Gustav. »So, und jetzt Abmarsch mit euch. Ich will in Ruhe Solitär spielen.«

ELF

SEIT DER BEERDIGUNG des Kaninchens am Morgen vermisste Chris seine Mutter noch mehr als sonst. Er saß am Steg, die Holzdielen unter ihm noch warm von der Sonne, die Badegäste verließen nach und nach den Strand. Wenn er jetzt so über den See schaute, den Paulette so gemocht hatte, ein paar Wasserläufer betrachtete, die kleine Kreise auf der glatten Oberfläche hinterließen, fehlte sie ihm so sehr, dass etwas in seiner Brust sich zusammenzog. Er hatte das Gefühl, etwas könnte knacken und brechen und ihn als ein wimmerndes Häufchen Elend zurücklassen, ein Häufchen, das nicht allein aufstehen und zurückgehen könnte, ein Häufchen, das einfach hier liegen und verrotten würde, wenn man es ließe, bis ein paar Kinder es gnädig mit den Füßen in den See kicken würden, wo es unterginge wie ein Stein.

Aus seiner Hosentasche zog er einen Müsliriegel, den er vorhin eingesteckt hatte und der auch ganz matschig und zerknautscht war. Tiefpunkt, dachte er, als er hineinbiss. Chris zog seine kalten Füße aus dem Wasser und kreuzte die Beine. In den letzten paar Tagen war es nachts ziemlich kalt geworden, heute fühlte es sich tatsächlich schon fast an, wie er sich einen Sommertag in Deutschland vorgestellt hatte. Irgendwo grillte jemand, der Geruch nach Holzkohle wehte zu ihm herüber.

Er hatte Muskelkater und Schwielen an den Händen von all der Arbeit, doch er mochte alles um sich herum: die Ruhe, den See, den Wald, in dem er im Morgengrauen spazieren ging, die kühle, feuchte

Luft, die morgens über den Feldern aufstieg. Sogar die Menschen, die stolz auf ihr WLAN und ihr komisches keltisches Grab waren.

Vielleicht war sogar Gustav in Ordnung. Sein heiseres Lachen, seine brummelige Art, als wollte er immer verstecken, dass er eigentlich nett war. Zumindest zu Lale. Als sie wegen des winzigen Kaninchens weinte, konnte Chris sehen, wie er sich Sorgen machte.

Christophe hörte Schritte hinter sich.

»James veranstaltet so ein Schwitzevent«, sagte Flo und setzte sich etwas wackelig neben ihn auf das Holz.

»Aha?«

»Er heizt schon ein.«

»Was denn?«

»Hm?«

»Was heizt er ein?«

»Er hat so ein Kuppelzelt gebaut und abgedichtet.«

»Ach Gott.«

»Das wird super«, sagte Flo. »Lale meint, er tut sicher irgendwas Bewusstseinserweiterndes in den Aufguss.«

Christophe betrachtete ihn. Er wirkte so jung. Die blasse Haut, die hellen Haare, die Stupsnase, die Hand, die er immer gegen seinen Brustkorb presste.

»Pilze?«

»Haschisch vielleicht.«

»Lebensgeister wecken durch Kräuteraufgüsse, hm?«

»Hast du eigentlich Geschwister, Chris?«

»Nee.« Eine Weile blickten sie über den See.

»Als ich klein war«, sagte Flo plötzlich, »hab ich immer gedacht, ich kann Tiere durch Handauflegen wiederbeleben.«

»Süß.«

»Damit diese blöde Hand für irgendwas gut ist. Wie ’ne Superkraft, oder so.«

»Das wäre ziemlich cool«, sagte Chris.

»Ich hab nämlich mal, als ich acht war, ein Eichhörnchen reanimiert«, sagte Flo ernst. »Das lag bei Gustav im Hof. Ganz eklig, die Augen waren schon ganz milchig und so. Ich hab es mit 'nem Stecken angestupst und dann einfach meine Handfläche draufgelegt. Ha, meine Mutter würde mich heute noch killen, wenn sie das wüsste.«

Chris zerknüllte das Mülsiriegelpapier.

»Als ich 'ne halbe Stunde später wieder hingeschaut hab, war es weg«, sagte Flo.

»Ziemlich beeindruckend.« Chris lächelte.

Flo betrachtete seine Hand. »Ich hab dann 'ne Zeitlang immer versucht, mich selbst zu beleben«, sagte er und verzog das Gesicht. »Die ganze blöde, kaputte Seite von mir.« Er seufzte. »Schön wär's.«

»Ich finde nicht, dass du belebt werden musst«, sagte Chris. »Du bist doch ziemlich lebhaft.« Er knuffte ihn in die Seite.

»Sag das mal meiner Mutter. Die denkt, ich kann gar nichts. Hilft sogar bei der Rezeption. Ich meine, da geht's drum, ein paar Adressen aufzuschreiben.«

»Mütter wissen auch nicht immer alles. Auch wenn sie so tun, als ob.«

»Ach echt?«, sagte Flo trocken.

»Meine Mutter hat auch gedacht, sie wüsste, was das Beste für mich ist«, hörte sich Chris sagen. »Und dann ist sie gestorben, und jetzt hab ich den Salat.« Seine Mutter breit lächelnd in ihrem Schaukelstuhl, Pfefferminz und Schokolade, vollkommenes Vergessen. Der bekloppte Brief in seiner hinteren Hosentasche. Es tat weh, sauer auf sie zu sein.

»Dabei hat mein Vater immer gesagt: Man muss alles aussprechen. Sonst geht's einem schlecht. Pah!«

Frank, dachte er, Frank hatte das immer gesagt. Und: »Einfach aussprechen, Chrissi, einfach ausprobieren. Völlig egal, wenn du scheiterst.« Frank war ein Guter gewesen, und er hatte seine Maman geliebt. Chris fragte sich, ob Frank es gewusst hatte, ob er zumindest etwas geahnt hatte. Manchmal, wenn er sagte: »Woher hast du nur diese Sturheit?« Und den Kopf schüttelte. Oder später, ein gemeinsamer Witz: »Du bist adoptiert, keine Frage. Du bist kein bisschen wie ich.«

Christophe spürte einen Stich, eine Schwere, die sich ausbreitete. Schnell drehte er sich wieder zu Flo.

»Findest du, ich bin Gustav ähnlich?«

»Was?«

»Ich weiß nicht, die Art, bin ich auch so ein … ein Stoffel?« Ein Wort, das Frank gern benutzt hatte, für alle möglichen Menschen.

»Nein, wieso solltest du?«

Scheiß drauf, dachte Christophe und zog den Brief aus der Tasche. »Hier, deshalb. Weil meine Mutter vor neununddreißig Jahren mal ein Techtelmechtel mit ihrem Deutschlehrer hatte.«

Flo runzelte die Stirn und faltete den Brief auseinander. »Woah«, machte er nach einer Weile. »Dann bist du … und er …? Aber … ihr seid so verschieden!«

»Schau mal dich und deinen Vater an«, brummte Christophe, nahm ihm den Brief ab und steckte ihn wieder ein.

»Krass«, sagte Flo. Sie blickten über das trübgrüne Wasser.

»Sag's niemandem, okay?«

»Du meinst, das ist ein Geheimnis?«

»Im Moment ist es das noch, ja.«

»Oh. Wow. Okay.«

Wasser plätscherte unter ihnen gegen den Steg.

»Hm«, machte Flo, »und wieso soll Lale das nicht wissen?«

Chris sah ihn erstaunt an. »Äh, wieso, ich meine, wie kommst du jetzt auf Lale?«

»Na ja, ich hab nur gedacht, dass ihr … weil du sie immer so anstarrst …«

Chris wurde rot. »Ich starre sie nicht an.« Er stand auf und klopfte sich energisch auf die Oberschenkel, bevor er in Richtung Campingplatz ging. »Was ist jetzt mit diesem Schwitzdings?«

***

»Wir machen vier Runden«, sagte James, »mit mehreren Aufgüssen.« Sie saßen ziemlich beengt in dem kleinen Zelt, das aus unerfindlichen Gründen nach Hundefutter roch: Christophe, Flo, James, zwei ältere Männer, die so dick waren, dass sie jeweils Platz für zwei brauchten, und Gustav. James klopfte alle Teilnehmer mit einem Reisigbündel ab, sie mussten ihre Kleider ordentlich vor die Tür legen, und dann gab es eine Herzumarmung von James, für alle, selbst für Gustav.

»Was machst du hier?«, fragte Chris, der wirklich erstaunt war.

»Ich liebe Sauna«, sagte Gustav. »Aber ich werde mich nicht an diesem Esoterikzeugs hier beteiligen.«

»Jeder macht mit«, sagte James streng. »Du auch, Gustavo. Früher haben wir doch auch stundenlang unser Innerstes nach außen …«

»Ignoriert mich einfach«, unterbrach ihn Gustav.

Es war ziemlich stickig. In der Mitte befand sich ein Loch, in dem ein Haufen Steine lag, zwischen denen ein Feuer glühte. Mehr Glut als Flammen. James schöpfte Wasser aus einem Eimer auf die Steine, die zischten. Dampf breitete sich im Zelt aus. Flo hustete.

»Ach du Schande«, sagte einer der Dicken.

»Hast du was Bewusstseinserweiterndes in den Dampf gemacht?«, fragte Flo.

»Sag ich nicht.«

Flo wurde rot und grinste, und auch Christophe fühlte sich ein bisschen wie ein verschämter Teenager. Er blickte auf die unterschiedlichen nackten Männerkörper, die Hautfalten, die Haare, die gekrümmten Zehen, und zog das Handtuch unter seinem Hintern zurecht. James schwenkte erneut seine Schöpfkelle, und der Dampf breitete sich aus. Es war heiß, so heiß, dass es richtig weh tat auf der Haut. Chris schaute hinüber zu Gustav, der immer so schwach wirkte, aber hier völlig entspannt dasaß. Ihm selbst liefen Wasserdampf und Schweiß über die Stirn.

»Die Lakota-Indianer geben jeder Runde ein Thema«, sagte James. »Die erste Runde ist dem Danken gewidmet. Wir danken für alles, was uns widerfahren ist, was wir erlebt und gelernt haben.«

»Müssen wir das laut sagen?«, fragte Flo.

»Na ja, ja, schon«, sagte James. »Das ist ja das Ritual.«

»Ich sag hier nichts laut«, maulte einer der Dicken.

Gustav nickte. »Und ich bin gar nicht da.«

Chris fühlte sich leicht benebelt von den Dämpfen im Zelt.

James begann: »Danke dafür, dass ich so viele nette Menschen kennenlernen durfte.« Er machte eine einladende Geste in die Runde.

»Danke, dass ich schon fünf Kilo abgenommen habe«, sagte der stillere Dicke.

Flo sagte: »Ich bin dankbar für neue Freunde, die geheime Geheimnisse mit mir teilen.« Er blickte Chris tief in die Augen, schielte dann zu Gustav hinüber und zwinkerte.

Chris biss die Zähne zusammen.

»Danke für dieses Bier«, sagte der lautere Dicke und hob eine glitschige Flasche an.

»Ist das nicht warm?«, fragte Gustav.

»Brühwarm, aber egal.«

Christophe hatte hier Lale kennengelernt, was ziemlich gut war, obwohl sie so undurchschaubar war, dass ihm ganz flau wurde. Er hatte einen neuen Vater. Er wusste jetzt, wo seine abstehenden Ohren herkamen.

»Danke für den Brief«, sagte er. Keiner fragte nach. Nur Flo machte wieder ein sehr bedeutungsschwangeres Gesicht und starrte Gustav an.

Danach kam eine Runde des Gebens: Ein Mann spendierte Bier, der andere erzählte einen nicht jugendfreien Witz, James klatschte seine nackte Brust gegen alle für ein paar besonders lange Herzumarmungen, Chris sagte, er hätte ja das Klo repariert, das reiche. James tunkte seinen Löffel in einen Eimer, und ein neuer Aufguss zischte durch das Zelt. Beim nächsten dampfigen Wasserschwall sollten sie alle sagen, was sie loslassen wollten. Schlechte Angewohnheiten, negatives Gedankengut, weitere fünf Kilo, Bierkonsum, Selbstmitleid, Zigaretten.

Chris starrte auf die glühenden Steine und murmelte: »Meine Mutter«, so leise, dass kein Mensch ihn verstand, nicht mal er selbst. Christophe konnte kaum die Gesichter der anderen erkennen, weil so viel Dampf im Zelt herumwaberte. Schweiß tropfte von seinem Kinn auf seine Beine. James klatschte in die Hände. »Und nun …«, ein weiterer Schwall Wasser auf die heißen Steine, »… kommen wir zur Vision! In Stille sind wir jetzt offen für neue Erkenntnisse und Eingebungen. Und dafür hab ich uns ein Kräutlein mitgebracht … Wie alt bist du, mein Junge?«

»Fast achtzehn«, sagte Flo.

»Na, dann«, sagte James. »Alt genug.«

Er kramte eine Pfeife hervor und zündete sie an, was seltsamerweise trotz der hohen Luftfeuchtigkeit funktionierte. Ein krautiger, grasiger Geruch vermischte sich mit dem Dampf. James zog und reichte dann die Pfeife weiter. Flo hustete, einer der Dicken klopfte ihm auf den Rücken.

Chris nahm die Pfeife und fühlte sich seltsam schwer und leicht zugleich. James goss den Rest des Wassers aus seinem Eimer auf die Glut, zischend breitete sich neuer Dampf im Zelt aus. Gustav neben ihm, dünn und weiß und knochig. Seine Brillengläser waren beschlagen. Chris beschloss, wenn sie hier lebend rauskämen, würde er mit ihm reden, gleich morgen, spätestens.

Flo öffnete den Mund, sagte: »Boah, mir wird schlecht«, und wankte aus dem Zelt. Einer der Dicken folgte ihm. Kühle Luft wehte durch einen Spalt herein.

»Alles okay?«, rief James nach draußen.

Draußen hörte man Flo ein Lied singen, das vage an »Father and Son« von Cat Stevens erinnerte.

»Scht«, machte Chris.

Eingebungen, dachte er und starrte in den rötlich glühenden Dampf, dort, wo die Steine lagen. Erkenntnisse.

Wie lange bleibst du?

Die Erkenntnis war, dass dieser Ort die Macht hatte, ein ganzes Leben zu verändern. Wenn er das wollte. Vielleicht auch, wenn er das nicht wollte. Es hatte schon begonnen.

***

Der Berg von Klamotten in Gustavs Arm fühlte sich schwer an. Nasse Baumwolle, vollgesogene Schafwolle, kalt an seinem aufgeheizten, nackten Körper. Er hielt sich mit einer Hand an der Wand fest und stieg langsam, Schritt für Schritt die Kellertreppe hinunter. Ihm war schwindelig, und er fühlte sich alt, alt und gebrechlich, älter, als er sich vorher je gefühlt hatte. Er verfluchte seinen seltsamen, bekifften Drang, Wäsche zu waschen, aber alles war ihm ein bisschen zu viel geworden, die Hitze, der Schweiß, die Menschen. Er wollte weg, er wollte in seine Waschküche. Er hatte sich die Klamotten vor dem

Zelt genommen und erst, als er bereits am Haus war, gemerkt, dass er nicht nur seine eigenen, sondern auch die Sachen der anderen dabeihatte. Egal. Er würde sie alle waschen.

Die Stille im Keller tat gut. Gustav warf seinen Arm voll Kleider vor die Waschmaschine auf den Boden und sortierte die Wollsachen aus, hängte die Pullis auf einen Wäscheständer, der voll mit trockenen Unterhosen war, die er sowieso nicht mehr alle brauchen würde. Ha, dachte Gustav seltsam beschwingt und zog eine der Unterhosen an, so weit im Leben zu sein, dass man mit Sicherheit sagen konnte: Ich werde keine frischen Unterhosen mehr brauchen. Zumindest nicht so viele, wie sie hier auf dem Wäscheständer hingen.

Die ersten drei Phasen der Trauer hatte er bereits hinter sich gelassen, vor ein paar Wochen: Nicht-wahrhaben-Wollen war nicht mehr möglich, nicht, wenn ihm tagtäglich mehr weh tat, wenn pinkeln immer schwieriger wurde und die Tablettenblister auf seinem Waschbecken mehr. Sein Zorn war ebenso verraucht, was nützte es ihm, wütend zu sein, und auf wen? Auf sich? Auf das Leben? Er war ein alter Idiot, dem jetzt, am Ende seines Lebens, auffiel, wie viele Fehler er gemacht hatte, aber machte die nicht jeder? Vielleicht nicht ganz so viele wie er, aber … er war zu müde, um wirklich zornig zu sein. Verhandelt hatte er sowieso nie, diese Phase hatte er ausgelassen. Es hatte keinen Sinn, das hatten die Ärzte ihm von Anfang an gesagt, und er hatte bloß mit ihnen diskutiert, weil sie versuchten, ihm Chemotherapie und andere lebensverlängernde, aber nicht gerade lebensverbessernde Maßnahmen anzudrehen, die er nicht wollte. Er war deutlich genug, dass sie das ziemlich schnell einsahen.

Jetzt kam die depressive Phase, grausam und hart, erinnerte ihn tagtäglich daran, was alles vorbei war, was er nie wieder nachholen und wiedergutmachen konnte, welche Wünsche er sich nie mehr würde erfüllen können. Oder irgendwem anders.

Vielleicht war er auch schon mitten in der nächsten Phase, einer exklusiven Gustav-Phase, die damit anfing, dass er einsame Frauen auf Aldi-Parkplätzen vor sich selbst rettete, auf gut Glück, ohne zu wissen, was er als alter Mann, der nichts mit sich selbst anzufangen wusste, überhaupt zu ihrer Rettung beitragen konnte. Monika hatte Lale anfangs für eine Verwandte gehalten, was vermutlich mit ihrer beider Größe und Statur zu tun hatte, und ihm gefiel der Gedanke. Lale, seine gute Seele, ein Lichtblick nach Monaten voller Selbstmitleid und Wut auf sich selbst.

Gustav stopfte die nassen T-Shirts und Unterhemden und Kaftans und Hosen in die Waschtrommel und suchte aus Gewohnheit in den Taschen nach Dingen, die nicht mitgewaschen werden sollten.

Was würde er tun, wenn er eine Tochter wie Lale hätte? Das Haus auf Vordermann bringen? Ihr etwas hinterlassen, was sie an ihn erinnerte? Oder einfach mit ihr zu Abend essen, in der Hoffnung, dass sie sich dadurch besser fühlte, was auch immer sie mit sich herumschleppte?

Er fand ein zerfleddertes Taschentuch und ein Beutelchen Gras in James' umhangförmigem Etwas, ein paar Zwei-Euro-Münzen in Flos Jeans.

Andererseits, wenn er eine Tochter wie Lale hätte, wäre es viel schwieriger, zu gehen.

Und dann schob er die Hand in Christophes hintere Jeanstasche: ein vergilbtes, nasses Stück Papier, völlig zerfleddert. Gustav steckte den Rest der Kleidung in die Maschine, schüttete Waschmittel hinterher und drückte auf Start, das gefaltete Papier in der Hand. Er war nicht besonders neugierig, jedenfalls glaubte er das, aber auf diesem Papier stand sowohl sein Name als auch seine Adresse.

Während die Waschmaschine anfing zu rumpeln und die Wäsche darin herumwirbelte, faltete Gustav den Brief auseinander und las. Er las ihn drei oder vier Mal, strich mit den Fingern über die Buchstaben, über die Handschrift, die ihm so seltsam vertraut war, die er einen Sommer lang immer wieder an der Tafel gelesen hatte, Zeitformen der Vergangenheit, du bist im Kino gewesen, wir sind nach Hause gefahren, sie hat die Prüfung bestanden, und auf linierten Blättern, die sie aus ihrem Heft gerissen hatte, *ich liebe dich un peu, beaucoup, passionnément, mon râleur.* Gesammelt und aufgehoben. Sie lagen oben in seinem Nachtschränkchen, aber er musste sie nicht holen und die Schrift vergleichen.

Gustav versuchte, sein benebeltes Gehirn freizublinzeln. Villingen-Schwenningen, dachte er. Tourist, dachte er. Paulettes weiche Gesichtszüge. Christophes Augen und Lippen und sogar die kleine, gedrungene Gestalt. Genau wie sie.

Gustav las den Brief noch einmal, kratzte sich am Bauch und lehnte den Kopf gegen die rumpelnde Waschmaschine. So blieb er eine ganze Weile sitzen.

Dann stand er auf, so schnell, dass ihm wieder schwindelig wurde, und hastete die Treppe hoch. Er musste ihn finden. Jetzt sofort.

***

I was once like you are now, and I know that it's not easy to be calm when you've found something going on …

Wind furchte die Oberfläche des Sees. Rillen im Wasser.

Chris tauchte den Kopf unter und schwamm vom Steg hinaus in die Dunkelheit. Das Wasser war eisig und sah schwarz unter ihm aus. Er konnte seine Füße nicht sehen und kam sich vor wie jemand, den es nur halb gab. Jemand, der halb verschwunden war in einem schwarzen See, an dessen Ufer früher eine Hexe gehaust hatte, deren Grab jetzt eine Touristenattraktion war. Er lachte, schluckte kaltes, graues Seewasser, das matschig schmeckte. Vom Ufer aus winkte ihm jemand zu, der Ast von einem Baum vielleicht, oder seine Mutter, die ihn zu sich rief, die ein Schatten in den Bäumen war.

Er fror, als er zurück am Ufer war, fühlte sich leicht und seltsam klar. *Erkenntnisse.* Er hatte alles viel zu lange hinausgezögert.

Christophe ging zu den Toilettenhäuschen. Es kam ihm vor, als sei er völlig allein auf der Welt, obwohl aus einigen Zelten gedämpfte Stimmen drangen. Taschenlampenstrahlen, die durch die Dunkelheit huschten. Ein hoppelnder, heller Fleck im Feld, das Kaninchen. Er stellte sich unter eine Dusche, drehte das Wasser auf die heißeste Stufe und blieb ein paar Minuten mit geschlossenen Augen stehen. Er wusste, was zu tun war. Zuerst Lale und dann Gustav, die Reihenfolge erschien ihm sinnvoll. Er sah sich nach etwas um, das er anziehen konnte, und fand Lales hässlichen Schutzanzug, schlüpfte hinein und zog den Reißverschluss hoch. Der raue Stoff schmirgelte an seiner Haut.

Christophe stapfte hinüber zu Lales Wohnwagen. Alles war so klar. Die Luft, die Nacht, seine Gedanken.

Erkenntnisse, Visionen. Doch nicht etwa wegen mir?

Er klopfte. Nichts tat sich. Er klopfte wieder, fester, rief ihren Namen. Von drinnen kam ein Scharren, ein Rascheln, und dann öffnete sich die Tür.

»Hi«, sagte Christophe und starrte sie an.

»Hallo?«, sagte Lale, und es klang wie eine Frage.

»Ich …« Christophe kratzte sich am Kinn und zupfte an seinem unbequemen Anzug herum. »Ich wollte dir … Also, die Dings, die Lakota-Indianer haben ein Ritual, und ich wollte …«

Sie runzelte die Stirn. Sie sah aus, als wüsste sie nicht, ob sie lachen oder beunruhigt sein sollte.

»Hast du meine Putzkluft an?«, fragte sie. Sie trug eine graue Jogginghose und einen riesigen, unförmigen Pullover.

»Äh, ja.« Christophe schluckte. Sie schob die Hände in ihre Hosentaschen. Nicht reden, dachte er. Einfach machen. Er strich ihr eine Haarsträhne aus dem Gesicht, die sofort zurück an ihren Platz fiel, und sah sie an. Ihr wunderschöner Mund.

»Ich hab dir was zu sagen.«

»Ach ja?« Sie lächelte. Schief. Ihre Unterlippe war leicht nach oben gekräuselt.

»Ja.« Jemand legte ihm eine schwere Hand auf die Schulter. »Hua«, machte Chris.

»Hi, Gustav«, sagte Lale.

»Hallo«, sagte Gustav. »Dachte, ich seh mal nach euch.«

Christophe nickte. »Gut. Dir hab ich nämlich auch was zu sagen.«

»Schieß los.«

Sie sahen ihn beide erwartungsvoll an. Gustav trug aus unerfindlichen Gründen nur eine weiße Unterhose.

Christophe schluckte ein paarmal. Alles drehte sich. Sein vom Baden klarer Kopf spielte nicht mehr mit, und sein Magen fühlte sich an wie nach einer Bootsfahrt in Chidis klappriger Jolle.

Er übergab sich direkt neben Lales Wohnwagenstufen.

»Ach je«, sagte Lale. »Der Kreislauf?«

»James hat irgendwas in seinen Aufguss getan«, sagte Gustav unerklärlich fröhlich.

Chris fühlte wieder Gustavs Hand auf seinem Schulterblatt. Er spuckte und wischte sich dann den Mund ab.

»Geht schon wieder«, murmelte er. Er hatte das Gefühl, dass ihm die Sache morgen früh ziemlich peinlich sein würde.

»Soll ich einen Tee machen?«, fragte Lale.

»Geh du mal schlafen«, sagte Gustav. »Ich nehm ihn mit.« Er schob ihn in Richtung Haus, und Chris protestierte nicht.

»Was wolltest du mir denn sagen?«, rief Lale ihnen hinterher.

»Nicht so wichtig«, murmelte er. Sie verschwand in ihrem Wohnwagen. Gustavs Hand drückte Christophes Schulter.

»Verbock's nicht, Kleiner«, sagte er.

»Verbocken? Hä? Ich –«

»Hast du Lales Blick gesehen? Du siehst aus wie Walter White und bist völlig zugedröhnt.«

»Ich bin schon wieder nüchtern! Ich war schwimmen!«

»Was du nicht sagst.« Gustav schob ihn weiter den Weg entlang und hinauf zum Haus. »Komm, leiste mir Gesellschaft. Willst du wissen, was meine Erkenntnis war, beim Schwitzen?«

»Nein. Wieso bist du so nett? Du bist nie nett.«

»Man lebt nur einmal.«

»Hä?«

»Das war meine Erkenntnis.«

»Das hätten dir schon vor 15 Jahren die *Strokes* sagen können.« Christophe summte ein paar Zeilen über *twenty ways to see the world, oh*, merkte selbst, dass sie völlig schief klangen, und hörte wieder auf.

»Ich will damit sagen, wenn man es vergeigt hat, dann hat man es vergeigt.«

»Sprichst du aus Erfahrung?«

»Ja«, brummte Gustav. »Ich hab auch mal jemanden gekannt. Und ich hab's verbockt. Hab sie gehen lassen, und dann war's zu spät.«

»Ja, weißt du, darüber wollte ich mit dir sprechen.« Nach dem Brechen fühlte Chris sich wieder klarer.

»Ich weiß schon«, sagte Gustav.

Chris stolperte über einen Stein. »Wie, du weißt schon?«

Sie waren am Haus angekommen. Christophes Blick fiel auf das kleine Grab, in dem Kurt Cobain lag.

»Hast du Hunger?«

Gustavs Hand drückte ihn über die Türschwelle.

»Wie, du weißt schon?«

Christophe merkte, dass sein Magen knurrte. Er warf sich auf das durchgesessene grüne Sofa und versank in den Kissen. Der Schutzanzug kratzte, er öffnete den Reißverschluss und schälte sich aus den Ärmeln, band sie zu einem Knoten vor seinem Bauch zusammen.

»Und warum redest du überhaupt so viel?«, fragte er. »Du redest doch nie. Du magst mich nicht mal.«

Gustav verzog das Gesicht, wandte sich ab und kramte in einer Schublade. Er zog ein paar Tüten hervor: Chips, Gummischlangen, saure Drops. »Lale versorgt mich mit diesem Zeug. Ich glaube, sie will mich mästen. Wieso sollte ich dich nicht mögen?«

Chris angelte nach den Chips, riss die Tüte auf und stopfte sich eine Handvoll in den Mund.

»Keine Ahnung. Es wirkt so.«

»Ich bin nicht so gut im Reden.«

Gustav ließ sich ihm gegenüber in seinen Sessel fallen und schaute ihn lange an. Ein Kaninchen draußen trommelte. Christophe rappelte sich auf und trat durch die Terrassentür. So viel wusste er: Die trommelten, wenn sie sich fürchteten. In der mondlosen Nacht gab es nichts Kaninchenbedrohendes. Er nahm das Tier mit nach drinnen, setzte sich wieder aufs Sofa. Die Krallen kratzten über seine Brust.

»Es hatte Angst.«

»Haben wir die nicht alle?«

Gustav stand mühsam auf, schlurfte in die Küche und kam mit zwei Flaschen Bier zurück, sie stießen an. Das kühle Getränk tat gut. Christophe kraulte das Häschen hinter den Ohren, es mümmelte und knabberte an einem Chipsbrösel, der sich zwischen seinen Brusthaaren verfangen hatte.

»Mein Problem war nicht wie deines«, sagte Gustav. »Am Anfang hab ich alles richtig gemacht. Ich hab ihr ein Floß gebaut! Hab ihr direkt gesagt, was sie mir bedeutet.«

»Und dann?«

Christophe kaute an einer Gummischlange mit Colageschmack.

»Ich hab zu lange gebraucht, um zu wissen, was ich will. Und wenn man zu lange wartet …«

»… frisst die Ziege den Salat«, ergänzte Christophe. Einer von Paulettes Lieblingssprüchen.

»Kreolisches Sprichwort«, murmelte Gustav. »Stimmt's?«

Chris nickte und stellte sich seine Mutter in ihrem geblümten Badeanzug vor, wie sie mit Gustav auf einem Floß über den See pflügte. Irgendwie surreal. Als würden zwei Dinge überlappen, die nicht wirklich zusammenpassten, wenigstens nicht in dem Leben, das er kannte.

Irgendwie hatten sie einen Teil übersprungen, den wichtigen Teil.

Das Kaninchen war unter den stetigen Streicheleinheiten eingeschlafen. Gustav trank einen Schluck Bier und deutete mit seiner Flasche auf Christophe.

»Also, wegen Lale, da solltest du mal was unternehmen.«

»Das sagt Flo auch.« Chris wollte nicht über sich sprechen. Sie waren doch schon viel weiter gewesen.

»Der Junge ist klüger, als er aussieht.«

»Wie war sie denn so?«, hörte sich Chris fragen.

»Wer?«

»Na, der gefressene Salat.«

»Der Angefressene war am Ende ich.«

»Wie auch immer.«

Wortspiele. Er wollte Klartext reden, schaffte es aber noch nicht ganz, benebeltes Gehirn und alles. Christophe bröselte die Krümel von seiner Brust in seinen Mund und steckte dann eine Gummischlange hinterher. Paprikagewürz und künstlicher Apfelgeschmack.

»Sie war …«, sagte Gustav, »… etwas Besonderes. Jaja, jeder, der mal ernsthaft verliebt war, findet, dass diese Frau etwas ganz Besonderes ist. Aber das war sie. Wirklich.«

Christophe dachte an Paulettes Hutsammlung und ihre Geistergeschichten. Ihr lautes Lachen, die Witze, die sie erzählt hatte. Er dachte daran, wie sie immer für alle gekocht hatte. Ein offenes Haus, ein offenes Herz. Er dachte an ihr Regal voller Liebesromane mit halbnackten Männern vorne drauf, und ihre blöde geblümte Badehaube und lächelte in die Chipstüte auf seinem Bauch.

»Furchtbar albern«, sagte Gustav. »Und hat immer viel zu viel Limonade getrunken. Überhaupt Zucker. Diese Frau liebte alles, was süß war. Und das Meer. Und sie mochte es hier, warum auch immer.«

»After Eight«, murmelte Christophe mit vollem Mund. Der Brief in seiner Jeans. Die Worte seiner Mutter auf einem vergilbten Blatt Papier. Ein Flugticket, eine Zugfahrt, eine Mitfahrgelegenheit an den Arsch der Welt. Ein günstiger Zeitpunkt zu sprechen. Er starrte Gustav an und angelte dann nach einer Gummischlange, räusperte sich.

»Wann war das?«, fragte er.

»Ist lange her. Wie alt bist du?«

»Achtunddreißig.«

»Ha«, machte Gustav. »Weißt du, ich war nur diesen Sommer hier. Sonst war ich ja immer unterwegs. Und ich hab es damals hier gehasst. Ich hatte kein Geld, ich hab Deutsch unterrichtet, und sie war eine meiner Schülerinnen. Das war ein Austausch der Volkshochschule damals.«

Christophe steckte sich noch ein paar Gummischlangen in den Mund. Nichts hatte sie davon erzählt, nichts. Hätte er erraten können, dass er der Sohn eines verschlossenen, hageren und sehr blassen Deutschen war, der in einem winzigen Ort am Arsch der Welt einen Campingplatz führte?

Christophes Magen fühlte sich flau an. Er wünschte sich ein Päckchen Ananassaft oder ein Stück trockenes Baguette.

»Ich hab …«, sagte Chris kauend und tastete in seiner hinteren Hosentasche nach dem Brief, bis ihm auffiel, dass er ja nur den Schutzanzug trug. »Warte …«

Er blickte auf. »Du hast den Brief gefunden.«

Gustav zog ein Blatt Papier hervor. »Hab deine Sachen gewaschen«, sagte er. »Stand mein Name drauf.«

»Ha!«, machte Chris.

Die Wanduhr tickte. Das Schnäuzchen des Kaninchens zuckte im Schlaf.

»Christophe Dijoux?«, fragte Gustav schließlich.

»Ja«, sagte Chris. »Genau.«

Gustav nickte, lachte, hustete, lachte noch mehr. Christophe klaubte ein paar Chipskrümel aus den Haaren auf seiner Brust, was irgendwie nicht klappte.

»Heiliger Strohsack«, sagte Gustav und dann gleich noch mal: »Heiliger Strohsack.«

Chris lachte mit seinem Vater und streichelte das mümmelnde, schlafende Kaninchen. Er brauchte mehr Gummischlangen oder Chips. Und vielleicht ein Bier. Oder zwei.

»Ich hab den … Ich hätte es gleich sehen müssen. Du bist ihr ziemlich wie aus dem Gesicht geschnitten«, sagte Gustav zu seinem Sohn. Er hatte die Hände auf die Knie gestützt und lachte, holte Luft, wusste nicht, wie er alles erklären sollte: das mit der Wäsche und den Hosentaschen und dem ganzen Schlamassel damals. Und dass ihnen nicht mehr viel Zeit bliebe für Gespräche wie dieses.

»Wie … wie geht's ihr?«, fragte Gustav.

»Sie ist gestorben«, sagte Chris. Er umklammerte das Kaninchen.

Gustav starrte ihn an, spürte, wie seine Unterlippe zitterte. »Aber … sie war damals erst … sie war jünger als ich.«

»Demenz«, sagte Chris. »So 'ne ganz seltene, fiese Form, die früh beginnt.«

Gustav nickte langsam, die Augen auf den Brief gerichtet. *Paulette, tot. Wann bin ich so alt geworden? Wann ist all diese Zeit vergangen?*

Er stand auf.

»Ich brauch jetzt erst mal einen Schnaps.«

Er öffnete einen Schrank und holte eine staubige Flasche heraus und zwei kleine Gläser, schenkte ihnen ein. Sie tranken schweigend. Gustav musste ihn ständig anschauen, seinen erwachsenen Sohn, der irgendwann einschlief wie ein erschöpftes Kleinkind, bekrümelt, mit Kaninchen auf dem Bauch. Er deckte ihn zu, mit einer kratzigen Wolldecke. Das Kaninchen war mittlerweile unter dem Sofa verschwunden oder hoppelte durch die Wohnung, was wusste er schon. Er fühlte sich, als wüsste er gar nichts. Er las wieder und wieder den Brief, und es schien ihm auf einmal unmöglich, dass er Chris nicht erkannt hatte. Paulettes Augen, ihre Haare, ihre Haut, die feingliedrigen Hände und die sanft geschwungene Nase. Gustav lachte eine Zeitlang leise vor sich hin, dann wieder fühlte er sich, als hätte ihm ein rachsüchtiger Gott zum Schluss noch mal etwas reindrücken wollen: Hier, hier ist er, direkt vor deiner Nase. Deine verpasste Chance, dein verpasstes Leben.

Als das Licht draußen graublau wurde, stand er auf und ging hinaus. Der Hof kam ihm jetzt eng und verrümpelt vor, das Haus älter und maroder als sonst. Es war, als würde er es jetzt mit den Augen der anderen sehen, mit den Augen Paulettes. Man könnte aufräumen, dachte Gustav, man könnte es zu einem Ort machen, der ein Zuhause wäre. Für jemanden.

Er ging weiter über den Campingplatz, der jetzt so lebendig und viel zu voll war, voller Zelte und Autos und Wohnwagen und Anhänger und Busse, sogar ein Wohnmobil hatte den Weg hierher gefunden, vollgeklebt mit Stickern, wo es schon überall gewesen war: Korsika, Kroatien, Kaiserslautern.

Gustav war wenig erstaunt, Flo und James bei der Grube anzutreffen. In dieser Nacht überraschte ihn nichts mehr. Sie saßen am Rand des Lochs, ließen die Beine baumeln und tranken aus einer Thermoskanne. Gustav setzte sich dazu.

»Hallo«, sagte er.

»Gustavo, amigo!«

James. James, den er seit über zwanzig Jahren nicht gesehen hatte. Die Zeit auf Madagaskar, ein geteiltes Zimmer, Moskitonetze, die sie mit Panzerband geflickt hatten. Die allabendliche Flasche Wodka, gegen den Paulette-Kater, wie James es ausdrückte, der sie überhaupt nicht gekannt hatte.

Eh, Gustavo, Idylle ist genau mein Ding. Wenn du den Platz erbst und keinen Bock drauf hast, ruf mich an, und ich komme sofort.

Und jetzt war James hier. Glaubte an Hexengräber und die Macht des Schicksals, wie eh und je. Wenn der wüsste.

James reichte ihm den Thermosbecher. »Kakao?«

Gustav nickte und trank einen Schluck wässrig-milchigen Kaba.

»Wir lassen den Abend ausklingen«, sagte James, und Flo, dessen Augen winzig und glasig waren, grinste breit.

»Meine Mutter killt mich«, sagte er und nickte langsam. »Meine Mutter killt mich so was von.«

»Das machen Mütter selten«, sagte James. »Gustavo, wir genießen die Energie des Grabes hier. Ist es nicht toll? Fühlst du nicht das pure Leben an diesem Ort?«

Gustav trank einen weiteren Schluck Kakao, und plötzlich hatte er Lust, es jemandem zu erzählen, hatte Lust, es zu sagen, auch wenn er es selbst noch nicht fassen konnte. Er merkte, dass er den Brief mitgenommen hatte und fest in einer Faust umklammert hielt.

»Mein Sohn ist auch hier«, sagte er.

»Was für ein Sohn?«, sagte James.

»Na ja, ich …«

»Du hast einen *Sohn*? Seit wann?«

»Ich wusste es nicht.« Gustav kicherte. Seine Lunge tat weh und rasselte, wenn er lachte, aber er konnte nicht aufhören. »Ich wusste es nicht. Jahrzehntelang hatte ich keine Ahnung.«

James klopfte ihm auf den Rücken. »Wow. Herzlichen Glückwunsch.«

Gustav lachte noch immer. »Ich muss ihm helfen, es anders zu machen als ich«, sagte er und merkte, dass er auch nicht aufhören konnte zu reden. »Ich muss ihm mit Lale helfen, damit er nicht so ein … damit er nicht so wird wie sein alter Herr. Er ist …«

»Wieso Lale?«, fragte Flo, der in die Grube starrte, wie jemand, der überlegt, ob er vom Dreimeterbrett springen soll oder nicht. »Was hat das mit Lale zu tun? Chris kann es nicht sein, und außerdem hast du es nicht von mir erfahren, weil ich schweige nämlich wie ein Grab.«

Er zog einen imaginären Reißverschluss vor seinem Mund zu.

»Du wusstest es?«, fragte Gustav.

James hob eine Augenbraue und sagte: »Chris? Echt? Wow.«

»Was wusste ich? Gar nichts wusste ich.« Flo kratzte sich an der Nase.

»Wow«, sagte James noch einmal.

Gustav musste erneut lachen, und wieder rasselte seine Lunge. Er sah ein paar tanzende Flusen vor seinen Augen, wankte und hielt kurz inne, bis sich der Schwindel legte.

»Alles okay?«

Er nickte. »Aber das Schlimmste ist«, sagte er leise, nachdem sich sein Kreislauf wieder ein bisschen gefangen hatte, »dass er hier ist, weil seine Mutter tot ist.«

»Das tut mir leid«, sagte James.

»Ich denke seit achtunddreißig Jahren an diese Frau und male mir aus, wie mein Leben verlaufen wäre, wenn ich damals … anders entschieden hätte. Und … jetzt steht da dieser Mann, der mein Sohn ist, und sagt mir, sie ist tot. Sie war jünger als ich, sie … weißt du, in meinem Kopf ist sie 25, Jamie.« In einem roten Bikini und mit einem breiten Lächeln. Eine Arschbombe in den See, das Floß, das er ihr gebaut hatte. Seewassergekühlte Limonade mit einem Schuss Wodka.

»Stimmt, Chris' Mama ist tot«, sagte Flo, und dann riss er den Kopf herum. »So weit hab ich gar nicht gedacht …«

James legte Gustav eine Hand auf die Schulter.

Gustav hob mühsam ein Bein nach dem anderen, pfriemelte seine Socken ab und bohrte die Zehen in den Matsch. Seltsamerweise war das herrlich.

»Und ich hab sie verpasst. Ein ganzes Leben mit ihr hab ich verpasst. Achtunddreißig Sommer. Weißt du, wie viel das in Wochen ist, James? Oder Tagen?«

James klopfte ihm wieder auf den Rücken.

»Man kann die Vergangenheit nicht ändern. Du kannst nur umarmen, was sie zurückgelassen hat. Was jetzt ist. Deinen Jungen kennenlernen.«

Gustav räusperte sich umständlich und lange.

»Hat jemand Lust auf Frühstück? Ich kauf uns Croissants. Der Bäckerwagen müsste eigentlich jeden Moment kommen.«

»Ja, Essen!«, sagte Flo. »Ich muss unbedingt was essen.«

»Ein erwachsener Sohn«, sagte James, »da hast du ja jetzt jemanden für den Campingplatz, wenn du irgendwann mal nicht mehr –«

»Sollen wir nicht beim Frühstück 'ne Runde kniffeln, Leute? Ich hab immer gern gekniffelt.«

Früher, mit ihr.

ZWÖLF

CHRIS HATTE IHREN SCHUTZANZUG verschleppt. Chris mit seinen nassverschwitzten Haaren, total dicht und mit glasigen Augen, in diesem ziemlich durchsichtigen Anzug, durch den man vielleicht, nur vielleicht, ziemlich viel sehen konnte. Er hatte gewirkt wie die tatkräftige Musik aus seinem Handy, das oft klingelte und das Titellied von *Indiana Jones* über den Platz schallen ließ: Jetzt oder nie!

Und sie konnte daraufhin die halbe Nacht nicht schlafen. Checkte im Bett ihre Nachrichten am Handy. Karina fragte zum soundsovielsten Mal wegen der Wiedereröffnung des Ladens. Ihr Chef schrieb, ihr unbezahlter Urlaub sei jetzt aber auch mal langsam vorbei. Mats wollte wissen, was los war. Alle nervten.

Sie war müde und sauer und schwitzte und wäre am liebsten wieder in den Zug gestiegen, um noch einmal zu verschwinden. Ohne Telefon diesmal und weiter weg.

Über den Himmel flockten nur einige wenige bauschige Wölkchen, die Schattenflecken warfen. Es war noch früh, aber die Luft roch schon jetzt nach einem heißen Tag, und sie war viel zu warm angezogen, mit Latzhose, Gummistiefeln, Putzhandschuhen und Mundschutz. Sie scheuerte Kloschüsseln, schrubbte Zahnpastaflecken aus Waschbecken, klaubte Haare aus Abflüssen. Feudelte einmal durch mit ihrem 90er-Jahre-Dauerwerbesendung-Mopp. In ihrer Putzfrauenkluft mit fettigen Haaren und einem Gartenschlauch in der Hand. Ein anderes Ich, eine andere Welt.

Lale gefiel die Ruhe an diesem verschlafenen Ort: die abgeblätterte Farbe am Toilettenhäuschen, der Löwenzahn in der Wiese, die uralten, handgemalten Schilder, Gustavs Kochkünste und angenehm wenige Worte. Ein Ort, der aus der Zeit gefallen war, wo alles stillstand, genau, wie sie es wollte. Nichts sollte weitergehen, nicht ohne ihren Bruder.

Jetzt grüßten sie ständig barfuß laufende Hippies, winkten ihr zu, wünschten *Guten Morgen!* und *Frohes Schaffen!* Vor allem die Wochenenden waren anstrengend laut und lärmig, voller gechanteter Gesänge und Kinderspiele und Babyschreie und ständig labernder Menschen. All die grässlichen, fröhlichen Menschen, die seit ein paar Tagen den Platz bevölkerten. Leute in gebatikten T-Shirts und mit Dreadlocks, die von einer »Energie« sprachen und in der Grube meditierten.

Vielleicht war es Zeit, zurückzukehren. Nicht unbedingt eine Rückkehr in ihr altes Leben, aber in die Realität. Karina wollte über den Laden sprechen, und manchmal ertappte sich Lale dabei, wie sie richtig Lust darauf hatte. Das erste Mal seit dem Tag in der Berghütte, dass sie zu irgendetwas Lust hatte. Nicht nur wegen Lukas, sondern wegen der Zeichnungen, der glücklichen Kunden, der Selbständigkeit. Ein ganz anderes Leben. Sie hatte genug Skizzen von Kaninchen und Wohnwagen und Schriftzügen und Toilettenschüsseln (man glaubte kaum, was sich Leute alles tätowieren lassen wollten). Als Vorschlag zur Neueröffnung schrieb sie »Lalelu«, was ein absolut unpassender Name für ein Tattoo-Studio war, aber das waren sie eben, Lalelu, für immer. Karina hatte nichts gegen den Namen, auch wenn der letzte Teil jetzt fehlte. Bestimmt war es Zeit, zu fahren. Wahrscheinlich war sie schon viel zu lange hier.

Als sie sich gerade draußen aus ihren Handschuhen und dem Mundschutz schälte, kam Gustav den Hang herunter.

Selbst er schien seltsam gut gelaunt und winkte mit einer fettig glänzenden Papiertüte.

»Croissants!«, rief er, drückte sie ihr in die Hand und verschwand dann, mit der irischen Fidel-CD mitsummend, im Klo. Als er wieder herauskam, sagte er: »Lass doch die olle Toilette gut sein und genieß den schönen Tag!«

»Hat dich auch die Grubenenergie belebt?«, fragte sie mürrisch, nahm aber die Croissants.

»Mir geht's heute einfach gut.« Er winkte und ging davon.

Die ersten Gäste krochen aus ihren Zelten und VW-Bussen. In ihrem Wohnwagen schlüpfte Lale aus der Putzfrauenkluft und in offene Schuhe, saß dann auf den Stufen ihres Wohnwagens, trank Instantkaffee und aß die zwei Croissants aus der Bäckertüte.

Chris kam vom Haus oben hergeschlendert; er trug noch immer ihren weißen Anzug und sonst nichts, war aus den Ärmeln geschlüpft und hatte sie um den Bauch geknotet, und sie schluckte und tat, als hätte sie ihn nicht gesehen. Chris. Manchmal ertappte sie ihn dabei, wie er sie mit diesen dunklen Augen ansah, ein bisschen zu lang, ein bisschen zu durchdringend, aber sie ignorierte dieses Gefühl, so gut sie konnte, und dachte an Matthias, der jetzt zu Hause saß und sich fragte, wo sie war. Warum musste dieser Mann unbedingt gerade hier auftauchen und ständig an ihr vorbeischleichen? Und sie hatte ihm auch noch den zweiten Wohnwagen besorgt. Sie trafen sich beim Zähneputzen, er in klatschenden Flip-Flops und mit nassen, zurückgekämmten Haaren, sie in ihrer Latzhose. Sie nickten sich höflich zu, und dann floh sie, sie floh immer.

Sie sollte Matthias anrufen, dachte sie, mit dem Daumen über dem Handy, und ihm sagen, dass sie heimkommen würde, aber dann holte sie sich nur wieder eine der vergilbten Postkarten oben bei Gabriele und zeichnete zwei Elefanten mit verschlungenen Rüsseln.

Ein drittes Date, Weihnachtsmarkt, zu viel Glühwein und singende Kinder. Lale stolperte leicht beschwipst in einen Keramikstand hinein, Mats fing sie auf, und trotzdem rissen sie ein paar sehr schöne selbstgemachte Tassen mit sich. Sie lachten viel, sie bezahlten alle, und Lale sagte: »Was ist schlimmer als ein Elefant im Porzellanladen? – Zwei Elefanten im Porzellanladen.«

Und Mats sagte: »Wusstest du, dass Elefanten, wenn sie sich verlieben, kleine Erdbeben verursachen?«

»Du und dein unnützes Wissen!«

»Doch, ernsthaft! Ich zeig's dir. Ich mach ein Erdbeben nur für dich.«

Kleine Erdbeben, schrieb sie neben ihre Zeichnung, *du & ich, immer noch. Bis bald.*

Normalerweise schickte sie die Karten nie ab, schrieb nur, um zu schreiben.

Diesmal sagte sie: »Gabi, hast du Briefmarken?«

Gabriele, die wieder Hörspiele hörte und dabei etwas lustlos die Fenster putzte, sagte: »Im Moment nicht, aber gib mir die Karte, ich schenk dir das Porto.«

Lale ging über den Platz, durch das Törchen im neu reparierten Zaun, den die Campinggäste mit Weidenruten durchflochten hatten, hielt nach dem Kaninchen Ausschau, das sich seit Tagen nicht blicken ließ. Zu viele Leute, zu viel Trubel. Das blöde Hexengrab, dachte sie, während sie am Rand der Grube stand und hineinblickte. Am Grund machten zwei nackte Frauen nebeneinander den herabschauenden Hund, und Lale ging schnell weiter, den Feldweg entlang, hinunter zum See. Am Steg setzte sie die SIM-Karte in ihr Handy und schaute sich Zugverbindungen an. Nach Hause.

An einer der Feuerstellen schichteten Leute Holz für die Sonnwendfeier am Abend auf. Johannisfeuer. Mittsommer. Litha. Alban Hefeyn.

Sie hatte die Flyer an den Klotüren gesehen, an jeder einzelnen: großes Lagerfeuer, Feuerakrobatik, kommt vorbei und bringt was mit. Die Vorbereitungen liefen, alle schleppten Holz an, Äste aus dem Wald und richtige Holzscheite, und es gab Campingtische, die schon jetzt voll beladen waren: dick mit Tomaten belegte Sandwiches und Bratwurstbrötchen, Roséwein und billiges Dosenbier, und eine blaue Kühltruhe mit Eis am Stiel, das jemand an klebrige Kinderhände verteilte.

Die Sonnenwende. Ein guter Abschluss, dachte Lale und machte sich auf den Weg zu Gustav. Hoffte, dass wenigstens der wieder normal war, sein altes, grummeliges Selbst, nicht dieser neue, Croissanttüten schwenkende Typ.

Aber Gustav war nicht da, die Terrassentür zu, und bei den Kaninchen im Gehege wuselten ein paar winzig kleine Fellknäuel herum. Sie kletterte über den Zaun, setzte sich auf den staubigen Boden neben den Ställen und ließ die flauschigen Kerle um sich herumhoppeln. Wenigstens hatten die ganzen dreckigen, mit Erdbeeren verschmierten Kinder die noch nicht entdeckt, dachte der fiese Teil von ihr, der gerade keine Menschen mochte, gar keine, nicht mal kleine.

Zu Hause. Elefanten, ineinander verschlungene Rüssel.

Ein Kaninchen beschnupperte mit seinem Näschen ihr Bein; die Barthaare kitzelten sie an ihrem nackten Knöchel, und sie lächelte. Sie hob es hoch. Es passte genau in ihre Handfläche und mümmelte sie furchtlos an. Lale beugte den Kopf hinunter und ließ es an ihrer Nase schnüffeln. Sie pflückte Löwenzahnblätter von außerhalb des Zauns und verfütterte sie an die wolligen Häschen, die in ihrem von Tunneln durchwühlten Auslauf herumsprangen.

»Howdy«, sagte eine Stimme hinter ihr. Sie drehte sich um.

»Hey …«

»Salut. Hallo«, sagte Chris und nickte zu den Kaninchen. »Die mögen dich.«

»Hast du dich auch über Nacht verändert?« Sie hielt einen Rest

Löwenzahnblatt in den Händen. Ein kleines, weißes Häschen knabberte daran herum.

»Was?«

»Alle sind irgendwie so … fröhlich«, sagte sie zu dem Kaninchen vor sich. »Als wäre ich im falschen Film oder … in einer Parallelwelt oder so.«

In einem Spiegeluniversum, wo nichts ist, wie es ist. Ein Gedanke kroch in ihr Bewusstsein. Wenn alles anders wäre, würde jetzt Lukas neben ihr sitzen. Mit den Babykaninchen Wettrennen veranstalten. Eine Cocktailbar in Gabrieles Kneipe eröffnen, nur für den Sommer. Er würde den *Fluffy Vlad* erfinden, mit Blutorange und Löwenzahn.

»Ähm«, sagte Chris. »Vielleicht.«

»Vielleicht?«

Sie musterte den Mann, der manchmal zu viel und dann wieder zu wenig redete, wie sollte man daraus schlau werden. Wenn sie ihm zufällig begegnete, wollte er ihr den Farbeimer abnehmen, den sie trug, hielt ihr die Tür auf, ließ ihr den Vortritt am Bäckerwagen. Sogar das Unkraut um ihren Wohnwagen herum hatte er eigenhändig gezupft, und sie war sicher, dass das nicht auf der ellenlangen To-do-Liste stand, die an seiner Tür klebte. Aus den Augenwinkeln sah sie Christophes gebräunte Knie in beigen Shorts. Und er trug Sandalen mit Socken. Eines der Babyhäschen schnüffelte an seinen Zehen.

»Was heißt das denn, vielleicht? Willst du mir sagen, du bist eigentlich gar kein Franzose? Das sieht man. Du bist deutscher als das ganze Dorf hier.« Sie drehte sich zu ihm um. Er hielt eines der Häschen auf dem Arm und streichelte mit einem Finger über den winzigen Rücken.

»Wieso?«

Sie nickte in Richtung seiner Füße. »Birkenstock mit weißen Socken. So was würde ein Franzose doch nie tun.«

Er setzte das Kaninchen ab und hob entschuldigend die Hände. »Ich hatte kalte Füße. Außerdem ist das doch ein Klischee.«

Sie lachte. Einen Moment lang sahen sie sich an. Dann schob Lale ihre Beine aus dem Schneidersitz, in dem sie gesessen hatte, und stand auf, klopfte ihre Hosenbeine aus. »Ein Paralleluniversum, in dem Gustav gut gelaunt ist, dieser Campingplatz ein Touristenmagnet und Franzosen keinerlei Stil besitzen«, sagte sie. »Nichts für ungut.«

Chris stand ebenfalls auf und nickte zu einem der Kaninchen hinunter. »Down the rabbit hole«, sagte er und grinste.

Wieder trafen sich ihre Blicke.

»Na, dann«, sagte Lale und wandte sich zum Gehen.

Wolltest du mir nicht gestern was sagen?

»Warte.« Er atmete ein bisschen zu laut ein. »Eigentlich wollte ich dich fragen, ob du mit zum Fest unten kommst? Es … es gibt Veggie-Burger mit selbstgemachter Aioli«, fügte er hinzu, als sei das ein schlagendes Argument. »Und außerdem gibt's auch irgendwie was zu feiern.«

Diese tiefbraunen Augen.

»Ja? Was denn?«

Er holte Luft. »Ich bin eigentlich gar kein Tourist.«

Sie lächelte. Er war so ernst. »Ach nein?«

»Ich bin Gustavs Kind.«

»Was?«

»Sohn. Ich bin sein Sohn.«

»Was?«

Noch bevor sie sich fragen konnte, warum er damit erst jetzt rausrückte, leierte Christophe ziemlich schnell herunter, dass seine Mutter vor Jahren einen Deutschkurs bei Gustav gemacht, vorher aber einen anderen Typen geheiratet und er selbst keine Ahnung gehabt hatte, bis er einen Brief in einem Buch fand.

Lale lachte. Die Welt war absurd, und wenn der alte Eigenbrötler gar kein alter Eigenbrötler war, sondern ein verlorener Familienvater, was hieß das für sie?

Gustav war nicht mehr allein, er hatte … Familie. Einen Sohn, der leibhaftig hier vor ihr stand. Gustav junior mit Sandalensocken.

Und sie?

Es war Zeit, nach Hause zu gehen. *Kleine Erdbeben, bis bald.*

Aber vorher …

»Na, wenn das so ist«, sagte sie und schmunzelte, »dann muss ich wohl mitkommen.«

Er strauchelte kurz, als er über den Zaun stieg, sie reichte ihm die Hand und ließ sie einfach nicht mehr los.

DREIZEHN

ES ROCH nach frisch gemähtem Gras, nach Insektenschutzmittel und einer Zitronenkerze, die jemand angezündet hatte. Die Sonne versank langsam, die Schatten wurden länger. In der Dämmerung flatterten Fledermäuse über ihren Köpfen. Tische, Stühle, Decken, Bierkästen. Ein Ghettoblaster leierte nach Weltmusik klingendes Geflöte in den Abend. Stimmen brandeten zu ihnen her, Leute tanzten.

Gustav war betrunken und sah Chris mit glasigen Augen an, als sie sich zu ihm auf die Bierbank quetschten. Er reichte Lale ein fleckiges Stück Papier und nickte dann einfach nur ein paarmal sehr langsam. Sie las den Brief, adressiert an *Agathe Hofmann c/o Gustav Hofmann*, James brachte einen viel zu süßen Honigwhiskey, und sie stießen darauf an, dass »das Leben voller Überraschungen ist!«.

Ihr Bruder hatte an gute Zufälle geglaubt und dass man sich nur auf sie einlassen musste, ohne Zögern und ohne Kompromisse.

Zwei Stunden später knisterte ein riesiges Feuer an einem der Grillplätze, und Fackeln loderten den gesamten Weg bis zur Grube und drum herum, damit niemand aus Versehen hineinfiel. Jemand wirbelte brennende Pois herum, Funken stoben in den schwarzen Himmel. Der Ghettoblaster schwieg mittlerweile, dafür klampfte James »Stand by me«, und alle sangen mit. Whiskey, vom Feuerschein glänzende Augen und Wangen, Stockbrot. Gustavs Stimme war laut und durchdringend, so kannte sie ihn gar nicht. Die Stimmen verklangen in der Nacht, und Lale, die so nah am Feuer saß, dass ihre Knie sich schon ganz heiß anfühlten, war beschwipst von drei Gläsern Wein und einem viel zu starken Cocktail, den ihr Christophe in die Hand gedrückt hatte. Limetten, Cola, Rum, ihre Zähne klirrten gegen die Eiswürfel im Glas. Sie sang »Country Roads« und »Über den Wolken«, so laut sie konnte, und James und Gustav lachten noch lauter. Lale sagte: »Ihr Idioten. Ich weiß, dass ich nicht singen kann«, und schob beleidigt die Unterlippe vor, aber es war egal, es war schön, hier zu sein, und es war schön, zu singen. Lukas hatte auch immer gelacht, dabei konnte er genauso wenig singen wie sie. *Die unmusikalischste Familie der Welt*, meinte Matthias.

Gustav legte Holzscheite nach, war vom Whiskey wieder auf Bier umgestiegen und öffnete bereits sein fünftes. Flo stocherte mit einem Stecken im Feuer, schielte zu ein paar Mädels in seinem Alter hinüber, die auf der Wiese akrobatische Kunststückchen übten und ständig übereinanderpurzelten. Zu seinem sichtbaren Entsetzen war sein Vater aufgetaucht und erklärte gerade einem recht urban wirkenden Pärchen die Vorzüge des Dorflebens. Gemeinschaft, Felder, ehrliche Arbeit. »Und diese Luft!« Rainer atmete überschwänglich ein. »Die kriegt ihr in der Stadt nicht.« Er legte den roten Kopf in den Nacken. »Und habt ihr je so einen Sternenhimmel gesehen?«

Lale blickte nach oben.

Alle Ängste, alle Sorgen, sagt man …

Wolkenfetzen und funkelnde Punkte dazwischen, ein Satellit zog vorbei und ein rot blinkendes Flugzeug, aber da war etwas Helles, das vielleicht sogar die Milchstraße war.

»Stimmt«, sagte die Frau und kaute an einer Strähne ihres Haares. »Und die Energie hier, sehr *nice*, ich kann die positiven *Vibes* richtig spüren.«

»Das kommt vom Hexengrab«, sagte Rainer ernst. »Wir haben erst neulich Fundstücke aus der Keltenzeit entdeckt, Sie können sie besichtigen, nur drei Dörfer weiter, 8,50 inklusive einem Kaltgetränk Ihrer Wahl …«

Lale und Gustav prusteten in ihre Gläser. Sie fing Christophes Blick ein, der ihr gegenüber zwischen einer Familie in Leinengewändern eingeklemmt saß, die ihre schmutzigen Füße zum Feuer hinstreckten. Sein glänzendes Gesicht, von den Flammen angestrahlt, sein vampirischer Eckzahn, die Segelohren.

Zwei kleine Mädchen, die aus irgendeinem Grund noch wach waren, bemalten gerade höchst konzentriert seinen Arm mit Hennafarben.

Lale lehnte sich gegen Gustav und sang »House of the Rising Sun« mit vielen »Hm-hms«, weil sie im Grunde nur den ersten Satz konnte. Gustav konnte den gesamten Text. James klatschte Beifall.

»Gustavo«, sagte er dann. »Was ist jetzt mit unserer Abmachung? Du hast gesagt, ein Campingplatz ist nichts für dich, und ich hab gesagt, ich übernehm das für dich.«

»Das ist zwanzig Jahre her, Jamie. Willst du etwa sesshaft werden? Du?«

»Na ja, man könnte richtig was draus machen. Vielleicht ein nettes kleines *Bed & Breakfast* oben im Haus.«

»Sag ich auch immer!«, rief Lale.

Gustavs Blick glitt über das Feuer, hinauf in den Himmel und wieder zurück.

Lale angelte nach ihrem Glas und nahm einen großen Schluck.

»Du könntest es aufmöbeln und einen guten Preis dafür bekommen«, sagte sie mit Immobilienmakler-Stimme.

»Das könnte ich«, sagte Gustav.

»Oder einfach mir überlassen«, sagte James. »Ich helfe dir auch beim Renovieren.«

»Chris kann auch helfen«, sagte Flo. »Er ist Gärtner!«

»Und indischer Bauunternehmer«, lallte Chris, dessen Arm mit krümeligen, hennafarbenen Blumenranken, Herzen und Luftballons bemalt war.

»Was?«

»Nix.« Er grinste schief.

»Also, Deal!«, sagte Gustav und schnipste nach Flo, der aufstand, um Getränke zu holen. »Wir renovieren das Haus! Trinken wir einen Obstler drauf!«

Lale schloss die Augen und sah es vor sich: weiße Wände, hellblaue Fensterläden, üppige Blumenkästen am Haus, und auf dem Platz Wohnwagen mit Lichterketten an den Markisen. Hecken voller blühender Blumen. Es könnte schön sein, richtig schön.

Ich komm euch besuchen, auf jeden Fall.

Gustav stieß sie mit dem Ellenbogen an. »Du bist auch nicht schlecht im Helfen.«

»Ja?«

»Sehr.«

»Ich finde auch, es ist schön, dass du da bist, Lale«, mischte sich Monika plötzlich ein und sah sie freundlich, vielleicht leicht beschwipst an. »Das hab ich gleich am Anfang gesagt, stimmt's nicht?«

Monikas fürsorgliches Gesicht, als Lale ankam, ein Tätscheln an ihrem Arm. *So gut, dass Sie da sind.*

»Aber jetzt gibt es ja James«, sagte sie, mit einem Anflug von schlechtem Gewissen, weil sie schon die Zugverbindung nach Hause rausgesucht hatte. »Und Chris. Und Flo bringt ständig Kekse.«

Gustav war nicht mehr allein. Er konnte kein Vorwand mehr sein, hier zu bleiben. Nur um sich um jemanden zu kümmern, der nicht sie selbst war. Für jemand anderen da zu sein, wie früher, bei Lukas.

»Auf dich und deinen verschollenen Sohn!«, sagte sie, als Flo ein ganzes Tablett voller Schnapsgläser durch die singenden Hippies balancierte.

Sie kippten den Schnaps, Flo schüttelte sich und hustete, Lale klopfte ihm auf den Rücken.

»Holla, die Waldfee!«, rief Gustav.

Lale sah hinüber zu Christophe, der seinen bemalten Arm bewunderte und die Mädchen lobte. Die Farbe hatte gepatzt, er hatte einen rotbraunen Fleck am Oberarm, wie ein Muttermal in der Form von Frankreich, direkt oberhalb eines Einhorns mit wehendem Schweif. Irgendetwas in ihr freute sich, dass er da war, irgendein winziges Brennen in ihrer Magengegend, das vielleicht auch der Alkohol sein konnte oder die Sternennacht oder das Feuer oder die palavernden Stimmen oder Gustav, der ein Lied schmetterte, das sie nicht kannte, und der so anders war als sonst, so lebhaft und gesellig und dessen Hautfarbe sogar etwas kräftiger wirkte, als sei er die ganze Zeit nur eine Bleistiftzeichnung gewesen und jetzt hätte ihn endlich jemand ausgemalt. Sie spürte einen Blick auf sich, sah hoch und genau in Christophes Augen.

»Ich will auch ein Henna-Tattoo«, sagte Flo, der zwei Leute weiter saß, »wenn schon kein echtes.«

»Davon kann man einen allergischen Schock bekommen«, sagte Monika, die sich sofort zu ihnen herüberbeugte. »Henna ist ganz gefährlich.«

»Ach, Mama«, sagte Flo. »Trink noch ein Bier.«

»Es ist ganz natürlich«, sagte ein Mann, der vielleicht der Vater der kleinen Mädchen war, und verwickelte Monika in ein Gespräch über Kindererziehung.

»Komm her«, sagte Lale zu Flo. »Ich bin die weltbeste Tätowiererin. Ich könnte dir auch ein echtes stechen.«

»Was?«, rief Flo schrill und beugte sich über einen älteren Mann mit langen, weißen Haaren hinweg. »Du kannst tätowieren?«

»Ja.«

»Quatsch!«

»Mein Bruder hat's mir gezeigt. Ich eröffne demnächst sein … ein Tattoostudio.«

Es war seltsam, das auszusprechen. Angsteinflößend und großartig aufregend gleichzeitig.

»Was?! Wann? Hier??« Flo kletterte zu ihr herüber, schwankte nur leicht, quetschte sich zwischen Gustav und sie.

»Wenn ich wieder zu Hause bin. Bald. Nicht jetzt. Gib mir deinen Arm.«

Chris reichte ihr die Hennatube von einem der Mädchen, das auf seinem Schoß eingeschlafen war.

»Ich will ein Tribal«, lallte Flo, fummelte an seinem T-Shirt, zerrte die Ärmel nach oben. »Da hin. Ganz groß.«

»Also los.« Lale zwinkerte Christophe zu. Sein Gesicht orange vom Schein des Feuers, Flammen spiegelten sich in seinen Augen. »Du bist als Nächstes dran, *Monsieur.*«

Über Flos ganze Schulter zeichnete Lale ein ausuferndes Tattoo, das an keltische Runen und Maoriornamente erinnerte. Es dauerte fünf Lieder lang, die Gustav mit immer mehr Inbrunst zum Besten gab. Dabei tranken sie alle mehr von den süßen Cocktails, die Chris ihnen brachte, gemixt von einer mit vielen Ketten behängten Frau, die sich für magisch begabt hielt und es vielleicht auch war, so wie die Cocktails schmeckten.

»Jetzt geh näher ans Feuer«, sagte Lale, nachdem sie fertig war und Flo aussah, als wäre er mitten in der Transformation zu einem tätowierten Superschurken gestoppt worden, »das muss jetzt trocknen, so lang kannst du dein T-Shirt nicht anziehen.«

Flo strahlte selig, stolperte, als er aufstand, machte »wups« und wankte zu den Akrobatikmädels. Lale hörte ihn sagen: »Wollt ihr einen Drink?«

»Selbstbewusstsein durch Körperbemalung«, sagte sie zu Christophe und zückte ihre Hennatube. Sie schob sich neben ihn auf die

Bank, er war sehr warm, so direkt neben ihr, und das kleinere der Mädchen schlief immer noch in seinen Armen.

»Was willst du?«

»Egal«, sagte er leise, flüsterte fast, wie um das Kind nicht zu wecken, dabei grölten sie jetzt alle zusammen »hol den Vorschlaghammer!«, Dorfbewohner und Campingplatzgäste, und jemand trommelte auf der Bierbank einen Takt dazu: »Sie haben uns ein Denkmal gebaut, und jeder Vollidiot weiß, …«

Sie hielt seinen Oberarm fest, fand eine Lücke zwischen den Blümchen und Herzen und Einhörnern, quetschte Farbe aus der Tube und zeichnete ein kleines Kaninchen, das am Rand einer Grube saß. Seine Haut war heiß vom Feuer und seltsam weich. Christophe schielte zu seinem Arm.

»Uncool«, sagte Flo, der sich von hinten über ihre Köpfe beugte, als sie fertig war, und Lale sagte: »Auch nicht uncooler als ein Einhorn.«

Flo torkelte wieder davon, Chris schob das schlafende Mädchen hinüber zu seiner Mutter, stand auf und streckte Lale die Hand hin.

»Kann ich mit dem Kaninchen in den See?«, fragte er ernst.

Sie stutzte, dann lachte sie und nickte, und seine Hand zu nehmen fühlte sich völlig natürlich an, als hätte sie nur darauf gewartet. Sie stolperten aus dem Sitzkreis, weg vom Feuer, in die Dunkelheit, vorbei an den kichernden Mädels und Flo, und ihre Schritte knirschten im Kies. Christophes Hand war rau, und so warm. Er schwankte leicht, oder war sie es, oder war es der Boden, sie konnte es nicht sagen.

Lale spürte winzige, warme Tropfen auf ihrem Gesicht, aber als sie den Kopf hob, sah sie Sterne.

»Ich glaube, da verfolgt uns eine Wolke …«

Sommerregen. Flieder, der über den Weg hing. Chris hatte eine Flasche Wein, der Korken war lose hineingesteckt, er öffnete sie mit den Zähnen, spuckte ihn weg, nahm einen Schluck. Als müsste er sich Mut antrinken, dachte sie und strich mit dem Daumen über seinen Handrücken. Steinchen gerieten in ihre offenen Schuhe, sie zog sie aus, dann das weiche Gras von der Liegewiese am See und die kühlen Holzbalken des Stegs. Sie gingen bis ganz nach vorne, wo sie von Wasser umgeben waren, setzten sich hin, tauchten die Füße in das kalte Wasser. Lale nahm ihm die Flasche ab und trank einen Schluck. Mückenschwärme über dem See. Das Wasser schwärzer als der Himmel über ihnen. Wie lange hatte sie so was nicht gemacht? Zu lange, befand sie, und nahm noch einen Schluck aus der Flasche.

»Also«, sagte er und sah sie an. Ihr Blick schweifte über den See, dann zurück zu ihm. »Mein Geheimnis ist gelüftet. Aber was machst du hier?«

»Ach, Urlaub …«

»Hmm …«, machte er und trank.

Feiner Nieselregen legte sich wie Elfenstaub auf die Härchen an ihren Armen, sie fröstelte. Christophe hatte ihn in den Haaren, glitzernde Tropfen. Sie wollte die Hand danach ausstrecken, und vermutlich weil sie so viel Wein getrunken hatte, tat sie es einfach.

»Ist doch schön hier«, sagte sie und sah ihn an.

»Ja«, sagte er, »aber ich weiß immer noch nicht, wieso du …«

»Sch«, machte sie und legte ihm einen Finger auf den Mund. »Ist doch egal.«

Sie sahen sich eine Weile an. Man konnte Gustav von oben lachen hören, ein polterndes Lachen, das aus dem Stimmenteppich herausstach.

»Er wirkt ziemlich glücklich heute«, sagte sie. »Und so offen, so anders als sonst.«

»Du auch«, sagte Christophe.

Lale grinste und griff nach der Flasche. »Das ist der Alkohol«, flüsterte sie, als sei das ein Geheimnis, das sie ihm, nur ihm, verraten hatte.

»Ach so?« Er grinste zurück. »Echt?«

»Jup.«

Wieder Schweigen. Lale hatte das Gefühl, ihn ständig berühren zu müssen, ihre Finger in seine Haare zu schieben oder unter sein T-Shirt, oder ihr Gesicht gegen seinen Hals pressen zu müssen.

Noch nicht. Andererseits …

Sie sagte: »Oder vielleicht liegt es auch am Paralleluniversum.«

»Hm«, machte Chris. »Ich glaube, ich mag diese neue Welt.«

Lale nickte und beugte sich zu ihm vor. Er roch nach Rotwein und Regen.

»Weißt du, was ich in einem Paralleluniversum machen würde?«, flüsterte sie.

»Hm?«

Sie zog ihn am Kragen seines T-Shirts zu sich her und küsste ihn, bevor sie es sich ausreden konnte. Als sie die Hände an seinen Hals legte, spürte sie seinen Puls.

Sie löste sich von ihm, er ließ die Augen geschlossen und sagte: »Ich mag diese neue Welt wirklich.«

Christophe fuhr sich durch seine nieselregennassen Haare. Sie glänzten, schwarz zurückgekämmt wie mit Pomade. Sie wollte wieder die Hand ausstrecken, ließ es aber diesmal.

»Hier ist schon irgendwie alles leichter, findest du nicht?«, hörte sich Lale sagen.

Er nickte. »Ist das deine Antwort? Auf die Frage, warum du hier bist?«

»Vermutlich. Man kann ein bisschen jemand anderes sein. Eine Zeitlang.«

Er nahm einen Schluck Wein.

»Und, bist du?«

»Was?«

»Jemand anderes?«

Sie antwortete nicht, sondern küsste ihn wieder.

»Weniger denken, mehr küssen«, murmelte sie gegen seinen Mund und spürte ihn grinsen.

Ein Kreischen hinter ihnen ließ sie zusammenfahren. Sie drehten sich um. Schritte trampelten über den Weg, lallende Stimmen, Lachen.

Lale spähte in die Dunkelheit und sah die beiden Acroyoga-Mädchen mit Flo im Schlepptau zum Strand wanken. »Oh nein«, murmelte sie. Sie hätte sich am liebsten unsichtbar gemacht, wäre mit Christophe zwischen den Schilfhalmen verschwunden, die auf der rechten Seite des Stegs wuchsen. Stattdessen lehnte sie sich zurück, legte sich flach auf den Rücken, zog Chris an seinem hennatätowierten Arm mit hinunter. Sie drehte den Kopf zu ihm, ihre Nasen berührten sich fast.

»Ich hab jetzt keine Lust auf besoffene Teenies«, sagte sie.

»Du weißt schon, dass sie uns immer noch sehen können?«

Sie spürte seinen Atem auf ihrem Gesicht.

»Vielleicht sehen wir aus wie zwei menschenförmige Hügel am Ende des Stegs.«

»Vielleicht«, flüsterte er. »Bestimmt.«

Diesmal war er es, der die Hand ausstreckte und ihr ein paar Regentropfen aus der Stirn wischte und sie zu sich herzog. Seine Lippen waren so weich. Die Küsse sehr sanft. Ganz kurz musste sie an Matthias denken, den einzigen Mann, den sie in den letzten acht Jahren geküsst hatte. Eine andere Art von Kuss, aber sie drückte den Gedanken weg.

»Es ist arschkalt. Und es regnet!«, sagte Flos Stimme vom Strand her.

»Kommst du, oder was?«, antwortete jemand. Ein Platschen, quiekendes Gelächter und »Shit, shit, shit, ich erfriere!«-Rufe.

Christophe beugte sich vor, seine Fingerspitzen waren leicht auf ihren Wangenknochen. Er schloss die Augen, als könnte er so den Moment festhalten, als könnte er Flo und die Mädels ausblenden. Sie spürte Flos Schritte, die über das Holz tappten. Seine Stimme war auf einmal ganz nah, und er murmelte: »Scheiße …«, als er sie sah, stolperte, fiel auf die Knie, schwankend nach vorne gebeugt. Lale schrie auf, Christophe sprang hoch, packte Flo, und Flo reiherte einen Schwall Kotze in das finstere Wasser. Die Mädchen, die ein Stück weiter weg planschten, riefen »igitt, igitt« und wankten mit tropfenden Kleidern zurück an Land. Christophe hielt Flo fest, der immer wieder nach vorne taumelte. Flo übergab sich noch einmal.

»Vermutlich die allergische Reaktion auf dein Tattoo …«, sagte Chris.

»Lass es raus«, sagte Lale. »Wenn's erst mal draußen ist, geht's dir besser …«

Der frankreichförmige Fleck auf Christophes Arm schimmerte, das Einhorn und die Herzen bröckelten langsam ab.

Der Nieselregen perlte wie an Spinnweben auf seinen Armen und auf Flos Haar. Flo würgte und spuckte, es platschte ins Wasser. Lale schob die Beine in den Schneidersitz und streichelte Flos Rücken, hielt ihm die Stirn, während Christophe ihn noch immer umklammerte, damit er nicht seinem Erbrochenen hinterherstürzte. Der Mond kam hinter dem hartnäckigen Regenwölkchen hervor und tauchte alles in ein blasses, gespenstisches Licht. Die Acroyoga-Mädels waren lachend wieder zum Zeltplatz gegangen. Flo spuckte und schluchzte.

»Ich trinke nie mehr«, sagte er. »Niemals.«

»Ist gut«, sagte Lale. »Wir bringen dich mal hoch. Wir schleusen dich zu Gustav, damit dein Vater nichts merkt.«

»Mein Vater kann mich mal. Aber meine Mutter würde mich umbringen«, lallte Flo.

»Hoch mit dir.«

Sie schleiften Flo zwischen sich den Hügel hinauf, an der Grube und dem lärmenden Fest vorbei, und verfrachteten ihn auf Gustavs Sofa, wo er fast augenblicklich einschlief. Sie stellten einen Eimer davor und stopften ein Kissen unter seinen Kopf. Dann standen sie im dunklen Wohnzimmer und sahen sich einen Moment lang fragend an.

Lale biss sich auf die Lippe. Sie hatte keine Lust, jetzt einfach zurück zum Fest zu gehen, als sei nichts passiert. Überhaupt keine Lust.

VIERZEHN

GUSTAV WACHTE mit pelzigem Geschmack im Mund auf. Er musste pinkeln, dringend, stolperte aus dem Bett, und beim Aufstehen brausten seine Ohren. Bier, Wein, Gesang.

Er hielt sich seinen brummenden Schädel und saß lang auf dem Klo, zu lang. Harnverhaltung nannte man das, die Unfähigkeit zu urinieren, von der Liste mit Symptomen, die ihm der Arzt in die Hand gedrückt hatte, wie um ihn zu verhöhnen. Er wollte gleich drei Schmerztabletten auf einmal, pulte sie aus der Packung und spülte sie noch im Bad mit einem Schluck Leitungswasser hinunter.

Und trotzdem, trotz allem, hatte er noch die Lieder von gestern Abend im Ohr, James' verstimmte Gitarre. Die Hitze des Feuers auf seinen Knien, Anekdoten aus James' und Gustavs Leben als Lehrer rund um den Globus.

Gustav nahm sich eine der Reiswaffeln, die Lale irgendwann einmal hiergelassen hatte, eine mit Schokolade. Im Wohnzimmer noch mehr Überbleibsel des Abends: Auf dem Sofa lag Flo, mit offenem Mund schnarchend. Und auf dem Teppich davor James, zusammengerollt wie ein violetter Igel, biegsam wie vor dreißig Jahren, mit braungebranntem Gesicht und rotblonder Mähne. Gustav biss in die Reiswaffel. Seine Erinnerungen waren irgendwie unscharf. Es hatte geregnet – nicht dieser leichte Nieselregen, der die ganze Nacht heruntergetröpfelt war, sondern ein kurzer, sturmflutartiger Schauer. Alle waren sie in ihre Zelte geflüchtet, und James war aufgefallen, dass seines in einer Kuhle stand und alles durchweicht war.

»Morgen«, sagte Flo, räkelte sich und schob seine Beine vom Sofa. Neben James auf dem Teppich stand ein blauer Eimer. Flo linste hinein und schien erleichtert zu sein.

»Nichts«, sagte er zu Gustav, als wollte er dafür gelobt werden. Gustav schwirrte der Kopf.

Er hatte einen Sohn, und sein Haus war voll, und der Campingplatz noch viel voller. Paulette hätte gelacht, ihn ausgelacht vielleicht.

Na, râleur, das hättest du nicht gedacht, oder? Auf deine alten Tage.

»Was ist, hast du deinen Rausch ausgeschlafen?«, fragte Gustav.

»Und du?«

»Ha«, machte Gustav und warf Flo eine Reiswaffel zu.

»Die schmecken wie Styropor!«, maulte der. James schnarchte munter weiter.

»Und?«

»Ich will richtiges Frühstück.«

Wie auf Kommando hupte draußen der Bäckerwagen. Acht Uhr. Viel zu früh. Sehr viel zu früh.

»Na, geh, hol dir was«, sagte Gustav und warf Flo seinen Geldbeutel zu.

»Mir ist schlecht.« Flo stöhnte und ließ sich wieder in die Kissen sinken.

Also ging Gustav selbst. Die Schlange war heute kürzer, weil viele noch ihren Rausch ausschliefen, und die, die schon wach waren, machten Verrenkungen (fortgeschrittenes Yoga?) auf der Wiese oder riefen ihm ein fröhliches: »*Namaste!*« zu. Heiliger Strohsack. Kinder pusteten schimmernde Seifenblasen in den trüben, aber warmen Morgen. Er zerstieß ein paar mit dem Finger, und sie lachten. Sein Campingplatz war ein Zirkus geworden, überall Menschen in knallbunten Klamotten, die sich seltsam verbogen, Hunde und kleine Kinder. Die Fahnenmasten hatte jemand mit blauer, grüner und gelber Wolle umwickelt, was hübsch war, wenn er ehrlich war.

Er hatte die Fahnen eh nie gemocht, vielleicht sollte er sie abhängen. Er klaubte einen aufgeweichten Zettel vom Boden, der einen Tantra-Yoga-Workshop ankündigte, zerknüllte ihn und warf ihn in den Müll. Dann kaufte er eine Tüte gefüllte italienische Hörnchen und ein paar Maisbrötchen. Als er zurückkam, saßen Flo und James auf dem Sofa und bewunderten Flos Kriegsbemalung.

»Ich sehe so cool aus«, sagte der Kleine.

»Mega«, sagte James und schob sein T-Shirt hoch. »Ich hab mir selbst ein Herz auf den Bauch gemalt, aber es sieht eher aus wie ein fetter Leberfleck.«

»Fang«, sagte Gustav und warf ihm die Croissanttüte zu.

James strahlte. Er nahm sich ein Hörnchen, biss hinein und sagte: »Weißt du, das hier …« Er machte eine ausschweifende Geste. »Ich kenne Leute, die würden wirklich einiges dafür geben, in so einem Haus zu wohnen.«

»Wie viel denn?«, fragte Flo.

»Einiges«, wiederholte James.

»Ja, wir renovieren es, ist schon gebongt«, sagte Gustav. Er konnte sich vage an einen mit Schnaps begossenen Entschluss erinnern.

Hatte er Chris um Hilfe gebeten? Es war komisch, zu wissen, dass sein Sohn irgendwo auf diesem Campingplatz war, dass da jemand war, den es nur gab, weil er Paulette geliebt hatte. Ein schönes Gefühl, irgendwie. Eine Bestätigung, dass ihre Liebe gar nicht so umsonst gewesen war, wie er immer gedacht hatte. Nicht nur ein Sommer und vorbei.

»Du hast gesagt, Lale darf sich austoben und alles neu gestalten.«

»So. Hab ich das.«

»Ja«, sagten Flo und James unisono.

»Na, dann werde ich das wohl gesagt haben«, meinte Gustav.

James zerzupfte sein Hörnchen und schob sich winzige Stückchen davon in den Mund.

»Apropos«, sagte James. »Wisst ihr, wen ich gestern mit Chris in ihrem Wohnwagen hab verschwinden sehen?« Er zwinkerte.

Flo pfiff und machte »Oho! Aha!«, und Gustav verkniff sich ein Grinsen und sagte: »Was seid ihr doch beide erwachsen.«

»Die Liebe, die Liebe …«, sagte James mit ausgebreiteten Armen. »Komm her, Gustavo, lass dich drücken.«

»Warum?«, fragte Gustav, aber James schlang schon die Arme um ihn. »Einfach so. Und zwanzig Sekunden mindestens«, und er hielt immer weiter.

Gustav wand sich ein wenig, aber nicht viel. Er hatte ihn vermisst, diesen anhänglichen Typen. Ohne es zu merken.

»Okay, das reicht jetzt. Danke. Es genügt.«

James ließ ihn los und lächelte. »Geht's dir besser?«

Gustav sah in sein strahlendes Gesicht und brachte es nicht übers Herz, zu sagen, was er sagen wollte.

»Ein bisschen.«

»Das Licht in mir erkennt das Licht in dir!«, sagte Flo.

»Erkennst du auch eine wütende Mutter, wenn sie vor dir steht?«, sagte Monika, die unbemerkt auf der Terrassentürschwelle erschienen war, und deutete auf sich.

Flo zog den Kopf ein.

»Morgen, Monika«, sagte Gustav und dachte daran, dass sie es gewesen war, die James eingeladen hatte. *Das Licht in mir …*

»Ja, dir auch einen guten Morgen, Gustav, der du dich schonen sollst und nicht bis in die Puppen Party machen mit …«, sie wandte sich an Flo, »… Minderjährigen.«

»Ach, Moni, er ist …«

»Scht, jetzt, nix ›ach, Moni‹. Wisst ihr, was ich mir für Sorgen gemacht habe –«

»Du warst doch selbst bis halb eins da«, sagte Flo mutig. »Und du machst dir eh immer Sorgen.«

»Aber du … du …« Sie deutete auf Flo, der sie mit einem ›Ja-was-ich?‹-Blick ansah und dann auf Gustav. »Und du mit deinem …«

Sie stockte und sank zwischen Flo und James aufs Sofa.

Gustav fiel auf, dass Monika sich ständig mit Männern rumärgern musste, denen sie zu sagen hatte, wo es langging. Wie furchtbar anstrengend musste es sein, immer die Spielverderberin zu sein?

Er hielt ihr die Bäckertüte hin.

»Ich will jetzt nichts essen«, sagte sie, aber nahm sich trotzdem ein Croissant und fing an, es genauso zu zerrupfen, wie James es gemacht hatte. Der Eimer neben ihr war ja zum Glück leer. Monika streckte eine Hand aus und rubbelte an Flos Schulter herum. Henna bröselte aufs Sofa.

»Das wird wochenlang nicht weggehen«, sagte sie.

»Ja, cool, oder?«

Sie stopfte sich Hörnchenstücke in den Mund.

»Hattet ihr wenigstens Spaß?«

»Ja«, sagte Flo.

»Na, dann.«

James sah aus, als wollte er sie gleich in eine Herzumarmung ziehen.

Monika, dachte Gustav, die gute Monika. Er hätte ihr am liebsten noch ein Croissant gekauft. Sie war jeden Tag da, und sie hatte James aufgespürt, weiß Gott wie, mit nichts außer einer alten Telefonnummer aus Agathes Rolodex, unter »James ?, Irland, Freund von G.«

Jeder braucht einen Freund, Gustav. Selbst du.

Gustav räusperte sich. »Moni?«

»Ja?«

Herzumarmung. Das Licht in dir und so weiter.

»Jetzt sei mal nicht so streng mit dem Jungen«, sagte er.

»Ja, ja«, sagte sie. »Ich bin eh immer viel zu nachsichtig.«

Flo klaute ihr das letzte Stück Hörnchen aus der Hand und grinste.

»Wo sind denn die anderen zwei aus eurer Bande?«, fragte Monika. »Sind die schon weg?«

Gustav hob den Kopf und fühlte, wie der übliche Schwindel zurückkam. Brausende Ohren, tanzende Flecken vor der Netzhaut.

»Was meinst du mit weg? Wieso weg?«

***

Die Dusche war leer, wie vermutet.

Der Bäckerwagen war längst wieder weg, die Sonne stand hoch, der Campingplatz versank in der Mittagshitze. Ein paar Kleinkinder rollten auf Laufrädern vorbei, Eltern schleppten Taschen mit Sandspielzeug hinunter zum See, irgendjemand räumte die leeren Flaschen vom Abend weg. Der Rest lag wahrscheinlich verkatert am See.

Lale gurgelte mit ein bisschen Wasser aus dem Duschstrahl. Sie war nicht nervös, sie fragte sich nur, ganz kurz nur, was sie hier machte.

Kleine Erdbeben, du & ich.

Gestern Abend konnte sie auf den Sternenhimmel und die vier Tequilas und Rum-Colas und all den Wein schieben, aber heute war anders ... Sie hatte keine Lust, nachzudenken. Sie wäre bald weg von hier und Chris wäre eine einmalige Sache, etwas Schönes, eine gute Erinnerung, für später.

Regionalbahn, Gleis 1, Abfahrt 16 Uhr 23.

Lale ließ das heiße Wasser über ihre Stirn rinnen, lehnte den Kopf zurück.

Gestern Nacht waren sie in den Wohnwagen gestolpert, aber Alkohol machte sie müde, also flüsterte sie ihm ins Ohr:

»Wenn ich dich jetzt küsse, kann ich für nichts garantieren«, und er sah aus, als würde ihm diese Vorstellung ganz gut gefallen. Aber er sagte nur etwas heiser: »Okay.«

Als sie aufwachte, war es unglaublich heiß im Wohnwagen, und kleine Bröckchen von getrocknetem Henna krümelten auf der Matratze.

»Hi«, sagte sie.

»Hi.«

Er schien kein bisschen geschlafen zu haben, was irgendwie charmant war, und sie sagte: »Wie viel Uhr ist es?«

»Mittags, irgendwas«, sagte Christophe und räusperte sich.

»Okay.« Lale setzte sich auf. »Mittags sind alle beim Essen oder beim See. Niemand ist in der Dusche. Ich werde jetzt vorgehen und meine Zähne putzen. Und dann gehe ich in die hinterste Dusche rechts, die ist am größten und läuft am längsten, wenn man draufdrückt.«

»Aha.«

»Zähneputzen dauert bei mir ungefähr zwei Minuten.«

Und jetzt stand sie hier und wartete.

Es klopfte, ganz leise und sacht, trotzdem zuckte sie kurz zusammen, dann schlang sie ihr Handtuch um sich und öffnete die Tür. Chris stand da und kaute auf seinem Daumennagel, was er gar nicht zu bemerken schien. Es war ziemlich niedlich. Das Wasser prasselte hinter ihr, dann hörte es auf. Sie trat einen Schritt zurück, ließ ihn herein. Einen Moment lang starrten sie sich an. Dann drehte er sich um und schob den Riegel an der Tür vor. Sie trat einen Schritt auf ihn zu, lehnte die Stirn an seinen Rücken. Er roch noch nach Feuer vom Abend zuvor. Sie wusste auf einmal, warum sie tat, was sie tat: Alles war leichter, wenn dieser Mann da war. Schon seitdem er in der Grube ihre Hand gehalten hatte. Er drehte sich zu ihr, kaute wieder am Nagel. Lale wickelte sich aus ihrem Handtuch, hängte es hinter ihm über die Tür. Sie fröstelte ein wenig in der dampfigen Luft. Seine Fingerspitzen waren auf ihrem Arm. Gänsehaut.

»Küss mich«, sagte sie und drückte auf den Knopf. Wasser sprudelte aus dem Duschkopf, Christophe schloss die Augen, und Lale versenkte die Finger in seinen Haaren.

Seine Klamotten waren nass, und ihr Handtuch war irgendwie auf den Boden gefallen, und sie wirkten vermutlich beide ziemlich derangiert, als sie mit roten Gesichtern aus der Dusche stolperten. Sie hängten die nassen Sachen in die Sonne und krochen zurück in den Wohnwagen, küssten sich, dösten. Die durchgelegene Matratze, Hitze, Haut. Irgendwann beobachtete sie ihn, wie er auf dem Bett lag und aussah, als würde er schlafen. Sie beugte sich vor und küsste die kleinen, hellen Fältchen neben seinen Augen, und er lächelte kaum merklich, also schlief er wahrscheinlich nicht. Sie machte es wieder; es war schön, ihn lächeln zu sehen. Immer wenn ihre Lippen seine Haut berührten, fühlte sie irgendetwas in ihrer Brust anschwellen, was sie komplett überrollte.

Oh nein, dachte sie, drehte sich auf den Rücken und starrte an die schmutzig weiße Wohnwagendecke. Oh nein.

Sie stand ruckartig auf und verließ den Wohnwagen, schnappte ihre Zahnbürste, ging hinüber zum Toilettenhäuschen und schrubbte energisch ihre Zähne. Ein paar Leute spülten Geschirr, vereinzelte sandige Kinder wurden unter Wasserhähne gehalten.

Sex, dachte sie und spuckte Zahnpasta aus, es war doch nichts weiter als Sex. Und diese Leichtigkeit, dieses … Gefühl, das sie nicht fühlen wollte, das war nur Oxytocin, eine Nachwirkung von all den Küssen und dem Anfassen, nichts weiter. Paralleluniversum am Arsch. Alkohol, so sah es doch aus. Betrunken machte man blöde Sachen, die man nachher bereute. Und sie war zwar nicht mehr besoffen gewesen, weil besoffen wurde sie nur müde, sie hatte sogar ganz gut geschlafen, neben ihm, seltsamerweise, aber ihre Entscheidung, am Morgen, oder eher Mittag (es kam ihr vor, als sei das lange her), mit ihm in der Dusche … das waren sicher noch Nachwehen dieses Abends gewesen, der aus der Zeit, aus der Welt gefallen war.

Es gibt keine Paralleluniversen, es gibt nur Entscheidungen, die man trifft.

»Hi«, sagte Chris hinter ihr mit rauer Stimme und grinste, ebenfalls mit seiner Zahnbürste im Mund. Sie standen draußen, bei den Außenwaschbecken, die eigentlich nur zum Spülen gedacht waren.

»Hi«, sagte sie mit zahnpastavollem Mund, spuckte aus und schrubbte weiter.

»Gute Idee«, sagte er. »Noch mal Zähne putzen. Nach dem ganzen, äh, Speichelaustausch.«

Er wurde rot, und beinah hätte sie gelacht: Wenn er nervös war, sagte er die dümmsten Sachen. Sie wollte hingehen und die Arme um seine Taille schlingen, wollte ihn an sich drücken und den ganzen Tag nicht mehr loslassen. Ihre Zähne fühlten sich mittlerweile sehr glatt an. Seine Lippen waren voller Zahnpastaschaum.

Sonnenwende. Die Regionalbahn nach Hause.

Lale spülte sich den Mund aus.

»Hör zu«, sagte sie dann und erschrak selbst, wie hart ihre Stimme klang. Aber gut, das war gut. Das schiefe Zahnpastalächeln auf Christophes Gesicht wackelte ein wenig. Lale räusperte sich.

»Wir können das … nicht wiederholen, okay?«, hörte sie sich sagen, obwohl ihr Körper anderer Meinung war.

Er sah sie an, Zahnpasta rann über sein Kinn. Er spuckte und wischte sie weg. »Okay?«, sagte er, mit einem Fragezeichen zu viel. Er wirkte so verwirrt, wie sie sich fühlte.

»Auch wenn es schön war …«, sagte sie und fand, dass sie grausam klang, wie jemand, die eine Bewertung abgab, die gar nicht ausdrückte, wie es wirklich gewesen war. Sie biss sich auf die Lippe. Es war richtig, es gleich zu beenden, bevor es wirklich angefangen hatte. Sonst würde es nur noch schwerer werden, für alle Beteiligten.

»… es war nur eine einmalige Sache, okay? Und ich fahre sowieso bald. Heim, mein ich. Also … ja.«

Er starrte sie an, und sie konnte den Ausdruck auf seinem Gesicht nicht ertragen. Also nickte sie einmal kurz, drehte sich um und ging, ging einfach weg.

Sie stolperte in eines der Laufradkinder hinein, das umkippte und anfing zu plärren. Sie hob es auf, klopfte Dreck von seinen Knien, sah sich nach den Eltern um, sagte: »Ist nicht so schlimm, oder? Ist gar nichts passiert?«, bis es sich beruhigt hatte, wieder auf sein Laufrad stieg und davonrollerte.

»Nichts passiert«, murmelte Lale.

Sie hatte keine Erklärung gegeben, Chris hatte nicht gefragt, keine Zeit dazu. Sie wäre am liebsten direkt wieder ins Bett gegangen, ihr Kopf dröhnte auf einmal, und das schöne, sommerliche Wetter ging ihr auf die Nerven.

Sie straffte die Schultern, schlüpfte in ihre Latzhose, lüftete den Wohnwagen, packte ein paar Klamotten in ihre Reisetasche.

Sie fand einen kleinen Stapel Zeichnungen von Kaninchen und Kiefern und nahm sich vor, zu Hause gleich Karina anzurufen, wegen des Gründungszuschusses. Sie war bereit für das *Lalelu*-Abenteuer, oder sie würde bereit sein, vielleicht, sie würde es rausfinden.

Chris hatte Zeit, seinen Vater kennenzulernen, und Gustav war nicht mehr allein, er hatte jetzt so etwas wie eine Familie, Lale brauchte er nicht mehr. Und Flo hatte sie beigebracht, wie man Mousse au Chocolat macht, er konnte ihre Nachtischtradition mit Gustav fortführen.

Eine schöne Auszeit, aber sie war vorbei. Vorbei mit einer Sonnenwende und einer Dusche und einem Franzosen, der so anders war als Matthias.

Einmalige Sache. Einmalig.

FÜNFZEHN

VIELLEICHT SOLLTE ich auch fahren«, sagte Chris in sein Telefon.

Gustav wusste Bescheid, und ihn kennenzulernen brachte jetzt auch nichts, man konnte niemanden in vier Wochen gut kennenlernen, das hatte seine Maman verkackt, und Lale wollte ihn ja nicht. Und war sowieso bald weg. Er ging schon den ganzen Tag spazieren, riss Gräser vom Wegrand ab, schleuderte sie in angrenzende Felder und schickte deprimierte Sprachnachrichten an Chidi, der holzschnittartig mit »Andere Mütter haben auch schöne Töchter« und anderen wenig hilfreichen Ratschlägen antwortete. »Ja, ich sollte auch fahren«, sagte Chris noch einmal mehr oder weniger entschlossen zu seinem Handy und ging zu Gustavs Haus.

Gustav, James und Flo saßen an einem gut gefüllten Terrassentisch und aßen Marmeladenbrötchen.

»Der verlorene Sohn!«, rief James, als er ihn sah, und streckte die Arme aus, zog ihn an sich. »Zwanzig Sekunden halten, mein Guter, zwanzig Sekunden!«

Widerwillig ließ Chris sich drücken.

Gustavs Mundwinkel zuckten, aber er sagte nichts.

Flo schmierte sich dick Butter auf eine Brötchenhälfte. »Hast du Hunger? Wir essen Erdbeeren und Marmelade zum Abendbrot.«

»Wo ist Lale, es ist genug für alle da!«, sagte Gustav. »Oder ist sie … ist sie …?«

»Woher soll ich wissen, wo Lale ist«, sagte Chris und nahm sich Flos Messer und ein Brötchen. Er klatschte Butter darauf und bohrte dann das Messer in das Marmeladenglas.

Er sah, dass James und Gustav einen Blick tauschten.

»Wir haben da gestern gewisse … Schwingungen zwischen euch wahrgenommen«, sagte James und konnte sich augenscheinlich ein Grinsen nicht verkneifen.

»Ich weiß nicht, was du meinst.« Chris biss in sein Brötchen. »Sie wollte doch fahren, vielleicht ist sie schon weg.«

»Was, nein, also ernsthaft?«

Gustav sah aus, als hätte jemand die Luft aus ihm gelassen. Chris konzentrierte sich auf sein Brötchen und wandte den Blick von Gustavs zusammengefallenen Schultern ab.

»Aber warum denn?«, fragte James.

»Ich dachte immer, dass sie irgendwann einfach wieder weg ist«, brummte Gustav und warf einen Erdbeerstiel zu I-Ah, der am Boden herumhoppelte. James drückte seinen Arm.

Alle drei starrten sie missmutig zu Boden.

Gustav steckte sich die letzte Erdbeere in den Mund.

»Stets launenhaft und wankelmütig ist die Frau«, sagte er. »Wussten schon die alten Römer.«

Christophe riss ein paar welke Blüten aus einem Strauch neben der Bank, auf der sie saßen. Diese römische Weisheit hatte er früher zu oft gehört, als Witz, wenn er irgendwas blöd und ungerecht fand.

»Das hat meine Mutter auch immer gesagt. Wenn mir was nicht passte, was sie gemacht hat.«

James lachte. Gustav schaute in den Himmel.

»Jetzt mach bloß keinen Scheiß, Junge«, sagte er zu den Wolken.

Chris dachte an Lales milchweiße Haut, den Wasserdampf, die Art, wie sie das Handtuch hatte fallen lassen.

»Also ich würde dich sofort nehmen, wenn ich zwanzig Jahre jünger wäre«, sagte James und lächelte ihm aufmunternd zu.

»Danke. Ich steh nicht so auf Bärte.«

»Wenn Lale bleiben würde, könntet ihr das Haus renovieren«, sagte James. »Was zusammen unternehmen …«

»Sie bleibt aber nicht«, sagte Chris. »*C'est pas vrai*, alte weiße Männer. Meinen immer, sie wissen, was das Beste für alle Beteiligten ist.«

James sagte: »Du solltest einfach auf die Schwingungen vertrauen. Das hat nix mit uns zu tun.«

»Alte weise Männer«, sagte Gustav, »weise, mit s.«

»Sprechen wie Yoda ihr solltet«, sagte Christophe.

»Ist Yoda überhaupt ein Mann?«

»Zumindest ist er sehr weise.«

»Na dann, junger Padawan«, sagte Gustav, »morgen Abend ist sie doch bestimmt noch da, oder? Wir wollen kniffeln, und James macht Pesto.«

»Ich glaub, ich fahr auch«, sagte Chris.

Ich sollte noch vor ihr abhauen. Gleich morgen.

»Nein«, rief James. »Wir müssen doch renovieren! Die Böden schleifen, die Tapeten abreißen … Du hast gesagt, du hilfst.«

Chris schaute zu Gustav, der das Kaninchen betrachtete, das an einer matschigen Erdbeere schnupperte. Dann fuchtelte Chris mit den Armen herum, deutete hinter sich in Richtung Haus.

»Das Ding ist eine Bruchbude. Hier ist überall Schimmel in den Wänden, es riecht feucht, die Treppenstufen brechen fast ein, der Boden ist verkratzt …«

»Deshalb renovieren wir ja«, sagte James.

»Manche Häuser sind zu alt zum Renovieren. Manche Häuser kann man nur noch abreißen.«

»Aber …«

»Wie stellst du dir das vor? Dass wir zwei Wochen Wände streichen und dann sieht das wieder aus wie neu? Das musst doch sogar du mit deinem unglaublichen Optimismus einsehen, dass man nicht einfach mal so eben, mit ein bisschen Hauruck-Mentalität was Uraltes wieder herrichten kann, so funktioniert das eben nicht.«

Gustav verscheuchte ein paar Babykaninchen, die um seine Füße hoppelten. Flo aß eine Erdbeere und schaute von Chris zu Gustav zu James und zurück. Er sagte: »Also, wenn man sich ein bisschen anstrengt und wir alle helfen …«

»Du und ich und die zwei Alten?«, sagte Chris und fühlte, wie er noch wütender wurde. Das klang wie der Anfang eines schlechten Witzes. »Und außerdem, mit ein bisschen Anstrengung ist es auch nicht getan. Das ist total abgelebt, das Haus.« Er gestikulierte in Richtung der abgeranzten Treppenstufen, der angegrauten Tapete. »Das wird doch nichts.«

»Aber der Garten …«, fing James an, und Chris unterbrach ihn: »Garten? Der Hof besteht nur aus Unkraut. Und wer hat überhaupt diese hässlichen Büsche da drüben angepflanzt?«

»Meine Tante«, sagte Gustav zu seinen Füßen. »Ich find die auch furchtbar. Die sind noch aus dem Sommer, als –«

»Die gehen gar nicht, und außerdem sind das Tiefwurzler, die kriegt man nicht mal mehr raus, die untergraben alles, und in zehn Jahren machen die dir deine ganzen Rohre kaputt.«

»Nicht dass mich das in zehn Jahren noch stört …«

»Du bist doch Gärtner!«, sagte James, »du könntest zum Beispiel da hinten eine blühende Hecke um die Mülltonnen –«

»James!«, sagte Chris. »Der Garten ist am Arsch. Ich kann das jetzt nicht einfach alles auf die Schnelle richten. Wie soll das gehen?«

»Ich bin Klempner«, sagte James. »Ich kenn mich aus mit Dingen, die nicht mehr im Fluss sind.«

Chris schnaubte. »Oh là là, der Sanitär-Yoda!«

James mochte den Flow auf diesen Campingplatz zurückgebracht haben, aber manche Dinge waren einfach zu kaputt, um sie wieder zum Laufen zu bringen.

James legte den Kopf schief, kniff die Augen zusammen.

»Dann hilf wenigstens, für morgen Abend ein paar Brennnesseln zu pflücken, fürs Pesto.«

Chris stopfte sich den Rest Marmeladenbrötchen in den Mund. »Ich mag Pesto nicht mal«, sagte er mit vollem Mund.

»Wie kann man denn kein Pesto mögen?«, fragte James.

»Ich mag es eben nicht.«

»Ich auch nicht«, sagte Gustav zu James. »Just saying.«

»Jesses«, sagte James. »Mr Grumpy senior und Mr Grumpy junior. Jetzt krieg dich wieder ein, Chris, und wir reden, wenn du dich beruhigt hast.«

Gustav murmelte etwas, aber er verstand ihn nicht. Er wollte ihn gar nicht verstehen.

Chris stand auf und machte sich auf den Weg zu seinem Wohnwagen. Lale kniete in den Beeten neben der Kneipe. Sie trug nicht ihre obligatorische Latzhose, sondern ein Kleid. Es war so hellblau und so kurz, dass er gar nicht anders konnte, als hinzustarren. Sie leuchtete ja geradezu aus dem Blumenbeet heraus. (Warum? Warum hatte sie gerade heute beschlossen, nicht diese absolut unförmige Hose anzuziehen, sondern … das?!) Sie kroch auf den Knien zwischen dem Unkraut herum, das Kleid auf eine wahnsinnig wunderbare Weise nach oben gerutscht, und zupfte Minze, Melisse, Zitronenverbene, band sie zu Bündeln. Kleine, lila Blütenstückchen von Lavendel hatten sich in ihren Haaren verfangen, und dunkle Haarsträhnen hingen ihr ins Gesicht. Sie strich sie mit dem Handrücken weg. Er versuchte, nicht hinzuschauen, und hasste sie ein kleines bisschen und doch gar nicht.

Seine Mutter hatte hier einen romantischen Sommer verlebt, aber achtunddreißig Jahre waren eine lange Zeit, und niemand konnte ihn zwingen, es hier ebenso schön zu finden wie sie. Gustav war alt, aber er war nicht mehr als ein Erzeuger, er hatte auch Paulette nur ein paar Wochen gekannt. Und ihn kannte er kein bisschen, und er würde hier nicht die verlorene Zeit nachholen, wie sollte das gehen. Sollte James doch Gustav mit dem Haus helfen, und Flo, und Monika. Die waren alle da. Was hatte Gustav von einem Sohn, den er überhaupt nicht kannte?

Vielleicht wäre er sogar froh – eine Person weniger an der Backe.

Christophe stopfte Klamotten in seine Tasche.

Gut, das war das. Er hatte getan, wozu er hergekommen war. Es hatte nicht sein Leben verändert, es hatte ihm nur ein paar Einblicke in seinen Genpool geliefert, auf die er gerne verzichtet hätte. Erst Dauergenörgel, dann Liedergegröle, so ein rumpelnder Charakter, das war nicht gerade etwas, was man gerne erbte. Noch gestern war Chris sich ziemlich sicher gewesen, dass er sauer auf seine Mutter sein durfte, die ihn nicht eingeweiht hatte, aber jetzt – sollte er etwa der Kumpel und Gärtner von diesem alten Mann werden, der damals Paulette hatte gehen lassen?

Eine einmalige Sache, pah.

Mr Grumpy senior und Mr Grumpy junior. Ha.

***

James lud sie alle zum Essen ein, *a small gathering of friends*, wie er es nannte. Chris war noch da, hatte einen Abendzug nach Berlin gebucht und würde direkt nach dem Essen von einem Taxi abgeholt werden.

Aus dem Haus quoll ein knoblauchiger Geruch, Kerzen flackerten auf dem Tisch hinter dem Haus. Irgendwo zirpte eine Grille, und im Gebüsch grunzte etwas Kleines, vielleicht ein schneckenvertilgender Igel.

Aus dem offenen Fenster dudelten die Greatest Hits der Dubliners. Flo hatte die Babykaninchen aus dem Gehege gelassen, die um ihre Füße wuselten und die neu gewachsene Kapuzinerkresse fraßen, es gab Gummibärchen, die Flo, und eine kalte Schokocreme, die Lale mitgebracht hatte.

Idyll: Zustand einfachen, friedlichen Lebens.

Wer's glaubt.

Gustav beobachtete Lale, die Kronkorken zischen ließ und an einer überschäumenden Bierflasche leckte.

Immerhin war sie nicht einfach verschwunden. Immerhin gab es so etwas wie einen Abschied. Und Chris … vielleicht sollte er ihm sagen, dass …? Vielleicht sollte er den Alter-kranker-Vater-Bonus ausspielen?

James sprach von den Arbeiten, die im Haus getan werden mussten: Tapeten rausreißen, Böden schleifen, Gerümpel zum Wertstoffhof fahren. Gustav hörte nicht hin. Er dachte an Christophes Ausbruch am gestrigen Tag: ein altes Haus, zu schäbig, um es wieder herzurichten. Verlorene Zeit, die in den Ecken saß und verschimmelte. Chris hatte recht, welchen Sinn ergab es noch, es hier schöner zu machen? Es war anstrengend und sinnlos, und hier waren sowieso mal wieder viel zu viele Leute. Gustavs gute Laune war verflogen, hatte sich verflüchtigt, wie sich Lale und Chris verflüchtigen würden. Puff.

Chris schlurfte über den Hof und setzte sich neben ihn, sagte nichts. Er mochte aussehen wie seine Mutter, aber vielleicht kam er nach ihm. Stoffelgene. Eine Gemeinsamkeit, die über die Form der Ohrmuscheln hinausging.

Lale verteilte Nudeln, James tat allen von der glibberigen grünen Paste auf, die er Pesto nannte.

»Ich hab sogar noch Bärlauch gefunden!«, sagte James. »Zu dieser Jahreszeit!«

»Aha«, sagte Gustav.

»Bärlauch ist übrigens ein starkes Aphrodisiakum.« James hob die Augenbrauen.

Chris widmete sich seinen Nudeln und schaute nicht von seinem Teller auf. Lale hatte einen Pestoschnurrbart und zog eine Grimasse.

»Und später noch Kniffel!«, rief James, vielleicht nur, weil niemand etwas sagte.

Gustav hatte keine Lust auf Spiele und brummelte nur.

Chris kratzte gedankenverloren mit einer Hand an einem Henna-Einhorn. Sein ganzer Arm war voll mit Kritzeleien, viele Herzen, Blumenranken, ein Kaninchen.

»Ohne mich«, knurrte er.

»Und jetzt kann man sogar hören, dass ihr verwandt seid«, sagte Flo.

»Mein Taxi kommt in 'ner Dreiviertelstunde.«

Alle sahen ein wenig bedröppelt in die Runde. Gustav knibbelte an der Tischdecke herum, die Lale irgendwo aufgetrieben hatte. Noch ein Fehlschlag. Noch jemand, der viel zu früh ging. Noch ein Sommer, der zu schnell endete.

»Du kannst mich ja mal besuchen«, sagte Chris, und es hörte sich nicht so an, als meinte er es ernst.

Ich hab nur noch ein paar Monate, wollte Gustav sagen, wollte er schreien, Wochen vielleicht, ich kann nicht einfach … du darfst nicht … Aber er grummelte nur eine unverständliche Antwort. Morgen waren sie alle weg, Lale und Chris, und er würde James und Flo beauftragen, sich um die Campinggäste zu kümmern, so dass er seine Ruhe hatte, vor den Gästen und vor ihnen. Das war gut.

»Chris, du bist hier jederzeit willkommen«, sagte James, als gehörte ihm der Campingplatz bereits.

»Ich passe hier doch gar nicht her«, sagte Chris.

So wie sie nie hierhergepasst hat, dachte Gustav. Vergangenheitsformen an der Tafel: *Sie hat einen Brief geschrieben. Sie ist nach Hause geflogen.* Ein für alle Mal.

Das Taxi hupte viel zu früh, und es gab Herzumarmungen und Tränen bei Flo und eine etwas peinliche Verabschiedung von Lale. Gustav brummte: »In Ordnung. Mach's gut.« *(Ich hoffe, wir sehen uns wieder. Es war schön, dich kennenzulernen. Ich wünschte, ich könnte dich auf deiner … eurer Insel besuchen kommen.)* Sie beugten sich beide vor, nur um sich dann doch etwas steif die Hände zu schütteln.

»Vielleicht kommst du nach Berlin noch mal vorbei«, hörte Gustav James sagen. »Wir laufen sicher nicht weg.«

Sie winkten dem Taxi hinterher, und dann saßen sie da und starrten auf ihre Teller, bis Flo, der Bier getrunken hatte, anfing, alberne Kinderwitze zu erzählen, die niemand außer Lale und er besonders lustig fand. Lale flocht Flos Haare zu zwei französischen Zöpfen. (»Ich weiß noch einen: Was sagt eine Schnecke, die auf dem Rücken einer Schildkröte reitet? – Huuuuuiiiii!«, »Oder, oder … Wie nennt man einen Keks unterm Baum? – Ein schattiges Plätzchen!«) Sie ertappten sich alle dabei, zu lächeln, und dann rasselten die Kniffel-Würfel im Becher, und James zählte Würfe zusammen, die gar nicht stimmten, trug *Full House* und *Große Straße* ein, obwohl er gerade mal zwei gleiche Ziffern gehabt hatte oder eine Reihe aus eins, zwei, drei. Sie tranken mehr Bier, gegen das blöde Gefühl im Magen.

Irgendwann würfelte Lale einen Dreier-Kniffel und machte einen Siegestanz, der Gustav an eine Dokumentation über die Ureinwohner Neuseelands denken ließ.

»Wusstest du, dass die Maori auch ihre Zungen tätowieren?«, fragte Flo, als hätte er genau dasselbe gedacht, und Lale streckte ihre Zunge raus.

Sie würfelte noch einen Einser-Kniffel und gewann.

James sagte: »Tja, wie sagt man: Glück im Spiel …«

Und Lale streckte ihm auch die Zunge raus.

Schließlich fing James an, über die energetischen Vorteile von frischer Petersilie zu sprechen, und dann driftete das Gespräch ab zu einer notwendigen spirituellen Reinigung des gesamten Hauses. Flo zog ein Kaninchen unter dem Bettgestell hervor und verabschiedete sich, James ging kurze Zeit später.

Am Ende war nur noch Lale übrig.

Gustav blieb mit ihr auf der Bank sitzen. Sie schauten in den Himmel.

Er wollte irgendetwas sagen, etwas, das ausdrückte, wie viel voller seine Tage mit ihr gewesen waren, die Nachtische, das gemeinsame Schweigen beim Dichtungenverlegen, die beruhigende Anwesenheit von jemandem, mit dem man nicht reden musste, wenn man nicht wollte. Aber er schwieg, wie er immer schwieg. Alles, was er Chris nicht gesagt hatte, konnte er ihr auch nicht sagen. Wenn Lale und Chris erst weg waren, würde auch Flo nicht mehr so oft hier herumhängen, das hatte er schon gemerkt, und James würde er auch noch loswerden, und dann wäre alles wie vorher.

Endlich wieder Ruhe. Und im Herbst dann für immer.

»Weißt du, Paulette hat damals zweimal den Zug verpasst«, hörte er sich sagen.

»Christophes Mutter?«

»Ja.«

»James würde sicher behaupten, das war ein Zeichen.«

Gustav verzog den Mund. »Wir waren einfach ziemlich unpünktlich, damals. Wir beide. Soll ich dich zum Bahnhof fahren?«

Sie lächelte. »Damit ich meinen Zug nicht erwische?«

»Vielleicht.«

Sie wedelten Stechmücken von ihren Armen, lauschten den Grillen und dem furchtbar lauten Igel im Gehölz.

Irgendwann sagte Gustav: »Na, dann.«

Und Lale sagte: »Na, dann.«

Und er stand auf, drückte ihre Schulter, murmelte: »Mach's gut«, blies die Kerzen aus und ging ins Haus.

Das ganze Wohnzimmer war voll von tropfenden Kräuterbüscheln und roch nach warmem Kräutertee, nach Melisse und Pfefferminz.

Im Bad pulte er eine weitere Schmerztablette aus dem Blister, fühlte eine Schwere, die sich über ihn legte, und fragte sich gerade noch, ob das vielleicht die schlechte Energie war, von der James gesprochen hatte, als ihm, während er auf der zweiten Stufe nach oben stand, plötzlich schwarz vor Augen wurde. Er spürte keinen Schmerz, und das Poltern, mit dem er auf dem Boden aufschlug, war auch nur ein weit entferntes, dumpfes Geräusch, er dachte, das war's jetzt, und sein letzter Gedanke galt Paulette auf einem Floß im See, die Beine ins Wasser getaucht, mit nassen Haaren und einem Lachen auf den Lippen, das ihr gesamtes Gesicht ausfüllte.

***

Lale schaute in den Sternenhimmel, der hier so viel schöner war als zu Hause. Zu Hause. Es fühlte sich an wie eine Pflicht, zurückzukehren, ihr blödsinniger Entschluss war verfrüht, genauso vorschnell wie ihre Entscheidung, hierherzufahren. Kurzschlussreaktionen. Sie atmete tief ein und aus und versuchte, das gewohnte Ziehen in ihrem Brustkorb zu ignorieren. Abschiede. Ihr Korsett. Neue Freunde, die sie noch kaum kannte.

Im Haus rumpelte es. Sie blickte auf.

»Gustav?«

Keine Antwort. Lale stand auf und ging ins Haus.

Er lag neben der Treppe, und er war sehr, sehr blass.

Sie funktionierte mehr, als dass sie nachdachte. Er atmete, das war gut, sie sagte ein paarmal seinen Namen, schlug ihm mit der flachen Hand gegen die Wange, und er öffnete die Augen.

»Meine Güte, Gustav«, brachte Lale heraus.

»Es geht schon wieder«, behauptete er, obwohl sich an seiner Stirn eine Beule bildete und seine Haut ganz wächsern wirkte. Sie wuchtete ihn auf die durchgesessene Samtcouch und brachte ihm ein Glas Wasser.

»Kreislauf?«, fragte sie und hoffte, er würde einfach »ja«, sagen, und tatsächlich nickte er.

Warum glaubte sie ihm nicht?

»Wieso kommt Monika ständig zu dir?«, fragte sie.

Er winkte ab.

»Und diese ganzen Schmerztabletten«, sagte sie. »Das sind doch Schmerztabletten, oder?«

»Nicht jetzt«, sagte Gustav. Er klang schwach.

»Und du isst fast gar nichts.«

»Bärlauchpesto ist nicht wirklich mein Ding.«

»Ich meine, immer.«

»Lale, nerv mich nicht.« Er blickte auf und klang scharf, sie konnte den alten Lehrer in ihm hören.

»Ich will nur …«

»Ich brauche einfach meine Ruhe, in Ordnung? Kannst du mich einfach in Ruhe lassen?«

»Ich …«

»Ist schon gut. Ich brauche niemanden, der sich um mich kümmert oder sich Sorgen macht oder …«

»Also gibt es sehr wohl einen Grund, sich Sorgen zu machen?«

Sie fühlte einen Stein in ihrem Magen, der neu war und nichts mit ihrem Bruder zu tun hatte und gleichzeitig alles.

Er seufzte.

Sie wartete.

»Ich hab noch ein paar Monate«, sagte er schließlich. »Wenn's hoch kommt.«

Lale blies Luft aus, von der sie nicht gemerkt hatte, dass sie sie anhielt. Sie nickte ein paarmal.

»Und Chris?«

»Der muss das nicht wissen.« Seine Stimme klang ernst. »Er hat … er hat gerade erst seine Mutter verloren.«

»Und dich gefunden.«

»Und ist eben wieder gefahren.«

Sie kaute auf ihrer Unterlippe. Das Leben war nicht fair. So was von kein bisschen fair.

»Okay«, sagte sie. »Weißt du was: Ich bleibe.«

»Lale, du …«

»Ich weiß, du willst nicht, dass sich jemand kümmert, und ich werde niemandem was verraten … aber … aber … ist es nicht schöner, wenn einfach jemand da ist?«

Gustav sagte nichts.

Lale straffte die Schultern. *El-comandante*-Modus.

»Das war eh alles vorschnell entschieden. Ich muss überhaupt nicht nach Hause.«

Was so halb stimmte, oder auch gar nicht, aber es fühlte sich gut an, das zu sagen. Es fühlte sich zwar auch ein bisschen an wie ein Aufschieben von etwas, was sie wirklich angehen sollte, aber, mein Gott, es war Juni, es war warm, und sie hatte keine Kraft, gegen das Leben anzukämpfen, das immer so unglaublich ungerecht war und Türen schloss, wo sich welche öffneten, und überhaupt, sie hatte es satt, vernünftig zu sein und sich Dingen zu stellen. Und auch wenn er das nicht zugab – Gustav brauchte sie.

Sie machte Gustav ein Bett auf seiner Couch, stellte ihm ein großes Wasserglas auf den Tisch, legte seine Tabletten dazu, dann ging sie zurück in ihren Wohnwagen, quasi ihr *home away from home.* Sie musste Karina Bescheid geben, sich ihren Anschiss abholen (»Ein

Freund braucht dich? Und was bin ich? Etwa keine Freundin!?«) und Mats anrufen, bevor er die elende Postkarte bekam – *bis bald* war jetzt nicht mehr aktuell.

Aber zuerst …

Sie sprang auf, rannte den Weg nach oben, fand die Autoschlüssel auf Gustavs Anrichte im Flur, ließ ratternd den alten Bulli an und fuhr hupend bis neben Flos Zimmerfenster. Er öffnete es ein wenig verschlafen.

»Lale?!«

»Komm schon!«, rief sie. »Wir müssen in die Stadt.«

***

Chris wartete am Bahnhof neben einem Kiosk, der geschlossen hatte. Aus einem Automaten zog er sich einen wässrigen Kaffee.

Der Zug hatte Verspätung, fünfundvierzig Minuten gleich, und Chris gähnte und versuchte, sich auf den kalten, kaputten Wartebänken gemütlich hinzusetzen.

Es war alles überstürzt abgelaufen: Er hatte aus Versehen Monikas Windjacke mitgenommen, und den Brief vergessen. Er wusste nicht mal, wo der war, vielleicht jetzt in Gustavs hinterer Hosentasche. Chris seufzte und fuhr sich durch die Haare. Er zupfte etwas heraus – ein Stück Lavendelblüte, das ihn auf ungute Weise gleichzeitig an zu Hause und an Lale erinnerte. Lale in ihrem Kleid im Beet, mit schmutzigen Händen …

Dann hupte ein Auto. Ein paarmal, mit einer gewissen Dringlichkeit.

Er drehte sich um. Gustavs grüner Bulli auf dem Parkplatz vor dem Bahnhof. Flo daneben, der »Chris!« schrie.

Lale auf dem Fahrersitz, die wie wild auf die Hupe drückte, wieder und wieder.

»Wir holen dich zurück«, sagte Flo, als er zu ihnen ging.

»Wieso?« Chris warf einen Blick zu Lale, die jetzt auch ausstieg. »Ich war nur wegen Gustav hier«, sagte er, und es klang wie ›Wir haben heute keine Hausaufgaben‹.

»Ja, aber …« Flo stockte und sah Lale hilfesuchend an.

»Du kannst nicht einfach gehen«, sagte sie.

»Nicht?« Er klang schnippisch, wie seine Mutter früher manchmal.

Lale schüttelte den Kopf.

»Du fährst doch morgen auch«, sagte Chris und sah Lale mit zusammengekniffenen Augen an. »Du bist doch dann genauso weg.«

»Vielleicht bleibe ich.«

»Ach ja? Warum?«

Sie neigte den Kopf. »Spontane Planänderung.«

»Wegen mir?«, fragte er in einem plötzlichen Anfall von Selbstbewusstsein wie sie vor kurzem und sah ein winziges, schiefes Grinsen um ihre Mundwinkel flackern.

»Gustav«, sagte sie. »Er kann die Hilfe gebrauchen. Beim Renovieren und so.«

»Was genau ist ›und so‹?«

»Steigst du jetzt ein?«

»Also rekrutierst du mich nur als billige Hilfskraft?«

»Bitteeee«, sagte Flo, und Chris blinzelte sich von Lales Blick los. »Bitte bleib.«

»Weißt du, vielleicht hatte es schon einen Grund, warum meine Maman mir nichts erzählt hat«, sagte er, mehr zu sich selbst. »Was mach ich denn hier eigentlich?«

Lale zuckte die Schultern. »Und ich?«

Sie sahen sich an.

»Und ich erst«, sagte Flo. »Ohne euch ist es in diesem Kaff nicht auszuhalten.«

Lale machte ein »Da-hast-du's«-Gesicht und lächelte schief.

»Ihr müsst beide einfach aufhören, wegzuwollen«, sagte Flo. »Wenigstens jetzt noch nicht.«

Der Zug fuhr ein, Bremsen quietschten, und die blecherne Durchsage verkündete Anschlussverbindungen. Chris schaute zurück zu den Gleisen.

Wir freuen uns auf Ihren Besuch.

»Der Sommer fängt doch erst an«, sagte Lale, und es klang wie ein Versprechen.

SECHZEHN

GUSTAV TRÄUMTE von Paulette, vom Floß. Ihre dunkle Haut, auf der das Wasser perlte. Die Algen im trüben See. Die Hitze, der Regen. Nasse Küsse im Wald, an einen Baumstamm gelehnt. Das musste er sich viel öfter gönnen, jetzt, wo alle wieder weg waren: lange im Bett bleiben und tagträumen wie ein verliebter Jüngling. Ein Knattern durchbrach seine Phantasien.

Gustav öffnete die Augen. Sonnenstrahlen, flirrender Staub. Jemand mähte den Rasen im Vorgarten. Paulette in Jeansshorts und Bikini-Top, die den Rasenmäher durch viel zu hohes Gras bugsierte, schob sich in seine Gedanken.

Er hob langsam die Füße aus dem Bett und schlurfte zum Fenster.

Er kniff die Augen zusammen. Chris mähte den Rasen im Vorgarten. Chris, der aussah wie seine tote Mutter.

Gustavs Kopf schmerzte.

Lale kniete in ihrer Latzhose im Beet und jätete Unkraut, oder band Kräuterbündel oder was auch immer. James wuchtete Farbeimer zum Haus und rührte mit einem Stecken darin herum.

Lale, die extra wegen ihm geblieben war, und James, der so optimistisch in irgendeine rosige Zukunft blickte.

Gustav beugte sich aus dem Fenster.

»Chris?«, rief er, räusperte sich, rief noch einmal lauter. Wenn Lale dem irgendetwas erzählt hatte, konnte sie was erleben. Aber so was von.

Christophe schaute zu ihm hoch, stellte den Rasenmäher ab und kam herüber. Er beschirmte seine Augen mit einer Hand.

»Salut!«

»Was machst du denn noch hier?«

»Rasenmähen. Und dann muss ich einen richtigen Kompost anlegen und …«

»Du wolltest nach Berlin. Gestern Abend.«

»Hab's mir anders überlegt.«

»Du meintest, es lohnt sich nicht, das Haus zu …«

»Willst du jetzt meine Hilfe oder willst du sie nicht?«

Gustav runzelte die Stirn.

»Hat Lale was gesagt?«

»Über was?«

Chris sah ihn unschuldig an wie der grüblerische Held in einer südamerikanischen Telenovela.

»Über was?«, wiederholte er.

»Nichts«, sagte Gustav skeptisch und deutete in den Garten. »Der Rhododendron hat Läuse, ich hol dir Schmierseife.«

Er ging nach unten und stapfte in Lales Blumenbeet.

»Hey«, sagte sie.

»Wenn du ihm was verraten hast, dann …«

»Hab ich nicht!«

»Warum ist er dann hier?«

»Hmm … weibliche Überredungskunst?« Sie machte sich die erdigen Hände an ihrer Latzhose sauber.

»Und du bleibst definitiv auch? Du weißt, wegen mir …«

»Ich bleibe.«

»Habt ihr alle kein Leben?«, murrte Gustav.

Vor so viel Aufmerksamkeit floh Gustav zum Arzt, Grünabfälle für den Wertstoffhof im Kofferraum. Der Doktor furchte die Stirn zu drei dicken Falten, was nichts besser machte, und schrieb ihm ein stärkeres Schmerzmittel auf, von dem Gustav schlecht wurde.

Außerdem verordnete der Arzt Ruhe, was mittlerweile ein guter Witz war.

Unten am See dröhnte zumindest kein Rasenmäher. Dort lärmten nur Kinder, die Sommerferien hatten in manchen Bundesländern begonnen. Slacklines hingen zwischen den Bäumen, Sandspielzeug lag herum. Vor ein paar Tagen war eine Gruppe Wünschelrutengänger angekommen, die ständig über den Platz wünschelten und diverse positive Energien wahrzunehmen meinten. Bei den Grillplätzen hatte jemand angefangen, ein Weidentipi zu bauen, vielleicht bereits einer von James' Workshops.

James hatte vor kurzem verkündet, etwas, das er »Land-Art-Workshops« nannte, geben zu wollen, so dass die Campinggäste ab sofort selbst den Platz verschönerten, ohne dass Gustav auch nur einen Finger rühren musste, wie ihm James fröhlich erklärte. (»Outsourcing und Eventmarketing in einem. Ich hab mal einen Wirtschafts-Grundkurs belegt.«) Jetzt schmückten Kunstwerke aus Weidengeflecht den Zaun, und eine Wand des Toilettenhäuschens war mit einem Mosaik aus in der Sonne funkelnden Glasscherben verschönert worden. Nach nur drei Tagen.

Vielleicht, dachte Gustav, könnte James wirklich den Platz übernehmen, wenn … Später.

James hatte vor, den ganzen Sommer zu bleiben. In einem schwachen Moment hatte er Gustav einen Preisnachlass aus dem Ärmel geleiert, dafür wollte er bei kleineren Reparaturen aushelfen. Er war außerdem der Meinung, es sei vorbestimmt, dass er hierhergekommen war.

›Schicksal‹ nannte James das. (»Nein: Monika«, sagte Gustav. »Monika hat dich angerufen, vergessen?«)

Gustav musste fast lachen: all das Leben auf diesem Platz, all die

Leute. Wegen eines Grabes, und auch noch dieses Grabes, welche Ironie des – na ja.

Die Sonnenbrille über den schmerzenden Augen, lag er in einem kleinen Klappliegestuhl am Ufer, döste. Träumte dabei von Paulette und Marillenschnaps, bis es dunkel wurde, und hörte Flo zu, der Lale vormachte, dass er quieken konnte wie ein Meerschweinchen.

Doch die Sonne war zu grell, die Leute am Platz zu laut. Zu viel Trubel und Hitze, und Gustav fühlte sich in den nächsten paar Tagen schwächer als sonst. Chris erschien ihm auffallend zuvorkommend, und er war sich immer noch nicht sicher, ob Lale wirklich die Klappe gehalten hatte. Er hatte keine Kraft für den immer fröhlichen James, der ihm mit Salatblättern aus dem Kaninchengehege zuwinkte und selbst hineinbiss, wie in eine Scheibe Käse, und Mitleid mit den Blattläusen hatte (»Ich meine, entweder es sterben die Läuse oder der Baum, wer bist du, zu entscheiden, wer es sein wird?«). Keine Kraft für Lales besorgte Blicke, die fast an Monikas herankamen.

Gustav blieb auf seiner Couch. Er war vorübergehend ins Erdgeschoss umgezogen, nächtigte auf dem Sofa, mit einer alten, geblümten Decke seiner Tante Agathe. Das Bett hatten sie in den Hof gestellt, wo sie es abschleifen und neu lasieren wollten, und der alte Kleiderschrank stand im Wohnzimmer unter Lales Kräuterbündeln, die von der Decke hingen wie ein umgedrehter, gestrüpplastiger Urwald.

Im ersten Stock hämmerte Chris lautstark an irgendetwas herum. Der Junge war motiviert, das musste man ihm lassen. Nicht nur im Haus, auch im Garten war er mit Feuereifer bei der Sache: Er pflanzte Salbei, Sonnenhut und Rittersporn zwischen die Katzenminze. Weißer und rosa Gartenmohn, blaue Akelei. Am Haus entlang leuchteten orange Kapuzinerkresse und Ringelblumen aus dem von Unkraut befreiten Beet, und neben der Terrasse kletterten weiße Ramblerrosen an einem Spalier das Haus hoch. Der Hof war nur noch schön eingewachsen, nicht mehr dornig und zugewuchert. Jede einzelne Gießkanne seiner Tante neben der Regentonne und der ewig blubbernde Gartenschlauch, in den Chris Löcher gepiekt hatte. (»Die total falsche Zeit zum Einpflanzen, aber wenn man genug wässert, geht das schon …«)

Lale kam mit einem Körbchen Erbeeren herein und sagte, so laut, dass es James draußen hören konnte: »Willst du? Sind aus Spanien, aber psst!«

»Was?!«, rief James von draußen, und sie lachte.

»Nur ein Witz. Ich wollte dein Gesicht sehen. Die sind von Bauer Gehrichs Erdbeerfeld.«

Sie warf sich neben Gustav auf die Couch und zückte einen Kugelschreiber.

»Also los«, sagte sie.

»Was, los?« Sein Kopf schmerzte. Lale angelte nach einem Blatt Papier, das zwischen einem Stapel Bücher steckte.

»Du hast noch, keine Ahnung, ein halbes Jahr, maximal. Was willst du machen?«

»Ach, Lale …«

»Wir renovieren das Haus, aber das war James' Idee, oder? Was willst du?«

James' Idee, ja, aber er mochte die Veränderungen am Haus. Und Paulette hätte es auch gefallen: ihrem gemeinsamen Sohn etwas zu hinterlassen, etwas Hübsches.

»Machst du eine To-do-Liste?«, brummte er.

»Genau. Wie Chris immer.« Sie klopfte mit dem Kuli gegen ihre Schläfe. »Ich warte.«

»Nichts will ich. Meine Ruhe.«

»Ach, Gustav.«

Sie zeichnete Kaninchen auf das Blatt, erstaunlich realistisch, mit winzigen Ohren. Malte ein Seeufer mit Schilf.

Paulette in ihrem roten Bikini mit ihrem Algenkescher im Haar. *Eh, râleur, regarde! Une bombe!*

»Ich würde gern noch mal Floß fahren«, sagte Gustav.

»Und? Was noch?«

»Können das kleine Sachen sein?«

»Na klar.«

Gustav sah zu Lale, die am Stift kaute. Sie kam ihm heute noch jünger vor als sonst.

»Den *Big Lebowski* sollten wir noch mal gucken«, sagte er.

»Ist notiert.«

Lale kritzelte, und Gustav musste lachen. Jeden Abend kniffeln, zählte er auf, und Marillenschnaps brennen, und im Herbst Pilze suchen gehen und an Weihnachten noch einmal Monikas grandiosen Serviettenknödel-Auflauf essen.

Mit Chris nach Réunion fliegen, auf ihre Insel.

»Und wir müssen unbedingt den Teppichboden loswerden. Den hab ich immer gehasst.«

Lale malte große Kreise neben die Stichpunkte und fand einen roten Filzstift in einer Küchenschublade, »zum Abhaken, das ist das Schönste an To-do-Listen, das Abhaken«.

SIEBZEHN

KEINER VON IHNEN erwähnte die Dusche, oder die Rückholaktion vom Bahnhof, oder die Tatsache, dass sie beide ständig betonten, nur wegen Gustav und der Renovierungsarbeiten hier zu sein.

Chris grub den Garten um, pflanzte Stauden rund um Gustavs Haus, Clematis, helle Stockrosen, Sonnenblumen, Dahlien, wässerte Pflanztröge, säte optimistisch noch Blutweiderich und Schafgarbe entlang des Zauns am Campingplatz, schüttete den Kiesweg auf. Lavendelbüsche rings um die Kneipe und das Toilettenhäuschen. Er bewunderte die neuen Tickets fürs Museum, die Lale gestaltet und Flo ausgedruckt hatte und auf denen der kartoffelige Tontorso aus dem Grab zu sehen war. Rainer verkaufte diese Tickets an jeden, der nicht schnell genug weg war. (»8,50 inklusive Kaltgetränk Ihrer Wahl … nur drei Dörfer weiter!«) Chris fuhr mit Flo ins Museum, wo die komischen Ringe und Figuren und Zauberstäbe in den finsteren Räumen hinter dicken Glasscheiben neben dem anderen Ramsch ausgestellt waren, bewundert von vielen echten Touristen, wie Rainer und der hängegesichtige Herr Stockinger nicht müde wurden, ausdrücklich zu erwähnen.

Sie strichen die Balken der Terrasse und die Fensterläden und die alte, abblätternde Haustür und sogar Flos Kaninchenställe. Überhaupt wurde sehr viel gepinselt: Auch das Toilettenhäuschen bekam einen neuen Anstrich, und die hässlichen braunen Fliesen wurden dunkel-, die Türen hellblau. Monika spendierte ein paar Spiegel, die sie selbst aussortiert hatte, die – ganz unterschiedlich – rund, eckig, mit Rahmen oder ohne, über die Waschbecken gehängt wurden. Aus den alten bauten sie ein Mosaik im Garten, eine Betonskulptur, die die Sonne reflektierte. Zertrümmerten die Spiegel mit einem Hammer, obwohl James schrie: »Sieben Jahre Pech, sieben Jahre Pech!« Aber Monika lachte nur, und Lale sagte: »Wir machen doch was Besseres draus, das kann kein Unglück bedeuten.«

Das Gerümpel brachten sie zum Wertstoffhof, endlose Fahrten über kurvige Landstraßen, durch Maisfelder, mannshoch und scharfkantig, einen Arm aus dem glühenden Auto gehängt, die Luft warm wie ein Föhn, Lales verwehte Haare, Strähnen flatternd im Wind, und Chris' Lippen von der trockenen Luft ausgedörrt. Der ratternde Motor von Gustavs altem Bulli und im Dorf Damen mit breiten Sonnenhüten und Lale, die lachte, mit einer hässlichen, ausgeblichenen Kappe von Gustav, das Logo irgendeines Nationalparks vorne drauf.

Wie lange bleibst du?

Doch nicht etwa wegen mir?

Flo brachte I-Ah bei, sich totzustellen und erweckte ihn dann zum Erstaunen der Campinggäste durch Handauflegen wieder, was James geschmacklos fand, aber die Hippies meistens der Energie des Hexengrabes zuschrieben, so dass Flo sich köstlich amüsierte.

Sie benutzten Flo als Puffer, gegen peinliches Schweigen oder unangenehme Spannungen. Flo, der ständig bei ihnen war, direkt nach den Hausaufgaben auftauchte, mit seiner kindlichen Art und seinen blonden Flusen und seiner Stupsnase. Lale und er erzählten sich dauernd gegenseitig blöde Witze und kicherten albern.

»Ey, Flo«, sagte Chris irgendwann, als sie in der Mittagssonne schwitzend Moos von den Wohnwagen schrubbten, »wieso hängst du eigentlich immer mit uns rum?«

Flo auf dem Dach des Wohnwagens pustete seine Haare nach hinten. »Wieso nicht. Ich mag alte Menschen.«

»Oh!«, machte Lale und warf ihren schmutzigen Putzlappen nach ihm. Flo duckte sich weg.

»Ich gehe davon aus, dass du James und Gustav gemeint hast.«

»Meine Mutter sagt, ich soll mehr unter Gleichaltrige gehen.«

»Das sind wir ja fast«, behauptete Lale und grinste Chris zu, sehr kurz, aber da war es: ein bezauberndes, halbes Grinsen.

»Aber ich mag die Leute aus meiner Stufe nicht. Die sind kindisch und unreif.«

»Oha«, sagte Lale. »Gut für uns, Chris, dass wir so erwachsen und reif sind. Flo, hol den Senioren doch mal eine kalte Cola, mein Kreislauf ist auch nicht mehr, was er mal war.«

»Ich hab gehört, bei alten Menschen wirkt Duschen sehr anregend auf die … Durchblutung«, sagte Chris, bevor er sich davon abhalten konnte.

Lale hob die Augenbrauen und bespritzte sie beide mit Farbe von ihrem Pinsel, mit der sie die Wohnwagen streichen wollten und die sie gerade umrührte. Und später, irgendwann abends, als die Sonne unterging und sie ihre arbeitsmüden Beine in den See baumeln ließen, zupfte sie Chris ein wenig Farbe aus den Haaren, einfach so, als sei es das Normalste von der Welt.

Die Abende verbrachten sie erschöpft, aber zufrieden auf Gustavs Terrasse, die sie zuerst verschönert hatten: eine Lichterkette über die Markise und Lampions um die morschen Balken, Zitronenkerzen gegen Stechmücken, und eine Hängematte zwischen die Birken, in der James Gitarre spielte.

Sie tranken blass lilafarbene Heidelbeermilkshakes und prosteten sich mit Trinksprüchen zu. »May you be in heaven for half an hour before the devil knows you're dead!«, sagte Gustav, und Chris sagte, frei übersetzt: »Wir sind nicht hier, um Eiswürfel zu lutschen«, und Gustav lachte: »Das hat sie immer gesagt. Deine Mutter. Stimmt's?«

Chris nickte, lächelte und dachte an ihre zuckrigen Aperitifs: Rhum Arrangé mit After Eight.

James schaute in die Runde und sagte: »Some ships are wood ships, but wood ships can sink. The best ships are friendships, and to those ships we drink.«

Chris war sich nicht ganz sicher, aber vielleicht glitzerten Gustavs Augen ein bisschen, und Lale, die es auch bemerkt haben musste, drückte seinen Arm und küsste ihn auf die Wange, und Flo, der nicht nur Milkshakes getrunken hatte, lallte: »Was für Chips?«

Lale war braun geworden, mit winzigen Sprossen auf ihrer Nase, und während sie in einem von James' Workshops alte Bettlaken als Banner für die Fahnenmasten am Eingang bemalten, lächelte sie Chris zu, kurz nur, und er hatte ein dümmliches Grinsen auf den Lippen, und für einen Moment war alles gut. Sie alle vergaßen, welcher Wochentag es war, und keine ihrer Uhren ging richtig, wie Lale irgendwann feststellte. Sie waren irgendwie aus der Zeit gefallen, dachte Chris, und jeder Tag fühlte sich an wie ein ganzer Sommer.

***

In all der Aufregung um Gustav (und vielleicht auch wegen Chris und seiner Segelohren und den Heidelbeermilkshakes und überhaupt) hatte Lale die Postkarte vergessen.

»Gabi«, sagte sie. »Ist die Post schon weg? Du weißt schon, die Karte, du hattest neulich keine Briefmarken …«

»Die Post für diese Woche hab ich gestern mit in die Stadt genommen«, sagte Gabriele, die Zigarette im Mundwinkel.

»Scheiße.«

Der Bulli war weg, Gustav und Chris brachten irgendwelches Gerümpel zum Müll, aber im Hof fand sie ein Fahrrad, eingeklemmt zwischen Hauswand und dem alten, hässlichen Bettgestell, zerrte es hervor und befand es für gut: Einmal mit dem Gartenschlauch drübergespritzt und die Reifen aufgepumpt, und es war wie neu, ein rotes, etwas rostiges Hollandrad mit tiefem Einstieg, einem Gepäckträger hinten und einem runden Lenker mit Korb vorne dran. Sie atmete ein paarmal tief durch, bevor sie aufstieg, die Beine ein wenig zittrig, Bilder im Kopf: Lukas' verdammtes Mountainbike, Regen, der rutschige Pfad. Sie war seither auf kein Fahrrad gestiegen, und sie fuhr langsam, immer am See entlang, rechts neben ihr das glitzernde Wasser und links raschelnder Weizen. Wind, der die Gräser am Wegrand tanzen ließ und ihr die Haare, die sich vorne aus ihrem Zopf lösten, aus dem Gesicht peitschte, Gegenwind, immer hatte man Gegenwind. Das Rad hatte nur einen Gang und holperte über den steinigen Feldweg, sie fuhr einhändig, ließ eine Hand ausgestreckt über die Halme am Wegrand gleiten. Vergaß ihre Angst.

Sie brauchte eineinhalb Stunden in die Stadt, und beim Postamt konnte ihr niemand helfen. Also lungerte sie neben dem Briefkasten herum, Abholzeit um 11 und 17 Uhr, und um kurz vor fünf kam jemand und nahm vier Briefe und eine Postkarte heraus, die nicht ihre war.

Verdammt.

Sie kaufte sich ein belegtes Brötchen, aß es und telefonierte zum ersten Mal seit Wochen mit der Außenwelt, versuchte einer aufgebrachten Karina zu erklären, warum sie noch nicht nach Hause kommen konnte. *Nach Hause.*

Sie schaffte es nicht, Mats anzurufen. Sie tippte drei Nachrichten an ihn, die sie immer wieder löschte.

Und fühlte, wie sich ihr Korsett lockerte, als sie zurück zum Campingplatz radelte, wieder raus aus der echten Welt. Der Tag roch noch immer nach Hitze, nach abgekühlter, warmer Erde unter ihr, nach Lagerfeuern, die in der Dämmerung angezündet wurden.

Kurz vor dem Campingplatz bog sie ab in Richtung Wald, wollte noch nicht zurück zu den giggelnden Alten, zu Christophe, der sie so verwirrt ansah, mit seinen erdigen Händen und seinen verwuschelten Haaren. Sie trat heftiger in die Pedale.

Im Wald war es schon viel dunkler, die Bäume warfen Schatten, und einzelne, schräg stehende Lichtstrahlen fielen durchs Geäst. Den Berg hoch keuchte sie auf ihrem ganglosen Klotz von einem Fahrrad. Ein Aussichtspunkt, ein gewundener Pfad über federnden Boden. Sie ließ das Fahrrad liegen. Oben gab es einen großen Stein, und dort saß jemand im Schneidersitz. Rotblondes Haar, violette Pluderhose.

James hatte sie schon gesehen und winkte.

»Lalita!«, rief er. »Ich meditiere ein bisschen in der Natur.«

Sie kletterte zu ihm auf den Felsen. »Ich wollte dich nicht stören.«

»Tust du nicht.«

Sie betrachtete den Ausblick: Felder, der See, ein paar Häuser in der Ferne. Nichts Spektakuläres, aber sehr hübsch im Sonnenuntergang. Orangerote Wolken und ein Hellblau, das langsam dunkler wurde. Lale zog die Beine an.

»Schön hier«, sagte sie schließlich.

James nickte. »Ich bin froh, dass Monika mich angerufen hat. Das kam gerade richtig. Als hätte eine höhere, schlauere Macht mich aus Galway hergeschickt.«

»Hat sie dir erzählt, warum sie dich angerufen hat?«

»Sie hat angedeutet, dass er … Hilfe brauchen könnte. Und einen Freund.«

»Also weißt du es?«

»Ich hab seine Medikamente gesehen. All die Rezepte im Handschuhfach. Und jeden Tag kommt Moni und … Na ja.«

Sie sahen sich einen Moment an. Lale knibbelte an ihrem Daumennagel herum.

»Und da glaubst du an höhere Mächte?«

Er legte sich eine Hand auf die Brust und atmete tief ein. »Man spürt es doch, oder? Die … Erhabenheit der Natur. Die Anwesenheit von was Größerem. So viel Schönheit, so viel …«

»Nein«, sagte Lale, ihre Stimme schärfer als beabsichtigt. »Es gibt keinen Gott oder irgendein höheres Wesen, James. Es gibt nur uns kleine, dumme Menschen und noch kleinere, dümmere Zufälle.«

James schüttelte den Kopf, leise lächelnd. Sie wollte nicht, dass er lächelte. Sie wollte nicht, dass er daran glaubte, dass es das Schicksal gab oder irgendeine gütige, allmächtige Kreatur.

»Mein Bruder ist letztes Jahr gestorben«, sagte sie, es rutschte einfach so heraus, weil er so blöd lächelte und Quatsch erzählte. »Mit 31. Also, sorry, aber ich glaube nicht an Güte oder so was. Oder an Schicksal. Wenn es Schicksal gibt, dann ist es ein Arschloch.« Deshalb sagte man doch Schicksalsschlag, dachte sie. Weil es das war, was das Schicksal tat: Schläge verteilen.

»Life's a bitch, hm?«, sagte James und legte ihr eine warme Hand auf den Unterarm.

Lale schnaubte. »Kannst du laut sagen.« Sie klang bitter. Sie hörte es selbst, aber die Worte waren einfach aus ihr herausgesprudelt, als hätten sie es eilig gehabt, schnell wegzukommen, bevor sie wieder runtergeschluckt und ignoriert werden würden.

»Die Kunst ist, die Schönheit dazwischen zu sehen«, sagte James. »Zwischen der … Bitchigkeit.«

Lale wandte den Kopf ab und legte ihn in den Nacken. Der Himmel war jetzt tiefblau, nur ein Streifen weiter hinten am Horizont noch hell. Sterne erschienen wie eingeschaltet, sie waren blass. Ein Flugzeug blinkte vorbei. Um sie herum raschelten die Blätter der Bäume im Wind, und über den See fuhr ein Boot: ein kleines Licht, das über eine schon jetzt nachtschwarze Fläche schaukelte.

»Wieso kann das Leben nicht einfach einfach sein?« sagte sie und deutete um sich. »So … wie das hier.«

»Tja, wie war das mit der Schachtel Pralinen?«

»Man weiß nie, was man bekommt?«

Lukas und sie auf dem Sofa ihrer Oma, baumelnde Füße, eine Packung Schokokonfekt, *passend zum Film, Kinder.* Und Lukas, maulend: *Ich will aber Popcorn.*

»Genau.«

»Mein Bruder hat meiner Oma mal eine ganze Box Nougatpralinen auf ihr Sofa gespuckt«, sagte sie. »Aus Protest. Er hat alle in den Mund gesteckt, gekaut und dann …« Sie streckte die Zunge raus.

»Wie alt war er da?«

»So fünf, vielleicht.«

Lale spürte, dass ihr Tränen in die Augen stiegen. Ein Käuzchen schuhute im Wald hinter ihnen.

»Das würd ich auch gern manchmal machen«, sagte sie leise. »So, mit dem Leben, mein ich. Das, was man kriegt, einfach …« Wieder deutete sie ein Speien an »… weg.«

James drückte ihren Arm.

»Mach doch«, sagte er, stand auf und spuckte auf den dunklen Waldboden.

»Ist nicht so leicht«, sagte sie, spuckte aber James zuliebe auch einmal kraftlos in die Finsternis.

»Mach richtig«, sagte James.

Lale stand auf und klopfte auf ihre Oberschenkel.

»Wir finden nie wieder durch den Wald zurück, wenn wir noch lange hier sitzen«, sagte sie. »Es wird stockdunkel.«

»Auch 'ne schöne Metapher, oder?«, fragte James. »Für die verlorenen Seelen …«

»Du bist eine verlorene Seele?« Sie sah ihn mit großen Augen an.

Er wiegte den Kopf hin und her. »Manchmal. Nicht immer. Immer weniger, wenn ich ehrlich bin.«

Lale betrachtete den Großen Wagen, der am Firmament aufgetaucht war. Das einzige Sternbild, das sie wirklich kannte. »Komm, gehen wir.«

»Bevor noch Wildschweine auftauchen.«

»Wildschweine?«

»Die kann ich echt nicht leiden.«

Lale lachte. Sie kraxelten den Felsen hinunter, tasteten sich mehr den Weg entlang, als dass sie gingen.

Sie wackelten ziemlich, als Lale versuchte, mit James auf dem Gepäckträger auf dem sowieso schon wahnsinnig schweren Fahrrad loszufahren. Früher war immer sie es gewesen auf dem Gepäckträger, die Beine ausgestreckt, den Kopf gegen Lukas' Rücken gelehnt.

»Ich kann das, ich kann das«, sagte Lale, als James das Fahren übernehmen wollte. Sie eierten ein wenig gefährlich auf dem Feldweg herum, aber dann funktionierte es. Lale spürte James' Hände um ihre Taille und den lauen Fahrtwind im Gesicht. Sie spürte die Anstrengung vom Treten und hörte die Grillen zirpen. Die Luft schmeckte nach Sommer und Staub vom Weg. Das war etwas, womit er recht hatte. Manche Momente waren so schön, dass sie es wert waren, sich an sie zu erinnern. Egal, wie schrecklich vieles andere war. Egal, wie verwirrend die ganze Situation war. Egal, wer gestorben war. Lukas hätte das gefallen. Zwei Leute auf einem roten Fahrrad, ein funzeliges Licht zwischen zwei Feldern.

»Wenn du mich nicht hier getroffen hättest, müsste ich jetzt im Finstern hier herumirren, verfolgt von Wildschweinen.«

»Schicksal«, sagte sie. »Bestimmt.«

»Oder, wenn dir das lieber ist: eine Aneinanderreihung schöner Zufälle.«

ACHTZEHN

IN DEN NÄCHSTEN TAGEN reparierten Chris und Lale das alte Floß, mit dem schon Paulette damals über den See gepaddelt war, schrubbten die veralgten Plastikkanister und tauschten morsche Bretter aus, schleppten das Ungetüm zum See, wo es im Wasser dümpelte und auf seine frisch renovierte Jungfernfahrt wartete. Sie packten Picknick und Getränke für ein spätes Abendessen auf der Insel und quetschten sich zu fünft auf die glitschigen Bretter – nichts als Plastikfässer, Europaletten, zusammengebundene Stämme, wackelig auf dem dunkel daliegenden Wasser.

Lale saß neben Flo; sie ließen die Füße ins Wasser baumeln und wurden nass von tropfenden Paddeln und spritzendem Wasser. James und Chris taten sich schwer mit Rudern, das Boot drehte sich ein paarmal. Gustav entkorkte die erste Rotweinflasche aus seiner Plastiktüte, prostete ihnen zu und rief: »Auf uns!«

Sie waren alle schon leicht beschwipst, als sie am Ufer der kleinen Insel anlegten. James drapierte Kerzen auf einem Felsen, der ins Wasser ragte, und auf dem winzigen Strand.

Chris verteilte Tupperdosen mit belegten Broten, und Gustav klaubte aus einer Tüte etwas, das aussah wie ein eingeschweißter Fertigkuchen, und drei Bierdosen. Chris stand noch immer knietief neben dem Floß im Wasser, James hockte im Schneidersitz auf dem Felsen. An dem schmalen Streifen Strand hatten sie gar nicht alle Platz.

Sie aßen ihre Brote, sie schnitten den Kuchen an, sie tranken auf den Sommer und das uralte Floß. (»Das war damals eine Heidenarbeit«, sagte Gustav, »aber jeden verdammten Holzsplitter wert.«)

Die Kerzen tauchten alles um sie herum in weiches, warm flackerndes Licht. Sie machten Selfies mit Flos Handy, die überbelichtet waren: nichts als lachende, weiße Gesichter mit roten Augen und in die Kamera gehaltene Bierdosen. Der Wind frischte auf, und ein Rauschen zog durch die Bäumchen hinter ihnen. Die Wasseroberfläche kräuselte sich.

Irgendwann saß Chris neben Lale.

Seine nassen, kalten Unterschenkel, seine Oberarme streiften ihre. Bevor sie wusste, was sie tat, fuhr sie mit den Fingerspitzen über seinen Arm. »Dein Einhorn-Tattoo ist ja weg«, sagte sie.

Er räusperte sich. Sie zog die Hand zurück.

»Ich war zu viel im Wasser«, sagte er. »Alles weggewaschen.«

»Gib uns mal bitte die Rotweinflasche da!«, rief James, und Lale reichte sie hinüber. Gustav öffnete sie mit einem Ploppen, und Flo johlte. Die drei sangen *Don't Stop Believin'* mit jeweils unterschiedlichem Text und stritten darüber, ob es *hold on to the feeling* oder *to that freedom* hieß.

Chris malte mit dem Zeigefinger etwas in den Sand, verrieb es, malte es wieder hin, Lale beugte sich vor, um zu sehen, was es war – ein L –, bevor er es schnell wegwischte. Sie lehnte den Kopf gegen seine Schulter. Eine Weile saßen sie da und lauschten dem Gesang der anderen. Lale stocherte in einer Kerze herum und formte kleine Kugeln aus Wachs, das sich um ihre Fingerkuppen legte. Mücken surrten neben ihren Ohren.

Flo mischte Orangensaft und Wodka. Lale reichte die Flasche weiter und überließ es Flo, Gustav und James, sich wegzuballern.

»Chris, darf ich dich mal besuchen, wenn du wieder daheim bist? In den großen Ferien?«, fragte Flo. Er lallte schon ein bisschen.

»Klar.«

»Kann man da auch surfen? Ich würde zu gern surfen lernen.«

»Kann man«, sagte Chris. »Aber es gibt Haie.«

»Meine Mutter würde mich umbringen, wenn sie wüsste, dass ich irgendwo surfen gehe, wo es Haie gibt«, sagte Flo. »Oder überhaupt surfen gehe. So von wegen, na ja … Gleichgewicht.«

»Die würde dich schon umbringen, wenn sie wüsste, dass du dich nachts auf einer Insel betrinkst«, sagte Lale. »Ohne deine Krücken!«

»Allein das Floß hätte gereicht«, sagte Gustav. »So gefährlich.«

»Vor allem, weil ich nicht schwimmen kann«, sagte Flo.

»Machen die nicht«, sagte James träge. »Mütter. Hab ich dir schon mal –«

»Wie, du kannst nicht schwimmen?«, unterbrach Lale. »Wir fahren auf einem Haufen Bretter über den See, und du kannst nicht schwimmen?«

Flo zog die Nasenflügel hoch. »Ups.«

»Es ist schön da«, sagte Gustav. »Auf Réunion. Ich war mal da.«

»Was?« Chris blickte ein bisschen zu schnell auf.

Gustav schaute in seine Bierdose. »Ich war da und wollte deiner Mutter sagen, was ich für ein Idiot war. Wollte sie überraschen.«

Chris starrte ihn an. Lale spürte, wie sich die Muskeln in seinem ganzen Körper anspannten.

»Hab dich gesehen, Junge. Du bist auf so einer Steppdecke im Garten rumgerobbt. Und ein Mann hat mit dir gespielt. Dein Vater, hab ich mir gedacht. Er sah nett aus. Und deine Mutter glücklich. Also bin ich wieder gefahren.« Er zuckte die Schultern. »Dachte mir, wer zu spät kommt …« Er nickte langsam in der Dunkelheit. »War dann ein paar Monate auf Madagaskar.«

Lale hätte ihn gerne gedrückt. Oder Chris. Oder sie beide.

»Krass«, sagte Flo.

»Da hat er mich getroffen«, lallte James, der anscheinend zu betrunken war, um den Vater-Sohn-Moment zu erkennen.

»Aber …«, sagte Chris. »… hat sie das gewusst?«

Gustav schüttelte den Kopf.

Chris knetete seine Finger. Dann krabbelte er über den Strand hinüber zu Gustav, streckte die Arme aus und umarmte seinen Vater. Als sie sich wieder losließen, räusperten sich beide eine Zeitlang.

Lale lächelte.

»Mehr Alkohol!«, rief James und fing an, eine Melodie zu summen, die sich anhörte wie *Rocking Around the Christmas Tree.*

Chris nahm einen Schluck aus seiner Bierdose. »Ich geh mal … die Insel erkunden«, sagte er und stand auf. Flo rutschte vom Fels. »Ich komm mit!«

»Das war ein höflicher Ausdruck dafür, dass ich pinkeln gehe«, sagte Christophe, kraxelte den Hang hinauf und verschwand zwischen den Bäumen. Lale sah ihm nach. Sie dachte daran, was Lukas einmal zu ihr gesagt hatte: Die Welt ist größer, wenn man offen ist. Und er war immer offen gewesen, allem und jedem gegenüber, hatte die Welt hereingelassen und nie Angst gehabt. Sie dagegen hatte sich an alles geklammert, was Sicherheit gab. Vermutlich tat sie das immer noch, selbst wenn sie mit einem klapprigen Floß auf eine winzige Insel fuhr, die genauso gut der Buckel eines Seeungeheuers sein könnte, der aus dem Wasser ragte.

Gustav kletterte zu Flo auf den Felsen, die nackten Beine ins Wasser vor ihm gehängt. Der Mond kam hell und fast voll hinter einer vom Wind getriebenen Wolke hervor und tauchte alles in kaltes, blaues Licht.

James setzte sich zu Lale.

»Denkst du, deinem Bruder würde es hier gefallen?«, fragte er, als hätte er ihre Gedanken gelesen. (Ein bisschen gruselig, dachte sie, oder vielleicht nur extrem einfühlsam.) Sie schaute vom Wasser auf.

»Sehr. Das Bier, der Strand, das Floß. Du, vermutlich. Du hättest ihm echt gefallen.«

James lachte.

»Er würde von diesem Felsen da springen und behaupten, das Wasser wäre tief genug, und natürlich würde ihm nichts passieren, jedenfalls nichts Schlimmes.«

Nicht dieses Mal. Eine kopflose Aktion mehr oder weniger, es war ihm egal gewesen. *Komm mit, komm mit, komm mit, lass diesen Langweiler langweilig sein und sei einmal spontan. Geh mit mir raus und hab ein bisschen Spaß. Leb ein bisschen.* Leben, das war für Lukas immer Adrenalin gewesen. Hauptsache ein kleines bisschen zu hoch, oder zu tief, oder zu weit, Hauptsache, ein kleines bisschen gefährlich.

Lale merkte, dass ihr etwas Nasses über die Wangen lief.

»Meine Oma hat uns früher immer dieses dämliche Kinderlied vorgesungen … *Lalelu, nur der Mann im Mond schaut zu …* Weißt du? Wir dachten, es ist extra für uns. Lalelu, das waren wir. Wir gemeinsam. Uns gab es gar nicht einzeln.«

James streichelte ihr über den Rücken.

»Ich habe Angst, ihn zu vergessen«, sagte sie.

»Wirst du nicht.«

Lale sah ihn an. »Doch. Natürlich. Notgedrungen. Weil das Gehirn so funktioniert. Man vergisst. Wenn man sich das zweite Mal erinnert, ist das nur noch eine Erinnerung an die Erinnerung und danach eine Erinnerung an die Erinnerung der Erinnerung und dann …«

Sie schniefte. Flo summte noch immer, und der Wind peitschte die Wolken jetzt geradezu über den Himmel. Gehetzte kleine Schäfchen, zu agil zum Einschlafen, zu schnell, um sie zu zählen.

»Du weißt, er ist da drin«, sagte James und klopfte mit einem Finger auf Lales Brust. »Bei dir.«

Lale wischte sich über die Nase. »Das ist ein bisschen was anderes. Und außerdem noch extrem kitschig.«

James drückte ihren Arm.

»Jemand sollte Chris suchen«, rief Gustav von seinem Felsen aus. »Er ist schon ewig weg, und es ist stockdunkel hier. Nicht dass er irgendwo runtergefallen ist.«

»Na los«, sagte James und stieß sie an.

***

Chris stand im Wald auf der anderen Seite der Insel. Die betrunkenen Stimmen der anderen wehten zu ihm herüber, das Rauschen des Windes durch die Blätter, ein Wispern, knackende Äste unter seinen Füßen.

Er hörte Lale seinen Namen rufen, leise. Ihre Stimme im Dickicht, sie selbst: schemenhaft.

»Hier bist du.«

Sie sah blass aus im Mondlicht, er schob sie ein Stück weiter. Seine Hand auf ihrem Rücken. Er spürte ihre Rippen. Gestrüpp zerkratzte seine Beine.

»Hier ist die Insel schon wieder aus«, sagte er, und sie traten aus dem Wald hinaus auf einen etwas größeren Kiesstrand.

»Die andere Seite der Welt«, sagte Lale. Sie blickten über den See, der jetzt voller kleiner, flacher Wellen war, die gegen das Ufer klatschten. Der Wind verwehte Lales Haar, und sie schüttelte den Kopf. Widerspenstiges Haar, dachte er und hätte es ihr am liebsten aus dem Gesicht gestrichen.

»Sind da … noch mehr Inseln?«, fragte sie.

Sie deutete auf irgendetwas Dunkles, gegen das die Wellen schwappten, sich brachen.

»Wellen gegen Wellen, denke ich.«

Er rieb seine Hand auf Lales Rücken hin und her, fast unbewusst, einfach so. Sie schien zu frösteln, er wollte sie wärmen. Sie trat einen Schritt nach vorne, weg von seiner Hand, er ließ sie sinken. Lale deutete ans andere Ufer, wo Blitze zuckten.

»Da drüben gibt's Wetterleuchten.«

Eine Weile standen sie da und schauten den Blitzen zu, die ihre verästelten Strahlen über den Himmel streckten. Die Luft schien elektrisch geladen, und der Wind war jetzt so stark, dass die Bäume hinter ihnen sich bogen und das Rascheln lauter wurde. Chris schaute in den Wald. Ein rotes Flackern, ein Schatten, ein vages Gefühl von Wärme und Geborgenheit, der Geruch nach Pfefferminze und Schokolade. Wie eine Welle, die sich über ihn ergoss, etwas, das plötzlich da war.

Lale, die die Arme um sich geschlungen hatte, stupste ihn an.

»Was ist?«

»Nichts …« Er fuhr sich über den Kopf. »Es ist albern. Ich habe manchmal das Gefühl, ich kann meine Mutter sehen.« Er lachte etwas verlegen.

Lale schaute ebenfalls in den Wald.

»Schatten, die alles sein können«, flüsterte sie.

»Ja«, sagte Christophe.

»Mein Bruder und ich … haben sie überall gesehen. Schattenmonster. Nicht dass deine Mutter ein Monster ist …« Sie versuchte ein Grinsen.

»Sie hätte daran geglaubt«, sagte er, »an diese Schatten, die keine Schatten sind. An Geister und so was.«

Die Blitze schienen jetzt näher, und in der Ferne grollte Donner. Kein Wetterleuchten. Sie sollten hier weg, bevor es zu spät und das Gewitter direkt über ihnen war. Aber Chris rührte sich nicht. Er sah Lale an. Ihre Augen waren dunkel und schwer.

»Wieso bist du hier?«, fragte er heiser.

»Ich hab dich gesucht.«

»Nein, ich meine, im Dorf.« Ohne es wirklich zu merken, trat er einen Schritt auf sie zu.

»Nicht jetzt«, sagte sie. »Okay? Nicht jetzt …«

Sie stand so dicht vor ihm, dass er ihren Atem auf seinem Gesicht spüren konnte. Er nickte, fuhr sich durch die Haare, ging ein bisschen hin und her. Sie stand noch immer still, als wäre jegliche Energie von ihr in ihn übergegangen, als wäre sie zum Bersten gespannt.

»Weißt du …«, sagte er.

»Sch.«

Sie war so nah, so nah.

»Ich … ich bin schon in dich verliebt, seit ich dich das erste Mal gesehen habe«, sagte er, bevor er sich davon abhalten konnte.

Sie hatte eine Schramme über der rechten Augenbraue, vermutlich vom Gestrüpp auf der Insel. Er wollte die Hand ausstrecken und darüberstreichen. Er tat es einfach. Sie legte ihre Hand auf seine Wange und eine auf seine Brust. Sie musste sein Herz schlagen spüren. Er wollte wissen, ob ihres genauso schnell schlug, rührte sich aber nicht. Sie leckte sich über die Lippen, unwillkürlich. Es wirkte, als hätte sie gar nichts damit zu tun. Christophe schluckte.

Er spürte wieder ihren Atem auf seinem Gesicht. Sie neigte den Kopf, und dann durchdrang ein schriller Schrei die Nacht. Beide zuckten zusammen und fuhren auseinander.

»Was …?«, sagte Lale und rannte in Richtung Wald. Ein Fluchen kam vom anderen Ende der Insel, eine alte Männerstimme.

»Gustav!«, rief Lale und stolperte vorwärts durch die Bäume. Chris folgte ihr. Gestrüpp stach in seine Arme, streifte dornig sein Gesicht. Der Wald kam ihm dunkler vor als noch vor ein paar Minuten. Flo rief mit kreischender Stimme ihre Namen, und sie hasteten weiter. Chris sah Flo und James, wie sie sich über Gustav beugten, der am Boden lag. Lale stürzte zu ihm.

»Bist du … was ist passiert? Was … Ist es dein Bein? Er … Gustav?!«

Er stöhnte. »Knöchel«, sagte er. »Es ist nur mein Scheißknöchel.«

»Er ist einfach vom Felsen gerutscht«, sagte Flo. »Er ist einfach … er ist ganz nass.«

»Ich bin weggerutscht«, sagte Gustav. »Es ist glitschig hier.«

Gustav lag halb im Wasser, Chris packte ihn und zerrte ihn an den Strand.

»Krankenhaus«, sagte Lale. »Gott, wir müssen … an Land.«

Es donnerte. »Jesses«, lallte James. »Da kommt auch noch ein Gewitter.«

»Mir geht's gut«, sagte Gustav. »Ich bin nur gestolpert. Ich muss nicht ins Krankenhaus.«

Wetterleuchten, Donner in der Ferne.

»Boot holen«, sagte James, der völlig weggetreten wirkte, und wankte zum Floß. »Wo sind meine Schuhe? Meine Schuhe sind weg!«

Flo fing an zu lachen und hörte nicht mehr auf.

»Die sind total breit«, sagte Lale zu Chris.

Chris fluchte auf Französisch und fing an, das Floß ins Wasser zu schleifen und James davon abzuhalten, in den Wald zu rennen, um seine Schuhe zu suchen.

Lale versuchte, Gustavs Arm um ihre Schulter zu legen. »Stütz dich auf mich.«

»Ich mach schon«, sagte Chris und packte den anderen Arm seines Vaters. Er erschrak, wie schwer sich Gustav gegen ihn sinken ließ. Der Alte sagte immer wieder: »… geht mir gut.«

Sie schleiften ihn gemeinsam auf die rutschigen Planken, schoben James, der seine Schuhe gefunden hatte, und Flo hinterher und das Floß ins Wasser.

Sie hatten ungefähr die Hälfte der Strecke geschafft, als der Wind auffrischte. Die Wolken ballten sich bedrohlich, der Mond und die Sterne wurden von treibenden Wolkenfetzen verdeckt.

»Da braut sich richtig was zusammen«, sagte James mit Blick in den Himmel.

»Gut, dass wir mitten auf dem Wasser sind«, sagte Chris. Lale und er paddelten, was das Zeug hielt. Das kleine Floß wurde von den Wellen durchgeschüttelt, sank auf und nieder, was das Paddeln wirklich mühselig machte. James fing an, mit dem Universum zu sprechen.

Gustav sah blass aus und biss die Zähne zusammen, und Lale sagte immer wieder: »Ist nicht mehr weit!«

Als sie endlich den Steg erreichten, war Christophe völlig verschwitzt, und seine Muskeln schmerzten vor Anstrengung. Er sah, dass Lale zitterte. Beim Absteigen machte James: »Wups!«, schwankte, fiel, griff erst ins Leere, erwischte dann Flos Arm und riss ihn mit sich ins Wasser.

»Putain de merde«, fluchte Chris, stapfte hinterher und fischte die beiden wieder heraus. Flo spuckte Wasser.

»Mann«, sagte er. »Ich krieg so was von 'ne Erkältung.«

Chris half Lale, Gustav an Land zu hieven, und sie humpelten zum Campingplatz hinauf. Ein Blitz, Donner, ziemlich nahe jetzt.

»Wir haben das Floß vergessen«, sagte James über ein weiteres Donnergrollen hinweg.

»Was jetzt?«, fragte Lale, als sie das Haus erreicht hatten. »Sollen wir einen Krankenwagen holen?«

»Es geht schon wieder«, sagte Gustav, der käsebleich mit einem Arm über Christophes Schulter hing. Wieder donnerte es.

»Wir bringen dich einfach ins Krankenhaus«, sagte Lale.

Christophes Magen fühlte sich flau an. Das Bootfahren, wie immer. Schweiß lief ihm über die Stirn.

»Putain, ist mir schlecht«, sagte er und presste eine Hand auf seinen Bauch.

»Vom Alkohol?«, fragte Lale.

»Vom Seegang.«

»Hä?«

»Ich werde leicht seekrank.«

»Himmelherrgott!« polterte Gustav. »Es ist nur ein verstauchter Knöchel! Rein jetzt mit euch!«

Chris fand, dass das eine gute Idee war. James und Flo waren völlig durchweicht, er selbst auch, Lale zitterte, war sehr blass, wirkte aufgeregt. Sie sagte etwas von »röntgen« und »Sprunggelenksfraktur«. Er wollte sie an sich ziehen und festhalten, aber ihm war viel zu schlecht.

Die kunterbunten neuen Fahnen am Eingang klatschten im Wind.

***

Lale stand schlotternd mit nassen Füßen neben Chris in Gustavs Wohnzimmer. Sie hatte das Gefühl, es wäre besser gewesen, wenigstens Monika anzurufen, aber Gustav war stur und sah aus, als ginge es ihm gut. *Nur der Knöchel.*

Unter Chris bildete sich eine Pfütze, merkte sie, und musste lachen.

Donner krachte durch die Büsche im Garten, ein Blitz tauchte alles für den Bruchteil einer Sekunde in helles Licht, und es fing an, aus Strömen zu regnen. James saß bereits splitternackt auf dem grünen Sofa.

»Gerade noch geschafft«, sagte er zufrieden.

»Bedecke deine Blöße, mein Freund«, sagte Gustav und zog ein paar Klamotten von einem Wäscheständer im Eck, die er ihnen hinwarf. Trockene Kleidung wurde verteilt. Die Männer schälten sich aus ihren T-Shirts, nasse Klamottenhäufchen auf dem Boden, trippelnde Schritte, barfuß, durchs Wohnzimmer. Kratzige Wollpullis mit Norwegermuster und Flanellhemden mit steifen Kragen, die Ärmel hochgekrempelt. Lale holte eine Packung Erbsen aus der Kühltruhe und packte sie auf Gustavs geschwollenen Knöchel. Gustav brummelte vor sich hin. Flo nieste.

Und dann saßen sie alle da, auf dem grünen Sofa und den wackeligen Stühlen, alle in Gustavs Kleidung gehüllt, mit schlabbrigen Hosen und Pullis, die aussahen wie von 1970, alle warm und trocken, und immer noch leicht betrunken.

James kramte im Kühlschrank nach Resten mehrerer alter Abendessen, und sie aßen, die Teller auf ihren Knien, hartes Fladenbrot mit Aioli, vor Öl triefende Nudeln mit Löwenzahn-Brennnessel-sonstwas-Pesto und zum Nachtisch einen Erdbeerquark, der nur leicht säuerlich schmeckte.

Draußen tobte der Sturm, James packte seine Gitarre aus und sang zweistimmig mit Gustav »Waterloo Sunset«, Gustavs Fuß war auf ein Kissen gebettet, die Erbsenpackung obendrauf.

Lale zog die Knie an und den Pullover darüber und lehnte ihren Kopf gegen Christophes Schulter, der wiederum Flos Füße auf dem Schoß hatte. Sie streckte eine Hand aus und berührte Gustav am Arm.

»Alles gut?«

»Es ist nur ein Knöchel, Kleine. Es ist kein Weltuntergang.«

Draußen donnerte es, als wäre dies doch der Weltuntergang, aber Lale war es egal, sollte die Welt untergehen, solange sie hier sein konnte, im Warmen, mit diesen Menschen an ihrer Seite. Gustav schlug vor, Katastrophenfilme zu gucken, aber sie konnten sich nicht entscheiden zwischen New York, das dem Erdboden gleichgemacht wurde, Aliens, die über Amerika schwebten, oder einem klirrend kalten Winter, der hochhaushohe Schneemassen durch die Stadt wehte. Stattdessen spielte James eine Coverversion irgendeines

Lady-Gaga-Songs, und Lale stellte Gustav gesalzene Erdnüsse hin (weil er was von Elektrolyte gemurmelt hatte), die am Ende alle Flo und Chris aufaßen.

Das Licht flackerte – und ging aus.

»Huch«, machte Gustav.

Christophe stimmte die *Indiana-Jones*-Melodie an. Lale sah im Flur nach dem Sicherungskasten, aber auch nachdem sie den Schalter umgelegt hatte, tat sich nichts.

»Sieht so aus, als wäre der Strom überall weg«, sagte Gustav mit einem Blick aus dem Fenster.

»Kerzen«, sagte James, und sie verbrachten ein paar Minuten damit, im Dunkeln in Tante Agathes altem Kram nach Kerzen und Streichhölzern zu suchen. Schließlich fand Lale in der alten Küchenbank Teelichter, dicke, kleine Stumpen und sogar einen Leuchter mit langen weißen Kerzen. Sie drapierten sie alle auf dem Tisch, zündeten sie an und saßen im flackernden Schein da.

Lale tapste barfuß zum Regal und zog eine Schachtel heraus, *Munchkin*, das Lieblingsspiel ihres Bruders. Sie schwenkte damit, erklärte die Regeln.

»Na, dann los«, sagte James und klatschte in die Hände. »Klingt genau richtig für einen verregneten Abend im Kerzenschein.«

Sie bekämpften gemeinsam Monster, und als es zu dunkel wurde, um etwas zu erkennen, suchten und fanden sie eine Taschenlampe, die alles vereinfachte.

»Fehlt nur noch Popcorn«, sagte Lale leise, während sie ihre Karten ordnete.

»Hm?« Chris sah sie an.

»Mein Bruder hat ständig Popcorn gemacht«, sagte sie und warf James einen Blick zu, der ihr zulächelte.

»Das ist gar kein Problem«, sagte Chris, sprang auf, kramte in der Küche herum und hielt dann eine Tüte mit Mais in der Hand.

»Tadaaa!« Sein Gesicht wurde vom Feuerschein angestrahlt, seine Augen glänzten. Irgendetwas Kaputtes in Lales Herz setzte sich wieder zusammen.

»Also, das heißt, wenn der Strom wieder geht …«, sagte Chris und wurde rot, was bezaubernd war.

Flo war eingeschlafen und schnarchte leise, James rollte einen Joint und schlenderte dann in der tropfenden Nacht davon.

Als das Licht wieder anging, blinzelten nur noch Lale, Christophe und Gustav erschrocken in die Helligkeit.

»Soll ich heute lieber hier schlafen?«, fragte Lale, nachdem sich ihre Augen an das Licht gewöhnt hatten.

»Schon gut, ich bin okay«, sagte Gustav. »Aber müde bin ich. Nichts für ungut, Kinder, ich schmeiß euch jetzt raus.« Er scheuchte sie von seinem Schlafsofa und winkte. »Gute Nacht, ihr Prinzen von Maine, ihr Könige von Neuengland!«

Lale und Chris schlossen die Tür zum Wohnzimmer und standen in der Küche.

»Ich glaube, er tut härter, als er ist«, sagte Lale.

Christophe schwenkte die Mais-Tüte. »Wir haben sowieso noch kein Popcorn gegessen.«

Es dauerte eine Weile, dann knallten die Maiskörner gegen den Deckel, und im ganzen Haus roch es nach Kino. Nach Lukas. Sie streuten Zucker darüber, füllten es um in eine große Salatschüssel, schlichen durchs Wohnzimmer und setzten sich unter die alte Markise, die Christophe repariert hatte, auf die Terrasse. Das Gewitter war weitergezogen, aber es tropfte noch von allen Bäumen, vom Dach, Schlieren liefen an den Fenstern hinunter, die Blumen ließen die Köpfe hängen.

Sie saßen nebeneinander und langten abwechselnd in das heiße Popcorn zwischen ihnen, die Finger fettig und verschmiert voll Zucker. Lale hatte sich eine Decke umgehängt, und als sie sah, dass

Christophe fröstelte, rückte sie näher und gab ihm was ab. Sie stellte die Schüssel auf ihren Schoß. Christophe zog sich die Decke über den Rücken.

»Danke.«

Er sah sie nicht an, starrte nur nach vorne in die dunkle, tröpfelnde Nacht, als gäbe es irgendetwas zu sehen. Vielleicht überlegte er, wie er den Garten noch hübscher gestalten könnte, wo er im nächsten Frühjahr Blumen hinpflanzen würde. Vielleicht.

Lale steckte sich ein einzelnes Popcorn in den Mund.

Ihre Arme berührten sich unter der Decke. Chris war so warm, obwohl es kühl war und er doch gefröstelt hatte. Von der Regenrinne neben dem Haus tropfte ein gleichmäßiges Pling in eine Wassertonne, dem sie eine Weile lauschten.

»Ich mochte das blöde Spiel eigentlich nie«, sagte Lale. »Monster bekämpfen. Ts.«

»Nicht?« Jetzt sah er sie an.

»Nein«, sagte sie. »Lukas war der Spieler und der Popcornliebhaber.«

»Ich bin ziemlich gut im Monsterbekämpfen«, sagte Chris.

Sie sah ihn an, merkte wieder, wie sich ihre Mundwinkel nach oben bewegten. »Du?«

»Ja. Ich hatte immer so Angst vor denen als Kind, bis meine Maman gesagt hat, Chrissi, wir lernen jetzt, wie man die loswird. Sich den Ängsten stellt. So richtig.«

»Riddikulus?«, fragte Lale und machte eine Irrwicht-bekämpfende-Zauberstab-Bewegung.

»Genau. Lächerlich machen. Das ist immer gut.«

»Ich bin eher so … gut im Wegrennen.« Lale schluckte, wünschte, sie hätte nichts gesagt, und dachte an ihre Reisetasche, die Zugfahrt, den Notizzettel mit einer hingekritzelten Nachricht. Die beschissene Postkarte, die sie verschickt hatte. Elefanten mit verschränkten Rüsseln. Botschaften in eine andere Welt. *Kleine Erdbeben, bis bald.*

»Vor was denn?«, fragte Chris. Sie sah ihn an. Tropfen im Regenfass. Dampfende Luft. Ein Grollen in weiter Ferne.

»Banane«, sagte sie.

»Was?«

»Als wir klein waren, hatten wir ein Codewörtersystem mit Früchten. Apfel war ›langweilig, aber alles okay‹, Kiwi war ›du nervst, hau ab‹, und wenn was wirklich Code Red war, dann war das ›Banane‹.«

»Oh.«

Sie hatte den Arm zu sich gezogen, nichts berührte sich mehr.

»Man kann nicht vor Monstern weglaufen«, sagte Chris. »Sonst werden sie immer größer.«

»Ha«, machte Lale. Lukas hatte das auch gewusst. Sie dagegen … Sie spürte den üblichen Druck auf ihrer Brust. Das Korsett, mal enger, mal lockerer geschnürt, aber immer da. Immer und ewig eingebunden.

»Das Blöde ist, dass so Erwachsenenmonster viel hinterlistiger sind als Kindermonster«, sagte sie. »Die sind so gemein, die erkennt man manchmal gar nicht als Monster.«

»Hmm, also meine Kindheitsmonster waren ziemlich fies. Kopflose Schatten mit scharfen Krallen, Wasserleichen, die aufgedunsen und bleich an der Zimmertür kratzen, das berühmte formlose Wesen unter dem Bett …«

»Wie hast du sie erledigt?«

»Licht anmachen.«

Sie lachte.

»Ja«, sagte er. »Zack, weg.«

»Man kann doch nicht ständig sein Licht anlassen.«

»Das hat meine Exfreundin auch immer gesagt.«

Sie lachte wieder. »Du machst das immer noch?«

Er grinste breit und war sehr niedlich in der regenfeuchten Nacht, mit der Decke um die Schultern. Lale betrachtete ihn aus den Augenwinkeln. Exfreundin. Irgendwie hatte sie ihn sich als einsamen Wolf vorgestellt, der ungebunden und frei durch die Gegend zog, mit seinen Leinenhemden und seinen unverschämt schönen Augen und diesen Haaren, in denen sie am liebsten ihr ganzes Gesicht vergraben hätte. Wie vermutlich viele, viele andere Frauen auch. Sie kaute Popcorn und fühlte sich komisch.

»Meine Monsterhelfer waren immer meine Tattoos«, sagte sie. »Das erste … das hier …«, sie schob den Arm unter der Decke hervor, ihren Ärmel zurück und deutete auf einen winzigen Bären an ihrem linken Handgelenk, »das hat Lukas mir gestochen, als ich sechzehn war. Da war er vierzehn.« Sie lachte. »Irgendein älterer Kumpel hatte eine Maschine. Meine Mutter ist ausgerastet. Aber ich hatte eine schwere Zeit in der Schule, und es hat mir geholfen, ich zu sein, oder so. Ein stärkeres Ich. Irgendwie.«

Er nickte langsam.

»Damals wusste ich jedenfalls ganz genau, wer ich bin«, sagte Lale. »Oder wer ich sein wollte.«

»Und jetzt?«

»Weiß nicht.«

Sie hatte sich irgendwo auf dem Weg verloren, war abgekommen, hatte sich reinreden lassen, vielleicht. War weggelaufen.

Im Moment wusste sie genau, was sie wollte. Sie wusste nur nicht, ob es okay war, das zu wollen.

Sie räusperte sich.

»Hast du auch mal was gemacht, wo deine Mutter ausgerastet ist? Als Teenager?«

»Ich? Ich war eher so … Apfel.«

Ein Lächeln, ein unwillkürliches Zucken ihrer Mundwinkel. »Soll ich dir mal eins stechen, irgendwann? Einen Monsterhelfer?«, fragte sie.

»Nee, lass mal«, sagte Chris. »Ich habe Angst vor Nadeln.«

»Ah.«

»Haben alle Tiere irgendeine tiefere Bedeutung?«

»Die meisten.«

Die zwei Elefanten an ihrem Unterarm. Matthias und sie auf der Liege bei ihrem Bruder. Aufgeregte Gesichter. Ein kitschiges Motiv. Sie hatten Händchen gehalten, Matthias hatte ein Riesentheater um die Schmerzen gemacht. Es gab ein Foto, das in ihrer Küche hing: verschränkte Finger und zwei Verbände an zwei Armen.

Banane.

Sie schob ihren Pulli wieder weiter über ihre Finger. »Jedes Jahr an meinem Geburtstag hat mir mein Bruder ein neues Tier gestochen.«

Über ihren Arm gebeugt, das Surren der Nadel: *Bald ist voll.*

Sie drehte ihren rechten Oberarm und schaute auf eine leere Stelle. »Hier ist noch Platz. Dieses Jahr wäre es wohl ein Kaninchen geworden. Angesichts … na ja.« Sie machte eine ausschweifende Bewegung zu Flos Ställen und schob ihren Arm wieder unter die Decke, streifte seinen dabei. Sie spürte, dass er sie von der Seite ansah, und starrte geradeaus in den dunklen Garten. Trotz Decke fröstelte sie mittlerweile, ihr Hintern war kalt, und das Popcorn bestand nur noch aus harten, nicht gepoppten Maiskörnern, auf denen sie trotzdem herumbiss. Sie räusperte sich.

»Hast du Geschwister?«

Er schüttelte den Kopf. »Ich hab eigentlich gar keine Familie mehr«, sagte er.

»Du hast Gustav«, sagte sie lächelnd.

Sie zog die Decke höher und spürte auf einmal viel mehr als noch vorhin seine Nähe. Die Wärme, die er ausstrahlte.

»Ja«, sagte er. »Ich schätze, ich hab Gustav. Und du? Hast du … sonst noch Familie?«

Matthias. Seine weißen Turnschuhe und seine Vorliebe für italienischen Rotwein. Seine ordentlichen Haare und sein Putzfimmel und seine Bomberjacken und die Art, wie sich seine Nasenflügel blähten, wenn er sauer war. Ihre ewig abwesende und abweisende Mutter, ihre lange verstorbene Oma, alleinerziehende Frauen. Wir gegen den Rest der Welt, hatte Lukas gesagt. Lalelu gegen sie alle. Und jetzt, ohne ihn, eine amputierte Silbe, zwei Buchstaben zu wenig, Lale, nicht mehr vollständig.

»Nein«, sagte sie. »Einsame Seelen, hm, wir beide?«

»Na ja, ich habe einen besten Freund. Chidi. Der ist fast so was wie ein Bruder …«

Lale fühlte den Druck auf ihrer Brust. Eine Träne lief ihr über die Wange. Sie wischte sie wütend weg, eine schnelle, kurze Bewegung.

Chris sagte: »Ich wollte nicht … tut mir leid, das …«

»Schon gut«, sagte Lale und versuchte zu lächeln. »Erzähl mir von Chidi.«

»Ähm …« Chris fuhr sich über die Haare. »Er hat seine eigene Familie. Drei kleine Mädchen und eine ziemlich hinreißende Frau. Und er ist Schreiner, er baut Möbel. Er wohnt nebenan, schon immer, ich kenne ihn, seit er geboren wurde … Unsere Mütter waren schon beste Freundinnen. Und er hat irgendwie sein Leben ziemlich im Griff.«

Lale räusperte sich. Sie blinkerte die restlichen Tränen weg und nahm sich noch ein paar Maiskörner aus der Schüssel. Es knurpste, als sie sie zerbiss.

»Lukas war auch so. Für ihn war immer alles so einfach. Er wusste genau, was er wollte und … wie man richtig lebt, irgendwie.«

Und dann stirbt er einfach, fügte sie in Gedanken hinzu. Und sie war noch hier, am Leben, ohne eine Ahnung, wie sie es zu führen hatte oder vom Kopf auf die Füße zu stellen, ohne eine Ahnung, wie man überhaupt glücklich war, einfach so, ohne groß nachzudenken.

»Es gibt so Leute.«

»Und ich … weiß gar nichts.« Sie rieb sich über die Nase.

»Das glaub ich dir jetzt nicht«, sagte Chris und deutete auf den Bären an ihrem Handgelenk. »Zumindest wusstest du mit sechzehn schon, wer du sein wolltest.«

Lale zerbiss ein weiteres Maiskorn. »Und knapp zwanzig Jahre später bin ich hier gestrandet …«

»Warum?«, fragte Chris.

Ein Windstoß wehte Lale ihre Haare ins Gesicht. Christophe hob die Hand und schob sie ihr hinters Ohr.

Doch nicht etwa wegen –

Er würde es merken. Sie musste es ihm sagen, bevor irgendetwas passierte, bevor es zu spät war.

»Ja, weil …«

Christophe schreckte hoch. Die Decke fiel von ihren Schultern. »Da! Da hinten!«

»Was?« Lale kniff die Augen zusammen.

»Das Kaninchen«, sagte Christophe, kniete am Boden und versuchte, es anzulocken, und das kleine, flauschige Tierchen schnüffelte kurz an seiner Hand und huschte dann in der Dunkelheit davon.

»Wow«, sagte Lale. »So nah ist es noch nie rangekommen.«

Chris sah ihm nach, dann setzte er sich wieder. »Weißt du, was meine Mutter gesagt hätte?«

»Was?«

»Ein Schutztier. Wie dein Bär.«

»Ein Geisterkaninchen? Ich hab ihn echten Löwenzahn fressen sehen.«

»Tja …«

»War sie sehr spirituell, deine Mama?«

»Meine *Maman*?« Sein französischer Akzent war niedlich. »Ziemlich. Hat gebetet und all so was. Glaubte an Himmel und Hölle und höhere Energien und Geister und Wiedergeburt. Alles zusammen.«

»Und du?«

»Ich?«

»Glaubst du daran, dass nach dem Tod irgendwas passiert? Himmel, Hölle, Reinkarnation?«

»Fischfutter …«

»Also nicht.«

»Ich würde es gerne glauben. Weißt du, so ein Hasenleben ist nicht das schlechteste, oder?«

Sie schauten hinaus in die nasse Dunkelheit, aber vom Kaninchen keine Spur. Sie spürte wieder die Schwere auf ihrer Brust und blinzelte ein paarmal.

»Ich denke, sie bleiben in unseren Herzen«, sagte Christophe neben ihr in die Nacht hinein. »Und ich halte mich an Winnie Puh: Wie glücklich ich bin, etwas zu haben, das einen Abschied so schwer macht.«

Sie schluckte und sah Christophe an, und bevor sie wusste, was geschah, hatte sie sich vorgebeugt und ihn geküsst. Es war ein überraschender Kuss, ein ganz sanfter, ganz kurzer, und unwillkürlich, ohne es zu wollen, dachte sie an Matthias. Verglich, ob sie wollte, oder nicht. Sie sollte ihn nicht küssen, dachte ein rationaler Teil von ihr, sie sollte gar nicht hier sein.

Und dann schob sie diesen Teil weg. Ließ ihn einfach reden, stellte den Ton ab. Nahm Christophes Gesicht, zog ihn näher zu sich und hörte auf zu denken.

NEUNZEHN

DIE IRISCHE MUSIK hallte Chris entgegen, als er gut gelaunt gegen Mittag zu den Toilettenhäuschen schlenderte. Die Mittagszeit, die hintere rechte Dusche in der Damentoilette, eine unausgesprochene Verabredung, seit ein paar Tagen schon. Er fragte sich, ob sein Gehirn jetzt für immer Sex mit einer schönen Frau unter einem heißen Duschstrahl mit irischer Volksmusik verknüpfen würde. Und ob er, wenn er das nächste Mal nichtsahnend in einem Pub ein *Guinness* trank und *The Irish Rover* im Radio lief, womöglich unpassende körperliche Reaktionen haben würde.

Er druckste ein bisschen vor der Toilette herum, wie immer, sah sich um und wollte gerade durch die Tür mit der Aufschrift »Damen« schlüpfen, als James ihm zuwinkte. Ach nein, dachte Chris. Nicht jetzt.

»Huch, falscher Eingang, mein Freund.«

»Ha«, machte Christophe, grinste schief und fuhr sich durch die Haare. »Stimmt.«

»Aber du kannst mir mal eben mit dem verstopften Waschbecken helfen …«

»James, eigentlich … ähm, wollte ich gerade …«

»Nur fünf Minuten! Der Siphon klemmt, und du bist doch ein kräftiger junger Mann.«

Die irischen Geigen dudelten. Die Dusche rauschte. Er schielte nach hinten. Ein Handtuch über, Lales dünne blaue Stoffturnschuhe unter der Tür.

Chris schraubte am Siphon herum, und ein bisschen Schmodder lief aus dem Abfluss. Er wusch sich die Hände.

Das Rauschen aus der Dusche stoppte.

»Was macht ihr denn hier?«, fragte Lale, in ein Badetuch gewickelt, mit nassen Haaren und nur lose in ihre Turnschuhe geschlüpft. Ach nö, dachte Chris.

»Wir sind schon fertig«, sagte er.

James zwinkerte Lale zu und packte sein Werkzeug ein.

»Hallo!«, sagte Flo, der mit einem Schwimmbrett unter dem Arm zur Tür hereinschaute. »Ich hab euch gesucht. Du meintest doch, du bringst mir Schwimmen bei, Chris.«

»Wieso bist'n du nicht in der Schule?«, fragte Lale.

»Hitzefrei.« Flo strahlte. »Also?«

»Ähm«, sagte Chris und schaute zu Lale.

»Ja, es ist so schön, geht an den See, ihr Lieben«, sagte James. »Ich komm auch bald nach.«

»Gut«, sagte Lale und grinste. »Gehen wir schwimmen.«

Am Steg warf Chris sie ins Wasser und sprang hinterher, ihre weiße Haut und ihre wogenden Haare um ihren Kopf, er griff nach ihrer Taille, und sie trudelten gemeinsam wieder nach oben.

Lale spuckte und hustete, als sie wieder nach oben kam und sagte: »Nicht hier«, aber sie lächelte dabei. Dann bekam sie einen Schluckauf, und Flo rief vom Steg aus: »Was hast du vorgestern gegessen?«

Lale schwamm hicksend ein Stückchen von ihnen weg.

»Keine Ahnung«, rief sie über den See. »Nudeln?«

»Versuch, dich zu erinnern, dann geht's weg.«

»Okay, rein mit dir«, sagte Chris, und Flo watete vorsichtig ins Wasser, bis er bauchnabeltief dastand. Chris warf ihm das Schwimmbrett zu.

»Wie ein Frosch«, sagte er. »Und du kannst hier überall stehen, dir kann gar nichts passieren. Teste mal, wie das Brett dich trägt.«

Flo stützte sich auf das Brett und paddelte unbeholfen auf ihn zu, spuckte Wasser.

»Super«, behauptete Chris und versuchte, sich auf Flo zu konzentrieren und nicht auf Lale, die ein Stück weiter auf dem Rücken trieb und in den Himmel schaute.

Sie waren vielleicht zehn Minuten dabei, als Monikas Stimme über den Strand hallte: »Was machst du denn da?!«

Flo erschrak, ließ das Schwimmbrett los und ging unter. Chris zerrte ihn wieder hoch und sagte: »Einfach hinstellen, ist doch flach hier …«

Flo winkte ans Ufer zu seiner Mutter, die mit einem eingehakten Gustav und einem Sonnenschirm vom Platz herunterkam.

»Schwimmen«, sagte er.

Gustav hob einen Daumen in die Höhe. »Sehr gut.«

»Aber …« Monika ließ den Schirm fallen und kam näher. »Du kannst nicht …«

»Deshalb lernt er es ja«, hörte Chris sich sagen. »Und dann kann er es. So funktioniert lernen.«

»Aber er ist …«, fing sie wieder an. Flo umklammerte das Schwimmbrett und schien zu zittern, ohne Bewegung war es kühl im Wasser.

»Das sind einfach Fakten, er hat diese einseitige Lähmung, und es ist zu gefährlich …«

»Er kann hier stehen«, sagte Chris.

Lale war plötzlich neben ihnen. »Mir hat damals ein Bademeister die Seepferdchenprüfung abgenommen, der auch Kinderlähm… Ich meine, nicht auch, ähm … keine Ahnung, was hast du eigentlich?«

»Ja, Kinderlähmung, kannst es ruhig sagen«, sagte Flo, der immer noch seine Mutter taxierte.

»Infantile Zerebralparese«, sagte sie. »Ganz milder Verlauf.«

»Trotzdem Scheiße«, sagte Flo.

»Jedenfalls war der Bademeister. Bademeister! Und der hatte das viel … äh, ich meine, bei dem hat man das stärker bemerkt als bei Flo. Der hatte so 'ne Orthese, mit der …«

»Du hast doch keine Ahnung von seiner Vorgeschichte«, sagte Monika zu Lale.

»Ich mein ja nur, du kannst ihm doch nicht einfach sagen, was er kann und was nicht.«

»Könnt ihr aufhören, über mich zu reden, als wär ich nicht da?« Flo schleuderte das Brett von sich weg. »Und ich brauch auch keine inspirierenden Behindertengeschichten, Lale.«

»Sorry«, murmelte sie.

»Du kommst jetzt da raus«, sagte Monika.

»Nein«, sagte Flo.

»Florian …«

»Moni«, mischte sich Gustav ein, »kümmer dich mal lieber um mich, mein Knöchel ist noch ein bisschen dick …«

Chris sah, wie Monika die Backen aufblies.

»Aber ihr bleibt in der Nähe!«, rief sie und fing an, Gustav einen Vortrag über sein Alter und die Gefahren, die damit einhergingen, zu halten.

»Ich sag doch immer, sie bringt mich um«, murrte Flo.

»Mütter«, sagte Chris und warf ihm das davontreibende Schwimmbrett zu. »Los, weiter.«

Lale legte sich auf den Steg, hickste noch immer, und jedes Mal, wenn er an ihr vorbeikam, spritzte Chris einen Schwall Wasser auf sie. (»Erschrecken hilft doch gegen Schluckauf!«) Flo übte Beinschläge, und nach einer Weile blieb er oben, auch wenn er etwas Schieflage hatte. Lale, Gustav und sogar Monika, etwas verhalten, klatschten vom Ufer aus Beifall.

»Boah, peinlich«, sagte Flo und sah sich um. »Jetzt hört auf damit.«

Aber er strich seine nassen Haare aus der Stirn und wirkte sehr zufrieden mit sich.

Zur Belohnung spendierte Gustav allen ein Cornetto bei Gabi, und sie saßen mit tropfenden Haaren auf den Plastikstühlen vor der Kneipe und wehrten James ab, der versuchte, sie zu überreden, in seinem Action-Painting-Workshop mitzumachen. Irgendwann schimpfte Gabi über den farbbefleckten Hof, und Monika wollte einen Spezialreiniger holen, und Gustav sagte, er würde jetzt einen Film schauen, und Flo begleitete ihn.

Und Lale beugte sich zu Chris und flüsterte: »Wir haben noch was nachzuholen …«

ZWANZIG

DER SEX IN DER DUSCHE war eine Sache, eine ganz wunderbare, aber es durfte nicht mehr werden. Eigentlich.

Die anderen ahnten vielleicht etwas, wenn sie viel zu lange in der Küche blieben, angeblich Omelett machten, mit allen zehn Eiern, die sie in Gustavs Kühlschrank fanden, mit Zwiebeln und Paprika und kalten gekochten Kartoffeln vom Vortag, aber in Wahrheit sehr viel Zeit damit verbrachten, sich zu küssen. Es war sehr schön, Chris zu küssen. Es war sehr schön, wenn er sagte: »Du hast widerspenstiges Haar«, und ihr eine Haarsträhne hinters Ohr strich, die sofort wieder nach vorne fiel, und dann ihren Hals küsste. Es war sehr schön, jetzt eng umschlungen in der Küche zu stehen, das Licht schummrig, weil alle Jalousien und Rollos geschlossen waren, um die Hitze nicht hereinzulassen, und der Fußboden hell gestreift vom Licht, das durch die Ritzen der Rollos fiel.

Aber es darf nicht mehr werden.

Er war so nah, dass sie nur Teile von ihm sehen konnte: seine Lippen, den Bogen seiner Nase, seine Augenbrauen, die langen Wimpern. Sie fuhren auseinander, als James Kräuter von draußen brachte, die sie kleinhackten und der die ganze Küche in Oreganoduft tauchte. Zum Nachtisch gab es Vanillepudding, zu dem Flo ein paar Kirschen aus dem Baum hinter dem Haus pflückte, die schon leicht angematscht waren. James machte einen Salat aus dem Garten, der voll mit kleinen Nacktschnecken war, die er erst abpflücken musste. Flo aß keinen Bissen davon. Sie saßen zwischen den Kräuterbündeln, die immer noch von der Wohnzimmerdecke hingen, Lavendel und Melisse und Minze, und Lale betrachtete Gustav und Chris und kaute auf ihrem Brötchen herum und fragte sich, wie viel Zeit sie noch zusammen hätten.

Ich hab noch ein paar Monate. Wenn's hoch kommt.

Flo erzählte einen schlechten Kinderwitz nach dem anderen. (»Warum stehen 17 Blondinen vor dem Kino und warten? Der Film ist erst ab 18! Wie nennt man einen Spanier, der kein Auto hat? Carlos! Ich hab einen DJ angerufen – er hat aufgelegt!«), und sie lachte und bemerkte, wie Christophe sie anstarrte und lächelte und aussah, als würde er ans Duschen denken. Er sprang sofort auf, um ihr beim Abräumen zu helfen (»Bleib sitzen, Gustav, ich mach schon«), und sie küsste ihn in der Küche, den Rücken gegen den Kühlschrank gepresst.

Und wie viel Zeit haben wir noch, Monsieur?

Sie testeten alle Duschen und kamen überein, dass die rechte, hintere den besten Strahl und die längste Laufzeit hatte, sogar besser noch als Mitte links.

***

»Und das Nilpferd?«, fragte Chris, als sie irgendwann in seinem Wohnwagen lagen und er abwechselnd alle ihre Tier-Tattoos küsste.

Seine Finger streiften die Haut an ihrem Unterarm, und sie schauderte.

»Das ist aus einem Kinderbuch, das ich mochte.«

»Und der Löwe da?«

Ihre Armbeuge. »Ein Krafttier«, sagte sie.

»Ah, das würde James gefallen. Und da ist ein Stier an deinem Bizeps.« Seine Zunge umrandete den kleinen Comicstier.

»Hm-hm«, machte Lale, »das ist Henry.« Sie ließ die Augen geschlossen, und Chris fuhr fort, sich ihren Arm entlangzuküssen.

»Haben die alle Namen?«

»Nur manche.«

»Die Giraffe?« Seine Lippen streiften den gelb-braun gefleckten Hals einer winzigen Giraffe.

»Heißt einfach Giraffe.«

»Hi, Giraffe.« Er sprach gegen ihre Haut.

Lale lachte. »Willst du jetzt alle einzeln begrüßen?«

»Vielleicht«, sagte Christophe und küsste weiter. »Vielleicht … begrüße ich den Rest aber auch später und …«, er schob ihr T-Shirt hoch, »… widme mich jetzt lieber anderen Körperteilen.« Er fuhr mit den Lippen ihren Rippenbogen nach.

»Hmm«, machte Lale. »Mach das.« Ihre Finger gruben sich in seine Haare.

»Weißt du, was ich mir überlegt habe?«, fragte er plötzlich und stützte sich auf eine Hand.

»Nicht aufhören«, murmelte sie.

»Ich dachte … wir könnten doch eigentlich alle nach Réunion fliegen. Ich könnte Gustav zeigen, wo ich aufgewachsen bin und … den Garten, ich will ja nicht angeben, aber der Garten ist echt …«

»Was?« Lale setzte sich auf und schob ihn von sich runter.

»Réunion«, sagte Chris und sah sie so strahlend an, dass ihr ganz übel wurde. »Du, ich, Gustav und Flo, die ganze Gang. James, nicht zu vergessen.«

»Oh«, sagte sie. Er beugte sich vor und küsste wieder ihren Bauch, seine Nase streifte ihren Unterarm, die Elefanten mit den verschränkten Rüsseln. Lale räusperte sich, stand auf und sammelte ihre Klamotten ein. »Meinst du wirklich, du bringst Gustav dazu, sich fünfzehn Stunden in einen Flieger zu quetschen?«

»Na ja, so schlimm ist das nicht …«

»Er ist wirklich … alt, Chris.«

»War ja nur ein Vorschlag, er könnte ja …«

»Wir sollten hochgehen.«

»Jetzt?«, fragte er, lehnte sich vor und versuchte, sie wieder aufs Bett zu ziehen. »Oder ich könnte auch weitermachen, wo ich gerade aufgehört habe …«

»Die fragen sich sicher schon, wo wir bleiben.« Lale machte sich von ihm los. »James wollte Mojitos mixen.«

Sie schob sich aus dem Wagen, zog im Gehen noch ihren Pulli über und versuchte, nicht an seinen Gesichtsausdruck zu denken.

Im Haus trank sie einen Mojito, der keiner war, weil sie keinen Rum hatten, also war es einfach eine selbstgemachte Limonade mit Minze aus dem Garten.

»Darf ich bitten?«, sagte James, als Gustav alte Swingmusik auf seinem Plattenspieler auflegte, und brachte Lale den *Lindy-Charleston*-Grundschritt bei. Sie kickten durch den Hof, barfuß und mit fliegendem Rock (beziehungsweise Kaftan). Lale sah Chris an der Terrassentür stehen, er beobachtete sie mit zusammengekniffenen Augen. Unergründlich. Verletzt? Beleidigt, weil sie ihn abgewiesen hatte? Wütend vielleicht sogar?

James sagte: »Tanz du mit ihr, Chris.«

»Ich tanze nie«, behauptete Chris und setzte sich zu Gustav und Flo, die die Babykaninchen um die Wette hoppeln ließen (Gustavs gewann).

Es dämmerte bereits, und James und Lale hatten sich, verschwitzt und keuchend, zum Häschen-Wettrennen gesellt, als Flo sagte: »Da ist deins.« Lale schaute auf, erstaunt. Chris streckte die Hand aus, und das Kaninchen, das immer wieder auftauchte, schnupperte an seinem Zeigefinger.

»Er ist es wirklich«, sagte Lale.

Flo lockte sein Rennkarnickel mit ein paar Blättern Löwenzahn,

James holte sich noch ein Bier aus dem Keller, Gustav schien auf seinem Liegestuhl zu dösen. Alle waren abgelenkt. Das weiße Kaninchen fraß eine Kleeblüte aus Christophes Hand.

»Weißt du, ich nenne ihn Vlad«, sagte Lale. »Und ich denke, er mag dich.«

Chris steckte ihr die widerspenstige Haarsträhne hinters Ohr, sie rutschte wieder nach vorne, und Lale beugte sich vor und küsste ihn, ganz flüchtig nur, bevor es irgendjemand sehen konnte.

***

Ein paar Tage später saßen Gustav, James und Flo unter der Markise, diversen Sonnenschirmen und in die Regentonne getunkten, feuchten Bettlaken, fächelten sich mit bunten Fächern, die James aufgetrieben hatte, kühle Luft zu, aßen abgelaufenes Eis am Stiel aus Gabrieles Gefriertruhe und teilten sich einen Joint. Gustav und James hockten nebeneinander auf der rostigen Gartenliege, eingesunken in den geblümten Stoff. Flo kauerte auf einem umgedrehten Bierkasten. Um sie herum standen die frisch lackierten Gartenmöbel, die Bank, die Stühle, die Lale und Chris geschliffen und dreimal gestrichen hatten, bevor sie verschwunden waren. Wassertropfen perlten kalt an der Eishülle.

Flo streckte die Hand nach dem Joint aus, und James reichte ihn weiter.

»Sag bloß deiner Mutter nichts«, sagte Gustav.

»Bin ich blöd?« Flo hustete unglaublich, die Augen rot, winzig und unterlaufen, und Gustav klopfte ihm auf den Rücken.

»Und werd nicht gierig, sonst wird dir wieder schlecht«, sagte er. Flo schüttelte den Kopf und schielte glücklich in den Sonnenschirm.

Gustav lutschte an seinem Bum-Bum-Eis. Wie eklig. So was

konnten nur Kinder mögen. Aber es war kühl, und sein Kreislauf fühlte sich an, als müsste er noch zwanzig solcher zuckriger, kalter Teile in sich reinschieben, um einigermaßen wach zu werden.

»Wo sind eigentlich unsere Turteltäubchen?«, fragte er.

»Die duschen wieder«, nuschelte Flo mit dem Mund voller Sandwich-Eis. »Ich war grad pinkeln.«

James lachte.

»Was haben die nur immer mit der Dusche?«, fragte Gustav. Anfangs hatte er sich gewundert, als er sie das erste Mal gehört hatte, hatte auf das rhythmische, feuchte Klatschen aus einer der hinteren Duschen gelauscht und sich gefragt, ob wieder eine Dichtung locker war. Hatte sich schon überlegt, ob er James Bescheid sagen sollte. Und dann erst waren ihm die zwei Schuhpaare unter der Tür aufgefallen, die er so gut kannte: Christophes ausgelatschte Birkenstock und Lales dunkelblaue, hinten heruntergetretene Stoffturnschuhe. Er hatte die irischen Geigen etwas lauter gedreht und ein paar Kinder, die hereingestürmt kamen, um sich ihre Wasserbomben aufzufüllen, verscheucht. Mittlerweile hatte er sich daran gewöhnt und musste nicht mal mehr grinsen.

»Im Wohnwagen ist es zu heiß und überall sonst zu öffentlich«, sagte James. »Die Dusche ist ein ziemlich logischer Ort …«

»Sie denken außerdem, dass es keiner merkt, weil sie es immer zu Zeiten machen, wo fast keiner da ist: mittags oder ganz früh oder spät nachts …«, sagte Flo und leckte seitlich an seinem Eis, bevor es heruntertropfte.

»Und woher weißt du das so genau?«, fragte Gustav.

»Das ist eine Vermutung«, nuschelte Flo in sein Eis.

James schaute auf seine Uhr.

»Ja, kommt hin. Es ist kurz nach halb eins. Sie sind vor ungefähr zwanzig Minuten verschwunden.«

»Ach, noch einmal jung und verliebt sein«, sagte Gustav und zog am Joint. Dafür, dass sie glaubten, niemand bekäme es mit, waren sie ziemlich auffällig: Überall fand er abgebrannte Kerzen, wo sie nachts zusammengesessen und sich ein Bier geteilt hatten, Wachsreste auf seinem frisch gestrichenen Tisch, auf seiner Terrasse, er hörte sie wie zwei Teenager an ihm vorbei in seine Küche schleichen und kichern, wenn sie sich spätabends ein Brot machten (postkoital, wie er annahm), und ständig wollten sie sein Auto leihen, angeblich, um irgendwelche Besorgungen für die Hausrenovierung zu machen. Sie kamen verschwitzt und mit roten Gesichtern zurück, die Arme aus den Seitenfenstern gehängt, dirigierten sie ein unsichtbares Orchester, sangen die *Indiana-Jones*-Titelmelodie: Da-da-dada, da-da-daaaa. Es war ziemlich bezaubernd. Er fand sie Händchen haltend, Finger verschränkt, in seiner Küche und unten am See, wenn er einen schleppenden (oh, so mühsamen) Spaziergang machte, und wenn sie im Haus arbeiteten, stellten sie sich Musik an. Als er einmal nach oben kam, strichen sie nicht die Wände, sondern standen eng umschlungen in der Mitte des Raumes und tanzten und lachten sehr viel dabei. Sogar James' Schwitzhütte hatten sie zweckentfremdet, jedenfalls behauptete der, eines Nachts unmissverständliche Geräusche daraus gehört zu haben. (»Eklig«, sagte Flo. »Ich geh da nie wieder rein.«)

»Ha, wenn man vom Teufel spricht!«, rief James und winkte. »Das junge Glück!«

Gustav sah die beiden den Weg hinaufkommen, mit Handtüchern und nassen Haaren.

»Na, schöne Mittagspause gehabt?«, fragte er und grinste.

»Hm-hm«, sagte Lale und hatte zumindest den Anstand, ein bisschen rot zu werden. Sie verzog sich ohne ein weiteres Wort ins Haus. Christophe sagte nichts, konnte aber sein breites Dauergrinsen nicht verstecken.

Gustav blickte Lale nach. »Sie ist schöner denn je«, stellte er fest.

»Das kommt vom guten Sex«, sagte James mit einem festen Nicken und klopfte Christophe auf die Schulter, als sei er ein besonders potenter Zuchtbulle oder so. Christophe räusperte sich und wurde knallrot.

»Ich weiß nicht, was du meinst.«

Gustav lachte. »Vielleicht sollte ich euch so 'ne Bank in die Dusche stellen, wie sie Senioren benutzen«, sagte er mit einem Grinsen. »Ich müsste noch irgendwo eine übrig haben. Ist doch sicher bequemer, als …«

»Mann, seid ihr kindisch.«

Christophe sah aus, als wollte er im Boden versinken.

James stieß Gustav an und kicherte.

»Ach, Chris, komm schon, wir wissen alle, dass ihr …« James machte eine ziemlich obszöne Geste mit seinen Fingern. Christophe raufte sich die Haare. Wieder gackerten alle los.

»Mittags und mitternachts«, sagte Flo.

»Blanker Neid«, brummte Chris.

»Oh ja«, sagte Flo und blickte zur Tür, wo Lale wieder aufgetaucht war. Gustav tätschelte Christophes Rücken.

»Fangen wir oben an?«, fragte Lale.

»Mit was?«, fragte James und zog unschuldig an seinem Joint. »Müsst ihr noch ein paar Rohre verlegen?«

Lale runzelte die Stirn. »Hä? Nein, wir …«

»Oder ein bisschen was … nageln?«, fragte Gustav und gluckste.

»Oder ist heute hobeln dran?«

»Ah«, machte Lale. »Witzig. Wie alt seid ihr?«

Sie rauschte ab ins Haus, Christophe warf ihnen noch einen entnervten Blick zu und folgte ihr. James fing an, darüber zu fachsimpeln, warum es für Geschlechtsverkehr so viele handwerksbezogene Wörter gab (»Ist doch logisch«, sagte Gustav, aber James und Flo bekamen einfach nur einen Lachanfall).

Gustav nahm ein Eis aus der Box und humpelte nach drinnen. Es war kühler im Haus und düster, aber er schwankte leicht, und ein paar schwarze Flecken tanzten vor seinen Augen. Selbst aufstehen war schwierig, es wurde alles immer schwieriger. Er schwenkte das Cornetto. Chris schien oben zu sein, man hörte ein Hämmern und Rumsen. Lale nahm sich das Eis und wickelte es aus.

»Entschuldige bitte die Zoten«, sagte Gustav. »Die Hitze, das Gras, such dir was aus.«

»Ihr seid bescheuert.«

»Wir freuen uns für euch. Auf unsere Weise«, sagte Gustav. »Wir wären auch gern frisch verliebt.«

»Ich bin nicht verliebt«, sagte Lale viel zu schnell und wurde dabei viel zu rot. Und dann schaute sie sich um, als hätte sie Angst, dass Christophe diese Bemerkung gehört haben könnte. Gustav gluckste.

»Nein, bist du natürlich nicht.«

»Ich darf mich nicht verlieben«, sagte sie.

»Aha?«, sagte Gustav. »Und wieso das bitte?«

Sie stieß etwas aus, das wie ein Knurren klang.

»Es ist kompliziert.«

»Ach so, es ist kompliziert. Das ist natürlich was anderes.«

Sie leckte an ihrem Eis.

»Du musst ihm sagen, was los ist, Gustav.«

»Was?«

»Dass du … dass es dir nicht gutgeht.«

Gustav riss sich das andere Eis auf. »Das ist nicht deine Sache, Lale.«

»Er will dich nach Réunion einladen«, sagte sie. Sie schaute an die Decke, wo Chris im ersten Stock lautstark vor sich hinwerkelte, als könnte er sie hören. Gustav fühlte, wie der Schwindel zurückkehrte. Die Luft im Haus war stickig. Er warf sein restliches Eis in den Müll.

»Chris muss das nicht wissen«, sagte er leise.

Lale verdrehte die Augen und ging zur Treppe. »Dann halt du dich aus meinem Liebesleben raus.«

Sie stieg die Stufen hoch, und bald kam von oben Musik, die durch das Haus schallte. Gustav hörte die ersten paar Takte, dann übertönte ein Rauschen in seinen Ohren die Melodie. Er hielt sich am Sofa fest und wartete darauf, dass die Flecken verschwanden, die vor seinen Augen tanzten, dass das Rauschen abebbte. Tastete sich mit geschlossenen Augen an der Couch entlang bis zur Terrassentür, hielt sich am Rahmen fest. Die Schwindelanfälle wurden mehr, in letzter Zeit, viel mehr.

»Geht's wieder?«

Gustav öffnete die Augen.

»Du bist ganz blass, Gustavo, setz dich lieber hin.«

James auf der Terrasse, von Licht angestrahlt. Ihm hatte er eine harmlose Version aufgetischt, Schwindelanfälle, Kreislauf, der heiße Sommer, hauptsächlich, weil James gefragt hatte, rundheraus, wegen all der Tablettenschachteln, die herumlagen, und Monikas morgendlichen Besuchen mit ihren Spritzen und ihrem Blutdruckmessgerät und ihren immer neuen Arztrezepten. Niemand musste mehr wissen als nötig. Gustav brauchte nicht noch mehr besorgte Blicke. Aber er war zu müde zum Lügen, jeden Tag ein bisschen mehr. James stützte ihn, sie schafften es bis zur Bank und ließen sich darauf fallen. Flo winkte ihnen von fast schon über die Straße mit einer seiner Krücken zu.

»Ich glaube«, sagte Gustav, »ich brauche eine Herzumarmung.«

James schüttelte den Kopf. »Ich glaub eher, wir … Na ja, Butter bei die Fische, alter Freund. Du solltest mal so langsam den Tatsachen in die Augen blicken.«

Gustav war nicht mal besonders überrascht. Vielleicht war er auch zu schwach, um überrascht zu sein.

»Du weißt es?«

»Ich bin doch nicht blöd, Gustavo. Warum ruft mich nach zwanzig Jahren eine wildfremde Frau an und sagt mir, ich soll hierherkommen? Warum liegen hier so viele Medikamente rum? Warum bist du noch knochiger als früher?«

»Ich war schon immer sehr schlank«, sagte Gustav.

»Knochig bist du.« James seufzte. »Mein Lieber, die Verdrängungsphase ist doch längst vorbei, oder?«

»Ich will nicht, dass Chris es weiß.«

»Chris ist ein erwachsener Mann.«

»Er ist gerade erst …«

»Er wird klarkommen. Er muss. Und du musst jetzt mal ein paar Sachen regeln. Du willst doch, dass Chris das Haus bekommt, oder? Ich nehme nicht an, dass du ein Testament aufgesetzt hast?«

Er schüttelte den Kopf. »Als könntest du so was, Jamie.«

»Ich hab mal drei Semester Jura studiert.«

»Ach was?«

»Ja, das war kurz nach Madagaskar, ich war in Hamburg und hab …«

James' Stimme war ein gleichmäßiges Brummen, der Himmel schäfchenwolkengefleckt, strahlend blau. Gustav hatte einen Eisfleck auf dem T-Shirt, den er versuchte, wegzureiben, vergeblich.

James würde sich kümmern. Er war nicht mehr allein. Das erste Mal seit Monaten hatte Gustav den Eindruck, dass es vielleicht doch gut war, nicht allein zu sterben.

Er lehnte den Kopf gegen die Hauswand und schloss die Augen.

Ein letzter Sommer, dachte er, ein allerletzter Sommer.

EINUNDZWANZIG

LALE WACHTE AUF und wusste, welcher Tag heute war. Die Sonne knallte in den Wohnwagen, und ihr Rücken klebte an Christophe, der im Laufe der Nacht irgendwie in ihrem Bett gelandet war. Es war heiß, sie schwitzte, hatte einen schalen Geschmack im Mund und Muskelkater, weil sie den ganzen vorherigen Tag Teppichböden rausgerissen hatten. Am Abend hatten sie Bier unten am Steg getrunken und die Zehen ins Wasser baumeln lassen, und sie hatte es vergessen. Sie hatte kein bisschen dran gedacht, bis gerade eben.

Sie setzte sich abrupt auf und schüttelte Chris.

»Hey«, sagte sie laut. »Hey.«

Er öffnete verschlafen die Augen.

»Hi«, sagte er und lächelte, und sie musste es tun, sie konnte ihn nicht ertragen, nicht heute, sie konnte niemanden um sich haben.

»Du musst gehen«, sagte sie.

»Was?«

»Du musst jetzt gehen. Tut mir leid, aber … bitte.«

»Warum? Die wissen eh schon alle, dass wir …«

»Nicht deshalb. Einfach … ich will es einfach, okay?«

Er sah sie an, und etwas in seinem Blick tat weh, aber dann stand er auf, sammelte seine Klamotten ein und ging ohne ein weiteres Wort. Sie ließ sich zurück aufs Bett fallen.

Die Geburtstage ihres kleinen Bruders waren immer wunderschön gewesen. Strahlender Sonnenschein, babyblauer Himmel, Schäfchenwolken, klebrige Limo. Vor zwei Jahren hatte er sich sogar eine Popcornmaschine gemietet, und seine ganze Party hatte nach Kino gerochen.

Das war erst zwei Jahre her.

Sie schloss die Augen. Sie würde behaupten, sie wäre krank. Einfach nicht aufstehen. Den Sonnenschein ignorieren, nichts als trockenes Knäckebrot essen, sich ins WLAN einloggen und den ganzen Tag richtig schlechte Serien schauen, die Lukas gefallen hätten. *Ancient Aliens* und alte Folgen *X-Factor: Das Unfassbare.*

Lale öffnete das Fenster, strampelte die Decke von sich weg und lag reglos in dem leichten Lüftchen, das in den stickigen Wagen wehte. Sie angelte nach ihrem Handy und klickte auf ihre Lieblingsplaylist, die er irgendwann mal erstellt hatte. Lukassons, statt Songs, ohne g, zusammengeschrieben wie ein schwedischer Nachname. Erinnerungsfetzen, während die Lieder durch den Wohnwagen wehten. Eine schwarze Haarsträhne, die ihm beim Zeichnen ins Gesicht fällt. Wie er mit Edding ihre Turnschuhe bemalt. Seine schiefen Zähne als Kind, seine Zahnspange, in der sich Reste des Mittagessens verfangen. Das Knarren über ihr im Hochbett, wenn er sich bewegt. Seine alte Gitarre, vom Flohmarkt, mit Riss und billigen Saiten, auf der er herumschrammelt.

Sie klickte durch Bilder auf ihrem Telefon, Selfies, auf denen er ihre Haare als Schnurrbart trug, den Kopf gegen ihren gelehnt, seine braungebrannten Hände um eine Bierflasche, Boxershorts am Meer, Barcelona, und Surfbretter und Tattoos, die er gestochen hatte. Er neben seinem beschissenen neuen Mountainbike, stolz, glücklich.

Sie warf das Handy weg, rollte vom Bett und aß ein Stück Knäckebrot, trank einen Schluck aus ihrer Thermoskanne, lauwarme, widerliche Kaffeebrühe von irgendwann, sie wusste nicht mal mehr, wann.

Dann rollte sie sich zu einem kleinen Päckchen zusammen und

versuchte, den Druck auf ihrer Brust loszuwerden, das brennende Gefühl in ihrer Kehle. Sie zog sich die Decke über den Kopf, um den hellen Vormittag auszusperren, aber es war heiß und ungemütlich.

Jemand hämmerte gegen ihre Tür.

»Geh weg«, murmelte sie in ihr Kissen.

»Lale?«, rief Flo von draußen.

»Geh weg!«, sagte sie laut.

»Du musst kommen!«

»Nein, Flo, muss ich nicht. Geh einfach weg.«

»Du musst!«

Sie antwortete nicht.

Er hämmerte weiter. Lale stöhnte und blieb liegen.

»Es geht um Gustav!«, rief er.

»Was?« Sie hob den Kopf.

»Wegen Gustav!«, rief er lauter. Seine Stimme klang leicht panisch, überschlug sich. Lale sprang aus dem Bett und riss die Tür auf.

»Was ist mit ihm?«

Flo sah blass aus, noch blasser als sonst, und Schweiß stand auf seiner Stirn.

»Er liegt oben … im Wohnzimmer … er …«

Lale hatte sich schon einen Pulli geschnappt und sprang aus der Tür.

»Ist er bewusstlos?«, fragte sie, während sie neben Flo den Platz hinaufrannte. »Atmet er? Hast du überprüft, ob er atmet?« Ihr Puls raste, ihre Gedanken waren seltsam klar. Es war, als würde sie das Denken überspringen und direkt handeln.

»Hast du einen Krankenwagen gerufen?«

»Nein«, sagte Flo, der ein paar Meter zurückgefallen war. »Chris ist bei ihm.«

Lale rannte schneller. Sie stieß die Terrassentür auf. Wie immer schlug ihr der leicht stickige Geruch des Hauses entgegen. Kölnisch Wasser. Gustav lag neben der Treppe, Chris saß an seiner Seite, stützte seinen Kopf. Lale stürzte zu ihm, schrammte sich die Knie auf dem schmutzigen Dielenboden auf. Blut pumpte rauschend durch ihren Körper. Sie schlug ihm leicht auf die Wangen. »Gustav!« Und noch einmal.

Ihr Atem. Ihr Herzschlag trommelte in ihrer Kehle. Sie merkte, dass ihre Hände zitterten.

Gustav öffnete die Augen.

»Ich bin wach, ich bin wach«, sagte er, seine Stimme klang rau. »Du kannst aufhören, mich zu hauen.«

Lale atmete aus, was zu einem Seufzen wurde, das sich wie ein Lacher anhörte. Flo stolperte zur Tür herein.

Gustav versuchte, sich aufzusetzen. Lale drückte ihn zurück auf den Boden.

»Nicht aufstehen«, sagte sie. »Bleib verdammt nochmal liegen. Hast du den Krankenwagen gerufen?«, fragte sie an Chris gewandt. Er sah müde aus. Es tat ihr auf einmal leid, dass sie ihn weggeschickt hatte.

»Er sagt, er braucht keinen.«

Gustav rappelte sich hoch, schüttelte ihre Hände ab und stand etwas schwankend am Treppengeländer. »Ich bin in Ordnung! Umgeknickt, mehr nicht.«

Lale funkelte Gustav an. »Du bist ein dummer, alter Mann«, sagte sie. Sie schenkte ihm ein Glas Wasser ein und trank es selbst. Der Druck auf ihrer Lunge schmerzte.

»Es geht mir gut.« Gustav schlurfte ins Wohnzimmer und sank aufs Sofa.

»Das ist bestimmt die Hitze«, sagte Flo. Lale reichte Gustav ein neues Glas Wasser. Sie schob sich die Kapuze ihres Pullis über den Kopf und wäre am liebsten wieder in ihrem Wohnwagen verschwunden. Chris stand hinter ihr, sie spürte ihn an ihrem Hinterkopf. Er legte eine Hand auf ihren Rücken, und Lale machte sich von ihm los. Sie konnte auf keinen Fall vor Gustav und Flo und Chris anfangen zu weinen.

»Du musst zu einem Arzt«, sagte sie. Chris nickte.

»Ich fahr'«, sagte er.

Sie ignorierten Gustavs Proteste und verfrachteten ihn ins Auto. *El comandante*, hätte Matthias gesagt. Sie hatte noch immer keine Hose an, fiel ihr im Auto ein, aber es war egal. Es war alles völlig egal.

Gustavs Hausarzt hatte noch bis 13 Uhr geöffnet, es war Mittwochvormittag und das Wartezimmer gestopft voll. Gustav saß still zwischen hustenden und schniefenden Sommergrippe-Infizierten, und Lale beschloss, einkaufen zu gehen. Sie gab Gustav ihr Handy und sagte, er solle Christophe anrufen, wenn er fertig war. Gustav nickte wie ein unartiger Schuljunge, der etwas angestellt und sich vorgenommen hatte, jetzt brav zu sein. Christophe wartete im Auto.

Sie schob sich auf den Beifahrersitz.

»Was ist denn eigentlich los?«, fragte er.

Seine schwieligen Hände, seine blöde Leinenhose, seine ruhige Stimme. Ihr Kopf fuhr hoch.

»Was los ist? Oh, nichts, alles bestens, nur Gustav … dein Vater, übrigens, lag leblos, leblos! neben der Treppe. Das war doch kein kleiner Schwächeanfall, Chris, das …«

Sie merkte, wie das Rauschen in den Ohren wieder zunahm, die brennenden Augen, der Klumpen in der Kehle. Diesmal schaffte sie es nicht, nicht zu weinen.

»Hey«, sagte Christophe. »Der wird schon wieder. Er ist ziemlich zäh, und er ist … er wird versorgt …« Eine Hand legte sich auf ihre, eine warme, raue Hand mit Erde unter den Fingernägeln. Lale wollte nachgeben, wollte sich über die Handbremse lehnen, über den

Schaltknüppel und gegen Christophes Schulter. Aber sie riss ihre Hand zurück.

»Wenn du meinst«, sagte sie kühl.

»Das meine ich. Und ich wollte eigentlich wissen, was mit dir …«

»Nichts!«, sagte Lale. »Gar nichts. Es geht mir gut, du musst dich nicht um mich kümmern.«

»Okay«, sagte er.

»Lass mich einfach da vorne raus, ja?«

»Schön.«

Er fuhr mit den Fingern ums Lenkrad gekrampft. Sie stieg bei Aldi aus, bevor er noch geparkt hatte, holte einen Einkaufswagen, war schneller als er.

Sie weinte lautlos, während sie durch die Gänge ging, Schnodder lief ihr aus der Nase, und die Leute schauten sie komisch an. Sie war barfuß, mit nichts als einem riesigen, grauen Hoodie bekleidet, und sie fuhr sich ständig mit dem Ärmel über die Nase. Lale wünschte, sie hätte eine Sonnenbrille oder wenigstens eine Hose. Sie sah vermutlich aus wie eine drogenabhängige Pennerin, möglicherweise suizidgefährdet, und ihre Haare waren fettig und wirr. Sie hatte heute im Bett bleiben wollen, und genau da wollte sie auch wieder hin, so schnell es ging.

Sie schmiss Toast und Zwieback, Gummibärchen und Schokolade, Sprudelwasser und Saft, Tomaten, Gurken, Erdbeeren, Camembert, Emmentaler, Dosentomaten, Nudeln und Öl in den Wagen. Ein paar Tiefkühlpizzas, wenn Gustav keine Lust hatte, zu kochen. Reis, Mehl. Ihr fiel auf, dass sie kein Geld dabei hatte, aber Chris war schon da, natürlich, mit einer EC-Karte und nichts als Verständnis.

Als alles im Auto verstaut war, hatte das Telefon noch immer nicht geklingelt. Lale schniefte. Sie wollte nicht einsteigen. Sie wollte nicht mit schmutzigen Zehen auf dem heißen Parkplatz herumstehen. Sie wollte in ihren Wohnwagen. Oder in einen Zug steigen und nach Hause fahren. Nicht nachdenken, überhaupt nicht denken. Das Korsett fester zurren, durchhalten.

Chris öffnete die Wagentür und lehnte sich heraus, schien zu warten. Lale sah ihn an, die wirren Haare, die Schatten unter seinen Augen.

Er kann doch nichts dafür.

Sie biss sich auf die Lippe und merkte, dass sie gleich wieder anfangen würde zu weinen. Sie stieg ein.

Chris startete das Auto.

»Erdbeeren oder Popcorn?«

Sie betrachtete die feinen Fältchen, die sich um seine Augen bildeten.

»Was?«

»Erdbeeren oder Popcorn?«

Ein Lächeln zuckte um ihre Mundwinkel, ein ganz plötzliches, unerwartetes Lächeln, das sie selbst überraschte.

»Erdbeeren«, sagte sie.

Er fuhr zu einem Erdbeerfeld, denn so war er: Er stellte keine Fragen. »Ich dachte, es gibt keine mehr«, murmelte Lale, und Chris holte ein Körbchen und sagte: »Späte Erdbeeren. Nur für dich.«

Lale wanderte barfuß über die trockene Erde, bückte sich, pflückte eine Erdbeere nach der anderen. Sie waren versteckt, rote, dicke Knubbel unter dunkelgrünen Blättern. Die Sonne brannte auf ihrem Gesicht, der Pulli war zu warm. Manchmal trat sie aus Versehen auf eine Erdbeere, und als sie zurück zum Auto kam, waren ihre Füße rot und voller Kerne. Sie holperten den Feldweg ein Stück weiter, und sie parkten im Schatten eines Gebüschs, neben unzähligen anderen Autos, stiegen aus, fanden eine etwas stillere Bucht, ein wenig abseits, wo sie auf der Wiese am Ufer saßen, Chris mit hochgekrempelter Hose, die Füße in den weichen, matschigen Grund im Wasser gegraben, und die Erdbeeren im See wuschen. Die schmeckten nach richtigen Erdbeeren, voll und saftig. Lale schwitzte in Lukas' Pullover und schob die Ärmel zurück. Libellen schwebten um sie herum, und Kinder bauten nebenan auf einem Spielplatz Sandburgen, größer als sie selbst.

»Ist dir nicht warm?«, fragte Chris.

Lale schaute ins Wasser.

»Das ist Lukas' Pulli«, sagte sie zu ihren Füßen. »Er wäre heute 33 geworden.«

Sie steckte sich eine Erdbeere in den Mund.

»Oh«, sagte Christophe.

»An seinem Geburtstag gab es jedes Jahr eine Schnitzeljagd. Seit er vier war, bis … bis jetzt. Samstagnachmittag und zwanzig Erwachsene suchen Schätze.«

Sie lächelte. Eine Träne tropfte auf ihr Knie und blieb dort: ein salziger Fleck, maiskorngroß.

»Einmal hat er so Zettel aufgehängt mit einem Bild von sich: ›Haben Sie diesen Mann gesehen?‹ Und man musste eine Nummer wählen, und dann kam man bei mir raus, und ich hab den nächsten Hinweis gegeben. Die Zettel waren im ganzen Viertel verteilt. Noch Wochen später haben Leute bei mir angerufen …«

Ihr Lachen vermischte sich mit einem Schluchzer, sie konnte es selbst nicht auseinanderhalten. Eine Erdbeere zermatschte in ihrer Hand. Sie leckte ihre Finger ab.

»Er hat immer gespielt. Alles war für ihn ein Spiel.«

Lale schloss die Augen, öffnete sie aber gleich wieder.

»Manchmal wache ich auf, und alles ist irgendwie so unwirklich und dann … dann denke ich, es ist nur eins seiner Spiele. Dass wir ihn immer noch suchen. Und dass irgendwann das Telefon klingelt und jemand anruft, der ihn gesehen hat.«

Sie hustete ein weiteres schluchzendes Lachen und sah Christophe an. »Bescheuert, oder?«

»Ich spreche manchmal mit meiner Mutter«, sagte er.

Lale wusste nicht, warum, aber sie wollte nicht, dass er von seiner Trauer sprach, von einer ganz anderen, viel weniger schlimmen Trauer.

»Na ja, deine Mutter war alt, oder? Und sie hatte Alzheimer. Das ist was völlig anderes.«

Chris räusperte sich. »Es tat trotzdem weh«, sagte er.

»Du hast keine Geschwister«, sagte sie. »Du verstehst das nicht.« Er sagte nichts, kaute auf seinem Daumen, als müsste er sich eine Antwort verkneifen.

Sie wollte ihm weh tun, irgendwie. Wollte nicht, dass er sie in der Gegend herumfuhr und mit ihr Erdbeeren aß. Er sollte weggehen, sie allein lassen, wie sie es verdiente. Sie stand auf und watete ein paar Schritte in den See. Ihre Zehen versanken im Schlick. Sie blickte hinaus auf die schaukelnden Luftmatratzen, ein Ruderboot am anderen Ende des Sees. Ein paar Enten im Schilf, Jungs, die sich mit neonfarbenen Badenudeln kloppten. Eine sanfte Brise verwehte die Hitze und trocknete die Schlieren auf ihren Wangen. Es roch nach Sonnencreme und Pommesfett von einer Imbissbude ein Stück weiter. Lale drehte sich zu Christophe um, dessen helle Hose unten schon nass war.

»Meinst du nicht, er hätte gewollt, dass du einen schönen Tag hast?«, fragte er. »Dass es dir gutgeht?«

Er hatte die Finger verschränkt und knetete seine Knöchel, als wäre er nervös. Lale stellte sich vor, Lukas wäre hier. Er würde auf den Baum neben ihnen klettern und sich mit einem Salto ins Wasser fallen lassen. Eine Arschbombe, schwappende Wellen, nasse T-Shirts.

Sie sah Chris einen Moment lang an, wie er am Wasser saß, mit nassen Hosenbeinen und wirren Haaren. Sie dachte, sie könnte sich jetzt nach unten beugen und ihn küssen, langsam und lange, und dabei vergessen, welcher Tag heute war, dass sie im Bett hatte bleiben wollen und dass ihre Augen vom Weinen verquollen und rot waren.

Dann war der Moment vorbei.

»Tja«, sagte sie kalt. »Er kann mir nicht mehr sagen, was er gewollt hätte.«

Lale stand auf und ging zurück zum Auto; Gustavs Pizza würde auftauen, sie sollten fahren.

Sie spürte seine Hand auf ihrem Arm. »Lale«, sagte er, und sie drehte sich um. »Sprich doch bitte mit mir.«

Das Korsett schnürte sich enger um ihren Körper. »Ich will aber nicht mit dir sprechen, okay, Chris?«

Er schob die Hände in die Hosentaschen, zog sie wieder raus. »Ich mein ja bloß …«

Eine vierköpfige Familie, die eine knallrote XXL-Luftmatratze über ihren Köpfen trug, wanderte an ihnen vorbei.

»Was soll ich dir denn erzählen? Du hast ihn doch nicht gekannt … Du kennst ja noch nicht mal mich.«

Ihr fiel auf, dass das stimmte: Er kannte sie kein bisschen, sie kannte ihn kein bisschen. Es war alles nicht echt. Der Campingplatz, Chris, der Sex. Es war nichts als Flucht und Verdrängung, von Anfang an.

»Ja, deshalb frag ich ja«, sagte Chris. »Erzähl mir, was passiert ist. Mit Lukas, mit dir …«

»Will ich aber nicht. Okay? Ich will dir jetzt nicht mein Herz ausschütten, nur, damit du dich besser fühlst.«

»Was?« Gerunzelte Stirn, zusammengekniffene Augenbrauen.

»Ich brauch niemanden, der mich rumfährt und Erdbeeren kauft und … und …« Sie wedelte mit ihrer Hand in der Gegend herum.

Chris raufte sich die Haare.

»Ich wollte dich aufmuntern, verdammt nochmal.«

Er sagte das »verdammt nochmal« so schwach, so leise, als hätte er noch nie in seinem Leben richtig geflucht. Sie wollte, dass er wütend wurde, auf sie, auf irgendwen, wollte einen Grund haben, ihn anzuschreien.

»Ich brauche keine Aufmunterung. Ich will keine Aufmunterung. Lass mich einfach in Ruhe. Das war von Anfang an nur … nur …«

»Was?«, sagte er. »Was?«

Der Ausdruck in seinen Augen brach ihr das Herz. Trotzdem.

»Nicht echt. Ablenkung.«

Chris starrte sie einen Moment lang an.

»Wir haben einfach nur Sex«, sagte sie, »mehr nicht.«

Christophe öffnete den Mund.

»Und Gustav«, fügte Lale schnell hinzu, sie konnte nicht aufhören, »Gustav kennst du übrigens auch nicht. Weißt du, er …«

Die schwungvolle Titelmelodie von *Indiana Jones* hallte über den heißen Asphalt. Chris zuckte zusammen und kramte in seiner Hosentasche nach seinem Handy.

»Hallo? Alles klar. Ja, wir sind gleich da«, sagte er in den Hörer.

Lale stieg ein, ohne auf ihn zu warten.

ZWEIUNDZWANZIG

CHRIS BREMSTE SCHARF, während Lale schon die Tür hinter sich zuwarf und über den Hof rannte, den Kopf gesenkt.

»Was ist denn passiert?«, fragte Gustav von hinten. »Was hat sie denn?«

»Keine Ahnung.« Chris beobachtete Lale, die auf einmal langsamer ging und schließlich stehen blieb, in diesem riesigen, unförmigen Kapuzenpullover, die Ärmel über die Hände gezogen, die Haare strähnig und lang vor ihrem Gesicht. Sie blieb mitten im Hof stehen, vor einem dunkelblauen Audi, der vor der Rezeption parkte. Sie stand da wie erstarrt, schaute nur.

Chris runzelte die Stirn. In seinem Kopf hallten ihre Worte nach. *Nicht echt. Kennst mich nicht mal.*

Gustav kämpfte sich aus dem Wagen, Chris folgte ihm.

»Lale?«, fragte er und trat zu ihr. Sie rührte sich nicht.

Ein Mann stieg aus dem Wagen, weiße Turnschuhe voran. Ein tätowierter Arm. Ein schwarzes T-Shirt und eine säuberlich geordnete Frisur. Er hatte eine Reisetasche dabei und winkte.

»Überraschung«, sagte er.

Und Lale hauchte: »Mats«, löste sich aus ihrer Schockstarre und rannte auf ihn zu, warf ihm die Arme um den Nacken, schluchzte, wenn Chris richtig hörte. Der Mann drückte sie an sich, küsste ihren Kopf, hielt sie fest.

Chris hatte das surreale Gefühl, als hätte jemand die Zeit angehalten, ihn herausgenommen und irgendwo daneben hingestellt, während alles andere weiterlief. Er spürte Gustavs Hand auf seiner Schulter und war sich nicht sicher, ob es eine tröstende Geste oder ein Abstützen war.

»Und Sie sind?«, hörte er Gustav sagen, mit einer dröhnenden Stimme, die nicht dazu passte, dass er eben vom Arzt kam und auf der Heimfahrt zehn Minuten geschlafen hatte.

Der Mann drehte sich um. Lale ließ ihn los.

»Das könnte ich Sie auch fragen«, sagte er. Er klang belustigt und warf Lale einen Blick zu, beugte sich dann aber zu ihr hinunter (er war riesig, bestimmt 1,90 oder so) und strich ihr Tränen aus dem Gesicht. »Ach, mein Schatz«, sagte er und zog sie wieder an sich. »Mein armer Schatz.«

Ein Paralleluniversum, dachte Chris, in das er zufällig gerutscht war, ohne es zu wollen. Eine ganz andere Lale Schubert, die auf einem ganz anderen Campingplatz wohnte. Eine Doppelgängerin aus einer anderen Welt.

»Ich bin der Besitzer dieses Campingplatzes«, sagte Gustav.

»Aha«, sagte der Typ, der jetzt Lale an sich gedrückt hielt, ihr Kopf an seiner Brust, er einen ganzen Kopf größer als sie. Diese blonden, ordentlichen Haare. Chris merkte, dass er die Zähne zusammenbiss und seine Fäuste geballt waren. Seine Finger knackten, als er versuchte, locker zu lassen.

»Ich werde natürlich ordnungsgemäß einchecken. Oder hat meine Frau das schon erledigt? Wo schläfst du, Schatz? Ist da Platz für mich? Oder muss ich ein Zelt kaufen gehen?« Wieder klang er belustigt.

»Es ist genug Platz«, murmelte Lale.

Meine Frau, dachte Chris.

Er fiel mit einem Poltern zurück in die Zeit, zurück in das richtige Universum, zurück auf den Boden der Tatsachen, hart und unnachgiebig. In seinen Eingeweiden nistete sich etwas Graues ein, etwas Spitzes und Eiskaltes.

»Frau?«, sagte Gustav, und seine Hand krallte sich etwas fester in Christophes Schulterblatt.

»Diese Frau. Meine Frau, Lale Schubert«, sagte der Typ und deutete mit einem Finger auf Lale. Er lächelte. »Hat sie nicht, oder? Mich eingecheckt, mein ich.«

»Ich wusste doch gar nicht, dass du kommst«, sagte Lale.

In Chris' Ohren rauschte es. *Frau, meine Frau, Lale Schubert.*

»Du hast mir diese nette Postkarte geschickt«, sagte der Kerl. »Und heute ist Lukas' Geburts…«

»Ich weiß«, sagte Lale. »Danke.« Der Mann ließ sie los.

Flo und Gabi kamen aus der Rezeption.

»Ein neuer Gast?«

Gustav sagte: »Das ist Lales Ehemann.«

»Oho«, machte Gabriele, »hab mich schon gewundert, an wen das Fräulein Schubert Liebesgrüße verschickt.« Sie musterte den Mann mit ihrer obligatorischen Kippe im Mundwinkel.

Liebesgrüße.

»Ihr … was?«, sagte Flo. Seine Augen waren riesig. Er pustete sich ein paar Haarflusen aus der Stirn.

»Ehemann«, wiederholte Gustav, während der Typ von einem zum anderen schaute.

»Lale ist verheiratet?«, sagte Flo mit einer Stimme, die zu sagen schien: Wer's glaubt.

»Ja«, sagte der Mann und warf Lale einen kurzen, stirngerunzelten Blick zu. »Mit mir.«

»Okay«, sagte Lale. »Gehen wir …« Sie zog ihn mit sich, ohne Chris oder Gustav oder Flo auch nur eines Blickes zu würdigen.

Alle drei schauten sie den beiden nach.

»Hm«, machte Gustav. »Wer hätte das gedacht.«

Chris spürte, dass Flo seine Hand drückte. »Aber …«, sagte Flo. »Ich dachte, du und sie … das … wegen der Dusche …«

Chris zog seine Hand weg.

»Wir trinken jetzt erst mal was«, sagte Gustav. »Los.«

Er schob ihn ins Haus, setzte ihn auf die grüne Couch, und plötzlich hielt Chris ein Glas mit Schnaps in der Hand.

»Marille.« Gustav ließ sich ihm gegenüber in einen Sessel fallen.

»Was?«

»Marillenschnaps. Selbstgebrannt.«

»Aha.« Chris schaute in das Glas und dann wieder auf seine Knie. Flo kam mit I-Ah auf dem Arm ins Zimmer, setzte sich neben ihn aufs Sofa und schob ihm das Kaninchen hin.

»Hier, das hilft immer«, sagte er ernst.

Das dicke Häschen breitete sich auf seinem Schoß aus. Flo betrachtete ihn mit einem Blick, den er sonst nur bei seinen kranken Haustieren aufsetzte.

»Runter damit«, sagte Gustav, und Chris trank brav seinen Schnaps, der eklig brannte. Dann brachte Gustav ihm ein Bier, das eiskalt war, aber trotzdem nicht schmeckte. Christophe kraulte I-Ah hinter den Ohren.

»Habt ihr das gewusst?«, fragte er, um irgendetwas zu sagen.

»Nein.« Flo schüttelte den Kopf. »Sie hat nie … Und außerdem wart ihr doch …«

Gustav brummte etwas.

»Gustav?!« Christophe blickte ruckartig auf.

»Na ja«, sagte Gustav ausweichend. »Sie hat mal gesagt, sie darf sich nicht in dich verlieben, oder so was.«

»Was?!«

»Ja, aber wer würde denn so was ernst nehmen? Ich dachte, sie hat eine dramatische Ader oder so.«

»Hmpf«, machte Chris. »Einmalige Sache, hat sie ja anfangs gesagt.«

»Na ja, so einmalig war das ja dann nicht mehr.«

»Ganz schön scheiße von ihr«, sagte Flo.

Chris wäre lieber allein gewesen, unten am See, aber er hatte keine Lust, Lale und ihrem Mann über den Weg zu laufen. Ihrem Ehemann. I-Ah knabberte an seinem Hosenbund.

Der Streit heute, die Tatsache, dass sie ihn am Morgen aus heiterem Himmel aus ihrem Wohnwagen geworfen hatte, all das … Sie hatte recht. Sie kannten sich nicht. Es war nichts weiter gewesen als … gar nichts. Ein *summer fling*, wie James sagen würde.

Stets launenhaft und wankelmütig …

Je suis vraiment un idiot.

Er drückte zwei Finger gegen seine Nasenwurzel und trank dann noch einen Schluck Bier. Das Kaninchen hüpfte von seinem Schoß und verschwand unter dem Sofa.

Sie leerten den Marillenschnaps, und in einem alten Kasten im Keller fanden sie noch ein paar volle Flaschen Bier. Sie johlten, als eine Stunde später James an der Terrassentür klopfte, dem Gabi brühwarm alles erzählt und der in weiser Voraussicht eine Flasche Doppelkorn besorgt hatte.

James legte eine von Gustavs Blockbuster-DVDs ein und verdonnerte sie, immer wenn eine patriotische Szene kam (Flaggen im Sonnenuntergang, Männer mit Pilotenbrillen, die in Zeitlupe in einer Reihe liefen, pathetische Ansprachen alternder Präsidenten), einen Kurzen zu exen. Christophe, der überhaupt keine Lust auf blödsinnige Trinkspiele hatte, fand sich gegen Ende des ersten Films Arm in Arm mit James vor dem Fernseher stehend wieder, die rechte Hand auf die Brust gedrückt und inbrünstig den geigenlastigen Soundtrack des Films mitsingend, mit mehr »Dä-dädäääää« als Text.

Er durchstöberte gerade die DVD-Sammlung, als ein Zettel aus dem Regal flatterte.

»Ey«, sagte Chris. »Was ist das denn? Floß fahren? Marillenschnaps brennen?«

»Geht dich nichts an«, schnauzte Gustav.

»Ich dachte, ich bin der Meister der Checklisten.« Chris hatte Mühe, die Zeilen zu lesen. »*The Big Lebowski*?«

Gustav riss ihm das Papier aus der Hand. »Geh lieber Nachschub holen.«

Chris suchte den Film aus dem Regal, während Gustav etwas auf die ominöse Liste kritzelte. »Und jetzt immer, wenn sie ›Dude‹ sagen, einen trinken«, rief er.

Hochprozentigen vertrug Chris nicht, und kurz vor Mitternacht (der dritte Film war schon halb vorbei) torkelte er ins Bad, hatte Mühe, die Kloschüssel zu treffen, und beschloss, schlafen zu gehen. Stattdessen stolperte er über die Sofalehne, rutschte recht unelegant aus und landete neben der Couch. Er rülpste und blieb einfach liegen.

***

Gustav wachte von einem Hämmern auf, das er erst nach einigen Sekunden außerhalb seines Kopfes lokalisierte. Lautes Hämmern, harte Schläge. Die Knochen taten ihm weh, sein Kopf dröhnte, als würden zwanzigtausend winzige berittene Hunnenkrieger mit spitzen Speeren und stampfenden Pferden sein Gehirn zertrampeln. Er saß im Sessel, grelles Licht malte Flecken auf seine Knie. Flo lag auf der Couch. Leere Flaschen und Gläser auf dem Couchtisch, aufgerissene Chipspackungen, aufgeklappte DVD-Hüllen. Christophe schnarchte neben dem Sofa auf dem Fußboden. Das Karnickel hockte neben ihm und kaute an einem seiner Socken. James war weg.

Gustav stand auf, und die Hunnenkrieger purzelten übereinander und krachten gegen seine Schädelwand. In der Maschine war noch kalter Kaffee vom Vortag; er schenkte sich eine Tasse ein.

Von oben das Hämmern. Er stapfte mühsam die Treppe hoch. Mittlerweile war Treppensteigen etwas, das er ungern tat. Er war froh, dass sein Schlafplatz wegen der Renovierungsarbeiten nach unten aufs Sofa verlegt war. Oben angekommen, flimmerte Staub vor dem Fenster. Lale stand in ihrem weißen Schutzanzug mitten im Zimmer und drosch mit einem riesigen Vorschlaghammer auf eine Wand ein.

»Das ist hoffentlich keine tragende«, sagte Gustav, und sie fuhr so schnell herum, dass er Angst hatte, den Hammer abzukriegen. Sie ließ ihn sinken und klopfte mit behandschuhten Knöcheln gegen die Wand.

»Rigips«, sagte sie und hämmerte wieder auf die Wand ein. »Da wollte jemand mal aus einem Zimmer zwei machen. Hab ich dich geweckt?«

»Musst du das jetzt machen? Es ist halb acht Uhr morgens.«

»Ja.« Wieder schlug sie zu.

Gustav trank einen Schluck Kaffee. Sollte das Haus seiner Tante zum Dampfablassen herhalten, es war ihm egal.

»Schon gut, lass es raus.«

»Mach dir doch mal Frühstück und lass mich in Frieden, Gustav.«

»Würd ich ja gern, aber du störst *meinen* Frieden. Musst du nicht zu deinem Mann, oder so?«

Der Hammer rumste gegen die Wand.

»Verschon mich, Gustav«, fauchte sie.

»Immerhin ist Chris mein Sohn. Ich will, dass er glücklich ist.«

»Ach ja?« Sie schwang wieder den Hammer. Diesmal rieselte der Putz von der Decke und legte sich wie eine weiße Ascheschicht auf ihre Köpfe. »Das hat dich achtunddreißig Jahre lang auch nicht interessiert.«

Gustav merkte, dass er husten musste. Etwas verkrampfte sich in ihm. »Du weißt, dass ich es nicht wusste.« Ein Stück Wand brach heraus und landete auf dem Boden.

»Nein? Oder warst du nur zu feige, dir auszurechnen, dass das Baby, das du damals gesehen hast, vielleicht, eventuell von dir sein könnte?«

Die altbekannten Bilder blitzten vor Gustavs innerem Auge auf: Küsse, die nach Zitronenlimonade schmeckten, ein Floß und ein Wolkenbruch, und so viel später das Baby auf seiner Krabbeldecke.

Alles wiederholt sich. Paulette mit ihrem Ehemann zu Hause auf Réunion, und jetzt hatte Lale den anderen Mann. Und Gustav konnte Chris nicht helfen. Er fühlte sich auf einmal sehr, sehr alt. Die brennende Lunge vom Treppensteigen, seine knochigen Handgelenke, seine Kopfschmerzen. Er nickte in seine Kaffeetasse und blickte durch das Loch, das jetzt in der Wand klaffte.

Lale ließ den Hammer sinken, stützte sich darauf und schaukelte leicht hin und her.

»Weißt du, Gustav, das ganze romantische Verklären, das steht dir nicht. Weil es nämlich nur das ist: Verklärung. Du erzählst die ewig gleichen Geschichten und trauerst der Jugend hinterher.«

Sie schlug wieder auf die Wand ein. Weißer Staub, Kalk, Putz, was auch immer, wirbelte auf.

Gustav fragte sich, wieso sie jetzt über ihn redeten, wo er doch hergekommen war, um mit ihr über die ganze vertrackte Situation zu sprechen. Er hatte helfen wollen, oder? Er hatte vermitteln wollen, wie es weise Menschen seines Alters taten. Eine Mentorenfigur, oder so, ein weißbärtiger Gandalf mit einer sanften Stimme. Aber er war nur ein alter Sack, krank und einsam, der sein Leben verkackt hatte. Sie hatte vollkommen recht. Wer war er, ihr zu sagen, was sie zu tun hatte?

Sein Kaffee war kalt und voller Staub.

»Weißt du, er ist ein sensibler Junge. Chris«, sagte er leise. »Das hat er von seiner Mutter.«

Lale drehte sich um, der Hammer fiel ihr aus der Hand. »Du hast doch seine Mutter gar nicht richtig gekannt!«, schrie sie. »Die paar Wochen, mehr nicht. Genauso wenig wie ich Chris kenne!«

Sie versuchte, den Hammer aufzuheben, er rutschte ihr wieder weg, sie ließ ihn liegen, riss sich die Kapuze vom Kopf und stürmte aus dem Zimmer, rannte fast Flo um, der den Kopf hereinstreckte.

»Wieso macht ihr das jetzt?«, fragte er. »Mein Schädel platzt.« Er stöhnte und hielt sich die Stirn. »Gott, meine Mutter bringt mich um.«

»Richtig«, sagte Monika in der offenen Tür. »Das wird wohl zur Gewohnheit.«

Gustav spürte noch mehr, wie schwach er war, wie alt und krank, als hätte ihn allein der Anblick von Monika daran erinnert, dass er es nicht mehr lange machen würde. Spritzen und Hausbesuche und Blutdruckmessen und: »Du solltest wirklich nicht mehr allein leben.« Eine Fliege rummste gegen die Fensterscheibe. Kein Entkommen, weder für sie noch für ihn.

»Ich ignoriere jetzt mal die Tatsache, dass ihr beide stinkt wie ein Schnapsladen. Und die Tatsache, dass du mir ruhig mal Bescheid geben könntest, wo du bist, wenn du nicht nach Hause kommst«, sagte Moni zu Flo. »Und ich werde nicht darauf eingehen, wie tief enttäuscht ich von dir und deinem Verhalten in letzter Zeit bin…«, fuhr sie fort und wandte sich dann so abrupt an Gustav, dass er zusammenzuckte: »Aber du!« Sie sah ihn mit einem so bösen Blick an, dass er sich fragte, wie Flo das ganze achtzehn Jahre lang ausgehalten hatte. »In deiner Verfassung!«

»Wir mussten uns betrinken«, eilte Flo zu seiner Verteidigung.

»Ach. Ihr musstet?«

»Ja. Wegen Chris. Also, wegen Lale. Hat sich rausgestellt, dass sie verheiratet ist.«

»Ach was? Und aus Solidarität habt ihr euch mitbesoffen?«

»Ja!«

Sie sah Gustav lange an. »Setz dich mal dahin«, sagte sie, deutete auf einen einsamen Stuhl neben dem Fenster und packte ihr obligatorisches Blutdruckmessgerät aus. Er brummte etwas. Die Hunnenkrieger in seinem Schädel machten sich wieder bemerkbar.

»Hol ihm mal ein Glas Wasser, Flo«, sagte Monika. »Gustav ist dehydriert.«

»Gustav ist ein erwachsener Mann«, sagte Gustav mit geschlossenen Augen. »Der sehr gut auf sich selbst aufpassen kann.«

»Ach, kann er das?« Monikas Kiefermuskeln spannten sich an. Sie wickelte ihm die Manschette um den Oberarm und pumpte energisch. »Wenn Gustav so weitermacht, sollte er vielleicht besser in ein Pflegeheim, hm?«

»Gustav will aber nicht in ein Pflegeheim«, sagte Gustav durch zusammengebissene Zähne.

»Nicht sprechen«, sagte Moni. »Das verfälscht das Ergebnis.«

Was wollte sie, dass er tat? Nur noch im Bett liegen und sich betüddeln lassen? Pflegeheim, nicht mit ihm. Niemals. Vorher würde er Monika ein paar Schlaftabletten abschwatzen und sie heimlich unter seinem Bett sammeln und dann einen gepflegten Abgang hinlegen, bevor er unfähig wäre, in Würde zu gehen. Allein in einem stickigen Heimzimmer, mit einer Schwester, die ihn waschen und ihm beim Pinkeln helfen musste – nein, danke.

Monika riss ihm die Manschette ab.

Gustav nahm den Vorschlaghammer und wog ihn in der Hand.

»Pflegeheim? Wieso Pflegeheim?«, sagte Flo, als sei diese Information erst jetzt zu ihm durchgedrungen.

»Nichts«, sagte Gustav. *Pflegeheim.* Er stand auf, holte aus, und der Hammer sauste auf die Wand nieder. Es krachte äußerst befriedigend, und ein Stück Wand flog ihnen um die Ohren. Monika zog eine Spritze auf. Flo betrachtete sie.

»Was spritzt du ihm da eigentlich dauernd?«, fragte er.

»Nichts«, sagte Gustav und haute wieder auf die Wand.

»Und wieso jetzt Pflegeheim?«, fragte Flo.

»Musst du nicht die Rezeption öffnen?«, sagte Gustav.

»Die melden sich schon«, sagte Flo. »Gustav, bist du krank? Ich meine, richtig krank?«

»Mir geht's gut«, sagte Gustav laut und brach mit dem Hammer ein weiteres Eck raus.

»Es ist nichts, Schatz«, sagte Monika und klopfte gegen die Spritze.

»Also was Schlimmes«, sagte Flo.

Gustav seufzte. Monika hob eine Augenbraue und sah ihn an. Ein leichtes Nicken ihres Kinns.

Er schloss die Augen.

»Es ist Krebs«, sagte er zu seinen geschlossenen Augenlidern. »Und wehe, du sagst den anderen auch nur ein Sterbenswörtchen.«

Dieses Wort, dachte er. Makaber.

Als er die Augen wieder öffnete, starrte Flo ihn an. Er war blass.

»Aber, der geht wieder weg, oder? Du machst … du machst Chemo, oder so was?« Er deutete auf die Spritze in Monikas Hand.

Gustav schüttelte den Kopf. »Zu spät.«

Flo wurde noch blasser. Gustav bereute seine Offenheit bereits jetzt. Verdammte Hunnen. Verdammtes matschiges Gehirn.

»Wer weiß es?«, fragte Flo. »Weiß es Lale? Weiß es Chris?«

Monika fasste ihn am Arm, aber er schüttelte sie ab.

»Lale schon. Aber, ich … ihr braucht mich nicht wie ein rohes Ei behandeln«, sagte Gustav. »Und Chris … Er muss das nicht wissen. Also halt gefälligst die Klappe, wenn …«

»Scheiße, ihr spinnt doch!«, schrie Flo. Seine Augen glänzten. »Wie könnt ihr …? Mama, er ist sein Sohn, verfickt nochmal.«

»Wortwahl, Flori. Und es ist Gustavs Entscheidung, ob –«

»Du bist schlimmer als sie!«, brüllte Flo Gustav an. »Du kannst nicht entscheiden, ob … dass … Fuck, Mann.«

Er nahm Gustav den Hammer ab und schlug ein paarmal auf die Wand ein. Es krachte, Rigipsstücke flogen durch die Gegend.

Dann schleuderte er den Hammer in ein Eck und stürmte aus dem Zimmer, genau wie Lale vorher.

»Du sagst ihm nichts!«, rief Gustav ihm hinterher.

Ihm war schwindelig. Er sah schwarze Flecken vor seinen Augen tanzen und hörte, wie die Kaffeetasse auf dem Boden aufschlug, bevor er merkte, dass sie ihm aus den Händen geglitten war. Er rutschte vom Stuhl. Monika packte seinen Oberarm und sagte irgendetwas.

Sie setzte ihn auf den Boden, neben den Kaffeefleck, mitten in den Rigipsschutt, und er schaute auf in ihr besorgtes Gesicht.

»Es geht schon wieder«, sagte Gustav. »Es geht schon wieder.«

»Du brauchst Ruhe um dich herum«, sagte sie. »Keine Baustelle.«

Er schüttelte den Kopf. »Kein leeres Haus, Moni. Nicht mehr.«

Er fragte sich, wann Lale abreisen würde, jetzt, wo ihr Mann da war. Und ob Chris nach Hause fliegen würde, jetzt, wo er und Lale … Gustav schluckte. Er wollte nicht allein sein, nicht mehr. Moni hievte ihn wieder auf den Stuhl.

»Wir hätten es Flo nicht sagen sollen«, sagte Gustav.

»Na, meine Idee war das nicht.«

»Ach, er ist zäher, als er aussieht«, brummte er.

Sie nickte langsam.

»Die tun ihm gut. Dein … Sohn und Lale. Er hat's nicht leicht, Gustav, und wenn die beiden jetzt wieder weggehen und … und du …«

Weggehen. Du hast sie doch gar nicht richtig gekannt, genauso wenig wie ich Chris kenne.

»Tja, nichts hält ewig, Monika.«

Sie presste zwei Finger auf ihre Nasenwurzel. »Meine Güte, Gustav.«

»Du kannst ihn nicht immer beschützen«, sagte Gustav. »So ist eben das Leben, weißt du.«

Er dachte an den Brief und an seinen Sohn auf dem Fußboden neben dem Sofa.

Monika seufzte. Sie klopfte auf die blau hervorgetretene Vene in seiner Armbeuge, sagte: »Das gibt jetzt einen Piks«, als wüsste er das nicht.

DREIUNDZWANZIG

Lale schälte sich aus ihrem Schutzanzug, während sie an den Toilettenhäuschen vorbeiging. Sie würde nicht duschen, bloß nicht duschen, und schon gar nicht hinten rechts.

Matthias, mit seinem Elefantentattoo und seinem Undercut, ganz entspannt vor ihrem Wohnwagen. *Kleine Erdbeben.* Er saß auf einem alten Campingstuhl und las ein Buch, das er vermutlich aus dem Bücherschrank an der Rezeption geholt hatte: Speckig und zerfleddert, ein gewelltes Taschenbuch, das gar nicht mehr zuging.

»Hallo, schöne Frau«, sagte er.

Sie hatte kein Auge zugetan, seitdem er gestern angekommen war. Hatte sich hin- und hergewälzt und ein paarmal überlegt, hinüber zu Chris zu gehen und an seine Wohnwagentür zu klopfen. Erklärungen abliefern. Gefühle gestehen. Irgendwas. Aber sie konnte nicht. Matthias war hier, er war gekommen. Und Chris war … gar nichts. Er kannte sie nicht, das stimmte noch immer, auch wenn ihre Wut verraucht war.

Elefanten mit verschränkten Rüsseln. Ihr furchtbar peinliches Hochzeitstattoo, eine Erinnerung an bessere Zeiten. *Kleine Erdbeben, du & ich, immer noch.* Sie war so ein Vollidiot.

Matthias hatte keine Erklärungen verlangt, nicht an Lukas' Geburtstag, nicht, nachdem sie heulend in seine Arme gefallen war, er hatte verstanden, was los war, er war der Mann, der sie kannte. Er war neben ihr eingeschlafen, als wäre rein gar nichts passiert, als wäre sie immer noch die Lale, die vor Wochen überstürzt aus ihrem

Leben geflohen war. Ein Streit zu viel, ein Gefühl der Leere, das sie nicht hatte füllen können, bis sie hierhergekommen war.

»Also«, sagte Matthias. »Können wir jetzt reden?«

Typisch Mats, dachte sie. Er gab ihr einen Tag Auszeit, einen Tag, bevor er wissen wollte, was los war, wieso sie sich wochenlang nicht gemeldet, ihr Handy ausgeschaltet hatte, wieso sie hier war, am Arsch der Welt, in einem buntbemalten Wohnwagen mit einer Lichterkette um die Tür.

»Kaffee«, sagte sie, schlüpfte in ein Kleid und rannte fast zum Bäckerwagen, der hupend in die Auffahrt fuhr, kaufte Croissants und zwei Becher schwarzen Kaffee bei Gabriele, Zeit schinden. Sie begegnete niemandem, nicht Chris, nicht Flo, nicht Gustav, nicht mal James. Als sie zurückkam, legte Matthias das Buch weg und blickte auf.

»Ein Bäckerei-Auto«, sagte er. »Wie urig. Und sag mal, bauen die da oben etwa einen Pizzaofen?«

Wie er da so saß, vor ihrem Wohnwagen, sah er so fehl am Platz aus. Als hätte man zwei parallele Universen fälschlicherweise zu einem verschmolzen. Eine andere Realität, die hier nichts zu suchen hatte. Die parallele Lale übernahm und winkte mit der Tüte voll Gebäck.

»Ich glaube, es wird ein Brotofen«, sagte sie.

»Ist das hier so ein Selbstversorgerdings?«, fragte er. »Die ganzen Beete und …«

»Im Regal steht so was wie Nutella. Wenn du mich kurz vorbeilässt …«

Aber er ließ sie nicht. Er zog sie auf seinen Schoß und zu sich ran, und küsste sie, die parallele Lale, obwohl ihr anderes Ich nach drüben zu Chris' Wohnwagen schielte.

Matthias ließ sie los, betrachtete sie wie etwas, das er begutachten musste. Sie versuchte ein Lächeln, das ihr nicht gelang.

»Du bist braun geworden«, sagte er.

»Es ist Sommer«, sagte sie.

»Und abgenommen hast du.«

»Ja?«

»Ja. Steht dir. Irgendwie … fester. Als hättest du ordentlich Muskeln.«

»Du meinst, nicht mehr so schwabbelig wie früher, oder was?« Sie machte sich von ihm los. »Bist du sauer, oder warum musst du so ein Arsch sein?«

»Ich meine nur, du hast dich verändert.«

Sie drückte ihm den Kaffeebecher in die Hand, setzte sich auf die Stufen und riss die Tüte mit den Croissants auf.

»Du bist sauer.«

Matthias nahm einen Schluck Kaffee. »Was denkst du? Nach wochenlanger Funkstille? Darf ich ein klitzekleines bisschen sauer sein?«

Sie biss in das luftige Gebäck und sagte nichts, kaute lange. »Ich musste mal raus«, sagte sie schließlich.

Er schnaubte. »Oh, ja, das hab ich gemerkt.«

Er klang wie ein Schwelbrand: Immer rational und ruhig an der Oberfläche, kaum sichtbare Regungen, aber untendrunter brannte es, und das Feuer konnte sich in alle Richtungen ausbreiten, unbemerkt. Er konnte sie küssen und in der nächsten Minute explodieren. Er konnte wahrscheinlich sogar beides gleichzeitig. Sie stand auf, um den Aufstrich zu holen.

»Wir haben ständig gestritten«, sagte sie von drinnen. »Es hat sich so … so ungut angefühlt.«

»Und da denkst du dir einfach, ja, hau ich ab, lass ich alles stehen und liegen, fahre …«, er warf die Arme hoch und winkte mit seinem Croissant Kreise in die Luft, »… in die nächstbeste Öko-Kommune und mache ein paar Wochen Urlaub?«

»Ich –«

»Sorry, Lale, aber wie passt das zu der Frau, mit der ich verheiratet bin?«

Sie stellte die Schokocreme auf das kleine Campingtischchen. »Ich hab gewusst, du würdest es nicht verstehen.«

»Doch, Liebling, erklär's mir. Bitte.«

Er tat, als wollte er Verständnis ausstrahlen, doch seine Stimme klang giftig. Sie kannte das: die Kälte, die plötzlich von ihm ausging, wenn sie stritten, wie gemein er klingen konnte, obwohl er nur ganz banale Sätze sagte, der Sarkasmus, der von seinen Worten triefte.

»Ich musste einfach mal weg. Eine Pause. Eine Auszeit.« Sie hörte sich komisch an, nicht wie sie selbst. Aufgesetzt fröhlich. Sie hatte keine Lust, mit ihm zu streiten, sie schielte nach nebenan. Hatten sich die Vorhänge bewegt?

»Ach? Und da nimmst du einfach mal die SimCard aus deinem Handy, packst dein Zeug und verrätst niemandem, wohin du gehst?«

Er säbelte mit einem von Lales stumpfen Messern an einem viel zu weichen Brötchen herum. »Ich meine, ich war ja immer pro Ablenkung«, sagte Matthias. »Ich wollte ja, dass du mal rauskommst, dass du mal durchatmest, das konnte ja nicht so weitergehen, aber so ohne was zu sagen und …« Er deutete mit dem Messer in der Gegend herum. »… hier? Wieso gerade hier?«

Lale zupfte Stücke aus dem Croissant und aß es.

»Es tut mir leid«, sagte sie, obwohl es ihr nicht leidtat. »Es war blöd, einfach wegzulaufen.«

»Blöd und extrem kindisch«, sagte er mit dem Mund voller Nutellabrötchen.

»Ja. Ich weiß auch nicht … Ich war … un …« -glücklich, wollte sie sagen und sagte, leicht abgeschwächt und ganz anders: »-zufrieden. Ich wollte einfach mal weg. Abstand.«

»Weißt du, normale Menschen stellen sich ihren Problemen«,

sagte Matthias. »Oder stürzen sich wenigstens in Arbeit oder … oder fangen 'ne Affäre an, oder so was.«

»Was?« *Normale Menschen*, wiederholte ihr Gehirn.

»Kannst du dir vorstellen, was ich mir für Sorgen gemacht habe?«

»Ich hab dir einen Brief dagelassen.«

»Einen Notizzettel hast du mir hingelegt. Und ein paar Nachrichten, bevor dein Handy völlig tot war. Und dann diese ominöse Postkarte.« Er schüttelte den Kopf. »Weißt du, was ich gedacht hab? Schnitzeljagd! Wie Lukas' Geburtstagsspiele! Ich dachte, das ist meine Lale, mit dem Kopf voll von ihrem Bruder und seinen Spleens. Sie will gefunden werden, dachte ich, große romantische Geste und alles.«

Lale blickte auf. Sie merkte, dass ihre Zähne aufeinandermahlten.

»Ich wollte nicht gefunden werden«, sagte sie. »Es war kein Spiel.«

»Oh, tja, Pech«, sagte er.

Lale antwortete nicht.

Matthias säbelte an einem neuen Brötchen herum.

»Du warst ja schon immer … impulsiv, aber … Du sagst keinem, wohin, meldest dich nicht bei unseren Freunden …« Er schnaubte wieder. »Sogar deine Mutter hat mich angerufen! Und dann schreibt mir Karina, sie hätte mit dir telefoniert, wegen dieses beknackten Studios, was glaubst du, wie ich mich gefühlt hab?«

»Ich … das war wichtig.«

»Ach so, aber deinem Mann Bescheid sagen, was los ist, stand nicht auf deiner Prioritätenliste, oder was?«

»Es war …«

»Ich hab übrigens deinem Chef erzählt, dass du in Behandlung gegangen bist. Stationär.«

Sie starrte ihn an, wie er da saß und selbstgefällig sein Nutellabrötchen schmierte. »Du hast was?«

»Na ja, klar, sonst wär dein Job weg gewesen.«

»Mats, ich hätte eh gekündigt. Karina und ich eröffnen das Studio …«

»Ach, Liebling, bitte. Gerade eben türmst du noch aus deinem stinknormalen Angestelltenleben, weil dir alles zu anstrengend ist, und jetzt willst du dich selbständig machen?«

»Ach, leck mich, Matthias, echt.«

Sie schaute auf die fleckige Croissanttüte in ihrem Schoß.

Auf der Wiese ein Stück weiter machte eine Gruppe Lachyoga, klatschte auf ihre Oberschenkel, und reihum ging ein jauchzendes Lachgeräusch.

Matthias schmierte wieder Nutella auf sein Brötchen und nahm einen Bissen. Eigentlich mochte er Nutella nicht, viel zu süß und viel zu ungesund, aber er war wohl zu wütend, um es zu bemerken. Er hatte allen Grund, wütend zu sein, dachte sie, es gab nichts, was sie zu ihrer Verteidigung sagen könnte. Eine depressive Verstimmung nach dem Tod ihres Bruders, hatte ein Arzt gesagt und ihr ein Formular für eine Überweisung zur Psychotherapie hingelegt. *Holen Sie sich Hilfe. Sie müssen da nicht allein durch.* Aber sie hatte das Gefühl gehabt, sie musste da sehr wohl allein durch, nur sie, ganz allein.

»Das war einfach alles bisschen viel, oder?« Es klang versöhnlich.

»Schon gut«, sagte Lale. »Danke dir, dass du dich gekümmert hast.«

Das tat er immer. Sich kümmern. Entscheidungen treffen. Das Haus, ihr sicherer Job, den sie erst nicht hatte annehmen wollen. Sie merkte, dass sie die Fäuste ballte. Ein Grund, warum sie gegangen war: Sie hatte sich schlecht fühlen wollen, ohne dafür verurteilt zu werden, ohne jemanden, der ständig sagte: *Du trauerst seit einem Jahr, du musst mal langsam wieder ins Leben finden, ich hab dir hier ein paar Adressen rausgesucht, …* Einweisung, Therapie, ein paar Medikamente, die helfen würden. Sie wollte keine Medikamente, wollte nichts, was ihr half, sich besser zu fühlen. Lukas war tot, er hatte auch keine Chance mehr, sich besser zu fühlen.

Ich konnte dir nicht helfen, konnte konnte konnte nicht.

Matthias leckte das Messer ab.

»Hast du hier gefunden, was du gesucht hast?« Er probierte ein Lächeln. »Geht's dir jetzt besser?«

Lale schaute in ihren Kaffee. Sie dachte an Gustav, an das Haus, das sie renovierten, die Schwielen an ihren Händen. An den See, die Insel, die Floßfahrt, Kerzen und Kräuterbündel. An das Kaninchen. An die hintere rechte Dusche.

»Ich weiß nicht.«

»Meine Scheiße, Lale.«

Das »Ha-ha-ha« der Lachyoga-Teilnehmer kreischte über den Platz.

»Ich hab zwei Wochen Urlaub genommen«, sagte Mats dann. »Wir können … wegfahren, wenn du willst. Reden. Das ganze Schlamassel …«

Sie blickte auf, sah ihn an. Seine hellen Augen, seine blonden, ordentlichen Haare, seine strahlend weißen Sneaker.

»Du hast mir gefehlt.« Er rutschte vom Stuhl, kniete sich vor ihr hin. »Ich hab dich … uns vermisst. Wir sind doch wir.« Er drückte ihre Knie. »Du kriegst das wieder hin, oder? Du … musst dich wahrscheinlich nur ein bisschen zusammenreißen.«

Er gab ihr ein paar Tage. Wie großzügig, dachte Lale. Aber sie hatte kein Recht, wütend auf ihn zu sein, gar keins. Er war hier, und er war bereit, ihr zu vergeben. Sie blickte hinüber zum Toilettenhäuschen, hoffte für einen Moment, Chris dort zu sehen. Er war nicht da. Und wer war Chris überhaupt? Sie kannte ihn nicht, sie hatte keine Ahnung, wer er war. Und er hatte keine Ahnung, wer sie war. Sie hatten ein paarmal Sex gehabt, okay, aber das war nichts weiter. Nur Sex. Vielleicht würde sie Mats davon erzählen, später, vielleicht bliebe es auch einfach ihr Geheimnis. Ihr stilles Geheimnis, eine Erinnerung an ein flüchtiges Paralleluniversum. Der Sommer, der See, Schutzanzüge und Schnaps.

»Lale?« Matthias senkte den Kopf, um ihr in die Augen sehen zu können.

»Flo hat bald Geburtstag«, sagte sie.

»Ist das der Kaninchen-Junge?«

»Ja. Bleiben wir noch so lange. Es ist schön hier, du wirst es mögen.«

»Okay.« Er nickte. »Wir kriegen das hin, Lale«, sagte er und klang, wie er immer klang: als wüsste er genau, was richtig für sie war. Für sie beide.

Und sie ließ sich von ihm küssen, von dem Mann, der seit sieben Jahren ihr Ehemann war, der sie kannte wie niemand sonst, der gekommen war, um sie nach Hause zu holen.

***

Christophe saß am matschigen Ufer der kleinen Insel im See, mit angewinkelten Beinen und Brummschädel, und schleuderte Steine ins Wasser. Grellgrüne Luftmatratzen und rosa Schwimmeinhörner am Steg gegenüber planschten um die Wette, Sonnencreme hinterließ Schlieren auf dem Wasser. Leute auf Stand-up-Surfbrettern pflügten über den See.

Diese scheiß heile Welt.

Er sehnte sich nach zu Hause, nach der Couch im Wohnzimmer, nach dem Fernseher, nach Stunden vor der Glotze, wo er nichts denken und nichts fühlen musste, außer das, was irgendwelche Drehbuchautoren wollten, dass er fühlte. Nichts Eigenes.

Christophe warf noch einen Stein ins Wasser, sah zu, wie er versank, und sprang hinterher, kletterte mit schmerzenden Muskeln und triefender Hose aus dem Wasser und ging nass durch die fröhlichen, badenden Gäste. Im Hexengrab scharte sich eine ganze Gruppe von Leuten um James, der einen Klotz Rosenquarz in ihrer Mitte aufstellte.

»Chris!«, rief er, und Christophe zog an seinen Boxershorts und wrang sie aus; sie klebten an seinen Oberschenkeln. Er setzte sich dazu.

»Gute Energie«, sagte James. »Ich glaub, die kannst du vertragen.« Alle hatten die Augen geschlossen, nickten aber einfühlsam.

»Von wegen gute Energie. Sie hat ihn nur drei, vier Wochen gekannt und war auch verheiratet, damals«, raunte Chris James zu. »Kein Wunder, dass sie den Brief nie abgeschickt hat.«

James klopfte ihm auf den Rücken.

»Trotzdem hast du ihn gefunden.«

Chris starrte auf den Rosenquarz und die leise summenden Leute um ihn herum. James nahm seine Hand, und eine ältere Frau mit einem Turban nahm seine andere.

»Ja, warum musste ich ihn auch finden?«

Er hätte genauso gut in einem Secondhand-Bücherstand in der Stadt landen können, als Lesezeichen benutzt von einer wenig neugierigen Leserin, oder beiläufig entsorgt. Dann wäre nichts davon passiert, er wäre noch immer zu Hause, am anderen Ende der Welt.

James summte ein tiefes »Hummm«.

»Und mein – Frank hat immer gesagt: *Kommunikation ist alles.* Ich dachte, er meint mich, weil ich als Kind nicht der Gesprächigste war, aber vielleicht meinte er Paulette.«

»Scht«, machte ein Mann neben ihm. James drückte seine Hand. *Frauen, die wichtige Dinge verschweigen. Anscheinend eine Konstante in meinem Leben.*

Unwillkürlich dachte Chris an die Zeit in der Dusche, in Lales Wohnwagen, im See, hier im Hexengrab. Ihre Haut auf seiner Haut, ihr Gesicht zwischen seinen Händen, ihre Augen, ihr Lächeln.

»Chris!«

Es war nur Flo, der ihm zuwinkte. Er benutzte seine Krücken, was er fast nie tat, und wirkte müde.

»Psst«, machte die Frau, Chris ließ die Hände los und stand auf. Seine Hose löste sich mit einem saugenden Geräusch vom Boden.

»Nicht jetzt, Flo …«, sagte Chris und stapfte davon. Einfach weitergehen, direkt in seinen Wohnwagen, nicht duschen, nur nicht duschen.

»Chris!«, rief Flo wieder.

Vielleicht konnte er wirklich mit Gustav nach Réunion fliegen, dachte er. Nach Hause. Irgendetwas nachholen, was seine Mutter ihnen verwehrt hatte.

»Chris!« Flo hatte ihn eingeholt.

»Was?«

»Ich … es ist wichtig«, sagte Flo. »Ich muss mit dir reden.«

Chris fuhr sich durch die nassen Haare.

»Flo, ich hab jetzt wirklich keinen Nerv für …«

Aus dem Wohnwagen hörte er sein Handy klingeln, er ging weiter, etwas schneller jetzt, an Flo vorbei. Er spürte den Kies unter seinen Füßen knirschen, den warmen Sommerwind auf seinem Gesicht.

Flo ging ihm nach, war aber langsamer.

»Jetzt warte doch mal!«

»Florian«, sagte Christophe, blieb stehen und drehte sich so abrupt um, dass sie zusammenstießen. »Nicht jetzt, okay? Die Sonne scheint, du hast übermorgen Geburtstag, die Welt ist schön für dich. Also genieß es und verschone mich mit deinen eingebildeten Problemchen.«

»Aber …«, fing Flo an. Die *Indiana-Jones*-Melodie wehte noch immer aus dem Wohnwagen, Chris riss die Tür auf.

»Lass mich einfach in Herrgottsnamen einmal in Frieden.«

Er ging ran, bevor der Klingelton verstummte. »Chidi?«

Und damit warf er die Tür hinter sich zu und ließ Flo stehen.

»Wie, was?«, sagte Chidi, der den ganzen Tag mit der Familie wandern gewesen war und nur eine entnervte Sprachnachricht bekommen hatte. »Sie ist verheiratet?!«

Ein Videocall, Chidi saß auf der Veranda, mit Bier in der Hand und noch in seinem Wanderoutfit.

Chris rubbelte sich die Haare mit einem Handtuch trocken und warf sich auf das schmale Bett.

»Ja«, sagte er. »Verheiratet.«

Chidi schob die Unterlippe vor. »Das tut mir leid … Aber … vielleicht redest du mal mit ihr? Immerhin hat sie viel Zeit mit dir in dieser Dusche verbracht …«

Chris zog den Vorhang zu seinem Wohnwagen zu.

»Das ist vorbei.«

Chidi nippte an seinem Bier.

»Das Haus ist bis nächsten Monat vermietet.«

»Dann muss ich wohl bei euch schlafen.«

»Das musst du wohl. Und dann … schreib ihr einen Brief, den vierzig Jahre später dein Sohn findet, der zurückfliegt und … der ewige Kreislauf.«

Chidi fing an, *The Circle of Life* zu singen, und Chris war drauf und dran, aufzulegen.

»Sehr witzig. Und außerdem unlogisch.«

»Ja, sorry. Aber rede halt mit ihr. Heimfliegen kannst du immer noch.«

Chidi stimmte wieder das dämliche Lied an. Chris zog eine Schnute und schaltete den Ton ab.

VIERUNDZWANZIG

LALE SCHWAMM einmal bis zur Insel und wieder zurück. Sie versuchte, nicht über Chris nachzudenken, aber ihr Kopf war voll von ihm: seine langen Wimpern, die kleine Narbe an seinem Haaransatz, ein Muttermal seitlich an seiner Hüfte, das die Form einer Banane hatte und irgendwie lustig war. Wie gut er roch.

Der Strand war voll, vorne am Steg stießen sich Teenager gegenseitig von den Schultern ihrer Freunde. Mittendrin: Matthias, der Flos Schwimmbrett festhielt.

»Ich hab dich, ich hab dich, dir kann gar nichts passieren«, sagte er gerade und winkte ihr zu, sie winkte zurück, und Flo, der kurz abgelenkt war, ruderte ein bisschen. Matthias fing ihn auf und stellte ihn wieder auf die Beine.

»Ich kann das nicht«, sagte Flo und klang wie ein Fünfjähriger. Lale, die bei den beiden angekommen war, bespritzte ihn mit Wasser.

»Klar kannst du. Das ging doch neulich schon viel besser.«

Flo warf ihr einen finsteren Blick zu und schaute dann zu einer Gruppe Mädchen hinüber, die über irgendetwas kicherten.

»Alle gucken«, sagte er.

»Niemand guckt«, sagte Lale. »Jetzt reiß dich mal zusammen.«

»Chris ist ein besserer Lehrer«, sagte Flo mürrisch.

»Du hast einfach keine Lust, so sieht's doch aus.«

Matthias betrachtete sie beide mit einem schiefen Blick. »Ich glaube, wir brauchen alle erst mal ein Eis.«

Er war hier, es fühlte sich noch immer an wie ein Fehler in der Matrix. Lale watete ans Ufer, trocknete sich ab und setzte sich auf ihr Handtuch.

Die Luft flirrte trocken. Vom See her wehte eine kaum spürbare, lauwarme Brise. Es war später Nachmittag, sie saß unter Gustavs kleinem geblümten Sonnenschirm. Es hätte alles so schön sein können. Aber Chris hasste sie, zu Recht, und Mats hasste sie wahrscheinlich auch, oder zumindest würde er sie sehr bald hassen, wenn er …

Sie sah sich um. Chris ließ sich nicht blicken, obwohl er doch jeden Nachmittag schwimmen ging, sie hatte das öfter beobachtet, war dabei gewesen, er kam von der Arbeit im Haus, schmutzig und verschwitzt und sprang einfach ins Wasser. Nur heute nicht.

Sie zwang sich, den Blick vom Weg hinauf zum Campingplatz abzuwenden, und strich ihr Handtuch glatt.

James schlenderte über den Strand, eine Yogamatte unter dem Arm und zwei Eis am Stiel in der Hand. Er hielt ihr eins hin.

»Nach was hältst du denn Ausschau?«, fragte er.

»Nichts«, sagte Lale und fühlte sich ertappt. »Danke für das Eis.«

»Hast du zufällig noch eins für Florian und mich?«, fragte Matthias aus dem Wasser. James hob entschuldigend die Arme.

»Wir machen gleich Acro-Yoga, hast du Lust?«, fragte er Lale.

»Nein.«

Es war heiß, ihr rann der Schweiß die Kniekehlen hinunter. Matthias und Flo kamen aus dem Wasser und warfen sich auf ihre Handtücher. Mats sah gut aus, dachte Lale, aber wie kein anderer hier, mit seinem Undercut, den sie nie wirklich gemocht hatte, und seinem ziemlich lächerlichen Tank-Top. Er fuhr sich durch die Haare und kämmte die langen Strähnen nach hinten. Dann küsste er sie auf die Nasenspitze.

»Schon schön«, sagte er.

»Was?« Sie klang giftig, sie wollte nicht giftig klingen. Er war hier, er machte mit ihr so etwas wie Urlaub, ihr zuliebe, an einem Ort, zu dem sie geflohen war. Er brachte Flo schwimmen bei, er aß Nutellabrötchen mit ihr. Sie sollte nicht giftig sein.

»Na, hier so. Alles.«

Das altbekannte, eingeschnürte Gefühl um ihre Brust machte sich bemerkbar.

»Wenn du willst, mach ich sogar bei diesem Acro-Dings mit«, sagte Matthias und warf ihr ein zuckersüßes Grinsen zu.

Ihr Lächeln blieb irgendwo zwischen ihrer Kehle und ihrem Unterkiefer hängen.

Sie fing ein Stück Schokolade von ihrem Magnum-Eis auf, bevor es auf den Boden fiel, und aß es.

»Schokoladenalarm«, sagte Matthias, und sie leckte mit ihrer Zunge über ihren Mund und rubbelte mit dem Handrücken hinterher.

»Weg?«

»Ja. Hast du Durst? Ich könnte uns in der komischen Kneipe oben einen Cocktail besorgen …«

»Gabriele macht keine Cocktails«, sagte Lale.

»Oh, dann … ein Bier? Oder … so einen leichten Rosé mit Eis …?«

»Mit Eis? Was ist denn mit dir los?«

»Muss die Landluft sein.« Matthias seufzte und lehnte sich zurück. »Die macht mich ganz kirre.«

»Ha«, sagte Lale und aß ihr Eis auf, bevor es völlig zerlief.

»Ich hol uns was«, sagte Matthias und stand auf. »Die Tante macht mir sicher einen Caipi, wenn ich nett frage.«

»Du beißt dir die Zähne aus«, prophezeite Lale, aber er spurtete schon mit gezücktem Geldbeutel davon. Lale legte sich auf ihr Handtuch, bedeckte das Gesicht mit einem Arm.

Sie spürte Flos Blick auf sich. »Was?«, sagte sie.

»Er ist sehr nett.«

»Ich weiß.«

»Und sehr mit dir verheiratet.«

Sie warf ihm einen finsteren Blick zu. »Danke, hab ich auch schon gewusst.«

»Ich verstehe nur nicht, wieso …«

»Flo«, sagte Lale scharf. »Lass gut sein jetzt.«

Sie schwiegen eine ganze Weile, Lale legte wieder einen Arm über ihr brennendes Gesicht. Dann sagte Flo, sehr laut: »Hallo, Chris«, und sie blickte auf. Chris stand vor ihnen und sah aus, als müsste er sich anstrengen, nicht auf den winzigen Bikini zu schauen, den sie in den Tiefen ihrer Reisetasche gefunden hatte. Es freute sie ein wenig.

»Tut mir leid wegen gestern«, sagte Chris zu Flo. »Ich war …«, ein kurzer Blick zu ihr, kalt, gemein, verletzt vermutlich, »… ein Arsch.«

»Passt schon«, sagte Flo.

Chris wandte sich ihr zu. »Wo ist dein Mann?« Schnippisch, er klang schnippisch. Sie räusperte sich.

»Er holt was zu trinken«, erklärte Flo. Chris nickte, drehte sich wortlos um und lief, ohne zu zögern, ins Wasser. Sie sah ihm nach, wie er einmal untertauchte, zur Insel schwamm und zurück. Dann kam er wieder raus und blieb etwas unschlüssig vor ihnen stehen.

»Kann ich mal mit dir reden?«, fragte er.

»Ta-daaa!«, machte Matthias und sprang vor sie auf die Decke. Er hielt ihr etwas Kaltes in den Nacken.

»Iih, Mats«, quietschte Lale.

»Aperol Spritz!« Er strahlte sie an. Zwei Weingläser voll mit oranger Flüssigkeit. »Dein Ehemann ist der Meister der Überredungskünste, Süße.« Er küsste sie auf die Nasenspitze, und sie schielte zu

Chris, der sich neben Flo gesetzt hatte, traf seinen Blick, ganz, ganz kurz nur, und blinzelte schnell wieder zu Mats nach oben.

»Danke«, sagte sie.

James schob Chris hinüber zu seinen Yoga-Freunden, die ihre Matten in einem Halbkreis angeordnet hatten. Lale nippte an ihrem Getränk, das erstaunlicherweise gut schmeckte, auch wenn es nicht wirklich Aperol Spritz war, eher irgendeine rote Limo mit Schnaps. James klatschte in die Hände, und dann fing das Yoga an, alle sangen irgendeinen Anfangsgesang, und sogar Chris schloss, im Schneidersitz sitzend, seine Augen.

Flo schnappte sich sein Schwimmbrett und stiefelte wieder ins Wasser. Lale trank ihren Aperol und fühlte sich angenehm beschwipst. Sie beobachtete die Acro-Yoga-Teilnehmer. Es sah tatsächlich recht akrobatisch aus, Chris turnte auf James herum. Lale kippte den letzten Schluck Aperol hinunter und winkte dann James zu, der zurückwinkte.

»Mach mit! Ist mal was Neues!«

Sie schüttelte den Kopf.

»Lale hat's nicht so damit, was Neues auszuprobieren – von Öko-Kommunen mal abgesehen«, sagte Mats, und sie fuhr so schnell herum, dass ihr schwindelig wurde. Die Hitze, die Sonne, der Alkohol.

»Kannst du mal aufhören, anderen zu sagen, wie ich bin?«

»Was denn?« Mats grinste lässig, aber sie merkte, dass er wieder unterschwellig brodelte, wie immer. »Hast du selbst gesagt! Ist ja auch zu anstrengend in deiner Verfassung …«

»Sag mir nicht, wie meine Verfassung ist«, fauchte Lale und stand auf. »James!«, rief sie. »Ich mach mit. Aber ich hab keinen Partner.«

James grinste und zwinkerte ihr zu. »Ich muss sowieso Hilfestellung leisten …«

Chris sagte: »Nein«, und James sagte: »Sei kein Spielverderber. Auf den Rücken, mein Lieber! Lale, du versuchst, dich auf seine Füße zu legen. Damit du mehr oder weniger über ihm fliegst. Wir nennen das den Frontbird. Oder, wenn ihr gut seid, den Freebird! Arme ausgestreckt!«

»Ich mach das nicht«, sagte Chris.

Sie stand etwas unbeholfen neben ihm und wusste nicht, was sie tun sollte. Seine nass schimmernden Haare. Sein vampirhafter Eckzahn. James sagte: »Na, los, ihr zwei!«

Flo winkte neben Matthias aus dem Wasser und rief: »Chris! Es klappt wieder! Chris!«

Chris starrte einen Moment zu Flo hinüber und zu Matthias, der ebenfalls strahlte und winkte, und dann sah er Lale an, schob sie auf seine Matte und sagte: »Also los dann.«

Anfangs sollten sie sich an den Händen halten und stützen, dann sollte Lale die Arme loslassen und nach hinten strecken. Neben ihnen balancierte ein uralter Mann eine sehr runzelige, aber äußerst durchtrainierte Frau auf seinen Füßen. Es sah sehr einfach aus.

Lale war alles andere als durchtrainiert und stürzte ein paarmal ab, was bedeutete, dass sie direkt auf Christophes Brust oder Gesicht landete, was ihr so unangenehm war, dass sie sich schließlich zusammenriss und mit aufeinandergepressten Lippen oben blieb. Sie schaute zu Chris hinunter, der sie mit einem finsteren Blick beobachtete und, wie es aussah, auch die Zähne zusammenbiss. Sofort fiel sie wieder von seinen Füßen herunter. Sie kniete sich neben ihn, und er sagte: »Deine Hüfte ist schon ganz rot.«

»Wir sind eben nicht kompatibel«, sagte Lale und betrachtete ihre geröteten Hüftknochen. »Und du hast zu harte Füße.«

»Übung heißt das Zauberwort, ihr Lieben«, sagte James. »Und wieder hoch!«

Lale hielt Christophes Hände und lehnte sich nach vorne auf seine Füße. »Allez hop!«, sagte James, Chris streckte die Beine durch, und Lale wurde in die Luft gehoben.

»Sehr gut!«, sagte James. »Da muss ich gar nicht halten. Seeehr kompatibel, würde ich sagen.« Er zwinkerte ihr zu und wuselte davon.

Lale presste die Handflächen gegen Christophes Hände. Ihre Haare baumelten vor ihrem Gesicht herum.

»Kann ich jetzt mit dir reden oder nicht?«, sagte er. Er sah angestrengt aus. Eine Ader erschien auf seiner Stirn.

»Wieso?«

»Wieso?«, wiederholte Chris. Die Muskeln an seinen Unterarmen traten hervor. Lales Arme fingen an zu zittern. »Hm, weiß nicht. Du schreist mich grundlos an, sagst mir, es war alles nicht echt, und ach ja, dein Ehemann planscht da drüben mit Flo im Wasser.«

Lale strauchelte und krachte dann über ihm zusammen.

Er fing sie mit den Händen an ihren Hüften, dann rutschte seine eine Hand etwas tiefer und zupfte ihr Bikinihöschen zurecht.

»He«, sagte Lale sehr leise und wurde rot.

»Da war was verrutscht«, sagte er völlig regungslos.

»Kein gutes Outfit für Acro-Yoga«, flüsterte sie.

Er schloss die Augen und schob sie von sich herunter. »Das würde ich so nicht sagen.«

Dann stand er auf. »Genug für heute.«

Sie schob die Unterlippe vor. »Ich geh ins Wasser, meine wunde Hüfte kühlen.« Und sie drehte sich um und rannte in den See. Wasser spritzte um sie herum, kalte Tropfen auf ihrer Brust, auf ihren Armen. Sie stürzte sich hinein, als ihr das Wasser bis zum Bauchnabel reichte. Als sie wieder herauskam, fröstelte sie trotz Hitze und wickelte sich in ihr Handtuch. Flo und Matthias probierten sich am Frontbird.

Chris war weg. Wie ein Dschinn, *puff*, einfach verschwunden.

»Du wirst morgen Muskelkater haben«, sagte Matthias. »So sportlich, wie wir heute sind.«

Lale zog das Badetuch fester um sich. »Mir ist kalt. Ich glaub, ich geh mal … äh … duschen. Bis später.«

Sie versuchte, ihre brennenden Ohren und die ihr nachglotzenden Blicke zu ignorieren. Alle, außer Matthias, alle wussten ganz genau, wo sie hinging.

Oben beim Campingplatz und bei den Waschhäuschen lugte sie in die Männerdusche und sah seine alten, ausgelatschten Birkenstock unter einer Tür stehen. Sie huschte durch die Tür, ging nach hinten, klopfte an.

»Chris«, sagte sie. Wasser prasselte und hörte nicht auf.

»Chris«, sagte sie etwas lauter und klopfte wieder. Sie drehte den Kopf, sah sich um, aber hier war niemand, wie immer um diese Zeit.

»Was?«, fragte er.

»Du wolltest doch reden.«

»Ich hör dich. Du hörst mich.«

Sie lehnte den Kopf gegen die Tür.

»Kannst du bitte aufmachen?«

Das Plätschern wurde weniger, tröpfelte aus, dann gab es einen Schlag, er haute anscheinend auf den Druckknopf, und es fing wieder an. »Ich hätte es dir sagen sollen«, sagte sie leise und wünschte, er würde die Tür öffnen. »Es tut mir leid.«

Das Wasser rauschte.

»Wieso?«, sagte Christophes Stimme hinter der Tür. »Es war nichts Ernstes, eine einmalige Sache, die ein bisschen ausgeufert ist, das hast du ja selbst gesagt …« Er klang kalt und schien wieder auf den Druckknopf zu schlagen. Sie lehnte den Kopf gegen die Tür.

»Du bist einfach so passiert, okay?«, sagte sie leise. »Ich hab nicht nachgedacht. Ich wollte …« Sie stockte. »Ich war wirklich glücklich hier.«

Wasser prasselte.

»Wieso bist du überhaupt hergekommen?«, fragte er schließlich. Lale schluckte.

»Ich musste mal raus … aus dem Alltag«, sagte sie gegen das Holz. »Wir haben ständig gestritten. Mats ist … also, er weiß immer, was gut für mich ist, okay? Ich wusste gar nicht mehr, was ich selber will. Ich konnte nicht mehr sagen, was ich will.«

Es plätscherte eine Zeitlang. Dann sagte Chris: »Also hast du mich benutzt, um nicht über deine Eheprobleme nachdenken zu müssen.«

»Du warst ja nicht geplant! Ich wollte mal jemand anderes sein.« Es klang bescheuert, sie merkte es selbst.

»Ach ja?«

Das Prasseln hörte auf. Mit einem Klacken öffnete sich die Tür. Er hatte Shampoo in den Haaren und trug seine Badehose und funkelte sie an. »Das hat Chidi auch zu mir gesagt: Sei mal jemand anderes. Deswegen hab ich dir trotzdem nichts vorgemacht. Oder meinen Mann betrogen, oder so was.«

Sie schlüpfte in die Duschkabine, bevor er an ihr vorbeigehen konnte, und schloss hinter sich die Tür wieder. Da war er, sehr nah, in einem Nebel aus dampfender Luft. Sie schluckte. Es war keine gute Idee, hier drin zu sein, in dieser Dusche. All die Erinnerungen und der Dampf, und er trug nichts als seine Badeshorts. Sie presste sich flach mit dem Rücken gegen die Tür und sagte: »Ich bin ein Trottel. Ich weiß das.«

Schaum lief über seine Stirn. Lale streckte die Hand aus und wischte ihn, ohne zu überlegen, weg. Chris wich zurück. Sie ließ die Hand sinken und spielte mit dem Bändel ihres Bikinis.

»Ich habe manchmal das Gefühl, dass ich nicht atmen kann«,

sagte sie. »Als würde mir etwas die Luft abschnüren. Wie ein Korsett oder so.« Männerduschgel und Wasserdampf, feucht und herb. »Es fühlt sich an, als wäre ich der einsamste Mensch der Welt«, flüsterte sie. »Als müsste ich ersticken.« Sie sah ihn an. Sein Blick war unergründlich. Sie fröstelte in der dampfigen Luft.

»Es wird leichter, wenn du da bist«, sagte sie und wickelte den Bändel ihres Bikinis um ihren Finger.

Bevor sie wusste, was geschah, hatte er einen Schritt auf sie zugemacht und sie geküsst. Er küsste sie lange, sehr fest und irgendwie verzweifelt, als würde sie sich in Luft auflösen, sobald er sie losließe. Seine nassen Hände waren in ihren Haaren und auf ihrem Rücken, und ihre Hände klammerten sich um seinen Nacken. Sie rumpelten gegen den Duschknopf, und Wasser sprudelte heraus, heiße Tropfen auf ihrem Rücken. Lale schloss die Augen, dann drückte er sie von sich weg. Ihr Badetuch war nass, ihre Haare tropften.

»Sorry, das war blöd«, sagte er und fuhr sich durch die Haare, die in einer ungewohnt klebrigen Schaumfrisur hängen blieben, während sie sich gegen die Kabinentür drückte und nicht wusste, ob sie gehen sollte. Sie wollte nicht.

»Zeit, ins echte Leben zurückzukehren«, sagte Chris, »oder?«

Sie nickte und spürte eine Kälte in ihrem Magen. Sie folgte ihm aus der Kabine, raus aus dem Duschhäuschen, band sich die tropfenden Haare zurück.

Und dann sagte James: »Oh. Na, sieh einer an. Was für eine Überraschung. Ihr wurdet schon vermisst.«

Er zwinkerte ihnen zu, und Lale zupfte an ihrem Handtuch. Matthias stand hinter James, mit ein paar Yogamatten und Handtüchern im Arm. Gustav kam hinter ihnen den Weg entlang. Mats starrte sie an.

»Das ist nicht, wonach es aussieht«, sagte sie, was natürlich alles noch viel schlimmer machte. »Das Wasser in der Damendusche war kalt«, fügte sie hinzu, und merkte selbst, wie blöd sich das anhörte. Sie spürte, dass Chris einen Schritt von ihr wegmachte.

»Ach so«, sagte Matthias. »Ach so.«

FÜNFUNDZWANZIG

CHRIS FÜHLTE, wie diese Welt, diese unwirkliche Wirklichkeit, die nur sie zwei umfasste, in sich zusammenstürzte. Er trat einen Schritt zur Seite und fuhr sich durch die nassen Haare. Sie waren immer noch voll Shampooschaum.

Matthias nickte sehr, sehr langsam.

»Ach so«, sagte er noch einmal.

»Hör zu, es tut mir leid«, hörte sich Christophe sagen, obwohl es ihm kein bisschen leidtat, im Gegenteil, etwas in ihm wollte Lale packen und sie hinaus ins Feld hinter der Grube zerren und dann einfach mit ihr davonlaufen, in einer Hütte im Wald leben, von Popcorn und After Eight und nie wieder in die wirkliche Welt zurückkehren müssen.

Matthias nickte noch immer. Christophe spürte, wie sich Lale neben ihm bewegte, sie standen trotz allem noch immer so nah zusammen, dass er den Duft ihrer Haare riechen konnte.

»Mats, ich …«, Lale stockte.

»Du was?« Matthias klang scharf. »Du was, Lale? Ich hab immer alles verstanden. Dass du weggegangen bist, dass du Zeit brauchst, dass du dich verdammt nochmal nie gemeldet hast und dir scheißegal war, dass ich mir Sorgen mache. Alles hab ich verstanden. Und dabei war das nur ein Vorwand für … für das hier mit einem Typ, der aussieht wie … wie …« Er winkte ab. Christophe fragte sich kurz, wie er für Matthias aussah, aber das war natürlich völlig belanglos. Sie war Matthias' Ehefrau, und der liebte sie.

Matthias schnaubte. »Anscheinend hältst du mich für den größten Deppen der Welt.«

Lale sah von Matthias zu Chris und zurück, trat einen Schritt auf Matthias zu, einen Schritt von Christophe weg, und er schloss die Augen.

»Es tut mir leid, wie alles gelaufen ist«, sagte sie. Sie schien es nicht nur zu Matthias zu sagen. Christophe schluckte.

»Es ist vorbei«, sagte Lale.

Nicht ausgewaschenes Shampoo brannte in Christophes Augen.

»Lass uns fahren«, sagte Matthias. »Ich will einfach nur hier weg.«

Sie nickte langsam, und Flo, der irgendwann aufgetaucht war und den Chris jetzt schemenhaft am Rand seines Gesichtsfelds wahrnahm, sagte: »Aber mein Geburtstag!«

Lale sagte: »Danach«, und kaute auf ihrer Lippe und sah Chris nicht an.

Matthias murmelte: »Meinetwegen«, und sie wandten sich beide zum Gehen, Lale und ihr hünenhafter Ehemann, und eine Hand legte sich auf Christophes Schulter, er schaute matt auf; sie gehörte James. Und während er noch so dastand, mit nassen Haaren und Shampoo in den Augen, drehte sich Matthias um, machte zwei Schritte zurück auf ihn zu und sagte: »Andererseits …«

Und dann landete seine Faust direkt auf Christophes Nase. Schmerz durchfuhr ihn, James machte: »Huch!«, Lale kreischte. Chris stolperte zurück, fing sich und blieb ein wenig taumelnd stehen. Warmes Blut tropfte auf den trockenen Boden. Er tastete mit dem Handrücken über seine Nase, schmeckte Metall, ballte seine Faust, holte aus, und Matthias' Wangenknochen krachte gegen seine Knöchel. Seine Ohren rauschten, er leckte Blut von seiner Lippe.

»Jungs!«, rief James. »Jetzt kriegt euch mal ein.«

Chris schüttelte den Kopf. »Er hat angefangen«, sagte er, als wären sie zwölf und auf dem Pausenhof. Matthias stürzte sich auf ihn, es gab ein Gerangel, Chris boxte weiter, boxte überallhin, wo er was erwischte. Matthias versetzte ihm einen Schlag seitlich in den Bauch, und er japste nach Luft, als sich ein stechender Schmerz in seinen Nieren ausbreitete. Er trat gegen Matthias' Bein, der rutschte aus, zog ihn mit sich. Sie landeten beide auf der hartgetretenen Erde vor dem Toilettenhäuschen, Matthias war über ihm, drückte seinen Kopf in den Staub und schlug wieder und wieder zu. Christophe versuchte, Matthias' Hände festzuhalten, die auf ihn eintrommelten.

Er hatte sich noch nie wirklich geprügelt, vielleicht ganz früher mal, als kleiner Knirps, wenn er mit Chidi um irgendeine Kleinigkeit gestritten hatte. Das war immer mehr Beißen und Kratzen als Schlagen und Hauen gewesen, und nach fünf Minuten hatte seine Mutter sie beide getrennt, und zehn Minuten später hatten sie schon wieder gemeinsam Lego gespielt. Das hier war anders.

»Hört auf!«, schrie Lale, aber sie hörten nicht auf, beide nicht, rangelten, rauften, Chris spuckte Blut auf den Boden.

Irgendwo über ihm sagte Gustav: »Kinder, jetzt reicht's aber mal!« Und dann war da in all dem Gekeuche und Gerangel und Geboxe plötzlich Lale, die sich an Matthias' Rücken klammerte und versuchte, ihn von Chris herunterzuzerren.

Aus dem Augenwinkel sah er James, der einen Schlauch schwenkte und brüllte: »Flo, aufdrehen!«, und ein Wasserstrahl traf ihn hart an der Schläfe. Er schnappte nach Luft. Der trockene Lehmboden verwandelte sich in rutschigen Matsch. Christophe fiel wieder hin, Lale und Matthias auf ihn drauf.

Matthias hörte auf zu schlagen, er rappelte sich hoch, sagte: »Liebling, lass mich los, es ist vorbei.«

Chris blieb im Dreck liegen. Lale saß neben ihm, und er spürte ihren Blick auf sich. Dann nahm Matthias ihren Arm und schlurfte mit ihr davon ins Toilettenhäuschen.

»Na, ihr seid mir zwei Deppen«, sagte Gustav. »Chris, auf geht's, lass dich oben verarzten.«

Bedröppelt saß er auf dem grünen Sofa im Wohnzimmer, einen von Gustavs Pullis umgehängt. Er fragte sich, ob seine Mutter auch jemals so dagesessen hatte, in diesem Haus, auf diesem Sofa, vielleicht in einen damals noch neuen Pulli von Gustav gehüllt. Mit einem Glas Wein auf dem Schoß und Liebeskummer und der Aussicht auf ein Zuhause, ein Zurück, auf der schönsten Insel der Welt, mit der Bananenstaude im Garten und den Agaven und den ewig wuchernden Farnen, ihre beste Freundin gleich nebenan, und am Morgen die Zeitung auf der Veranda und ein Brot mit Honig und der Blick aufs Meer. War dieses Zuhause leer gewesen ohne ihn? Hatte etwas gefehlt?

»Lass dir von Flo was für deine Lippe geben, du blutest mir meinen besten Pulli voll«, sagte Gustav, und Flo wuselte mit einem Papiertaschentuch heran. Christophe merkte erst jetzt, dass seine Unterlippe pochte, dass Blut an seinem Kinn hinunterlief und auf den Pullover tropfte. Er hatte einen Kratzer am Arm, und seine Nase fühlte sich dick an. Außerdem war er völlig matschverschmiert. James schrubbte ihm mit einem Waschlappen recht grob übers Gesicht. Christophe hielt sich die Lippe, und Flo tupfte an seiner Stirn herum, wo es ebenfalls zu bluten schien.

»Ähm, danke«, sagte Chris und merkte, dass das Sprechen etwas schwerfiel, »aber könnt ihr bitte nicht alle gleichzeitig –«

»Heiliger Strohsack«, sagte Gustav. »Noch einmal jung und stürmisch sein!«

»Gustav«, hörte Chris sich sagen und leckte etwas Blut von seiner Lippe. »Willst du nicht mitkommen? Nach Réunion? Du, ich, das Haus, der Garten. Ich zeig dir Mamans Lieblingsplätze. Wir könnten …« *Was nachholen. Irgendwie.*

Gustav starrte ihn an.

»Du willst nach Hause?«

»Na ja … ja.«

»Ich …« Gustav sah irgendwie hilfesuchend zu James. »Ich …«

Chris räusperte sich. »Nee, schon klar, war nur ein Vorschlag. Du hast recht. Man kann nicht achtunddreißig Jahre in drei Wochen nachholen, oder?«

Wahrscheinlich war es gar keine so große Romanze. Ohne rosarote Brille waren es einfach vier Wochen am See. Und Frank, Frank war immer für ihn da gewesen, all die Zeit.

»Er kann nicht«, sagte Flo, weil Gustav irgendwie erstarrt schien. »Er ist zu alt.«

»Ja, klar.« Christophe drückte den Waschlappen auf seine pochende Lippe. »Schon verstanden.«

James kochte Tee, starken, schwarzen Tee, der sie für die nächsten drei Tage wach halten würde, schnitt Zitronenscheiben hinein und verteilte die Tassen.

Schmutzig und lädiert pustete Chris in den Dampf über seiner Teetasse.

Flo sagte: »Ihr wisst aber schon, dass ich morgen Geburtstag habe, oder?«

Der Geburtstag.

Danach ist sie weg.

Der Sommer war endgültig vorbei:

»Wir reißen uns zusammen«, sagte er.

»Das will ich aber hoffen!« Flo boxte ihn erleichtert in die Rippen, und Chris verschüttete den halben Tee, als er vor Schmerz zusammenzuckte.

***

»Hilfe«, sagte Matthias, während er sich den Dreck vom Gesicht wusch. »Das Monster aus dem Moor.«

Lale blickte an sich herunter. Sie war voller Matsch. Sie wischte sich die Hände ab, schälte sich aus ihren Klamotten, schleuderte sie auf den Boden.

»Alles okay?«, fragte Matthias und hob beide Augenbrauen. Er hatte einen Kratzer quer übers Gesicht, und über seiner linken Augenbraue war etwas aufgeplatzt und rot verkrustet.

»Ja!«, brüllte Lale, duschte kalt und verzog sich dann in ihren Wohnwagen.

»Du Volltrottel«, sagte sie, als er, ebenfalls frisch geduscht, nachkam.

»Ach, jetzt bin ich der Volltrottel?« Er warf das Handtuch hin. »Du bist doch hier diejenige, die mit diesem Typen da rumgefi…«

»Du musst nicht gleich eine Prügelei anzetteln.«

Matthias hob das Handtuch auf, faltete es zusammen und legte sich neben sie in das viel zu kleine Bett.

»Mein gutes Recht als gehörnter Ehemann, finde ich.«

Er griff nach einem Buch, schien sehr zufrieden mit sich, und fing demonstrativ an zu lesen, und sie konnte nicht mal was sagen.

Sie wusste ein paar Minuten lang nicht, was sie tun sollte, dann sagte sie: »Ich backe einen Kuchen«, ließ ihn sitzen und stiefelte hoch zu Gustavs Haus.

Chris kam ihr entgegen, mit einem Handtuch um die Schultern gehängt und Flo und James im Schlepptau.

»Wir gehen schwimmen!«, rief Flo, und sie nickte nur.

Die ausgelatschten Birkenstock, die schmutzigen Fingernägel vom Gärtnern, die ausgeleierte Leinenhose. Wie er immer verwegener aussah, als er war. Jetzt, mit seiner aufgeplatzten Lippe, noch viel mehr.

Er sagte nichts, ging einfach weiter.

Flo wünschte sich eine Erdbeertorte und Bananen-Schoko-Muffins für seine Feier. Sie hatten Mehl gekauft, Erdbeeren, Zuckerperlen und alberne Deko wie Einhorn-Luftballons. Lukas hatte sich immer jeden Geburtstagskuchen wünschen dürfen, den er wollte, und Lale verbrachte die Abende vorher damit, dreistöckige Hochzeitstorten zu basteln oder zu lernen, wie man Fondant benutzt.

Sie suchte ein Rezept aus einem Backbuch von Gustavs Tante und fing an, Eier in eine Schüssel zu schlagen und mit dem Zucker zu verquirlen.

Sie legte eine von Gustavs Platten auf, summte mit, mehlbestäubt, rührte Teig, wärmte Schokolade für die Glasur. Sie tanzte mit dem Schneebesen in der einen und einer Schüssel in der anderen Hand. Angry Dance. So hatte sie Flo getroffen. *I got the blues, please come see what your lovin' means to me …*

Lukas, der den Kopf zur Tür hereinstreckt: Bist du endlich fertig? Und sie: Hau ab jetzt, es ist eine Überraschung!

Der Trottel. Immer erst mal machen, und dann nachdenken, und deshalb war sie hier: sein Flüstern im Ohr – *Tu es einfach.* Ein Zug an den Arsch der Welt, mit all seinen einsamen Stunden, mit all seinen Arbeiten, mit der ganzen Idylle, blaue Kornblumen, roter Mohn, eine Luftmatratze im See, ein Gewitter auf einer Insel, flauschige Kaninchen und Fremde, die zu Freunden wurden. Dieser ganze magische Ort, ein Hexengrab und eine wilde, alberne Verliebtheit, die weh tat, wenn sie daran dachte.

»Ach Mädchen«, sagte Gustav, der plötzlich in der Tür stand, so plötzlich, dass sie herumwirbelte und die Schüssel mit den Eiern für die Erdbeerrolle fallen ließ. Es klirrte, Schüssel- und Eierscherben am Boden, glibberiges Eigelb.

»Scheiße«, sagte Lale.

Sie kniete sich hin, klaubte die Scherben aus dem Eiermatsch, Gustav sagte: »Warte, ich helfe dir …«

»Es geht schon.«

Er beugte sich runter, »Gustav, lass!«, rutschte aus, griff nach ihrem Arm, Lale wankte, stützte sich ab – ein Stich in ihrer Hand, sie schrie auf, Gustav strauchelte und landete mit dem Hintern in der Eiersoße.

»Ach, Mann«, sagte Lale und begutachtete ihre Hand. Ein Schnitt direkt neben dem alten, verheilten, dem von der steinzeitlichen Müslischale. »Verdammt nochmal.« Sie angelte nach einem Tuch für ihre Hand, rutschte noch mal aus. Ei und Zucker auf ihrer Hose. Gustav fing an zu lachen, Lale sah ihn an, dann lachte sie auch.

»Das ist nicht witzig. Ich wollte Muffins und eine Torte machen.«

»Ein Geburtstagskuchen reicht doch völlig.«

Sie lachten weiter, saßen in den Eiern, schoben Scherben hin und her, Lale krabbelte zum Schrank, um das Kehrblech zu holen, und presste dabei das Küchentuch auf ihre Hand.

»Jetzt hast du zwei Erinnerungsschnitte«, sagte Gustav, nickte in Richtung ihrer neuen Wunde, und versuchte, Eiglibber mit den Händen in den Müll zu schaufeln.

Er gluckste, und sie kicherte, und dann weinte sie auf einmal und konnte nicht mehr aufhören.

»Es ist nur ein bisschen Ei«, brummte Gustav, während Lale über dem Kehrblech kniete und heulend die Scherben aufsammelte.

»Es ist alles kaputt.« Sie schniefte, Rotz lief ihr über die Lippen. »Es ist alles kaputt.«

Gustav tätschelte mit eiernassen Fingern ihren Rücken. »Ich mochte die eh nicht, die Schüssel.«

Lale strich sich mit dem Handrücken übers Gesicht.

»Tut mir leid, dass ich dich neulich so angeraunzt hab.«

»Schon gut.«

»Nein, es ist nicht gut, ich bin so ein Idiot. Ich mache alles kaputt, ich … ich muss mich mehr anstrengen.«

»Was?«

»Ich schaffe es nicht, dass alles wieder normal ist. Immer ist alles so schwer, so kompliziert. Ich will, dass es einfach ist.«

»Tja«, sagte Gustav.

»Und er war immer da, er hat so viel mit mir durchgemacht, er …«

Kiste auf, Gefühle rein, Kiste zu, versenken, so ging das doch, oder? Sie war gut damit gefahren, die ganze Zeit war sie gut damit gefahren.

»Ich darf nicht in Löcher fallen und über, über Lukas nachdenken und …« Sie schob die Scherben hin und her, sie kratzten über den Boden.

»Ich will, dass alles ist wie früher. Ich will, dass wir wieder Mats und Lale sind, Mats und Lale von früher.«

Gustav nahm ihr die Scherben aus der Hand, rappelte sich auf und warf sie in den Mülleimer.

»Er ist doch meine Sicherheit, meine Routine. Seit sieben Jahren. Das hier, das ist doch nicht echt«, sagte sie vom Boden aus.

Gustav hielt ihr eine Hand hin. »Komm, hoch mit dir.« Er half ihr auf, und sie lehnten beide am Küchentresen.

»Ich fühl mich ziemlich echt«, sagte er.

»Nicht mein echtes Leben«, sagte Lale. »Ich kann doch nicht einfach so … schwupsdiwups.« Sie wedelte mit den Händen. Ein Fingerschnipsen, ein ganz anderes Leben. »So funktioniert das doch nicht.«

»Ich versteh schon«, sagte Gustav.

Lale zog die Nase hoch. Gustav reichte ihr ein Taschentuch.

»Jetzt hör mal auf zu heulen.«

»Ich will aber. Ich will jetzt weinen.«

»Na, dann heul halt.«

Also weinte Lale, ließ alles laufen, wischte nur ab und zu Tränen und Schnodder und Ei von ihren Wangen, und Gustav stand da und drückte ab und zu ihre Schulter, und dann verebbten die Tränen, und Gustav sagte: »Du fährst also nach Hause?«

Und sie rieb sich über das eiermatschverschmierte Gesicht und nickte: »Ja.«

Ihre Hand tat weh, aber sie ignorierte den Schmerz. Es war nur ein kleiner Schnitt, ein winziger Schmerz, oberflächlich und bald verheilt. Sie presste das Taschentuch darauf und ging zu ihrem Wohnwagen. Mats las noch immer oder tat zumindest so.

Sie schaute auf ihr Elefantentattoo, eine Hälfte eines Bildes, die andere auf Matthias' Arm, zwei Elefanten mit verschlungenen Rüsseln, furchtbar kitschig. So viel Lachen, als sie es sich hatten stechen lassen, direkt nach der Unterschrift, in einem weißen Kleid. Ein Ring, ein Versprechen, all der Kitsch.

Noch in der Tür stehend, sagte sie: »Du hast recht. Ich war nicht ich selbst in letzter Zeit. Aber ich reiß mich jetzt zusammen.«

Es war Zeit, sich der Realität zu stellen. Diesen ganzen Schlamassel hinter sich zu lassen. Und Matthias würde ihr verzeihen, das wusste sie, weil er noch hier war.

»Ich weiß, dass die Sache mit Lukas … dass … ich war vielleicht …«, fing er an, aber sie unterbrach ihn.

»Nein, es ist gut. Es ist ein Jahr her, das Leben muss weitergehen. Wir … machen Paartherapie, wir kriegen das hin.« Sie würden über ihre Streitereien sprechen, rational und mit Abstand. Lale würde die Medikamente nehmen, die der Arzt verschrieben hatte. Sie würde sich endlich erwachsen und vernünftig verhalten, so, wie sie das immer getan hatte, bevor sie hierhergekommen war, in dieses Paralleluniversum am Rande der Welt.

Matthias legte endlich das Buch weg und nahm ihre Hand. »Lukas fände das doch auch gut, oder?«, sagte er leise. »Wenn wir's hinkriegen?«

Sie nickte.

Matthias' Blick wurde weich.

»Weißt du, Schatz«, sagte er und zog sie zu sich. »Vielleicht hast du das gebraucht. Wenn es jetzt alles bessermacht, dann … Na ja, ich verzeihe dir das. Ein Fehltritt, mein Gott, kommt in den besten Ehen vor, oder?« Er küsste sie auf die Nase.

Fehltritt, dachte Lale. Fehltritt in ein Paralleluniversum.

Sie nickte langsam, und dann küsste er sie, und sie küsste ihn, und als sie miteinander schliefen, fühlte es sich fast an wie früher, und sie dachte nur ein ganz kleines bisschen an die Dusche hinten rechts.

SECHSUNDZWANZIG

AM NÄCHSTEN MORGEN warf Lale Steinchen an Flos Fenster.

»Happy Birthday, Geburtstagskind!«, rief sie, als er aus dem ersten Stock herauslugte.

»Wieso wirfst du Steinchen?«, fragte Flo, der viel zu wach wirkte für halb acht Uhr morgens.

»Um deine Mutter nicht zu wecken.«

»Die ist längst laufen. Wieso bist du schon auf?«

»Ach schade«, sagte Lale mit den Kieseln in der Hand. »Ich hatte mir das so schön ausgedacht, warum ich dich heute in die Schule bringen muss.«

»Du fährst mich heute in die Schule?«

»Ja, na ja, nee, aber …«

»Wie nee?«

»Du schwänzt.«

»Ich schwänze nie«, sagte Flo und pustete seine Haare aus der Stirn. »Meine Mutter würde mich umbring-«

Lale ließ die Steinchen auf den Boden fallen.

»Mensch, Flo, du bist jetzt volljährig, verdammt, es ist kurz vor den Ferien, ihr schaut doch eh nur irgendeine öde Doku. Und jetzt komm, ich hab 'ne Überraschung für dich.«

Sie hatte für Flo einen Termin um elf gemacht, und es war erst kurz nach acht, als sie in der Stadt ankamen. Ein seemannmäßiges Bild, Anker, Herz und so, und darüber ein Messingschild, est. 2001.

James, der sich angeschlossen hatte, Mats, mit dessen Auto sie gefahren waren, Flo und Lale lugten durch die Scheibe.

»Meine Mutter bringt mich um!«, sagte Flo und klang äußerst vorfreudig.

»Die haben noch zu«, stellte Mats fest.

»Ich müsste Karina anrufen«, sagte Lale zu dem Messingschild. »Ich hab sie schon wochenlang hängenlassen.«

Matthias hob die Brauen, sagte aber nichts.

Lale räusperte sich. »Mats, Flo hat Geburtstag, kauf ihm doch was Schönes«, sagte sie. »Ich geh mit James Badelatschen suchen.«

James hatte die ganze Fahrt davon gesprochen, dass er neue Gummischuhe brauchte. Es dauerte ungefähr zwei Minuten, dann hatte er ein Paar gefunden.

»Ich glaub, ich muss mal aus dieser Latzhose raus«, sagte Lale anschließend, blickte an sich herunter und kratzte an einem Farbfleck herum.

James klatschte in die Hände. »Makeover«, sagte er.

Sie probierte Unmengen Klamotten an, stellte sich James' wenig hilfreichem Blick (»Du siehst in allem gut aus, meine Liebe«) und kaufte schließlich ein kurzes Kleid mit Spaghettiträgern und hellen Mustern, eines zum Wickeln aus fließendem Dunkelblau, einen hoch sitzenden Rock, der um ihre Knie schwang, und winzige Jeansshorts.

Sie versuchte, nicht daran zu denken, was Chris zu diesen neuen Outfits sagen würde, und angelte nach einem Paar knöchelhoher Turnschuhe, die sie so ähnlich mit sechzehn getragen hatte. Türkis, lila, gelb und rosa.

»Oh, die hab ich geliebt«, sagte sie. »Hab die Sohlen mit Edding bemalt. Alle fanden's furchtbar, sogar Lukas. ›Ein Albtraum in Pastellfarben‹, hat er die immer genannt.«

Und dann konnte sie plötzlich nicht weitersprechen, rang nach

Luft, mit den Schuhen in der einen und einem Probiersöckchen in der anderen Hand.

James zog sie wortlos an sich. Zwanzig Sekunden Herzumarmung, sein Allheilmittel. Sie lehnte den Kopf an seine Schulter.

»Weißt du, ich wollte nicht, dass alles weitergeht wie vorher«, sagte sie in den nach Patschuli riechenden Stoff seines T-Shirts. Sie war selbst erstaunt, wie ruhig ihre Stimme klang. Ein wenig zittrig vielleicht, aber gefasst. Ganz anders, als sie sich fühlte. »Nicht ohne Lu.«

James' Bart kratzte sie an der Wange. Er drückte ein wenig fester.

»Aber so geht das nicht, oder? Man friert nicht einfach sein Leben ein und haut ab.«

James ließ sie los und sah sie an. »Ach, ich hab das schon oft gemacht«, sagte er.

Er gab ihr ein Taschentuch, sie putzte sich die Nase.

»Ja, keine Ahnung … du vielleicht.«

Sie prustete in ihr Taschentuch.

»Oh Mann«, sagte sie. »Ich muss echt mal mit jemandem reden.«

»Leg los«, sagte James.

»Nee, ich mein, mit jemandem … mit einem Profi. Der nicht nur kitschige Weisheiten von sich gibt, wie du.«

Sie erwartete eine weitere kitschige Weisheit, aber James sagte: »Ah ja, das ist immer 'ne gute Idee. Ich war mal sechs Wochen in der Klinik, da ging's mir echt übel.«

»Was, du?«

»Ja. Ich. Depressive Phase.«

»Ich dachte, für dich ist immer alles leicht.«

»Für niemanden ist immer alles leicht. Manchmal muss man sich Hilfe holen. Ich könnte dir jemanden aus Galway empfehlen, aber …«

»Danke, James.«

Er nickte. »Und ich mag Pastellfarben. Ich schenk dir jetzt diese Schuhe. Wegen des Kitschs.«

»Wieso?«

»Na, du findest schon deinen Weg, Mädchen.«

Sie küsste ihn auf die Wange und zog sie gleich an.

Flo trug bereits seine neuen Klamotten, als er und Mats die Straße entlangkamen. Er sah aus, als hätte er Christophes Kleiderschrank kopiert. Weite Leinenhosen und graue T-Shirts. Sie lächelte und schob ihn durch die bimmelnde Tür von *Heart & Ink.*

»Gott, die sind furchtbar!«, sagte Mats zu Lales Füßen, und sie hielt ihm den Mittelfinger unter die Nase und zwinkerte James zu.

An den Wänden hingen Bilder von allen möglichen Tattoos an allen möglichen und unmöglichen Stellen, große und kleine, einfache, geometrische Formen und riesige, detailgetreue Bilder. Namen, Daten, Mut machende Sprüche. *Courage!* Endlos-Zeichen und Maori-Tribals, Löwenmähnen und Kinderzeichnungsgekrakel. Von hinten kam das leise Surren einer Tätowiermaschine und Radiogedudel.

Lale drückte ein paarmal auf eine Klingel am Tresen. Flo betrachtete mit offenem Mund die Bilder.

»Wir haben einen Termin«, sagte Lale, als ein Typ hinter dem Tresen auftauchte.

»Tut das weh?«, fragte Flo ihn. Er war ungewöhnlich still geworden. »Blutet es?«

»Ja und ja.«

Flo wurde blass.

»Bist du dir sicher?«, fragte Lale. Flos Augen glänzten verdächtig.

»Kalte Füße sind normal«, sagte Matthias. »Da muss man nur mal die Arschbacken zusammenkneifen und …«

»Mats!«, sagte Lale. »Er hat alle Zeit der Welt.«

Mats murmelte was von *El comandante.*

»Ich mach mit!«, sagte James. »Zu zweit ist es bestimmt einfacher.«

Flo lächelte.

Lale nickte. »Wisst ihr was? Ich auch.«

Sie zeichnete ein kleines Kaninchen, wie Vlad, der die ganzen Wochen über zu ihr gekommen war, deutete auf die Lücke an ihrem Unterarm, wo Lukas den Dackel hintätowieren wollte.

»Ich zuerst!«, sagte sie.

James und Flo hielten beide ihre Hand, während die Nadel surrte. Sie biss die Zähne zusammen.

Das erste Tattoo, das nicht ihr Bruder machte.

»Krafttier«, sagte James. »Gute Wahl. Ich bin stolz auf dich.«

James ließ sich eine winzige Sonne aufs Handgelenk tätowieren und sah aus, als würde er nur Flo zuliebe Tränen zurückhalten.

Der wälzte derweil Bücher und Internetseiten auf Matthias' Handy, um ein Motiv auszuwählen. Letztendlich wählte er die schlichte Zeichnung eines Eichhörnchens.

»Wir hätten Gustav mitnehmen sollen«, sagte Lale.

»Stand das auf seiner To-do-Liste?«, fragte James.

»Nein, da standen nur so Sachen wie schwimmen und Floß fahren und Auflauf essen drauf. Aber wär lustig, oder?«

»Die kleinen Dinge …«, sagte James.

»Und Chris, die ganze Gang«, sagte Flo, und alle drei schauten sehr schnell und gleichzeitig rüber zu Matthias, der vor dem Fenster telefonierte und ihnen zuwinkte, und dann sehr schnell wieder weg.

»Er mag keine Nadeln«, murmelte Lale und drückte dann Flos Hand. »Okay. Los geht's.«

Flo riss den Arm zurück.

»Scheiße«, sagte er. »Ich will doch keins.«

Sie kauften eine Packung Hennafarbe und ein paar Abziehtattoos, um Monika zu erschrecken (was vielleicht der Hauptgrund war, warum Flo überhaupt eines gewollt hatte).

Lale klebte ihm ein Eichhörnchen auf den Unterarm, Innenseite, auf seine Handauflegen-Seite, seine Erweckungsseite.

»Wenigstens bringt sie dich jetzt nicht um«, sagte sie und betrachtete den Verband um ihren Arm.

»Ich freu mich schon«, sagte Flo.

»Und dann kommst du einfach zu mir ins *Lalelu*«, sagte Lale. »Wenn du bereit bist.«

»So, und wo wir schon dabei sind«, sagte James und deutete auf ein Schild ein paar Häuser weiter. *Haarmonie.* Lale grinste.

Und dann marschierte sie hinein. James, Matthias und Flo folgten ihr, und zwei Stunden später kamen sie alle vier wieder heraus, richtig verändert diesmal: Lale hatte einen kinnlangen Bob (»Oh Gott, so kurz«, hatte Matthias schwach protestiert), der sich leicht wellte und um ihr Gesicht schwang. Bei Flo hatten sie die Seiten abrasiert und alles andere irgendwie etwas länger gelassen. James hatte seine grauen Strähnen in seiner Originalfarbe tönen wollen und sah leicht gescheckt aus, lachte aber nur. Matthias sah genauso aus wie vorher, aber das war ja abzusehen gewesen.

Lale, Flo und James standen vor dem Schaufenster und lächelten ihren neuen Ichs in der spiegelnden Scheibe zu, dann kauften sie sich belegte Brötchen beim Bäcker, und auf dem Heimweg saßen Flo und Lale auf der Rückbank des Audis nebeneinander, (»Shotgun!«, rief James), die Tüten auf ihren Schoß getürmt, mit ihren ungewohnten Haaren und ihren von Mayo tropfenden Baguettes (»Vorsicht!«, sagte Matthias, »Vorsicht!«), und bemalten mit einem Kuli die Sohlen von Lales neuen Schuhen.

***

»Meine Maman hat immer gesagt: kein Fest ohne Lichterketten!«, rief Chris, den anscheinend der Party-Vorbereitungswahn gepackt hatte. Gustav nickte ihm zu. Er hatte fünf Schmerztabletten intus, *Scheiß drauf*, saß vor dem Haus auf der Bank und sah Chris dabei zu, wie er Wimpel und Lampen um die Kaninchenställe legte und über der Markise drapierte. Er dachte an Paulette, an die Feiern mit ihr, die er verpasst hatte. Achtunddreißig Kindergeburtstage und so weiter. Stellte sich Stimmengewirr und heiß blubbernde Fischsuppe vor. Das Baby auf der Steppdecke. Das Kind, der Mann.

»Und Blumensträuße!«, rief Chris und kam zu ihm. »Die waren so groß, dass man sie wegräumen musste, wenn das Essen kam.«

»Da musst du wohl noch welche pflücken.«

Chris nickte. Seine Lippe war immer noch dick geschwollen und verkrustet. Gustav mochte diesen Matthias nicht, er wollte, dass sein Junge glücklich wurde. Mit Lale. Er wollte nicht sterben, bevor er nicht wusste, dass es ihm gutgehen würde.

»Ihre Partys waren legendär. Ich musste immer die Einladungskarten mit dem Fahrrad verteilen gehen«, sagte Chris. »Und am Ende des Abends war das ganze Haus voll mit besoffenen Übernachtungsgästen.«

Gustav sah es vor sich: zirpende Grillen und Gartenstühle, die sich auf wundersame Weise vermehrten, je mehr Freunde und Nachbarn vorbeikamen. Paulettes Lachen, die mit flatternden Haarbändern und einem ordentlichen Schwips jeden Einzelnen zur Begrüßung umarmte. Und er war nicht dabei gewesen.

Die Wäsche an der Leine bauschte sich im Wind, der aufgefrischt hatte. Chris schaute in den Himmel. »Ich hoffe, das Wetter hält.«

Gustav räusperte sich. Kein Bullshit mehr, er war zu alt für Lügen und Geheimnisse.

»Kleiner«, sagte er. »Ich wäre wirklich gern mit dir nach Réunion geflogen. Aber ich …«

»Schon okay«, sagte Chris und fummelte an seiner aufgeplatzten Lippe herum. »Du musst nichts erklären.«

Und Gustav erklärte nichts, blieb einfach stumm, weil es auszusprechen so schwierig war oder weil er Flo den Abend nicht verderben wollte oder weil gerade, als er doch noch Luft holte, die anderen auftauchten: alle mit dem Arm voller Tüten, in schicken Outfits und mit neuen Frisuren (»Heiliger Strohsack, Jamie«, sagte Gustav. »Hast du dir Strähnchen machen lassen?!«).

James verschwand und tauchte mit einem abstrusen Gebilde aus Fahrradfelgen und Glühbirnen aus dem Müll-upcyceln-Workshop wieder auf, das er Flo in die Hand drückte.

»Dein Geschenk«, sagte er. »Herzlichen Glückwunsch.«

»Äh, danke? Was ist das?«

»Ein Lampenschirm. Wir haben ganz viele gemacht, ich hänge sie morgen gleich in der Toilette auf. Und, Lale?«

»Ja?«

Sie hob den Blick von Flos Lampenschirmgeschenk.

»Für dich hab ich auch was«, sagte James und zog eine kleine Schachtel aus einer Tüte.

»Noch was? Ich hab doch schon die Schuhe …«

»Für uns alle, aber du darfst als Erste.« Er klappte die Box auf – Pralinen. Lale sah ihn an, er lächelte.

»Man weiß nie, was man bekommt«, sagte James und hielt ihr die Schachtel hin. »Greif zu.«

Sie nahm sich eine und steckte sie in den Mund.

»Igitt, ist das Nougat? Ich hasse Nougat.«

»Einfach runterschlucken, kurz und schmerzlos«, sagte Matthias.

James aß selbst zwei Pralinen auf einmal und zwirbelte an seinen gesträhnten Haaren. »Und raus damit.«

»Die gute Praline«, sagte Gustav, der das Gefühl hatte, irgendwas nicht mitbekommen zu haben. Aus irgendeinem Grund schien

James zu wollen, dass sie sie ausspuckte. Lale kaute mit angewidert verzogenem Gesicht. »Marzipanfüllung«, sagte sie. »Und Kirschschnaps! Igittigitt.«

»Spuck's aus!«, rief James.

Lale spuckte die Schokoladenmatsche auf den Boden vor der Terrasse.

Alle machten: »Bäh« und »iiih«, und Chris sah sie zu lange an, und Lale lachte und sagte: »So widerlich, sorry …«

Gustav dachte: Sie soll auch glücklich sein. Verdammt nochmal. Mehr nicht. Als sei das keine große Sache: glücklich sein.

Chris schüttete Briketts in den Grill und stopfte kleine Anzünder darunter, während er Lale und ihren Mann aus den Augenwinkeln beobachtete.

Sie sahen entspannt aus, alle beide, und Matthias behandelte Lale nicht, wie man möglicherweise jemanden behandelt, von dem man eben erfahren hat, dass er eine Affäre hatte. Er berührte sie sogar ziemlich oft, ihren Nacken, ihren Oberarm, ihre Finger streiften sich, wenn sie ihm die Heringe für den Pavillon reichte, den sie befestigten, weil er schon zweimal fast weggeweht worden war. Christophe steckte einen brennenden Anzünder zwischen die Briketts.

Lale trug ein Kleid, das er nicht kannte und das ihr um die Beine wehte, und ihre vom Wind zerzausten Haare waren viel kürzer. Ihre neuen, knöchelhohen Turnschuhe leuchteten türkis und lila. Sie hielt eine Stange des Pavillons fest, während der Wind daran zerrte. Matthias hämmerte Heringe in den Boden.

Christophe kam sich vor wie in einem 80er-Jahre-Musikvideo: ein lachendes Pärchen und er, ein schlecht angezogener, einsamer Typ, der mit schmachtenden Augen zu ihnen hinüberguckt, während er traurig die Fäuste ballt. Dann Keyboardsolo, schrecklich, aber wegschauen konnte er auch nicht.

James kam und sagte: »Bitte tu auch was Vegetarisches drauf, ich will nicht ewig warten müssen, bis ihr alle eure Tiere gegessen habt.«

»Mach ich«, sagte Chris und fing an, mit einem Stück Pappe vor den Briketts herumzuwedeln.

Während der Grill langsam heiß wurde, ging die Sonne unter, das letzte Licht wurde vom Wind verweht, und der Pavillon stand stabil. Lale kam mit einem Strauß Blumen, Servietten und Kerzen aus dem Haus und sah aus, als würde sie gleich weggepustet werden. Gustav holte den Plattenspieler und legte eine erstaunlich ruhige, unfidelige Platte auf, die nach spanischen Gitarren klang, melancholisch und dramatisch. Chris trug in Knoblauchmarinade eingelegtes Fleisch und Päckchen mit Tomaten, Kräutern und Schafskäse nach draußen, stapelte sie neben sich auf ein Tischchen, und bald zog der Duft nach Gebratenem und Gemüse über den Hof. Röstaromen, die alles besser machten, dachte Christophe und atmete tief ein. Flo saß mit Gustav auf der Bank neben dem Haus und spielte Schnick-Schnack-Schnuck.

Er winkte Chris zu und drehte den Kopf hin und her. »Wie findest du unsere neuen Haare?«

»*Très chic*«, sagte Chris. »Siehst aus wie der junge Indiana Jones. Und was ist das an deinem Arm?«

»Ein Tattoo«, sagte Flo. Er zeigte ihm ein kleines Eichhörnchen auf seiner Hand.

»Ha«, machte Chris. »Wegen der Eichhörnchen-Wiederbelebung?«

»Exakt«, sagte Flo und grinste.

»Also, für mich wäre das ja nichts«, sagte Chris. »Was ist, wenn es dir nicht mehr gefällt? Manchmal ändert man ja seine Meinung.«

Er warf Lale einen Blick zu, die den Blumenstrauß in eine Blumenvase stellte.

»Es ist irgendwann eher wie ein Leberfleck oder so«, sagte sie.

»Man nimmt es nicht mehr als was Fremdes wahr. Es gehört dann einfach zu dir.«

»Ha! Wie ihr!«, sagte Flo.

»Wie wir?« Sie runzelte die Stirn.

»Ihr seid auch Fremde, die zu Leberflecken wurden«, sagte Flo ernst. »Außerdem ist es nur aufgeklebt. Aber sag's nicht meiner Mutter, ich will sie erschrecken.«

Chris lachte, und dabei pochte seine Lippe wieder. Die Kaninchen wuselten um ihre Füße herum, es waren so viele, fast schon ausgewachsen. Die Lichterketten leuchteten, und James spielte ein Luftgitarrensolo zu der spanischen Platte. Wilder Salbei streckte seine langen lila Blüten über die Beete, und das Licht von vielen, vielen Kerzen, die Lale angezündet hatte, spiegelte sich in den Gläsern voll mit Wein, Limo und Wasser. Lale deckte den Tisch, Chris hob ein Steak mit der Grillzange und knallte es wieder auf den Rost. Es war nichts als Idylle, dachte er, all die schönen Menschen, die in einer schönen Umgebung zusammengekommen waren, um schön miteinander zu essen. Lale mit ihren schwingenden Haaren und ihrem leicht vorstehenden Schlüsselbein und ihrer hellen Haut und Matthias, adrett-leger, wie aus einer Bierwerbung für alkoholfreies Hefeweizen. Sogar James sah heute gut aus, in einem violetten Leinenhemd mit dazu passender Hose. Chris legte ein paar Auberginen neben das Fleisch und fühlte sich fehl am Platz.

Er wendete das Steak mit der Hand und rief: »Essen!«, brachte den ersten Teller mit Würstchen und Champignons an den Tisch, stellte ihn ab und ging zurück zum Grill. Das würde er den ganzen Abend so machen, er war der Grillmeister, er hatte eine Aufgabe, er musste nicht mit Lale und ihrem Mann an einem Tisch sitzen.

»Hunger!«, rief Flo, als seine Eltern, fein rausgeputzt und mit einer Flasche Wein und einer Kuchenplatte in der Hand, um die Ecke bogen.

»Klopf-klopf«, machte Monika. »Wow, das sieht ja schön aus hier.« Sie schien ehrlich beeindruckt.

Flo betrachtete den gedeckten Tisch und sagte glücklich: »Kitschig!«

Gustav zog ihm mit einer zusammengerollten Stoffserviette eins über den Schädel, wie üblich, und Lale küsste ihn auf die Wange. »Nur für dich, Geburtstagskind«, sagte sie. »Setzt euch!«

Und sie quetschten sich dazu, neben den violetten James und den dünnen Gustav, und Flo schenkte ihnen Wein ein. »Und ich darf jetzt offiziell auch einen«, sagte er, »du kannst gar nix sagen, Mama«, und seine Mutter tätschelte etwas verkniffen seinen Arm.

Chris legte ein paar Zucchinischeiben auf den Grill. Gustav, der vom Kerzenschein angeleuchtet wurde, sah ungewohnt zufrieden aus. Der Wind zerrte an einer weißen Haarsträhne, die von seiner Stirn abstand.

Chris grillte weiter, während die anderen aßen, über das Wetter und den Sturm sprachen, der an allem rüttelte, was auf dem Tisch stand, grillte weiter, als eine der leichteren Vasen umkippte und einen See aus Blumenwasser auf dem Tisch hinterließ, der mit einem Haufen Servietten aufgetunkt wurde. Blütenblätter wirbelten durch die Luft.

»Ich lös dich ab«, sagte James. »Du musst nicht dauernd da drüben im Abseits stehen.«

»Auf Flo!«, rief Chris, als er beim Tisch war, und hob sein Glas. »Auf das echte Erwachsensein, das jetzt anfängt!«

»Hört, hört!«, sagte James, und er fühlte Lales Blick auf sich, aber als er hochschaute, guckte sie auf ihre Hände.

Flo klirrte sein Glas gegen alle anderen, und Lale rief:

»Auf Flo, der jetzt schwimmen kann!«

Gustav sagte: »Der jetzt machen darf, was er will!«, und warf Monika einen langen Blick zu.

»Und auf sein neues Tattoo!«, rief James und zwinkerte Flo zu, und Monika rief: »Wie bitte?!«

Flo grinste nur und zeigte sein Eichhörnchen.

»Du meine Güte«, sagte Rainer. »Auf meinen mir unbekannten Sohn!«

Monika sah nicht glücklich aus, aber erstaunlicherweise brachte sie Flo nicht um. Er wirkte fast ein wenig enttäuscht.

»Auf Flo!«, riefen alle, auch Flo selbst.

Sie aßen mehr Bratwürste, mehr Kräuterdips aus Löwenzahn und Brennnesseln, mehr Brot und Aioli und Baguette mit Knoblauchbutter. Die Kaninchen hoppelten um ihre Füße, und selbst ihr flauschiges Fell wirbelten die Böen durcheinander. Lale hatte eines auf ihren Schoß geschoben und streichelte es, Chris hob ebenfalls eines hoch und kraulte es mit einer Hand am Rücken. Niedliche kleine Kerlchen. Er würde sie vermissen. Genau wie alle diese Menschen hier, die so fröhlich und vom Wind verweht hier zusammensaßen.

Es gab Bananenmuffins von Lale und Erdbeertorte von Monika. Er fühlte sich vollgefressen und müde, als Gabi, die ebenfalls noch aufgetaucht war, sagte: »Was haben denn jetzt eigentlich die Archäologen entschieden, Rainer? Sind wir ein Weltkulturerbe?«

Sie lachte ihr Raucherlachen.

»Die was?« Gustav lachte.

»Wie?«, sagte Rainer. »Welche Archäologen?«

»Na, die vor ein paar Wochen mit dem Stockinger da waren. Für das Grab!«

»Da waren keine …«, sagte Rainer und schaute zu seiner Frau, die eine ahnungslose Miene machte.

»Doch«, sagte Gabi. »Der Stockinger ist mit denen in der Grube rumgekrochen. Ziemlich lang. Ich dachte, da wird irgendwas entschieden.«

Rainer runzelte die Stirn. Er hatte eine Bratwurst auf die Gabel gespießt und anscheinend vergessen. Ein leeres Glas fiel um, Chris fing es auf.

Gustav gluckste. »Rainer …«, sagte er. »Was habt ihr denn in diesem Hexengrab noch so gefunden? Vielleicht eine Haarspange?«

»Ja«, sagte Rainer. »Eine Haarspange, viele so kleine Ringe, die vermutlich prähistorischer Schmuck waren …«

»Aha«, machte Gustav. »Mit so einem prä… mit so einem Schmetterling drauf?«

»Ja«, sagte Rainer. Lale warf Gustav einen Blick zu.

»Die ist ungefähr achtunddreißig Jahre alt«, sagte Gustav.

»Was?«, sagte Chris.

»Sie gehörte deiner Mutter«, sagte Gustav.

»Was?«

»Ich hab sie vergraben, alle ihre Sachen, als sie weg war«, sagte Gustav. »Hab es weder über mich gebracht, sie zu behalten, noch, sie wegzuschmeißen. Dachte, ich mach was Symbolisches.«

Chris musste lachen. »Ich wusste doch, dass mir diese kopflose Figur bekannt vorkommt«, rief er. »Wir hatten zu Hause Hunderte von denen im Regal stehen.«

»Dass du so sentimental bist, amigo«, sagte James. »Hätte ich gar nicht von dir gedacht.«

»Tja«, sagte Gustav.

Rainer war noch röter geworden, als er es normalerweise schon war.

»Sie hat ja immer so gern gebastelt«, sagte Gustav.

»Ja, aber …«, sagte Rainer.

»Na ja.« Gustav schmunzelte. »Bronzezeit, heiliger Strohsack. Das war eine Müslischale, die sie mir getöpfert hat.«

»Du isst Müsli?«, fragte Chris.

»Aber, aber … die Zauberstäbe!« Rainers Wangen bekamen rote Flecken.

»Mensch, Rainer, ihr habt doch ständig alle gesagt, das sieht aus wie vergammelte Essstäbchen. Das sind vergammelte Essstäbchen. Unser erstes Date war beim Asiaten.«

»Die Knochen …«, murmelte Rainer.

»Wie viele Kaninchen leben in diesem Feld, hm, Rainer?« Rainers Gesicht glühte rot. Schweißperlen auf seiner Stirn.

»Oh mein Gott«, sagte er, und Monika gab ihm mitfühlend ein Glas Wasser. »Aber … wenn der Stockinger mit echten Archäologen … Ich meine, das Amt für Denkmalschutz! Die werden doch wissen, was sie …«

Er schüttelte den Kopf, stand auf und warf seine Serviette hin. »Ich muss mal telefonieren.«

Er rannte fast über den Hof. Lale kicherte, und Monika kicherte seltsamerweise auch.

Hexengrab, Zauberstäbe, Haarspange. Seine Mutter, ein rotgewandeter Geist auf einem Campingplatz.

Ein Donnergrollen polterte direkt über ihnen.

»Hey«, sagte Lale und sah sich um. »Wo ist eigentlich Flo?«

Flo war nicht im Bad und auch nicht bei sich zu Hause, wo Monika sofort hinrannte. Händeringend und leicht panisch atmend kam sie wieder zurück. Von jetzt auf gleich fing es an, wie aus Eimern zu schütten. James kroch auf dem Boden herum, um die Kaninchen einzusammeln, Gabriele verzog sich nach Hause, Matthias hing am Pavillon, der davonzufliegen drohte, Gustav blies Kerzen aus und rettete Stuhlkissen und Teller mit Essen.

Monika und Lale standen im Regen und sahen sich an.

»Jetzt lasst den Scheiß liegen, mein Kind ist weg!«, brüllte Monika sehr un-monikahaft.

Chris warf einen Blick in den Himmel, über den ein Blitz zuckte.

»Er ist ja kein Kind mehr«, sagte er. »Er ist bestimmt nur …«

»Wir haben damals viel zu lang gewartet«, schrie Lale, und er fuhr zusammen. Er hatte sie noch nie so laut erlebt. »Drei Stunden! Und dann haben wir erst die Bergwacht gerufen. Alle haben gesagt, es wird schon nichts sein und dann …«

»Bergwacht?«

Lale rannte Monika hinterher, die nach Flo rufend über den Hof eilte. Chris schaute ihnen nach. Heute kein *El-comandante*-Modus, wie es aussah. Er übernahm.

»Gustav, James, ihr bleibt hier, falls er zurückkommt. Und sucht sein Handy! Matthias, wir gehen zum See, vielleicht …«

»Oh Gott, der See!«, kreischte Monika, die schon bis zur Kneipe gekommen war, und lief weiter.

Alle brüllten Flos Namen. Matthias schaute im Toilettenhäuschen nach, Monika war schon am Feldrand. Der Regen erinnerte ihn an die peitschenden Stürme zu Hause. Er war schon bis auf die Unterhose durchnässt. Lale lief neben ihm, ihre Haare klebten schwarz an ihren Wangen, Wasser tropfte aus den Spitzen.

»Flo geht's sicher gut«, sagte Chris, aber sie schüttelte wieder und wieder den Kopf, schien ihm gar nicht zuzuhören.

»Weißt du, wir waren übers Wochenende in den Bergen, Lukas und Mats und ein paar Freunde und ich. Es hat geregnet, und … und …«

Sie stolperten weiter, Monika stand an der Grube und rief: »Leer!«

»Er wollte kurz raus, eine Runde vor dem Frühstück und … bei dem Wetter … er ist … er ist so ein Vollidiot.«

»Hey«, sagte Chris, nahm ihre beiden Hände und schüttelte sie ein bisschen. Lale schien völlig abwesend und atmete viel zu schnell.

»Es ist alles gut. Wir finden ihn«, sagte er. Ihre Hände waren sehr kalt. Das Pflaster über ihrem neuen Schnitt löste sich schon. Sie schniefte, nickte, Regentropfen oder Tränen (oder beides) rannen über ihre Wangen.

»Es geht um ihren Bruder«, hörte er Matthias hinter ihnen und ließ Lale los. »Er ist …«

Vom Strand her hörte man einen Schrei, und Lale wimmerte, drehte sich um und ging weiter den Weg entlang. Chris sagte: »Flo ist doch nicht so blöd und geht bei Gewitter schwimmen«, obwohl er ein kleines bisschen daran zweifelte.

Wie viele Geburtstagsschnäpse hatte Flo intus?

Er rannte neben Matthias her zum Ufer. Ganz vorne am Steg lag ein Häufchen Klamotten – eine Leinenhose, ein graues T-Shirt, Turnschuhe. Von Flo keine Spur.

Putain de merde.

Der Sturm peitschte die Weiden am Ufer, das Wasser schlug kleine Wellen. Wieder donnerte es.

Monika wirkte völlig aufgelöst, Matthias hatte Lale im Arm und versuchte anscheinend, sie zu beruhigen.

Irgendwo im Wasser sah er etwas, was ein Kopf sein konnte.

Der Kleine hatte sich mit dem Schwimmbrett ganz gut über Wasser halten können. Aber hier war kein Schwimmbrett.

»Flo!«, schrie Chris, warf einen Blick zum Himmel und sprang ins Wasser.

Seine Kleidung war schwer und zog ihn nach unten, er kämpfte sich hoch. Gerade als er den Kopf wieder über Wasser bekam, blitzte es.

»Flo!«, schrie er noch einmal, schluckte Wasser. Er sah die anderen am Steg auf und ab rennen, kraulte auf den See hinaus, versuchte, gleichzeitig schnell zu schwimmen und sich umzusehen.

»Chris«, hörte er jemanden, das war Flo, der an ihm vorbeischwamm, in die andere Richtung, Richtung Ufer, wie jeder vernünftige Mensch bei diesem Wetter.

»Oh Gott, Chris, komm aus dem Wasser raus! Es gewittert, Mann!«

Chris drehte um, Erleichterung schwappte über ihn wie eine weitere Welle, er schwamm ans Ufer, wo Flo bereits an Land watete, verwirrt und durchweicht und froh. Monika fiel ihrem Sohn um den Hals, drückte ihn, immer wieder.

Christophe dachte an seine Mutter, *die Haie, die Haie*, an ihre Hand im Schaukelstuhl, an das seltene Aufblitzen von Erkennen, ganz am Ende. Seine Mutter, die sich ein Leben lang um ihn gesorgt und die ihren Brief nicht abgeschickt hatte, warum auch immer.

»Sag mal, spinnst du?«, rief Monika dann. »Bist du völlig von Sinnen?«

»Ich war bis an der Insel«, sagte Flo stolz.

»Es gewittert!«

»Als ich rein bin, noch nicht. Ich bin doch nicht blöd.«

»Meine Scheiße«, sagte Matthias.

Lale zog Flo an sich.

»Idiot«, sagte sie immer wieder, »du Idiot.«

Nasse Strähnen fielen ihr in die Augen. Gänsehaut, sie schien zu zittern. Chris musste sich davon abhalten, einfach zu ihr zu gehen und sie im Regen zu küssen und nie wieder loszulassen. Stattdessen schlang Matthias besitzergreifend die Arme um sie, »du bist ja eiskalt«, und rubbelte an ihrem Oberarm herum.

»Gehen wir heim, bevor uns noch der Blitz trifft«, sagte Monika.

»Jetzt brauchen wir wieder Gustavs Kleiderschrank«, sagte Flo und klang vergnügt.

Sie gingen zurück zum Campingplatz, pitschnass und frierend. Monika hatte ihren Arm um Flo, Matthias seinen um Lale gelegt. Chris stolperte hinter ihnen her und fröstelte.

»Ich dachte, dass jetzt auch noch Flo …«, hörte er Lale sagen. Sie schluchzte.

»Ich weiß«, sagte Matthias, »ich weiß.«

»Was ...?«, fragte Chris und holte zu ihnen auf. »Was ist denn ...?«

»Lukas, ihr Bruder«, sagte Matthias. »Er ist bei einem Gewitter in den Bergen verunglückt.«

Lale machte sich von ihm los und schloss die Augen.

»Oh«, sagte Chris.

»Könnt ihr mich allein lassen?« Ihre Stimme war kaum mehr als ein Flüstern.

»Jetzt komm, du bist klatschnass und durcheinander, kein Wunder, aber allen geht es gut und ...«

»Leck mich, Mats«, sagte sie leise. Sie schien plötzlich ganz ruhig. »Ernsthaft.«

Matthias hob die Arme, ließ sie fallen und ging einfach weg.

»Lale?«, fragte Chris, der nicht wusste, was er tun sollte.

Er kam etwas näher, hob eine Hand an ihren Rücken, aber sie fuhr herum und schüttelte ihn ab. »Er ist bei einem Fahrradunfall gestorben, okay? Es hat geregnet, der Weg war rutschig und steil, und er ist ... er ist ...« Sie stockte.

Chris starrte sie an.

»Das tut mir leid«, sagte er. »Aber ... aber das war doch nicht, ich meine ... ihr konntet ja nicht wissen ...«

»Nee«, sagte sie. »Konnten wir nicht.«

»Dann war das doch ein Unfall. Du bist nicht ...«

»Nicht schuld? Das sagen mir ständig alle. Aber Chris, ich ... ich war nicht da, ich ... Und er hat extra, er hat ...«

In der Ferne heulten auf einmal Sirenen, und Lale blickte verwirrt auf. Chris sah sie an, dann zum Haus. Die Sirenen wurden lauter.

»Oh Gott«, sagte Lale und rannte los.

Chris spurtete hinter ihr her, über den Platz, über den Hof. James stand vor der Tür, winkte von Gustavs Terrasse aus.

»Chris!«, brüllte er. »Chris!«

SIEBENUNDZWANZIG

LALES OHREN RAUSCHTEN, sie rannte ins Haus. *Nicht den Richtigen gerettet. Beim Falschen gewesen. Flo ging es gut.*

Gustav lag auf dem Fußboden, wachsweiß, die Augen geschlossen.

»Ist er tot?«, fragte Flo hinter ihr, und Lales Hand krampfte sich weiß in die Lehne des Sofas. Gustavs wächserne Haut, fast wie eine Gummipuppenleiche aus einem Film.

»Nein«, sagte James. Lale kniete jetzt neben Gustav, sagte: »Nein, nein, nein, nein.«

Aus ihren nassen Haaren fielen dicke Tropfen auf sein Gesicht.

Sie legte eine Hand auf ihre Brust; sie konnte nicht atmen. Das Korsett schnürte ihr die Luft ab. Ihr war kalt.

»Der Krankenwagen ist unterwegs?«, fragte Monika mit einer sehr seriösen Stimme, und James sagte: »Ja.«

Die Sirenen wurden lauter, und dann flackerten blaue Lichter über den Hof. Blaulicht, Sanitäter, Regen und der matschige Bergpfad, rutschende Erde. Ein blaues Mountainbike am Grund einer Schlucht. Matthias drückte ihre Hand. Ein Rucksack mit einem Voodoo-Doll-Anhänger.

Matthias' Gesicht tauchte nah vor ihrem auf, »atmen«, sagte er, »atme!«, aber das war leichter gesagt als getan.

Jemand sagte immer wieder Gustavs Namen; es dauerte einen Moment, bis sie begriff, dass sie es selbst war.

James beugte sich über Gustav: »Komm schon, Gustavo, mein Freund, bleib bei uns …«

Ein Glas Wasser tauchte vor ihr auf, sie trank einen Schluck. Sie spürte ihren Herzschlag in ihren Ohren hämmern.

»Atmen«, sagte Matthias.

»Sie atmet ja«, sagte Flo. »Sie atmet sogar viel zu schnell.«

»Braucht ihr eine Papiertüte?«, fragte James.

»Es geht schon«, sagte Matthias, und sie fragte sich, ob er recht hatte.

»Es ist alles gut«, sagte er zu ihr. »Es ist alles gut.« Aber nichts war gut, gar nichts.

»Was ist denn passiert?«, fragte Chris von irgendwo über ihr.

»Er ist umgefallen …«, sagte James leise.

»Aber …«

Chris, der keine Ahnung hatte. Lale schnellte hoch.

»Er stirbt«, sagte sie. »Er stirbt schon die ganze Zeit.«

Einen Moment lang war alles still; alle starrten sie an.

»Wie bitte?«, sagte Chris.

Mats drückte ihre Hand.

Dann klingelten die Sanitäter, James war bereits an der Tür, zwei Männer mit einer Trage. Sie gingen schnurstracks zu Gustav, sagten irgendwas zu ihm, horchten, wirkten sehr professionell mit ihren beruhigenden Stimmen und ihren ganzen Gerätschaften. Monika nahm Flo in den Arm, der sich nicht dagegen wehrte, und fing an, den Sanitätern zu erklären, dass Gustav krank war, was er für Medikamente nahm, was sie ihm spritzte, wie sein Zustand war. Sie nickten, sie luden Gustav auf, und als sie ihn anhoben, befreite sich Flo aus den Armen seiner Mutter und presste seine rechte Handfläche auf Gustavs Brustkorb. Lale hielt Matthias' Hand, in ihrer Lunge tat etwas weh, und sie dachte an das Eichhörnchen, das doch nicht gestorben war. Die Sanitäter schoben Flo zur Seite und Gustav in den Krankenwagen. Monika, die sich am besten auskannte, stieg mit ein, und mit blinkendem Blaulicht brausten sie davon.

James verteilte Decken und trockene Klamotten aus Gustavs Kleiderschrank. Der Regen trommelte gegen die Fensterscheibe. Das Gewitter war weitergezogen; draußen verhallte ein letzter, schwacher Donner, schon weit weg.

Das Umkippen, die Hausbesuche von Monika, die Spritzen. Die fahle Haut, die sich über seine Wangenknochen spannte. Christophes Hals war trocken. Er schüttelte langsam den Kopf.

»Also habt ihr es alle gewusst?«, fragte er.

Lale, die zusammengesunken auf dem Sofa saß, starrte auf ihre Hände und knibbelte an ihrem Pflaster. Flo murmelte irgendetwas.

»Er wollte dich nicht beunruhigen«, sagte James, der jedem ein Gläschen Schnaps einschenkte. Chris trank schnell hintereinander drei davon. Es brannte an seiner aufgeplatzten Lippe.

»Wie lange noch?«, fragte er leise.

»Ich glaube, sie sind eher erstaunt, dass er überhaupt noch lebt«, sagte Flo. »Was ich so von meiner Mutter höre.«

Lale macht ein kleines, quiekendes Geräusch. Er hätte sich am liebsten in ihre Arme geworfen, aber Matthias saß neben ihr und hielt ihre Hand. Sie atmete wieder normaler.

Er wusste nicht, was er sich vorgestellt hatte. Dass er neben Gustav auf der Veranda seiner Mutter säße, mit Macarons, dass sie Strandspaziergänge machen und Bier trinken würden und – sie lebten glücklich bis an ihr Lebensende?

Er zupfte an einem losen Faden in Gustavs Norwegerpulli. Tja, entweder kam das Lebensende zu früh oder das Glück zu spät oder …

Lales Lippen bebten, Flo rubbelte an dem Eichhörnchentattoo an seinem Arm herum.

»Ihr hättet es mir sagen müssen.«

»Chris, er wollte nicht …«, fing Flo an.

»Es ist mir egal, was er wollte«, sagte Chris, lauter und fester jetzt. »Vielleicht hätte man was tun können!«

»Christophe …«, sagte James und legte ihm eine warme Hand auf die Schulter. Er schüttelte sie ab. »Er wollte nicht ins Krankenhaus. Er wollte hier sein, zu Hause, mit … mit euch.«

»Mit uns«, sagte Flo.

»Mit dir«, sagte Lale.

»*Wir* können ihn aber nicht retten!«, brüllte Chris. »Im Gegensatz zu … zu Ärzten. Im Krankenhaus hätten sie ihm helfen können!«

James drückte wieder seine Schulter.

»Das weißt du nicht.«

Chris sprang auf. »Ich fahre jetzt da hin«, sagte er.

Lale löste sich aus den Armen ihres Mannes.

»Du fährst nicht. Ich fahr dich.«

Die schmale Landstraße, ein gelbes Ortsschild, ein durchgestrichener Name: vier Kilometer bis zum nächsten Kaff. Der Bulli rumpelte, das Navi befahl: Dem Streckenverlauf sechzehn Kilometer folgen. Chris spielte mit dem Verschluss des Handschuhfachs, auf und zu, auf und zu, auf … Tausende Rezepte vom Arzt. Er zog einen Packen heraus.

»Putain«, murmelte er und schüttelte den Kopf.

Zwischen den rosa Arztzetteln ein weißer. Stichpunkte, teilweise abgehakt mit rotem Filzstift.

»Lale«, sagte er. »Ist das eine … hat er da …?«

Floß fahren, *Big Lebowski*, Marillenschnaps brennen … Der letzte Punkt, nicht abgehakt, natürlich nicht: Mit C. nach R.

Chris schlug mit der flachen Hand gegen das Armaturenbrett.

»Und du hast es nicht für nötig gehalten, mir diese Information weiterzugeben?«, fragte er durch zusammengebissene Zähne. Es war fast Vollmond und viel zu hell für mitten in der Nacht. Er konnte Lale neben sich auf dem Fahrersitz gut erkennen, ihre verweinten Augen, die viel zu großen Klamotten von Gustav. Sie hatte die Hose hochkrempeln müssen, um fahren zu können. Sie ratterten durch ein Schlagloch.

»Es tut mir leid«, sagte Lale. »Er wollte nicht, dass du es weißt. Er meinte, es ist besser für dich, wenn du …«

»Wieso denken eigentlich ständig alle, sie wüssten, was gut für mich ist? Gustav, meine Mutter, du … Anscheinend ist es cool, mir nichts zu erzählen, oder? Muss ich ja nicht wissen. Ist ja nicht wichtig. Betrifft ja nur mein gesamtes Leben.«

Er war laut geworden, er merkte es selbst. Sei mal jemand anderes, hatte Chidi ihm gesagt, und Chris hatte geglaubt, all die Wochen genau das gewesen zu sein: ganz anders und doch er selbst. Aber alle hatten sie ihn angelogen: erst seine Mutter, dann Lale und jetzt auch noch sein Vater. Es war alles nicht echt, es hielt der Realität nicht stand.

Er wollte dich nicht beunruhigen, pah.

Er ertappte sich dabei, wie er mit dem rechten Fuß auf ein imaginäres Gaspedal drückte.

»Komm, Lale«, sagte er, »hier ist kein Mensch, und du schleichst mit 35 über die Landstraße.«

»Es ist stockdunkel«, sagte sie.

Er erinnerte sich an die rasante Fahrt in Rainers gut gepolstertem Wagen, als er angekommen war. Es fühlte sich an wie aus einem anderen Leben: Rainer, der über die kurvige Straße brettert, das Hexengrab, das sich als Ruhestätte von Erinnerungsstücken an seine Mutter herausgestellt hatte, die Hausrenovierung, der Garten. Schwimmen lernen mit Flo, Acro-Yoga. Diese ganze Welt abseits der wirklichen Welt. Er hatte ein Floß gebaut und sich Hals über Kopf verliebt.

Lale auf dem Fahrersitz stierte angestrengt durch die Windschutzscheibe und krallte die Hände ums Lenkrad.

»Jetzt gib Gummi«, sagte Chris. »Wir sollten längst bei ihm sein.«

Gib Gummi. Ein Frank-Ausdruck.

»Bitte«, fügte er hinzu.

Im Krankenhaus nannten sie Gustavs Namen und mussten warten, gingen in der Eingangshalle auf und ab. Christophe versuchte, nicht daran zu denken, dass Gustav sowieso bald sterben würde, egal, was hier heute geschah.

Sie sind eher erstaunt, dass er noch lebt.

Eine freundliche Nachtschwester führte sie schließlich in sein Zimmer, nicht ganz offiziell, und stellte ihnen einen Früchtetee hin, der nach Hagebutte roch und nach Wasser schmeckte.

Gustav war wach.

Er sah so krank und schwach und alt aus in diesem sterilen Krankenhauszimmer mit all den Schläuchen und den steifen, weißen Laken um ihn herum, dass Christophes Wut fast verrauchte. Fast.

»T'es vraiment un idiot, papa«, sagte er, es rutschte ihm einfach raus, eine Fehlschaltung im Gehirn, ein alter Satz von früher, an jemand anderen gerichtet.

Gustav starrte ihn an.

Chris räusperte sich. »War der Chefarzt schon da?«

»Mir geht's gut«, knurrte Gustav, und Chris lachte einmal kurz auf.

»Putain, dir geht's gut, mir geht's gut, Maman hat nicht dran gedacht, mir eine Kleinigkeit mitzuteilen, Lale auch nicht, alles paletti, oder?«

Noch ein Frank-Ausdruck. Lale machte ein quiekendes Geräusch, sie wandten ihr beide die Köpfe zu.

»Ich hab Schluckauf«, sagte sie. Sie hielt sich eine Hand vor den Mund, und ihre Augen glänzten verdächtig. »Tut mir leid.«

Chris ballte die Fäuste. Er drehte sich wieder zu Gustav, der so blass und dürr zwischen den weißen Laken lag.

»Weißt du«, sagte er, »Frank war immer da. Du … Du hast mir nicht Fahrradfahren beigebracht oder bei den Mathehausaufgaben geholfen oder Pflaster geklebt und mir … mir jeden Tag Griesbrei gekocht, weil ich nichts anderes essen wollte.«

Er tastete nach seiner blutverkrusteten Unterlippe.

Gustav schnäuzte sich in ein Taschentuch und legte es dann sehr ruhig weg.

»Und du hast sie nicht die Treppe hochgetragen, als sie sich den Fuß gebrochen hat oder das Dach gedeckt oder Stromrechnungen gezahlt«, sagte Chris. »Du hast sie nicht gepflegt, als sie krank wurde, du …«

»Ich weiß«, sagte Gustav. »Ich weiß.«

»Du bist einfach nur ein paarmal mit ihr Floß gefahren, mehr nicht.«

Gustav nickte langsam.

»Und jetzt«, sagte Chris, »kenn ich dich, was, vier Wochen?«

Er hörte, wie seine Stimme brach, und hatte plötzlich das Bedürfnis, seinen alten, kranken Vater an sich zu drücken, einfach zu drücken, wollte kriegen und nie mehr hergeben, was er die ganzen Jahre über verpasst hatte. Christophe fummelte an einem Faden in seinem Ärmel herum. Er würde den ganzen Pulli auftrennen, aber er konnte nicht aufhören.

»Und jetzt mach ich mich schon wieder vom Acker«, sagte Gustav leise.

Chris schluckte und antwortete nicht.

»Ach, komm her …«, murmelte Gustav, beugte sich ächzend vor, es sah schmerzvoll aus: Krachende Knochen, klapprige Hüften, Chris kam näher und versuchte, ihn zu stützen, und dann schlang sein Vater seine Arme um ihn.

Er fühlte sich klein und jung, als könnten ihn Gustavs Arme voll und ganz und für immer umschließen.

»Wieso hast du denn nichts gesagt?«, fragte Chris, als sie sich voneinander lösten und beide ein wenig beschämt zu Lale spähten, die leise hickste und so tat, als würde im Dunkeln irgendetwas sehr Interessantes auf dem Parkplatz vor dem Fenster passieren.

Gustav seufzte, ein sanfter, kaum hörbarer Laut, mehr ein Ausatmen als ein Seufzen.

»Deshalb. Du hast mich doch gerade erst gefunden.«

Christophe fühlte einen Kloß in seinem Hals anschwellen und schluckte ein paarmal trocken. Er drehte den Kopf weg und wünschte, Lale würde den Raum verlassen.

»Ich bin jetzt da«, sagte er und blinzelte ein paarmal heftig. Er würde bleiben und sich um seinen Vater kümmern, wie er sich um seine Mutter gekümmert hatte. »Die können doch sicher was tun, ich meine, du machst Chemo und …«

Gustavs kalte Finger drückten seine. Er schüttelte nur den Kopf, mehr nicht. Aus den Augenwinkeln meinte Chris, irgendwo ganz am Rand seines Blickfelds, ganz kurz, wieder dieses rotverwehte Kleid zu sehen, dieser unaufhaltsame Geist seiner Maman, der ihn bis hierher verfolgt hatte.

Achtunddreißig Jahre lang hatte der Brief in diesem Buch gesteckt, am Ende vergessen von Paulette, so wie sie alles vergessen hatte, was sie irgendwie ausmachte. Den Sommer mit Gustav, und selbst die Überraschung danach, ihn, Christophe.

Verlorene Jahre.

Lale hickste wieder.

»Du hast sie nie wieder gesehen«, sagte Chris zu Gustav.

Der zuckte die Schultern.

Der Sommer war vorbei. Endgültig.

»Ich geh mal Kaffee holen«, sagte Chris, stand auf und floh aus dem Zimmer.

Die Tür schloss sich mit einem leichten Schmatzen hinter Chris. Die Maschine zwischen Gustav und ihr piepste. Lale tätschelte Gustavs Hand. Sie hatte diese Hand so lange gehalten und gestreichelt, dass ihr seine Haut ganz komisch vorkam – wie ein Stück Pergament, das sie zwischen ihren Fingern zerreiben könnte, wenn sie wollte.

Gustav hob den Kopf in Richtung Fenster. »Hier gibt's 'ne ganze Menge Glühwürmchen«, sagte er.

»Du willst nur das Thema wechseln.«

»Ja, aber es ist doch auch viel netter, über Glühwürmchen zu sprechen, als über –«

Er hustete. Vielleicht war es anstrengend zu sprechen, dachte Lale, plötzlich nervös, vielleicht sollte sie nicht hier sein. Sollte ihn schlafen lassen.

»Das sind einfach Käfer, die leuchten. Ohne Licht sehen die irgendwie eklig aus«, sagte sie und holte Luft, um den Atem anzuhalten. Blöder Schluckauf.

»Ach, Quatsch. Sie sind so hübsch. Wie kleine Feen.«

Sie atmete wieder aus. »Nur im Dunkeln.«

»Aber ist das nicht schön? Etwas, das in dunklen Zeiten schöner ist als in hellen.«

»Was haben sie dir denn gegeben?«

Gustav gluckste. Sie schaute hinaus in die vereinzelt in der Dunkelheit glimmenden Glühwürmchen vor dem Fenster. Seine trockene Hand, wie Schmirgelpapier. Ihre eigenen Finger glitschig und feucht, die Ränder des Pflasters wellten sich.

»Ich bin ziemlich froh, dass ich damals beim Aldi Klopapier kaufen war«, sagte Gustav.

Lale hickste und drückte seine Hand. Gustavs Augen waren grünbraun, fast wie der See, das fiel ihr erst jetzt auf.

Damals.

»Ja«, sagte sie. »Ich auch.«

Gustavs Finger fühlten sich an, als würden sie gar nicht mehr zu seinem Körper gehören. Wie etwas, das zufällig die Form von Fingern hatte und an seinen Händen hing.

»Ein Beweis, dass es nicht nur Scheißzufälle gibt, sondern auch ein paar gute.«

»Du hörst dich an wie James.«

Er deutete auf den Tropf an seinem Handgelenk. »Ja, wer weiß, was da drin ist.«

Lale lächelte traurig.

Vor dem Fenster gab es einen Streifen Wiese und dahinter ein paar Büsche, bevor der Parkplatz begann. Die Dämmerung kündigte sich an, ein milchig grauer Himmel und Vögel, die wie wild um die Wette zwitscherten. So viel Leben, dachte Lale. So verdammt viel Leben um sie herum.

»Weißt du, ich war hier seit langer Zeit mal wieder … glücklich.« Das letzte Wort flüsterte sie, als sei es verboten, es auszusprechen. Es fühlte sich so an. Als dürfte sie das nicht.

»Ja«, sagte Gustav. »Du hast viel gelacht. Und sogar gesungen, Himmel hilf!«

Sie schniefte, hickste, schniefte wieder.

»Und jetzt willst du also nach Hause?«, fragte Gustav.

»Ich kann doch mein ganzes Leben nicht einfach aufgeben. Und Mats, der hat das nicht verdient …«

»Ach, verdient. Niemand hat irgendwas verdient. Das Leben ist nicht fair, aber dafür kann doch keiner was.«

Auf einmal war Lale müde, so unendlich müde. Sie schob sich neben Gustav in das kleine Krankenbett und rollte sich wie eine Kugel zusammen, passte auf, dass sie keine Kabel und Infusionen und Schläuche und was auch immer da an ihn angeschlossen war, herausriss, und blieb einfach liegen.

»Ich weiß, was Moni dir sagen würde«, kam Gustavs Stimme von irgendwo über ihr. »Immer schön vorsichtig, für Abenteuer ist noch Zeit, bleib bei deinem soliden Leben, das du kennst. Hat sie ja auch recht, auf ihre Weise …«

»Aber?«, nuschelte Lale ins Kissen. »Ich dachte, du bist gerade auf irgendeinem Medikamenten-High.«

»Aber … Eigentlich ist alles ganz einfach: Wenn dich so ein Zufall wohin führt, wo du glücklich bist, solltest du …«

Die Tür ging auf, und Chris kam mit zwei dampfenden Pappbechern Kaffee herein. Lale setzte sich auf, nahm einen Becher, und Gustav zwinkerte ihr zu.

Einfach, dachte Lale und blickte auf die piepsenden Maschinen. Gustav stemmte sich mühsam im Bett hoch.

»Passt auf«, sagte er, »die werden mich hierbehalten wollen. Aber das will ich nicht. Habt ihr das kapiert? Ich – will – das – nicht.«

Lale nippte an ihrem Kaffee und tauschte einen Blick mit Chris.

***

Es dauerte eine ganze Weile, bis sie Gustav aus dem Krankenhaus bekamen. Mehrere Ärzte rieten ihnen deutlich davon ab, Gustav musste alle möglichen Dokumente unterschreiben, und Krankenschwestern schüttelten besorgt ihre Köpfe. Chris protestierte, mehr oder weniger schwach, er wusste, dass er keine Chance hatte gegen seinen sturen Vater und Lale, die ihm beistand. Gustav bekam stärkere Schmerzmittel, die ihn dösig und leicht verwirrt werden ließen.

»Aber er stirbt«, sagte Chris zu Monika, an die niemand mehr gedacht hatte, die aber immer noch auf der Station war und wahrscheinlich mit Ärzten gesprochen, vielleicht der Oberschwester versichert hatte, dass es okay war, Gustav gehen zu lassen. »Er stirbt doch, wenn wir ihn mit heimnehmen.«

Sie sah ihn traurig an.

»Er stirbt auch, wenn wir es nicht tun, Chris«, sagte sie. »Manchmal muss man Leute gehen lassen.« Sie tätschelte seine Hand, und dann umarmte sie ihn, vielleicht, weil er so verloren aussah.

Moni fuhr sie zurück und schimpfte über die hakende Kupplung des alten VW-Bus. Der Motor ratterte, Schlaglöcher, Lale döste gegen seine Schulter gelehnt ein, die Ärmel von Gustavs Norwegerpulli bis über ihre Finger gezogen.

Leute gehen lassen.

Der Wind ließ die Fahnen über dem Campingplatz flattern und knallen, erste Gäste krochen aus ihren Zelten. Flo wartete bei den Kaninchen und drückte Gustav I-Ah in die Arme, sobald er auf seinem grünen Samtsofa saß.

»Schlafen wir eine Runde«, sagte James, aber alle blieben sie sitzen, auf und neben der Couch und auf Sesseln und Stühlen, sogar Monika. Gustav streichelte das fette Kaninchen.

»So ein Karnickel weiß, worauf es im Leben ankommt«, sagte er.

»Löwenzahn fressen und kacken?«, fragte Flo.

»Nee … einfach da sein. Im Moment.«

»Ja«, sagte James. Er schaute zu Lale, die ihre Hände betrachtete. »Die guten Zeiten genießen. Die kleinen Momente dazwischen.«

»Zwischen was?«, fragte Flo.

»Zwischen dem ganzen Rest«, sagte Lale.

Gustav drückte Chris I-Ah in die Arme, legte sich umständlich hin und sagte: »Du siehst vielleicht aus wie deine Mutter … aber meine Ohren hast du.« Dann fügte er hinzu: »Lasst mich doch alle in Ruhe, jetzt«, und schlief ein. Chris dachte an die geisterhafte Schürze an der Speisekammertür, seine winkende Mutter. Knarrende Dielen auf der Treppe.

Niemand von ihnen rührte sich.

Er fröstelte in seinem kratzigen Pulli. Das Kaninchen zupfte einen losen Faden aus einem der Ärmel. Lale rollte sich auf dem Sessel zusammen und schloss die Augen.

»Vier Wochen«, sagte Chris, mehr zu sich als zu den anderen. »Schon verrückt.«

Er schaute zu Lale, die schlief, oder so tat, als würde sie schlafen. Ein einziger Sommer.

»Und trotzdem hat er alle Andenken an sie vergraben wie so ein liebeskranker Teenager«, sagte James und deckte Gustav mit der kratzigen Wolldecke zu. »Ach, amigo …«

»Und er trägt ständig den Brief mit sich rum«, sagte Flo. »Er liest ihn sogar andauernd.«

Das Kaninchen mümmelte in Christophes Armen.

»Das sind doch nur Erinnerungen«, sagte er und spürte, wie sich die Müdigkeit auf ihn legte, bleiern und warm. Er lehnte den Kopf zurück.

Gustav schnarchte einmal laut auf.

Der Brief, ein paar Jahrzehnte zu spät zugestellt. *Die guten Momente dazwischen. Zu spät, immer zu spät.*

***

Gustav wachte auf, weil er eine Berührung an seiner Stirn fühlte. Zarte, leichte Finger, die ihm über die Stirn strichen. Paulettes blanke Füße auf den Holzdielen. Ihr Lachen in seinen Ohren.

Er öffnete die Augen, ein Schatten in seinen Augenwinkeln, ein Fleck vor seiner Netzhaut, tanzende Ringe. Der Kreislauf, wie immer. Er richtete sich auf, sein Brustkorb schmerzte, alles schmerzte.

Keine Paulette, keine Finger.

Aber alle anderen waren noch da, saßen auf dem Boden verteilt und aßen die Reste des Geburtstagskuchens zum Frühstück.

»Gustavo!«, rief James, und Flo reichte ihm ein Stück matschiger Erdbeertorte. Er setzte sich auf die weiß gestrichene Bank vor dem Haus, kraulte I-Ah hinter den Ohren, der zufrieden die Augen schloss.

Der Wind zerzauste Lales Haar, während James versuchte, ihr Gitarrespielen beizubringen, und Chris sah sie zu oft an.

Matthias war in die Stadt gefahren, um irgendetwas zu erledigen. Irgendwann pingte Christophes Handy.

»Gustav? Chidi hat was für dich gemacht«, sagte er. »Weil ich … weil du … na ja. Wegen deiner Liste.«

Er setzte sich neben ihn, und gemeinsam sahen sie auf das Display. Ein eingewachsenes Haus, eine Veranda mit einem Schaukelstuhl, Bananenstauden, man hörte knirschende Schritte. Chris erzählte von ihr, von ihren Lieblingsplätzen, und ihrer Hutsammlung, von After Eight und kopflosen Tonfiguren.

Die Kaninchen hüpften um ihre Beine, und Gustav putzte sich die Nase.

Gegen Mittag holten sie Cornettos von Gabriele und saßen Eis lutschend im grauen Nachmittag, bis es anfing zu nieseln.

Drinnen legte Lale eine Platte auf den Plattenspieler und stand mit geschlossenen Augen im Wohnzimmer, lauschte Ella Fitzgerald. *One of these mornings you're gonna rise up singing …* Ein Tänzeln zur Terrasse, Trompeten und Geigen und diese Stimme und ein blaues, fließendes Kleid. Chris verschluckte sich an seinem Wasser und hustete, und sie warf ihm einen Blick zu, und ein Lächeln, und Gustav dachte: Kommt schon, Kinder …

In seiner Waschküche stopfte Gustav Wäsche in die Maschine, weil er das gern machte. Es beruhigte ihn irgendwie.

Monika und Flo kamen am späten Nachmittag vorbei, sie trugen Badekleidung, und Monika hatte ein hässliches Schwalbentattoo auf dem Oberarm kleben, eines von Flos Abziehbildchen, nahm Gustav an.

»Peinlich«, raunte Flo Gustav zu, und Moni sagte: »Was du kannst, kann ich schon lange.«

Gustav schmunzelte. »Außerdem geht's ja wieder ab. Geht ihr zum See?«

»Wir wollen schwimmen«, sagte Flo. »Kommt ihr mit?«

Gustav stand auf, James stützte ihn links, Christophe rechts. Sie gingen langsam, durch den quirligen Campingplatz, den er nie gemocht hatte, und der jetzt so anders war. Silikondichtungen und verstopfte Rohre, die *Dubliners* und ein Haufen yogierender Hippies. Gemüsebeete und Land-Art. Schön war es. Vorbei am Hexengrab (ha!), in dem eine Gruppe stand, sich an den Händen hielt und sang. Niemanden störte es, dass es nur ein Ablageort von alten Erinnerungen gewesen war, ein Schrottplatz für sein gebrochenes Herz. James deutete stolz auf seine fest installierte Schwitzhütte, an der er gerade baute, direkt neben der Grube, bestimmt würde es Ärger mit Rainer geben. Und dann waren sie am See. Der Strand war voll von Kindern, die trotz Nieselregen nicht gehen wollten.

Gustav ließ die Arme seiner beiden Begleiter los, ging über den Steg und ließ sich ins Wasser gleiten. Es war kühl und weich, und Flos Schwimmbrett trug ihn fast von alleine. Er legte sich auf den Rücken, schaute in den Himmel und dachte an einen roten Bikini, an Limoflaschen, die an ein wackelndes Floß gebunden waren, an eine viel zu kurze Badehose und Gewitterküsse in einem tropfenden Wald. Er warf einen Blick an den Strand, wo Christophe saß. Sein Sohn, achtunddreißig Jahre alt, der ihn gefunden hatte, gerade noch rechtzeitig.

Er schwamm, bis seine müden Knochen nicht mehr mitmachten, zog sich mühsam an Land. Monika hatte Brote geschmiert, und da saßen sie dann, auf einer karierten Decke aus Tante Agathes Schrank und aßen Schinkenbrote mit Gurken.

Es hatte aufgehört zu nieseln, die Luft war feucht.

James schlang die Arme um ihn und sagte: »Herzumarmung, mein Lieber.« Er drückte ihn so lange, bis es Gustav fast unangenehm war. Und dann kam Rainer über den Weg, rotgesichtig und schnaufend wie immer, sagte: »Mann, Mann, Mann«, und wollte offensichtlich reden. Sie blickten alle auf, schläfrig und gesättigt und fragten sich, was jetzt wieder war. Rainer setzte sich neben seine Frau.

»Ein Journalist hat Wind von der Sache bekommen«, sagte er. »Das ist morgen in allen Zeitungen: ›Touri-Falle Kelten-Fake!‹« Er schüttelte traurig den Kopf. »Das wird ein Riesenskandal.«

»Ach, in dem Käseblatt«, sagte Moni und gähnte.

»Der Stockinger hat mich da richtig gelinkt«, sagte Rainer. »Und er findet es nicht mal schlimm! Meint, es wär gut für den Tourismus!«

»Ist es ja auch«, sagte Flo.

»Dass du überhaupt dachtest, der Stockinger hat Ahnung von alten Scherben«, sagte Monika. »Der hat vor tausend Jahren mal Geschichte auf Lehramt studiert, mehr nicht.«

Lale sah Gustav an und prustete in ihre Limo. »Also, ich war mir sehr sicher, dass mich eine steinzeitliche Scherbe in den Finger geschnitten hat«, sagte sie ernst.

»Den Hippies ist das eh egal«, sagte Gustav.

»Genau«, sagte James. »Die Energie an diesem Ort ist trotzdem gut, selbst wenn man keine wissenschaftlichen Beweise dafür hat.«

»Und meine Maman war schon ein bisschen eine Hexe«, sagte Chris. »Der hätte das gefallen.«

»Wollen wir 'ne Runde kniffeln?«, fragte Lale, und Flo rannte, um das Spiel zu holen. Sie benutzten das Schwimmbrett als Unterlage, James mogelte wie immer, und Chris hatte am Ende die allerniedrigste Punktzahl von allen.

»Das ist gut«, behauptete James und zwinkerte ihm zu.

»Lale?«, sagte Gustav, als es schon dämmerte. »Hilfst du mir hoch?«

Sie hakte sich bei ihm unter, und sie schlenderten den Weg zurück nach oben. Musik dudelte aus dem Toilettenhäuschen, als sie vorbeiliefen, Wasser rauschte. Jemand sang in der Dusche mit.

»Ich frage mich«, sagte Gustav, »ob der Typ, der Kniffel erfunden hat, am Ende auf sein Leben zurückgeblickt hat und gesagt hat: Hier, Leute, immerhin hab ich Kniffel erfunden.«

Lale lächelte, drückte seinen Arm.

»Immerhin«, sagte sie.

Sie waren am Haus angekommen, setzten sich auf die leuchtend weiß gestrichene Bank und schauten in die Nacht.

»Ich hätte gern mehr Zeit mit ihm gehabt«, sagte Gustav nach einer Weile.

Sie sah ihn aus glasigen Augen an, und er legte einen Arm um ihre Schulter.

»Hey«, sagte er. »Hey.«

»Ich bin so durcheinander«, sagte sie in seinen Pulli. Er tätschelte ihre Haare.

»Na, na«, sagte er etwas hilflos.

So saßen sie da, bis es fast dunkel war. Fledermäuse flogen über den Platz, das Stimmengewirr wurde leiser.

Irgendwann hob Lale den Kopf, fuhr sich mit dem Ärmel über die Nase. »Ich muss, glaub ich, einfach ins Bett«, sagte sie, beugte sich vor und küsste ihn auf die Wange. »Danke.«

»Für was?«

Sie war schon halb über den Hof. »Alles«, sagte sie.

»Kleine?«, rief ihr Gustav hinterher.

Sie drehte sich um.

»Es wird alles gut werden.«

Lale zog eine Grimasse. »Gute Nacht!«, rief sie.

Gustav schaute ihr nach, wie sie über den Hof marschierte und auf dem Campingplatz immer kleiner wurde, bis sie hinter einem Wohnmobil verschwand. Die Farben um ihn herum, eben noch kräftig, wurden verwaschener, grauer. Als es dunkel war, setzte der Regen wieder ein, plätscherte in die Regentonne, erwischte seine Fußspitzen, er selbst geschützt unter dem Dachvorsprung. Erste Sterne erschienen zwischen den Wolken, seine Knochen schmerzten, eigentlich schmerzte alles, und er fühlte sich schon wieder seltsam schwindelig, als wäre er fünf und hätte sich zu lange im Kreis gedreht. Als Kind hatte er dieses Gefühl geliebt, sich drehen, hinfallen, daliegen und nach oben blicken, in die Welt, die um ihn herumrast und nicht anhält, nie anhält.

ACHTUNDZWANZIG

LALE KONNTE NICHT SCHLAFEN, musste raus aus dem Wohnwagen, wo Mats lag und gleichmäßig atmete, als sei rein gar nichts passiert, als wäre sie wieder zu Hause und alles wie vorher. Sie schlüpfte in eine Jogginghose und ging zur Grube, trotz Nieselregen und Feuchtigkeit.

Dort saß sie und baumelte mit den Beinen.

Hexengrab, Kaninchenfriedhof, Ruhestätte für alte Erinnerungen.

Das war es jetzt. Flos Party war vorbei, Gustav ging es gut, jedenfalls den Umständen entsprechend. Sie würde mit Mats zurückkehren in ihr normales Leben.

Ihr Kopf tat weh.

Sie rutschte nach unten in die Grube und blieb mit dem Rücken an die matschige Erde gelehnt sitzen.

Ich lasse dich doch nicht da unten liegen.

Du bist der Tourist, oder?

Hier hatte alles seinen Anfang genommen. Was auch immer es war. Gewesen war. Abgeschlossene Vergangenheit. Wie auch immer.

Nasse Kälte sickerte in ihre Hosenbeine.

Gräber, dachte sie. Erde auf einen Sarg streuen. Schwarze Lackschuhe. Ein Gefühl von Taubheit, das sie umgab.

Lale schloss die Augen.

Das Wetter, die Tour, ganz allein loszuziehen.

Nur eine kurze Runde vor dem Frühstück.

Und sie, noch im Schlafanzug: *Kannst du wenigstens im Urlaub* ein Mal *ausschlafen, Lukas, wie jeder normale Mensch?*

Sie war nicht überzeugend genug gewesen.

Das Kaninchen tauchte am Rand der Grube auf wie ein böses Omen. Vlad, der Pfähler. Schwarze Kulleraugen. Sie hatte ihn gut getroffen auf dem neuen Tattoo an ihrem Arm.

»Scht«, machte sie und klatschte in die Hände. »Hau ab.«

»Was?«

Hinter dem Kaninchen stand Chris. Mit seinen zerzausten Haaren und seinen blöden Birkenstock mit Socken und Monikas hässlicher 90er-Jahre-Windjacke und seiner Fähigkeit, in unpassenden Momenten aufzutauchen.

»Nicht du«, sagte sie. »Das Kaninchen.«

Sie blickten sich um. Kein Vlad mehr in Sicht.

»Tja, dann …« Er stopfte seine Hände in die Hosentaschen und war drauf und dran, weiterzugehen.

»Bleib«, sagte sie, von sich selbst überrascht, tatsächlich blieb er stehen, setzte sich sogar an den Rand der Grube. Seine Beine baumelten neben ihrem Kopf. Komm runter, dachte sie, komm doch runter.

Sie legte den Kopf in den Nacken, um ihn ansehen zu können.

»Wie geht's deiner Lippe?«

Er leckte einmal über den Schorf, schien die Lippe zu befühlen. »Platzt dauernd auf. Wie geht's der Hand?«

Lukas' breites Grinsen, hochgezogene Augenbrauen, eine Platzwunde an der Stirn. *Alles gewollt. Das zeigt doch nur, dass ich wirklich lebe.* Der Geruch nach Desinfektionsmittel, eine Schublade voller Pflaster. *Halt still, halt doch jetzt mal still.*

»Lukas meinte, das sind Lebens-Zeichen. Im wahrsten Sinne des Wortes. Verletzungen. Da sieht man, dass man was erlebt hat.«

»Ah. Weiß nicht, ob ich so ein Adrenalin-Junkie bin wie dein Bruder.«

Sie fühlte ihr Korsett, den Druck auf der Lunge. War, dachte sie. Sie hob ihre Handfläche mit dem Pflaster.

»Ich glaube, er wäre mächtig stolz auf meinen Schnitt. Immerhin von einer echten prähistorischen Müslischale.«

Sie sah ihn lächeln, und der Druck auf ihre Brust lockerte sich für einen Moment. Er sprang zu ihr hinunter, setzte sich neben sie, aber viel weiter weg, als sie es gewohnt war. Sie wollte die Hand ausstrecken, ihn berühren, aber sie fuhr nur mit dem Zeigefinger über die feine rote Linie auf ihrer Handfläche, neben dem neuen Pflaster. *Das Leben ist kurz*, hatte Lukas gesagt, und nicht gewusst, wie recht er damit hatte, in seinem Fall, *es gibt Momente, die muss man einfach nutzen.*

Ein bisschen Blut quoll aus Christophes Lippe, und bevor sie sich davon abhalten konnte, tupfte sie es weg. Er zuckte.

»Es tut mir leid«, sagte sie und meinte nicht die Lippe, meinte alles, alles andere, und hoffte, er würde verstehen. Sie räusperte sich und schaute auf ihre Handfläche. Lukas' Finger, verschränkt mit ihren. *Pass auf*, das hatte sie ihm immer gesagt, immer wieder. Einmal zu oft, einmal zu wenig. Sie fuhr sich über die Augen.

»Kurz vor … kurz bevor er …«, hörte sie sich sagen, und ihre Stimme war heiser. Sie konnte es nicht aussprechen. »Haben wir uns gestritten. Er hat gesagt, wenn ich so weitermache mit meinem Sicherheitsfanatismus, das hat er gesagt, Sicherheitsfanatismus, dann verpasse ich mein ganzes Leben.«

»Hm«, machte Christophe. »Ist vielleicht was dran. Du mit deinem Schutzanzug.«

»Ha-ha. Er hätte am Ende ein bisschen Sicherheit vertragen können, mein Bruder«, sagte sie rau. »Trotz seiner Überzeugung, dass man sein Leben doch nicht an der Leine verbringen kann, nur weil die einen im Notfall auffängt. Am Ende hätte er eine gebraucht.«

»Und wieso habt ihr gestritten?«

»Ich wollte nicht, dass er sich einmischt. Ist doch mein Leben, nicht seins. Das hat mich genervt: Immer sagt er mir, was ich seiner Meinung nach falsch mache. Nee, dass ich alles falsch mache.«

»Und, hast du?«

Sie spürte seinen Blick auf ihrer Wange, drehte den Kopf, aber er schaute schnell weg.

»Was?«

»Alles falsch gemacht.« Sie konnte nicht genau einschätzen, ob seine Stimme kalt klang oder nicht, er wirkte eher neutral, resigniert vielleicht, als wäre alles schon längst vorbei. Als wären sie nicht noch mittendrin in diesem Paralleluniversum, das mit der echten Welt kollidiert war.

»Nicht alles«, sagte sie leise und fragte sich, was überhaupt falsch und was richtig war. Sie hatte schon lang keine Ahnung mehr. Sie versuchte, den Zweifel wegzulachen, was ganz und gar nicht klappte.

»Wenn er mich jetzt sehen könnte, mit dem Arsch im Matsch. In einem Grab. Ziemlich makaber.« Etwas rauschte in ihren Ohren.

»Es ist ja nur das Grab einer missglückten Beziehung«, sagte Chris dumpf, und sie schluckte. Es nieselte kalt in ihren Nacken.

»Friedhof für Erinnerungen«, sagte sie.

Der alberne Voodooanhänger an Lukas' Rucksack. Die Packung Orangensaft, völlig unversehrt. Schwarze Lackschuhe an seiner Beerdigung. Erde, die auf seinen Sarg fiel. Sie merkte, dass sie keuchte. Eine Hand fasste sie am Oberarm.

»Bist du okay?«

Sie schüttelte den Kopf, wollte die Hand abschütteln. Dass die Hand überhaupt noch da war, nach allem, was sie zu ihm gesagt hatte. Sie hatte eine solche Hand gar nicht verdient. Sie ließ ihre Finger auf den Lidern liegen, presste dagegen, bis rote Schlieren vor den Augen tanzten.

»Ich bin nicht mitgegangen.« Ihre Stimme war rau. Sie sprach zu dem matschigen Boden vor ihr.

»Ich war zu faul, es hat geregnet, ich hatte keine Lust … Wenn ich dabei gewesen wäre, hätte ich vielleicht …« Sie schluckte, rang die Hände. »Und weißt du was? Ich wollte diesen verschissenen O-Saft. Bloß ich.«

Zu 'nem richtig schönen Frühstück gehört doch Orangensaft.

Sie spürte, wie sie zitterte.

»Danach … danach haben sie mir seinen Rucksack gegeben«, sagte sie. »Und da drin war eine Packung O-Saft. Extra für mich. Und die war völlig … völlig …«

Sie weinte jetzt richtig, der Scheißorangensaft, der Scheißregen, der scheißrutschige Weg.

»Oh«, machte Chris. »Ich verstehe.«

Sie kaute auf ihrer trockenen Unterlippe, nickte.

»Er ist extra ins Dorf gefahren, um mir den zu holen, Chris. Und ich war nicht … bei ihm.«

Es war doch nicht deine Schuld, sagte Mats, sagten alle. Aber sie war zu Hause geblieben im Trockenen, und er war gestürzt und gestorben, weil er ihr den Saft geholt hatte, während sie Brötchen mit Marmelade gegessen und Tee getrunken hatte.

Chris nickte langsam.

»Das war nett von ihm«, sagte er leise.

Lale presste die Hand auf ihre Augen und konnte nicht atmen.

»Und ich verstehe, warum das besonders schwer für dich ist. Aber er würde doch … bestimmt nicht wollen, dass du dich … dass du dir die Schuld gibst, oder?«

Der Nieselregen legte sich auf ihre Arme, ließ sie frösteln. »Du kennst ihn doch gar nicht«, sagte sie und zog ihre Schulter von seiner Hand weg. »Du hast doch gar keine Ahnung, über was du sprichst.«

Sie fühlte sich schwer und kaputt. Sie wollte die Augen schließen und über nichts nachdenken. Weglaufen. Noch mal. Vor diesem Chaos. Vor Chris. Vor allem. Sie spürte ihn neben sich, irgendwie warm, obwohl er so weit weg war.

Und was machst du jetzt hier?, hatte sie ihn gefragt.

Ich widme mich der Vergangenheit. Und der Zukunft.

Lale schloss die Augen, Wassertropfen auf ihrer Stirn, kalt, zart.

»Ich bin so sauer auf ihn«, hörte sie sich schließlich sagen, durch zusammengebissene Zähne, gepresst. Sie öffnete die Augen.

Chris sah sie nur an.

»Gut, ich bin vielleicht eine Sicherheitsfanatikerin mit meinem Schutzanzug und, und … keine Ahnung, meinem festen Job und der Hochzeit und dem Haus und so weiter. Aber er … er war … so blöd. Das genaue Gegenteil. So sorglos, dass es echt bescheuert ist.«

»Idiotisch, wie Flo gestern.«

»Was?«

»Du hast gestern Flo einen Idioten genannt.«

»Ja. Das war ja auch – Was?«

Lale starrte ihn an. Ihre Brust tat weh, sie presste eine Hand dagegen. Atmen war schwierig. Ihr Kopf dröhnte. Sie war müde, so müde.

»Jeder macht mal blöde Sachen«, sagte Chris.

»Ich bin trotzdem wütend«, sagte Lale. »Ich bin verdammt wütend auf diesen Volltrottel.« Sie wischte sich Regen aus dem Gesicht, schaute auf ihre Hände, nahm einen Atemzug feuchter, schwerer Luft. »Wir hatten noch so viel vor, zusammen. Wollten das Studio eröffnen und alles.«

»Ich bin auch wütend auf meine Maman.«

»Wieso? Sie war dement und …«

»Als sie den Brief geschrieben hat, nicht.«

Ihre Jogginghose weichte durch, ihr war kalt. »Ach«, machte Lale und schlug gegen die matschige Wand der Grube. »Man ist doch nicht wütend auf Leute, die tot sind.«

»Doch«, sagte Chris und stand auf. »Und darauf, wie blöd manchmal Dinge laufen.« Er trat gegen einen der Stützpfeiler, den Rainer und er aufgestellt hatten, vor Wochen. Lale rappelte sich ebenfalls hoch und trat gegen einen anderen.

»Ha!«, sagte sie, als der Pflock knirschte. Chris sprang vor, rüttelte am Brett, bis es wackelte, und zerrte es aus der Erde. Er warf es auf den Boden, und Lale hüpfte darauf, bis es brach. Es war ein gutes Gefühl.

»Aah!«, rief sie und kickte mit Anlauf gegen den nächsten Pflock. Ihr Fuß tat weh, sonst tat sich nichts. Sie rammte noch ein paarmal dagegen, dann sagte sie atemlos: »Wir sollten den Vorschlaghammer holen, der müsste noch bei den Klos liegen.«

Und das taten sie, kamen zurück vom Toilettenhäuschen, wo James irgendwas gewerkelt hatte, Lale mit dem großen Hammer, Chris mit zwei kleineren in jeder Hand. Sie droschen auf die Grube ein, ließen das Holz splittern, johlten, wenn etwas kaputtging, rissen Erdklumpen aus der Wand und schleuderten sie in den Dreck am Boden.

Dann standen sie keuchend am Rand und schauten nach unten.

»Ein Wunder, dass keiner aufgewacht ist«, sagte Lale und strich sich eine Haarsträhne aus der Stirn.

»Die Hippies bringen uns um«, sagte Chris und hörte sich an wie Flo. »Die ganze gute Energie.«

»Gute Energie, ha!«, rief Lale und schniefte.

Chris nahm ihr den Vorschlaghammer ab und wühlte in seiner Jackentasche, zog ein Taschentuch heraus, und sie putzte sich die Nase. Das Grab war jetzt nur noch ein Loch, in dem ein paar Holzbretter und viele Erdklumpen lagen. Der matschige, feuchte Boden rutschte an der Kante schon ab, der Regen würde den Rest erledigen.

»Ich glaube nicht, dass es jemals weggeht«, sagte Chris.

»Was?« Lale blickte von ihrem Taschentuch auf.

»Niemand erinnert sich so an sie wie wir. Man muss irgendwie akzeptieren, dass das jetzt eben so ist. Dass es nie weggehen wird.«

Sie sah ihn lange an und wusste nicht, was sie fühlen sollte. Dachte an ihre erste Begegnung, genau hier, wollte seine Hand halten, wie damals, oder irgendetwas sagen – dass es doch scheiße war, so was zu akzeptieren, und dass man doch nicht einfach so damit leben konnte. Stattdessen beugte sie sich vor und schlang ihre Arme um ihn, hielt ihn fest, grub das Gesicht in seinen Hals, spürte seine Haut und seinen Atem und seine Hände an ihrem Rücken.

Sie wusste nicht, wie lange sie sich festgehalten hatten, aber irgendwann holte sie tief Luft und rieb sich getrockneten Dreck von der Stirn.

»Wir fahren morgen früh.«

Das Pflaster an ihrer Hand löste sich.

Zurück in ihr altes Leben, weitermachen, nicht nachdenken. *Alltag. Sicherheit.*

Er räusperte sich umständlich.

»Tja«, sagte er. »Dann sag ich wohl mal tschüss …«

Sie zog das Pflaster ganz ab, ihre Hand schmerzte.

»Tschüss«, sagte sie und wusste nicht, was sie sonst sagen sollte. *War nett? Man sieht sich? Gute Heimreise? Geh nicht?*

Er nickte einmal kurz, drehte sich um und kletterte aus der Grube.

»Mach's gut«, murmelte Lale und blickte ihm nach, wie er in der Dunkelheit verschwand.

* * *

Chris stapfte hoch zu Gustavs Haus. Er wollte mit ihm alberne Blockbuster schauen, Marillenschnaps trinken, I-Ah streicheln, Lale vergessen.

Sie würde zurückkehren in ihr verheiratetes Leben. Er würde hier bleiben und sich um seinen Vater kümmern, wie er sich schon um seine Mutter gekümmert hatte.

Und das war das.

Gustav saß auf der Bank vor dem Haus, obwohl es spät war, und Chris winkte ihm zu.

Beim Näherkommen sah Christophe, dass Gustav etwas schief an der Regenrinne neben der Bank lehnte. Er musste eingeschlafen sein.

»Wie wär's mit einem Bier und ein paar Chips, alter Mann?«

Gustav rührte sich nicht.

»Gustav?«

Chris fasste nach seiner Hand, aber sein Vater blieb noch immer, wo er war. Die Augen geschlossen, den Kopf nach hinten an die Wand gelehnt, der Körper in Schieflage verrutscht. In Christophes Magen klumpte sich etwas zusammen.

»Nein«, flüsterte er. »Nein, Gustav, nicht jetzt schon.«

Er stand auf, beugte sich über ihn, hielt sein Ohr vor seinen Mund, hörte nichts, spürte nichts, keinen Hauch. Er tastete nach Gustavs Handgelenk, es war merkwürdig kühl, drehte seine Hand um, drückte zwei Finger darauf, spürte keinen Puls, nichts, nur seinen eigenen, hämmernd. Ein schwerer, neuer Schmerz. Seine Finger zitterten. Er nahm Gustavs andere Hand, drückte auch hier seine Finger aufs Handgelenk, als könnte es links anders sein als rechts. Gustav hielt den alten Brief in der Hand; Chris konnte das vergilbte Papier zwischen seinen Fingern sehen.

Ich muss Monika anrufen, dachte Chris, oder einen Krankenwagen, oder Flo, oder James Bescheid sagen, ich muss irgendetwas tun, aber er tat nichts, er saß nur da und starrte Gustav an und hörte das Pochen seines eigenen Pulses, gleichmäßig und hartnäckig und so lebendig. Chris saß lange da und hielt Gustavs kalte Hand, die Hand seines Vaters. Er merkte erst, dass er weinte, als eine Träne auf seine Knie tropfte.

James kam den Weg nach oben. Anscheinend schlief in dieser Nacht niemand.

»Er ist …«, sagte Chris und konnte dann nicht mehr sprechen.

»Oh«, sagte James, und seine Schultern sanken ein wenig. »Oh.«

»Was machen wir jetzt?«, fragte Chris mit belegter Stimme, und James sagte nur: »uns verabschieden«, und so saßen sie da, in der wolkenverhangenen Nacht, neben Gustav, und lehnten die Köpfe gegen die Hauswand.

Chris fühlte sich schwer, er wollte Lale sehen und sie umarmen, sie halten, gehalten werden, aber sie war bei ihrem Mann. Er konnte nicht bleiben, konnte nicht wieder in dieses Haus, nicht in den Wohnwagen, nicht … Er wollte nicht mit ansehen, wie Lale morgen ihre Sachen packte und in den dunkelblauen Audi lud. Wie sie mit ihrem Mann davonfuhr. Er musste auch zurück in sein echtes Leben. Er musste gehen.

»Hey«, sagte er. »Fährst du mich zum Flughafen?«

James blickte ihn erstaunt an. »Jetzt?«

»Ich kann nicht hier bleiben«, sagte Chris. »Ich kann nicht.«

James runzelte die Stirn. »Bist du sicher? Hast du überhaupt einen Flug?«

»Irgendeiner wird schon gehen«, sagte er. »Vielleicht erst mal nach Paris und dann weiter …«

»Gut«, sagte James. »Zwei Tassen Tee und ich bin fit wie ein Turnschuh.«

Chris nickte. Er war müde, ihm war leicht übel. Der Dampf über James' Tee roch nach Zitrone, und er sehnte sich danach, mit Chidi auf seiner Veranda zu sitzen und ein Bierchen zu trinken, weit weg von all dem Drama und der Aufregung und dem Schmerz.

»Sollten wir …?«, fragte er und deutete auf Gustav, aber James sagte: »So ein bisschen Regen stört ihn jetzt auch nicht mehr«, und sie ließen ihn sitzen, auf der Bank, auf der er so gern gesessen hatte.

Chris suchte nach einem Notizblock, dann warf er Steinchen an Flos Fenster, und der öffnete beinahe sofort, obwohl es mitten in der Nacht war.

Sie standen in Flos stinkigem Teenagerzimmer, wie ganz am Anfang. Flo kippelte mit seinen Krücken herum.

»Ich fahre jetzt.«

»Was, jetzt?«

Chris nickte.

»Gustav ist gestorben«, sagte er leise.

Flo wurde blass. »Aber …«

»Ich kann nicht dableiben«, sagte Chris. »Hier …« Er drückte Flo einen Zettel in die Hand, Adresse, E-Mail-Adresse, AirBnB-Account und alles. »Du bist jederzeit willkommen.«

Flo nahm das Stück Papier.

»In Villingen-Schwenningen?«

Sie grinsten beide ein bisschen traurig.

»Okay«, sagte Chris. »Ich muss. Aber … von unserem Haus aus kann man das Meer sehen, und wenn du mich besuchen willst, rufst du mich einfach an, oder schreibst oder … Sag deiner Mutter, du besuchst einen Freund. Das wird sie doch erlauben, oder?« Er gab Flo den Zettel, dann trat er vor und drückte ihn an sich.

»Mach's gut, Kleiner. Es war mir eine Ehre, dich kennenzulernen.«

Flo grinste, drückte ihn, ließ ihn los und salutierte. »Ebenso, Christophe Dijoux«, sagte er.

»Wir haben eindeutig zu viele von Gustavs Blockbustern geschaut«, sagte Chris.

»Eindeutig«, sagte Flo.

»Also dann«, sagte Chris. Er war schon an der Tür, als er sich noch einmal umdrehte.

»Weißt du, das mit dem Eichhörnchen … mit deiner Hand, die was Lebloses wiederbeleben kann?«

»Ja?«

»Das hat irgendwie geklappt, würd ich sagen. Nicht bei Gustav, nicht im wörtlichen Sinn, aber … Na ja.« Er verzog das Gesicht.

»Du hast auch eindeutig zu viel Zeit mit James verbracht«, sagte Flo und grinste.

Chris zwinkerte ihm zu und ging, bevor er noch anfing zu heulen.

James war dabei, ein paar Brote zu schmieren, als Chris zurück in die Küche kam und wirkte seltsam profan in seinem roten Fußballtrikot, das er übergezogen hatte.

»Ich mach dir ein paar Stullen für den Flug«, sagte er und brühte noch mehr Tee auf. »Vierzehn Stunden, hm?«

Chris nickte langsam.

»Verabschiedest du dich noch von Lale?«, fragte James mit gehobener Augenbraue.

»Hab ich schon«, sagte Chris und dachte an die zertrümmerte Grube. *Friedhof für missglückte Beziehungen.*

»Na gut«, sagte James und wedelte mit einer braunen Papiertüte, in die er die Brote gesteckt hatte. »Herzumarmung, mein Kleiner, und zwar dalli!« Er zog ihn an sich, drückte ihn gefühlte Ewigkeiten.

»Weißt du, du trägst sie in deinem Herzen. Da drin«, sagte er schließlich.

»Gott, James, nicht jetzt. Außerdem ist sie doch nicht tot.«

»Wer?«

»Lale!«

»Ich rede von deinen Eltern, Gustav, Paulette!«

»Ach so«, sagte Chris und rannte durch den Regen, holte seine Reisetasche aus dem Wohnwagen, stopfte seine paar Habseligkeiten hinein, seine Zahnbürste, James' Brötchen und eine Thermoskanne. Der VW-Bus ratterte schon, Chris stieg ein und schaute durch die regennasse Fensterscheibe zurück aufs Haus, auf den Campingplatz, und seine müden Augen juckten und brannten.

Sie brauchten nur eineinhalb Stunden auf einer leeren Autobahn, und James drehte am Radioregler, summte Lieder mit übers Erinnern, *please, remember me happily by the rosebush laughing*, und Chris lehnte die Stirn gegen die Scheibe.

»Hier«, sagte James, als er ihn bei den *Departures* rausließ und drückte ihm eine Plastiktüte in die Hand. »Da war noch Wäsche von dir in der Maschine.« Er umarmte ihn länger als zwanzig Sekunden, küsste ihn auf beide Wangen, und dann stand Christophe allein in der Abflughalle, suchte mit verquollenen Augen seinen Schalter und fühlte sich so verkrumpelt und schwer wie die nasse Jeans in der Tüte.

NEUNUNDZWANZIG

LALE SASS AUF DEN STUFEN vor ihrem Wohnwagen und füllte die Lungen mit der frischen, frühmorgendlichen Luft, nippte an einer Tasse Instantkaffee, wie all die Wochen.

Der perfekte Ort, um sich zu verkriechen.

Getrockneter Matsch krümelte von ihrem Arm. Gestern war sie einfach ins Bett gefallen, ungeduscht, nass und erschöpft.

Jetzt fühlte sie sich, als hätte sie tagelang geschlafen. Erholt. Wach, frisch. Ihre bloßen Füße in den offenen Schuhen quatschten über die Wiese. Erste Campinggäste kochten Tee auf Gaskochern, die der Wind wieder ausblies. Die irischen Geigen auf den Toiletten, Leute mit Zahnbürsten im Mund, rauschende Klospülungen. Zwei Frauen unterhielten sich über die mutwillige Zerstörung des Hexengrabs. Lale spritzte sich ein bisschen Wasser ins Gesicht.

Der Bäckerwagen hupte; sie fand einen Fünfer in ihrer Hosentasche und kaufte zwei Croissants, trug die duftende, warme Tüte hinauf zu Gustavs Haus. Noch einmal auf der Bank vor dem Haus sitzen und den Kaninchen zusehen, wie sie aus den Ställen wuselten, Löwenzahn mümmelten und Freudensprünge machten, Thymian- und Lavendelduft aus dem Kräuterbeet in der Nase. Noch einmal ein brummeliges Gespräch über schlechte amerikanische Filme führen. Noch dieses eine Frühstück, dachte sie. Dann Aufbruch.

Ein langes, großes Auto rollte über den Hof davon, mit Vorhängen vor den Fenstern und ganz in Schwarz, und Monika kam aus dem Haus. Lale ließ die Tüte sinken.

James hielt sie lange fest, während sie weinte. Irgendwann löste sie sich aus der Umarmung, prustete in ein Taschentuch, das er ihr hinhielt.

»Chris«, sagte sie. »Wir müssen Chris Bescheid sagen.«

James sah sie lang an.

»Chris ist weg«, sagte er.

»Was?« Lale starrte James an. Nein, dachte sie. Nein.

»Ich hab ihn eben zum Flughafen gefahren.«

Lale schluckte. Kurze, alberne Sequenzen in ihren Gedanken: eine viel zu schnelle Fahrt zum Flughafen, ein Sprint durch die Abfahrtshalle, ein Geständnis zwischen Security Checks. Sie schüttelte den Kopf, schluckte wieder, schluckte weitere Tränen hinunter. James drückte ihre Hand.

»Ach, Süße«, sagte er. »Life's a bitch, hm?«

Ihre Unterlippe fing an zu zittern, ihre Augen wurden wieder feucht.

Akzeptieren, dachte sie. Akzeptieren.

Sie lehnte die Stirn in ihre Hand.

»Nur weil jemand um die halbe Welt fliegt, ist er nicht gleich für immer verschwunden«, sagte James. »Über Paris kannst du in fünfzehn Stunden da sein.«

Lale starrte ihn an, dann kam Monika und gab ihr ein vergilbtes Stück Papier.

»Hier, das hatte er in der Hand«, sagte sie.

»Der alte Träumer«, sagte James zu Lale. »Dieser alte Träumer.«

Lale ließ sich auf die Bank sinken. Der hundertmal gelesene Brief, immer wieder zusammengefaltet und glatt gestrichen, das Papier brüchig. Paulette, dachte sie. Die Sommergeschichte vor vierzig Jahren. Paulette und Gustav. Vielleicht waren sie jetzt wieder zusammen. Sprangen in knappen Badehosen in den sommerwarmen See, tranken Limo auf dem Floß. Nur sie beide.

»Schatz? Lale?« Matthias' Stimme, er kam über den Hof und stockte, als er sie alle drei vor dem Haus sah.

»Was ist los? Scheiße, ist er …?«

Lale nickte.

»Oh. Das tut mir leid. Ich weiß, du mochtest ihn.«

»Ja.«

»Ähm … das heißt, wir bleiben noch?«

Lales Augen brannten, sie blinzelte ihn an.

»Er war alt, Lale«, sagte er. »Das ist doch was anderes …«

»Trotzdem«, sagte sie. »Lass mich doch einmal einfach traurig sein.«

Sie rotzte in ihr feucht-zerfleddertes Taschentuch.

»Mensch«, sagte Matthias. »Ich glaube, wir müssen … du solltest jetzt endlich nach Hause. Weg von … weg von …«

Vom Tod, dachte Lale. Weg vom Sterben und vom Weggehen und vom Verschwinden. *Fünfzehn Stunden über Paris.*

Ablenkung. Kiste zu, Gefühle versenkt.

»Ich hab noch ein paar Tage frei, Schatz, du nimmst ein Bad, und vielleicht überlegst du dir das noch mal mit den Medikamenten, nur für den Anfang …«

Sie weinte jetzt mehr. Matthias hatte es nie kapiert. Er hatte sie ablenken wollen, aber sie wollte keine Ablenkung. Sie schüttelte den Kopf.

»Ich will nicht einfach weitermachen wie vorher, Mats. Ich kann nicht so tun, als wäre gar nichts passiert.«

Matthias stand vor ihr, weiße Turnschuhe auf matschigem Boden. Er fuhr sich übers Kinn und atmete schwer aus.

»Also was?«, sagte er. »Was heißt das?«

»Ich weiß nicht«, sagte sie.

James, der mit Monika ins Haus gegangen war, kam wieder heraus und nahm Lale den Brief aus der Hand, überflog ihn.

»Ach, amigo«, murmelte er.

Matthias sah ihn mit gerunzelter Stirn an, dann wandte er sich wieder Lale zu, ging vor ihr in die Hocke.

»Jetzt komm«, sagte er. »Du bist total verwirrt, ist doch klar. Wenn wir erst zu Hause sind, sieht gleich alles anders aus.« Er klang zuversichtlich.

Du musst mal endlich weitermachen, du kannst nicht ständig in solche Löcher fallen, du solltest wieder zur Arbeit gehen, Routine tut dir gut. Alles vernünftige Einwände, dagegen konnte man gar nichts sagen.

Aber Lale merkte, dass sie den Kopf schüttelte, länger schon.

James räusperte sich und gab ihr Paulettes Brief.

»Für dich«, sagte er, und sie nahm das schmutzige Blatt Papier, war sich sehr bewusst, dass die beiden sie anstarrten, während sie las.

Jemand hatte einen Satz unterstrichen, jemand, dem es schwergefallen war, einen Stift zu halten. Er hatte einen krakeligen, mühsam aussehenden Pfeil daneben gemalt und nur vier Buchstaben darübergeschrieben: ihren Namen.

Wer sagt, dass unser Sommer enden muss?, hatte Paulette ein wenig rührselig geschrieben, in ihrem postnatalen Hormonchaos.

Lale lachte, sie war selbst erstaunt, dass sie lachte, aber da war es: blubberte an die Oberfläche, sprudelnd und leicht.

»Was ist denn jetzt los?«, fragte Matthias.

Akzeptieren.

Du findest schon deinen Weg, Mädchen.

»Nix ist los«, sagte Lale und zerquetschte den Brief in ihrer Hand. »Du solltest jetzt aufbrechen, sonst kommst du in den Stau.«

»Was?«

»Ich komme nicht mit zurück.«

Matthias atmete tief aus.

»Herrgott, Lale, das ist doch jetzt nicht dein Ernst …«

»Doch«, sagte sie nur. Sie war ganz ruhig, eine gute Ruhe, eine, die sich tatkräftig und selbstsicher anfühlte. Aus dem Haus rief Monika nach James, und er ging hinein.

Matthias blickte Lale an, wütend, Augenringe, vereinzelte graue Haare an seiner Schläfe.

»Du kannst nicht ständig einfach weglaufen. Vor uns, vor allen Problemen, vor …«

»Das mach ich nicht. Nicht mehr. Aber … Du willst, dass alles wird wie früher. Wie vorher. Aber das geht nicht. Ich werde nie wieder die gleiche Person sein, die ich vorher war, nicht ohne Lukas. Und das hab ich nicht kapiert, und du hast es auch nicht kapiert, aber jetzt … jetzt …«

Paralleluniversum, dachte Lale. Vielleicht war ihr Universum implodiert, als Lukas gestorben war, und hatte die alte Lale mit sich gerissen. Vielleicht gab es diese Lale nicht mehr. Und übrig gebliebene war nur die parallele Lale, die sich in einen Zug setzte und mit Gustav Silikondichtungen reparierte, mit Flo schwimmen übte und mit James Lieder sang, und die so sehr verliebt war, dass es unmöglich war, es zu leugnen.

»Es tut mir leid«, sagte sie. »Es tut mir wirklich, wirklich leid.« Sie umklammerte den Brief und spürte, dass ihre Hände zitterten.

Matthias schüttelte langsam den Kopf, als hätte sie den Verstand verloren.

»Das ist eine Übersprunghandlung«, sagte er. »Aber dieses Mal werde ich nicht warten. Ich werde nicht da sein, wenn du zur Vernunft kommst.«

»Okay«, sagte sie. »Das ist okay.« Und das war es tatsächlich.

»Ich melde mich, diesmal«, sagte sie. »Ich melde mich wirklich. Damit wir alles klären können.«

Sie stand auf und legte die Arme um ihn, um ihr ganzes, altes Leben. Er rührte sich nicht.

»Es tut mir leid«, sagte sie noch einmal.

»Du spinnst doch. Ernsthaft.« Matthias drehte sich um und ging über den Hof davon.

Lale blickte ihm nach, mit immer noch zitternden Händen.

Wer sagt, dass ein Paralleluniversum nicht genau der richtige Ort für mich ist?

Sie lachte, und als sie drüben hinter den Ställen das Kaninchen sah, ertappte sie sich dabei, wie sie ihm winkte.

DREISSIG

CHRISTOPHE SCHOB eine Hand unter seinen verschwitzten Rücken und zog ein besonders spitzes Lego-Teilchen hervor, das ihn in die Leiste gepiekt hatte. Seufzend rollte er vom Sofa. Astrid stand an der Treppe und musterte ihn aus zusammengekniffenen Augen.

»Hey, Kleine«, sagte er.

»Papa sagt, du sollst mal wieder duschen.«

»Sagt er das?« Christophe hob einen Arm und schnupperte an seinen Achseln. »Da hat er vielleicht recht.«

Sie legte den Kopf schief und betrachtete ihn. Sie hatte puschelige, gelbe Haargummis um ihre Zöpfe. Vier Zöpfe, die fest und steif von ihrem Kopf abstanden wie Antennen.

»Ich mag deinen Bart«, sagte sie. »Das sieht cool aus.«

»Danke«, sagte Christophe ernst und ging hinüber zur Küchenzeile. »Hast du Hunger? Was willst du frühstücken?«

Sie aßen pinkfarbene Frühstücksflocken, die vermutlich nur aus Zucker und Farbstoff bestanden und die Milch rosa färbten. Astrid strahlte, als Chidi und Maria mit ihren Schwestern die Treppe herunterkamen.

»Ach, Chris …«, sagte Maria.

»Was denn?«

»Das ist Sonntagsfrühstück.«

Christophe hob eine Augenbraue und sah Astrid an. »Du Fuchs«, sagte er. »Das hat sie mir nicht verraten«, wandte er sich an Maria. Die rollte die Augen.

»Du kriegst heute neue Gäste«, sagte Chidi und ließ sich auf einen Küchenstuhl plumpsen. »Ich weiß immer noch nicht, ob du das mit Absicht gemacht hast, dein Haus einfach weiterhin anzubieten, oder ob du einfach …«

»Pure Absicht«, sagte Christophe. »Ich wohne einfach zu gern bei euch.«

»Wohnen?«, sagte Chidi. »Du haust auf unserem Sofa, wie eine neuartige Kreatur, die sich von Staubflusen und Bier ernährt.«

»Und sich um deine Kinder kümmert«, sagte Christophe. »Stimmt's nicht? Wir sind die besten Homies …« Er knuffte Astrid gegen die Schulter, sie kicherte.

»Heute kommt ihr aber mit mir«, sagte Maria. »Wir besuchen Oma.«

»Na!« Chidi klatschte in die Hände. »Super. Perfekte Gelegenheit für dich, den Garten ein bisschen auf Vordermann zu bringen.«

Christophe stöhnte.

»Hop, hop!«, sagte Chidi und scheuchte Christophe vom Stuhl auf. Er ging murrend ins Bad, putzte sich die Zähne, duschte brav und schlüpfte in ein paar Arbeitsklamotten. Chidi hatte recht. Der Garten sah aus wie Sau, richtig eingewuchert. Es war Zeit, ihn ein bisschen herzurichten.

Fast vier Wochen war es her, seit er von seiner Deutschlandreise zurückgekehrt war, mit Liebeskummer und dem Kopf voller Erinnerungen an Farbspritzer in Lales Haaren, ihr Bärentattoo am Handgelenk, das Floß, den See, den Campingplatz. (Und die hintere Dusche rechts.)

Am Abend seiner Rückkehr stand er vor dem verwunschen aussehenden Haus seiner Mutter, betrachtete die Stauden, die sich drum herum ausgebreitet hatten, schmeckte die salzige, feuchte Meeresluft. Auf der Veranda hockten zwei rotgebrannte Engländer, die sich mit einem ebenso roten Australier über ihre Wanderungen und Tauchgänge unterhielten und die so fehl am Platz wirkten, wie Chris sich fühlte. Er brachte es nicht über sich, auch nur Hallo zu sagen. Stattdessen ging er direkt hinüber zu Chidi und Maria. Seither hatte er deren Sofa kaum verlassen, jedenfalls kam es ihm so vor.

Chidi versuchte tage- und nächtelang, mit ihm zu sprechen, aber Christophe hatte keine Lust zu reden. Er sah fern, egal was, sogar alberne Zeichentrickserien mit Chidis Töchtern, die nachmittags eigentlich gar kein Fernsehen gucken durften. Er widmete sich der Kinderbetreuung: backte Pfannkuchen und spielte Pferd, galoppierte Treppen hoch und runter, ließ sie durch die ganze Wohnung reiten. Am Abend fiel er mit knackendem Rücken aufs Sofa. Seine Bartstoppeln wurden länger, und er trank zu viel Bier. Er schlief schlecht, er schlief zu viel. Er führte lange Gespräche mit Chidi, bis spät in die Nacht, über alles, was nicht wichtig war, jedenfalls nicht wirklich. Politik, Philosophie, Filme, Inseltratsch, Gott und die Welt. Er dachte nicht an Lale. Er dachte ständig an Lale, aber er tat wenigstens so, als würde er nicht an sie denken. Er ging nie zum Haus seiner Mutter hinüber.

Es war noch früh, und es war absolut unsinnig gewesen zu duschen, denn schon nach einer Stunde Gartenarbeit schwitzte er so sehr, dass er sich am liebsten noch einmal unter den kühlen Strahl gestellt hätte. Es war warm und sonnig, und von irgendwoher duftete es nach Vanille. Vom Meer wehte eine kühle Brise herüber, und Chris jätete Unkraut, schnitt Bäume zurück, grub Erde um, düngte, goss, harkte Wege, sammelte davongeflogene Lampions von einer Lichterkette an der Veranda ein.

Gegen Mittag warf er eine ganze Ladung voll Unkraut und abgeschnittenen Ranken auf den Kompost, fuhr ans Meer, gönnte sich ein kaltes, alkoholfreies Bier in einer Strandkneipe, sprang einmal kurz ins Wasser, um sich abzukühlen, und fuhr zurück, um weiterzuarbeiten.

Es wurde Nachmittag, es wurde Abend.

Die Dielen knarrten, als er über das morsche Holz der Veranda lief. Er würde sie bald austauschen müssen. Hausrenovierungen, ständig war er am Hausrenovieren. Er dachte an Gustav und das hübsche obere Geschoss und fragte sich, was jetzt aus dem Haus und dem Campingplatz werden würde. Wie lange würde James bleiben, um sich zu kümmern? Chris schüttelte den Kopf, um die Gedanken zu vertreiben.

Vorsichtig schob er die Tür auf und betrat das Haus. Die Küche war sauber und frisch geputzt, er hatte die Putzfrau noch winken sehen, als sie gegangen war. Es roch immer noch ein bisschen wie früher. Er öffnete die Tür zur Speisekammer, zog eine Packung After Eight hervor und stellte sie dann direkt wieder zurück. Am Kühlschrank hing ein Zettel; die alten Besucher hinterließen ein Stück Butter und eine Dose Thunfisch für nachfolgende Gäste. Christophe stand im leeren Wohnzimmer, leerer ohne ihr Lachen, ihre Umarmungen, ihre albernen Hüte, ihre Büchersammlung.

Er setzte sich aufs Sofa, starrte auf den dunklen Fernsehbildschirm. Wieder hier. Wieder allein. Alles auf Anfang.

Vielleicht sollte ich eine Runde Solitär spielen. Chris blieb noch eine Weile sitzen, sprang dann auf, lief hinüber zu Chidi und holte den Kniffelblock und ein paar DVDs, die er aus Gustavs Küche mitgenommen hatte. Andenken, Erinnerungen. Kniffel und *Big Lebowski.* Paulettes Bücherregal war zu leer, er hätte nicht alles rigoros ausmisten dürfen. Er legte den Block und den schmalen DVD-Stapel ins Regal.

Als er sich umdrehte, blieb er irgendwie an den Plastikhüllen hängen, und alle fielen mitsamt Kniffelblock aus dem Regal. Es polterte.

Ein wackeliger Bücherstapel. Wie Jenga.

Chris kniete sich hin, sammelte die DVDs wieder ein, hob den Kniffelblock auf. Auf der Rückseite, auf dem festeren Karton, hatte Lale gezeichnet, er erkannte ihre Art zu malen: feine Linien, die Kaninchen im Gehege, eine Löwenzahnblüte, Gustavs knorrige Hände, Flo, der seine Haare aus dem Gesicht pustet. Ein dampfender Topf, Blumengirlanden.

Er drehte den Block um, ein beschriebenes Blatt, eingetragene Zahlen, Gustavs Name in der Ecke.

Ein Zettel ragte zwischen den Seiten hervor, Chris zog ihn heraus, fühlte sich seltsam zurückversetzt in der Zeit, der alte Brief, zwischen Buchseiten, *Jenga. Bloß nicht zittern.*

Er faltete das Papier auseinander und erkannte Gustavs To-do-Liste. Zu viele Kreise nicht abgehakt, Serviettenknödel-Auflauf an Weihnachten, Pilze sammeln im Herbst. Zu wenige Jahreszeiten. Ganz unten, unter *Mit C. nach R.* war ein neuer Kringel, mit dünnem Kuli hingemalt. Daneben stand: *C. sagen, er soll L. anrufen! Keine Briefe! Anrufen!*

Christophe strich mit dem Daumen über die krakelige Schrift. *Anrufen* war doppelt unterstrichen. Er schluckte ein paarmal. Er dachte daran, dass Gustav so viel verpasst hatte. Er wollte kein Leben voller Bereuen. Er wollte, was Frank gehabt hatte: wollte Pflaster kleben und Dächer reparieren und mit jemandem über das Abendessen debattieren und sich wegen Kleinigkeiten in die Haare kriegen. Das ganze Paket. Pilze sammeln im Herbst. Knödelauflauf zu Weihnachten. Er stand auf, stopfte die Liste zurück in die Hosentasche und rannte hinüber zu Chidi.

»Chidi!«, rief er schon, während er noch lief. »Chid!«

Chidi kochte in der Küche Spaghetti und blickte von einem brodelnden Topf Tomatensoße auf. »Wer ist dieser stürmische Mensch, und was hat er mit meinem Couchmonster gemacht?«

»Ich muss sie anrufen!«

»Hmm? Reden wir über die, deren Name nicht genannt werden darf?«

»Ja. Ich muss sie anrufen, Chid, ich will nicht wie mein Vater … Ich meine, ich sollte wenigstens mal nachfragen, ob …«

»Dein Vater?«

»Ja. Gustav.«

»Über den reden wir jetzt auch wieder?« Chidi fischte eine Nudel aus dem Topf und aß sie. Drüben hörte man Reifen über die Straße rollen, ein vorfahrendes Taxi, die neuen Gäste.

»Ja. Er hat mir …« Christophe wedelte mit der To-do-Liste. »Er hat mir das hier geschrieben. Hab ich eben erst gefunden.«

»Was ist das nur mit deinen Eltern und ihren versteckten Botschaften?« Chidi schüttete das Nudelwasser ab.

»Ja, egal jetzt, wo ist mein Telefon?«

»Willst du nicht erst mal was essen? Deine neuen Gäste begrüßen, dich vielleicht mal rasieren …«

»Nein, ich muss das gleich machen. Und nerv mich nicht wegen meines Barts. Deine Tochter findet ihn cool.«

Er fand das Telefon unter einem Sofakissen und tippte Lales Nummer, bevor er es sich anders überlegen konnte.

»Sie ist vier Jahre alt und steht auf das Biest von ›Die Schöne und das Biest‹.«

»Was?« Es tutete.

»Sie findet, du siehst aus wie …«

Chris ging aus dem Haus, er musste allein sein. Es tutete. Er setzte sich auf Astrids Kinderschaukel und wartete. Es tutete. Irgendwo klingelte ein Handy, und er schwang nervös hin und her. Er wusste nicht genau, was er sagen wollte. Es tutete. Vielleicht hätte er eine Checkliste machen sollen.

Wieso geht sie nicht ran?

Die Sonne versank im Meer, er schlug ein paar Mücken weg. Er stand auf, stromerte durch den Garten, fuhr sich immer wieder über den Bart. Drüben beim Haus seiner Mutter hörte man jetzt Stimmen und einen Klingelton.

Es tutete, es klingelte.

Er schaute auf sein Handy und ging durch den Garten nach nebenan, das Klingeln wurde lauter. Seine Schritte knirschten über den Kiesweg, vorbei an der Bananenstaude, an der Hollywoodschaukel, an einem frisch umgegrabenen Beet.

Das Geräusch kam aus einer Reisetasche, die vor der Veranda stand. Christophe legte auf und ließ das Handy sinken. Die Reisetasche verstummte.

Was?

Die Tür stand offen, jemand hatte den Schlüssel aus dem Schlüsselkasten genommen. Christophe blieb abrupt stehen, als sie aus der Haustür trat.

»Hi.«

Lale trug ihre neuen bunten Turnschuhe und Jeansshorts und hatte die kurzen Haare nach oben gesteckt. Sie lehnte sich gegen einen Pfeiler der Veranda und kaute auf ihrer Unterlippe. Chris steckte sein Handy ein. Ihm war etwas schwindelig.

Bevor er irgendetwas tun konnte, kam Flo aus dem Haus, auf etwas gestützt, das aussah wie ein futuristischer Spazierstock. Seine Haare waren wieder länger und fielen ihm in die Stirn, wie eh und je.

»Überraschung!«, schrie Flo und umarmte ihn. Chris bemerkte ein Tattoo auf Flos Unterarm: ein Eichhörnchen, minimalistisch, wie aus einem Strich gemalt.

Flo zog an seinem Bart. »Wie siehst du denn aus? Wie James.«

Er hörte Lales Lachen.

»Was …? Wie …?«

»Du hast gesagt, ich kann jederzeit kommen!«, sagte Flo und

strahlte ihn an. »Und dann hat dein Kumpel auf meine Buchungsanfrage geantwortet, nicht du.«

»Chidi weiß Bescheid?«

»Die Überraschung war seine Idee …«

Deshalb wollte er also unbedingt, dass ich mich rasiere, dachte Chris. Und deshalb hatte er Nudeln für eine halbe Fußballmannschaft gekocht. Christophe musste lachen.

»Wie … wie lang bleibt ihr?«, fragte er und schaute noch immer Flo an, obwohl er viel lieber jemand anderen angesehen hätte.

»Also, mein Flug geht in drei Wochen«, sagte Flo und bückte sich, um die Taschen am Boden aufzuheben. »Ich will ein Zimmer mit Meerblick!«

Und schon war er weg, braungebrannt und mit seiner modernen Frisur und seinem Tattoo und viel erwachsener, als Chris ihn in Erinnerung hatte, obwohl es gerade mal vier Wochen her war.

»Er hat ein echtes Tattoo?«

Endlich sah er Lale an, die noch immer an der Veranda lehnte und über den Garten und bis hinaus aufs Meer blickte.

Sie nickte. »Mein allererster Kunde im neuen Studio.«

»Und er hat einen Gehstock?«

»Ja. Monika wollte, dass er die Krücken mitnimmt, aber er meinte, so ein Gehstock hat viel mehr Stil. Wie ein englischer Lord, oder ein Superschurke, oder so was.«

Chris ging noch einen Schritt auf sie zu, und sie kam die Stufen herunter, und dann standen sie da, direkt voreinander.

»Ich mag deinen Bart.«

»Oh. Danke.« Er fuhr sich durch die Barthaare. »Du findest nicht, ich sehe aus wie das Biest von ›Die Schöne und das Biest‹?«

»Doch. Aber steht dir.« Sie lächelte, dann schwiegen sie eine ganze, lange Weile. Schließlich räusperte sie sich, zog einen großen Umschlag aus ihrer Tasche und streckte ihn ihm hin.

»Gustav hat dir das Haus vererbt. Und den Campingplatz.«

»Oh.«

Ein Blatt Papier steckte im Umschlag, das eng beschrieben war in Gustavs krakeliger Schrift. Er überflog es. Im Moment war es ihm ganz egal, was er geerbt hatte oder nicht – sie war da, stand direkt vor ihm, und diese Haarsträhne fiel ihr ins Gesicht.

»Ich war so frei, das Haus zu vermieten«, sagte sie. »Also … an James, dafür, dass er sich um den Platz kümmert. Ich glaube, er hat schon ein paar Gästezimmer eingerichtet.«

»Okay.« Auf einmal hatte er das schreckliche Gefühl, sie sei vielleicht nur deshalb hier, wie eine Anwältin, die das Testament überbrachte, dann umkehrte und direkt den nächsten Flieger nach Deutschland nahm. »Du bist einfach hergekommen«, sagte er heiser.

Sie nickte. Ein kleines Lächeln, ermutigend.

»Ich hab dich angerufen«, sagte er.

»Ja?«

Er nickte. »Gerade eben.«

»Mein Handy war in der Tasche«, sagte sie, als würde das irgendeine Rolle spielen.

»Und jetzt bist du da«, sagte er.

»Ja.«

Im Haus polterte etwas, und im oberen Stockwerk ging ein Licht an und wieder aus. Ein Käuzchen schrie. Der salzige Wind verwehte Lales widerspenstige Haarsträhne. Sie kämmte sie nach hinten, sie fiel ihr wieder ins Gesicht.

»Gustav will im Meer verstreut werden. Ich dachte, ich bringe ihn … zu … zu Paulette.«

Er nickte wieder. Also war das der Grund, warum sie hier war? Gustavs letzter Wunsch?

»Ich hab ihn dabei«, sagte sie und bückte sich, öffnete die Reisetasche.

»Du hast Gustav dabei?«

»Ja. In einer Kaffeedose. Wie in seinem Lieblingsfilm. Mehr als illegal. Ich musste jemanden bestechen, damit sie mir die Asche mit heimgeben.«

»Ah.«

Lale holte eine Blechdose aus der Tasche, und er erkannte das Ding, das bei Gustav in der Küche gestanden hatte, ein hässliches Teil, auf dem blödsinnigerweise auch noch »Coffee« stand.

»Das ist Gustav?«, fragte er.

Sie nickte und stellte die Dose vorsichtig auf die Veranda hinter sich, als könnte sie Gustav noch irgendwie verletzen. Er strich sich über den Bart, der sich ganz gut zur Beschäftigung nervöser Hände eignete.

»Ich hab dich angerufen, weil …«, fing er an, und sie blickte zu ihm her.

»Ja?«

»Wegen der Pilze im Herbst und der Knödel, also wegen Weihnachten.«

»Hm?«

»Ich will alle Jahreszeiten«, sagte er.

»Was?«

»Ich will, ähm …« *Alles. Den Alltag, den Gustav und Maman verpasst haben. Egal, wie kompliziert.* »Griesbrei kochen und Stromrechnungen zahlen und … und, ich meine … wenn du willst …«

Sie runzelte die Stirn, schien nicht zu wissen, ob sie lachen sollte. Nicht so ganz die romantische Ansprache, die er im Sinn gehabt hatte.

»Ich muss nur wissen, ob es richtig war, so schnell zu gehen«, sagte er.

Sie trat einen Schritt vor und legte ihm beide Hände auf die Wangen.

»Nein«, sagte sie.

»Nein?« Er flüsterte.

Sie schüttelte den Kopf. »Nein.« Sie schloss die Augen und lehnte ihre Stirn gegen seine Stirn. Dann sagte sie leise: »Ich hab einen Ratschlag von deiner Mama bekommen.«

»Äh, was?«

Lale zog den Brief aus der Tasche, den alten, zerfledderten Brief, den seine Mutter vor so vielen Jahren verfasst und versteckt und vergessen hatte. Sie deutete auf einen mit Kuli unterstrichenen Satz und sah ihn an.

Dann beugte sie sich vor und küsste ihn.

Als sie sich voneinander lösten und er die Augen öffnete, hatte Lale ihre noch immer geschlossen. Sie hatte den Kopf gehoben, und sie war noch immer so nah, so nah.

»Und du …?«, fragte er, »bleibst du … ich meine, hast du auch den Rückflug? In drei Wochen?«

Sie öffnete die Augen.

»Nö.«

»Hast du nicht?«

»Ich dachte, ich bleibe, bis ich genug Zeichnungen von Bananenstauden hab und …«, sie sah sich um, »… von diesem Schaukelstuhl da und, hmm, … von deinen harten Füßen.« Ihr Schuh berührte seinen. »Oder bis du mit zurückkommst.«

Sie küsste ihn wieder, und er hatte das Gefühl, er würde sein Leben lang nichts mehr anderes machen wollen: hier stehen und diese Frau küssen, in diesem Garten, oder in ihrem Tattoostudio, oder in einem nach Katzenpisse stinkenden Wohnwagen auf einem Campingplatz voller Esoteriker. Es war völlig egal, wo, solange sie nur da war.

EPILOG

DAS SCHIFF SCHWANKTE LEICHT, Chidi stand mit einem Arm am Steuerrad und sah unglaublich cool aus. Lale blinzelte gegen die Sonne. Es war heiß und fast windstill, und das Meer lag spiegelglatt vor ihnen. Sie beugte sich über die Reling und schaute hinunter in das helle Türkis, sah einen gelben Fischschwarm vorbeiziehen.

»Chris!«, rief sie und drehte sich suchend nach ihm um. »Was meinst du? Hier?«

»Das ist mir total egal, Chérie«, kam es vom Boden. »Mir ist einfach nur schlecht.« Er lag da, Schweißperlen auf der Stirn, und hielt sich den Magen.

»Wir schaukeln nicht mal«, sagte Chidi auf Englisch mit einem wunderbar französischen Akzent und rollte die Augen. »Wie kann man nur bei diesem Wetter seekrank sein?«

»Hier«, sagte Lale, die wieder ins Wasser geschaut hatte. »Hier ist eine gute Stelle.«

Chidi nickte und drosselte den Motor. »Irgendwo hier haben wir auch Paulette bestattet.«

»Perfekt.« Lale schraubte die Kaffeedose auf, die seit drei Wochen in Paulettes Speisekammer gestanden hatte, ganz oben, damit sie auch ja niemand verwechselte.

»Chris«, sagte sie, und Christophe rappelte sich vom Boden hoch und kam zu ihr an die Reling. Sie gab ihm die Büchse, und er kippte Gustav in die ruhige See. Sie sahen zu, wie die Asche versank, verweht wurde von unterirdischen Wellen.

»Mach's gut, alter Mann«, flüsterte Lale und schraubte die Dose zu.

Chidi summte dieses Lied aus König der Löwen, Christophe beugte sich vor und versuchte, gleichmäßig zu atmen. Lale blickte hinaus über den Horizont und tätschelte dem stöhnenden Christophe den Rücken. Dann schlüpfte sie aus ihrem Kleid, nahm Anlauf und sprang vom Boot, die Beine angezogen, laut quietschend, ohne nachzudenken, genau wie Lukas das gemacht hätte. Sie bekam Wasser in die Nase, Blasen stoben um sie herum. Das Meer war warm, und als sie prustend wieder hoch kam, lachte sie. Chris winkte ihr zu.

Sie war sich ganz sicher, dass Gustav das gefallen hätte: ein Boot am anderen Ende der Welt, ein heller Tag, eine Arschbombe ins Wasser, und ein Horizont so unendlich wie ein ganzer Sommer.

DANKE

Zuallererst danke ich meinem großartigen Agenten Werner Löcher-Lawrence und den vielen kleinen Zufällen, die nötig waren, dass wir uns über den Weg gelaufen sind. Danke, Werner, dass du von Anfang an so an mich geglaubt hast und das immer noch tust, für deine (immer wieder) aufbauenden Worte und deinen Einsatz.

Ein großes Dankeschön auch an meine Lektorin Carla Grosch von den S. Fischer Verlagen für ihr Vertrauen in dieses Buch vom ersten Entwurf an (den normalerweise niemand jemals zu sehen bekommt). Ebenso an meinen Redakteur Volker Jarck für alle aufmerksamen Fragen, Anmerkungen und Ideen und fürs notwendige Raffen und Straffen.
Ich möchte mich auch bei Verena Wälscher und dem ganzen Team von den S. Fischer Verlagen bedanken sowie bei allen, die dieses Buch in seinen Anfangsstadien gelesen, kommentiert und so besser gemacht haben – danke für eure Begeisterung und euer Engagement.

Danke, Nathalie, fürs Zuhören, die Trinksprüche, den Bademeister, die Fotos. Danke, Inge, für alle Gespräche (nicht nur) übers Schreiben. Euch beiden fürs Mut machen, Auf-meiner-Seite-sein, und alle Beschwichtigungen bei Last-Minute-Hai-Panik. Danke, Birgit, für die Beständigkeit trotz vieler Kilometer Abstand und unterschiedlicher Lebensphasen. Ich bin sehr froh, dass ich euch hab, ihr seid toll.

Meinen Eltern danke ich für ihre Tipps zu echten und fiktiven Gärten und all die vielen Camping-Urlaube.

Und danke, Ju, der meint, dass er hier nichts zu suchen hat, trotzdem, für alles abseits vom Schreiben – vor allem dafür, dass du deinen Job so ernst nimmst, mich jeden Tag zum Lachen zu bringen.